COLLECTION FOLIO

David Cronenberg

Consumés

Traduit de l'anglais (Canada)
par Clélia Laventure

Gallimard

Titre original :
CONSUMED

David Cronenberg, cinéaste culte et mondialement reconnu (*Vidéodrome*, *La mouche*, *eXistenZ…*), poursuit dans ce premier roman son exploration de la noirceur psychologique et physique de l'être humain.

Nous retrouvons dans *Consumés* les thèmes et l'esthétique de ses films, ses fascinations et ses obsessions. Un voyage dans la poésie de la perversité, qui n'est pas sans rappeler les œuvres captivantes et perturbantes qu'il a lui-même adaptées : *Le festin nu* de William Burroughs, *Crash* de J. G. Ballard ou *Cosmopolis* de Don DeLillo.

Pour Carolyn

1

Naomi était dans l'écran. Ou, plus exactement, elle était dans l'appartement dans la fenêtre QuickTime dans l'écran, le petit appartement miteux des universitaires Célestine et Aristide Arosteguy. Elle y était, assise face à eux, installés côte à côte sur un vieux canapé – était-il bordeaux ? Était-il en velours côtelé ? –, qui s'entretenaient avec un intervieweur hors champ. Et grâce à ses oreillettes blanches en plastique, elle était aussi, sur le plan acoustique, chez les Arosteguy. Elle sentait la profondeur de la pièce et la tridimensionnalité de leurs têtes, des têtes sagaces au visage sensuel, deux êtres assortis, tels un frère et sa sœur. Elle sentait l'odeur des livres entassés dans la bibliothèque derrière eux, éprouvait l'intense chaleur intellectuelle qui en émanait. Dans le cadre, tout était net – un effet de la vidéo, de ses petits capteurs CCD ou CMOS ; la nature du médium, songea Naomi –, et cette sensation de profondeur dans la salle, dans les livres, dans les visages s'en trouvait intensifiée.

Célestine avait pris la parole, une Gauloise se consumait dans sa main. Ses ongles étaient vernis d'un rouge aux nuances violettes – ou étaient-ils noirs (l'écran avait tendance à virer au magenta) ? – et ses cheveux étaient relevés en un chignon au désordre sophistiqué, leurs bouclettes folles formaient des anglaises autour de sa gorge. « Eh bien, oui, quand on n'a plus de désir, on est mort. Même le désir pour un produit, un objet de consommation, vaut mieux que pas de désir du tout. Le désir d'un appareil photo, par exemple, même d'un appareil bon marché, de mauvaise qualité, suffit à éloigner la mort. » Un sourire malicieux, la cigarette inhalée par ces lèvres. « Le désir est réel, bien entendu. » Une expulsion féline de fumée, et un gloussement.

Célestine, une femme de soixante-deux ans, mais la version européenne, intellectuelle, de la femme de soixante-deux ans, et non la version américaine des centres commerciaux du Midwest. Naomi était stupéfiée par la volupté de Célestine, son aura stylée et dramatique, la manière dont ses bijoux cinétiques et sa pose suggestive sur le canapé paraissaient se confondre. Elle n'avait jamais entendu parler Célestine – de rares interviews venaient à peine d'émerger sur le Net, et seulement, bien entendu, à cause du meurtre. La voix de Célestine était rauque et sensuelle, son anglais assuré et taquin, d'une précision fatale. La morte intimidait Naomi.

Célestine se retourna avec langueur vers Aristide. La fumée sortit en cascade de sa bouche, de son nez, et dériva vers lui, comme si elle lui passait un flambeau évanescent. Il inspira avant de parler, inhala la fumée, et prolongea la pensée de Célestine. « Même si l'on ne l'obtient jamais, ou que, une fois qu'on l'a obtenu, on ne s'en sert jamais. Du moment qu'on le désire. On voit cela chez les bébés. Leur désir est violent. » Comme il prononçait ces paroles, il se mit à caresser sa cravate, glissée dans un élégant pull en cachemire à col en V. On aurait dit qu'il caressait l'un de ces bébés féroces, et le geste paraissait expliquer le sourire béat qui envahissait son visage.

Célestine l'observa un moment, attendant la fin des caresses, avant de se retourner vers l'intervieweur caché. « C'est pour cette raison que, d'après nous, la seule littérature authentique à l'ère moderne, ce sont les manuels d'utilisation. » Célestine s'étira vers l'objectif, révélant un décolleté plantureux, parsemé de taches de rousseur, puis farfouilla hors champ à la recherche de quelque chose, avant de revenir s'affaisser, tenant dans la main, avec la cigarette, une petite brochure blanche, épaisse. Elle la feuilleta, son visage myope collé au texte imprimé – ou peut-être reniflait-elle le papier, l'encre ? – jusqu'à ce qu'elle trouve sa page et se mette à lire. « Flash automatique sans réduction des yeux rouges. Choisissez ce réglage pour prendre des photos sans sujets, ou si vous souhaitez photographier sans réduction des yeux rouges. » Elle rit de son rire riche, rauque, et répéta, cette fois de manière fort théâtrale : « Choisissez ce réglage pour prendre des photos *sans sujets*. » Une secousse de la tête, les yeux à présent clos pour jouir pleinement de la richesse des mots. « Quel auteur du siècle passé a produit une prose plus provocante, plus émouvante que celle-ci ? »

La fenêtre contenant les Arosteguy se réduisit à la taille d'une vignette, reléguée dans le coin gauche de la fenêtre d'un bulletin d'information. Les Arosteguy, désormais minuscules, paraissaient détendus et diserts, chacun rattrapait les répliques de l'autre tel un joueur de handball, mais Naomi n'entendait plus ce qu'ils disaient. À la place lui parvenaient les paroles du présentateur particulièrement sérieux qui occupait la fenêtre principale. « C'est dans l'appartement même de Célestine et Aristide Arosteguy, près de la célèbre Sorbonne, l'université de Paris, que la dépouille effroyablement massacrée d'une femme a été retrouvée, femme ensuite identifiée comme Célestine Arosteguy. » Dans la petite fenêtre, la caméra zooma sur Aristide, qui bavardait avec affabilité. « Son époux, le célèbre philosophe et écrivain français Aristide Arosteguy, n'a pas été retrouvé et n'a donc pu être interrogé. » Le montage fit brutalement disparaître Aristide, remplacé par des plans filmés caméra à l'épaule, éclairés par une lumière crue, qui montraient la cuisine du minuscule appartement, de nuit. Ils ne tardèrent pas à envahir le plein écran et la fenêtre du présentateur battit en retraite dans le coin en haut à droite.

Des policiers scientifiques équipés de gants chirurgicaux noirs retiraient des sacs plastiques congelés d'un réfrigérateur, photographiaient des casseroles et des poêles crasseuses sur la cuisinière, farfouillaient parmi les assiettes et les couverts. Le présentateur miniature poursuivait : « Certaines sources souhaitant garder l'anonymat nous ont indiqué disposer de preuves que certaines parties du corps de Célestine Arosteguy ont été cuites sur sa propre cuisinière, puis mangées. »

L'image suivante était un plan large sur un bâtiment municipal imposant, sous-titré « Préfecture de police, Paris ». « Le préfet de police, Auguste Vernier, a fait la déclaration suivante au sujet de la probable fuite d'Arosteguy hors du pays. » Transition sur une interview du préfet de police étrangement délicat, le nez chaussé de lunettes, dans ce qui s'apparentait à un large couloir bondé de journalistes. Sa voix française, intense, pleine de complexité émotionnelle, s'évanouit rapidement, remplacée par une voix américaine râpeuse, moins impliquée : « M. Arosteguy est un trésor national. Mme Célestine Moreau elle aussi en était un. Tous deux représentaient un idéal français, le couple de philosophes. La mort de Mme Moreau est une catastrophe nationale. » Nouveau plan sur la foule exubérante de journalistes qui s'égosillaient pour crier leurs questions, caméras et magnétophones brandis, puis retour au préfet. « Aristide Arosteguy a quitté le pays pour entreprendre une tournée de conférences en Asie trois jours avant que le corps de sa femme ne soit retrouvé. Nous n'avons pour l'instant aucune raison de le soupçonner de ce crime, mais des questions, naturellement, demeurent. Il est vrai que nous ne savons pas exactement où il se trouve. Nous le recherchons. »

La sonnerie stridente du tapis à bagages arracha Naomi à la *préfecture de police**[1] pour la replonger dans la zone de livraison des bagages de l'aéroport Charles-de-Gaulle. Tandis que le tapis roulant se

1. Les termes et expressions en italique suivis d'un astérique sont en français dans le texte. *(Toutes les notes sont de la traductrice.)*

mettait en marche dans un sursaut, la foule de passagers avançait, compacte. Quelqu'un heurta l'ordinateur portable de Naomi, qui lui tomba sur les tibias, entraînant ses écouteurs à sa suite. Elle s'était assise au bord du tapis roulant et en avait payé le prix. À présent, elle venait tout juste de sauver son MacBook Air chéri de la pointe de ses tennis. Le reportage sur les Arosteguy se poursuivait imperturbablement dans sa fenêtre, mais Naomi referma l'ordinateur et mit les Arosteguy en veille pour le moment.

Sur l'iPhone de Nathan, la sonnerie particulière de Naomi retentit, le trille d'une grenouille arboricole africaine qu'elle avait jugé plutôt érotique et lui avait envoyé par e-mail. À croupetons sur le sol bétonné d'un couloir humide et graveleux de la clinique Molnár, il fouillait dans le sac de l'appareil photo devant lui, à la recherche d'un objet qu'il soupçonnait Naomi d'avoir emporté, et il était donc logique qu'elle l'appelle à cet instant précis, son radar extrasensoriel ayant fonctionné, comme toujours, ce qui le faisait flipper chaque fois. Il continua à fouiller d'une main, manipulant son téléphone de l'autre.

« Naomi, salut. Où es-tu ?

— Je suis enfin à Paris. Je suis dans un taxi qui m'emmène au Crillon. Et toi ?

— Dans un couloir poisseux, à la clinique Molnár, à Budapest, en train de chercher dans le sac de mon appareil photo l'objectif macro 105 mm que j'ai acheté à l'aéroport de Francfort. »

Une pause presque imperceptible qui, comme Nathan le savait, n'avait rien à voir avec l'éventuelle culpabilité de Naomi, mais plutôt avec le fait qu'elle envoyait un texto à quelqu'un sur son BlackBerry tout en lui parlant.

« Hum… Tu ne le trouveras pas dans le sac de ton appareil photo, parce qu'il est dans le mien. Je te l'ai emprunté à Milan, tu te souviens ? Tu étais sûr que tu n'en aurais pas besoin. »

Nathan respira à fond et maudit le moment où il avait convaincu Naomi de passer de Canon à Nikon pour qu'ils puissent mettre leur matériel en commun ; la passion des marques était une glu émotionnelle pour les couples obnubilés par la technologie. Quelle erreur. Il cessa de fouiller dans le sac.

« Ouais. C'est bien ce que je pensais. J'espérais que cette histoire d'échange n'était qu'une hallucination. Je rêve souvent que je te donne mes trucs. »

Naomi poussa un grognement.

« Ça va vraiment te bloquer ? Tu as soudain découvert que tu avais besoin d'un macro ?

— Je m'apprête à photographier une opération. Je n'aurais jamais cru être autorisé à y assister, mais ils sont comme des petits fous à l'idée que je consigne tout ça. Je voulais utiliser le macro comme appareil de secours. Je suis sûr qu'il y aura plein de trucs médicaux hongrois bizarres que je pourrai prendre en super gros plan. Peut-être pas pour l'article en soi, mais comme référence. Pour nos archives. »

Encore une pause multitâche, une interruption aléatoire du rythme conversationnel qui rendait

Nathan dingue. Mais c'était Naomi, alors il fallait faire avec.

« Désolée. Je pouvais pas savoir.

— Tant pis. Je suis sûr que tu en as plus besoin que moi.

— J'ai toujours plus de besoins que toi. Je suis quelqu'un qui a beaucoup de besoins. Je voulais le macro pour faire des portraits. J'ai pris des rendez-vous clandestins avec des policiers français. Je veux capturer le moindre pore de leur visage. »

Nathan s'adossa à nouveau contre le mur humide du couloir. Il était donc coincé avec son zoom 24-70 mm de son appareil photo, le D3. Cet appareil pouvait-il faire des plans suffisamment rapprochés ? Il ferait probablement l'affaire. Puis il pourrait recadrer les fichiers s'il avait vraiment besoin de gros plan. La vie avec Naomi vous apprenait la débrouillardise.

« Hé, chérie, je suis surpris que tu sois réellement disposée à te salir les mains avec de vrais humains. Qu'en est-il des sources trouvées sur le Net ? Qu'en est-il du confort du journalisme virtuel, celui qui ne nous force jamais à quitter notre pyjama ? Tu ne serais pas obligée d'être à Paris. Tu pourrais être n'importe où.

— Si je pouvais être n'importe où, je serais à Paris.

— Tu as parlé du Crillon ? Tu y séjournes ou bien tu as rendez-vous là-bas ?

— Les deux.

— Ça ne coûte pas les yeux de la tête ?

— J'ai un contact secret. Ça ne coûtera pas *un seul sou**. »

Comme de coutume, Nathan mit immédiatement en marche ses suppresseurs de jalousie internes. Non que les contacts secrets de Naomi soient toujours des hommes, mais ils demeuraient tous dans un flou menaçant et dangereux. Si l'on voulait suivre son réseau social et ses ramifications, il fallait appliquer à Naomi un programme de fractales particulièrement sophistiqué, susceptible de retracer chaque minute de ses journées.

« Bon, c'est sans doute une bonne chose, répondit-il avec un manque d'enthousiasme destiné à la mettre en garde.

— Ouais, c'est génial, acquiesça Naomi, sans y prêter attention. »

Au bout du couloir s'ouvrit une porte métallique criblée de trous, et la silhouette rétro-éclairée d'un homme en tenue de chirurgien fit signe à Nathan.

« Venez donc vous changer, monsieur. Le Dr Molnár vous attend. »

Nathan hocha la tête, et leva la main en guise de réponse. L'homme agita la sienne pour lui signifier de se dépêcher, et il disparut, refermant la porte derrière lui.

« D'accord, bon, le cancer m'appelle. Faut que j'y aille. Tu as moins de deux secondes pour m'expliquer sur quoi tu travailles. »

Une nouvelle pause multitâche – ou bien mettait-elle de l'ordre dans ses pensées ? –, puis Naomi dit :

« Je suis sur une affaire juteuse, un assassinat-suicide, un meurtre sexuel, philosophique, français, cannibale. Et toi ?

— Toujours sur cette affaire controversée de cancer du sein hongrois, de grains radioactifs implantés chirurgicalement. Je t'adore.

— *Je t'adore aussi**. Appelle-moi. Salut.

— Salut. »

Nathan raccrocha, la tête baissée. Enfermez-moi dans ce couloir froid et humide pour qu'on ne me retrouve jamais. Et voilà. Il y avait toujours ce moment de résistance intérieure féroce, cette peur d'aller au bout de la chose, le ressentiment de devoir passer à l'acte, de devoir affronter le risque et l'échec. Mais le cancer l'appelait, et sa voix était impérieuse.

Dans sa chambre mansardée du Crillon, petite mais somptueuse, Naomi était allongée sur une chaise longue très décorée, à côté de deux petites portes étroites qui donnaient sur un balcon de la taille d'un paillasson. Depuis ce balcon, elle avait déjà photographié la cour, surplombée par un treillis métallique complexe destiné à repousser les pigeons, en portant une attention toute particulière aux signes de délabrement, *comme d'habitude**. Quel que soit le degré de luxe d'un hôtel parisien, l'empreinte du temps venait toujours vous surprendre avec ses textures merveilleuses. Maintenant qu'elle avait recréé son nid, avec son BlackBerry, ses appareils photo, son iPad, ses cartes mémoire CompactFlash et SD, ses objectifs, ses boîtes à mouchoirs, ses sacs, ses stylos et ses marqueurs, son nécessaire à maquillage (minimal), des tasses et des verres portant des traces de café et de jus divers, deux ordinateurs portables, un magnétophone audionumérique en aluminium brossé Nagra Kudelski, des cahiers, des calendriers, des magazines, provenant tous de son sac de voyage et de son sac à dos, Naomi jeta un œil à ses dernières photos sur Adobe Lightroom, tout en regardant une nouvelle vidéo sur les Arosteguy qui venait d'apparaître sur YouTube. Et sur l'écran, dans une autre fenêtre, à côté d'une photo du chambranle de la fenêtre de l'hôtel rongée par le pourrissement, avec son store délavé aux rayures blanches et vertes auxquelles se mêlaient des traces de rouille provenant de son délicat squelette métallique, se trouvait une autre image intrigante : un panorama à trois cent soixante degrés de l'appartement des Arosteguy, que Naomi contrôlait négligemment à l'aide du trackpad de l'ordinateur portable, zoomant et naviguant dans l'image, comme si, au fond, elle se promenait dans le foyer exigu et chaotique du couple d'universitaires.

Elle aperçut le canapé de la vidéo précédente, décoré désormais par les rais de soleil qui entraient à flots par les petites fenêtres d'où Naomi pensait voir une partie de la Sorbonne, de l'autre côté de la rue. Derrière le canapé se trouvaient les étagères surchargées, et, alors qu'elle tournait de quatre-vingt-dix degrés, elle découvrit encore plus d'étagères, et des piles de papiers, de lettres, de magazines, de documents qui jonchaient le moindre meuble, y compris l'évier de la cuisine, y compris le sol. L'absence d'appareils électroniques dernier cri fit sourire Naomi : un lecteur de cassettes, notamment, une petite télé à tube cathodique 4 : 3 (peut-être était-elle en noir et blanc ?), un téléphone filaire. Elle en fut ravie, car cela semblait convenir au séduisant couple de philosophes français, plus proche de

Sartre et Beauvoir que de Bernard-Henri Lévy et Arielle Dombasle. Les Arosteguy semblaient tout droit sortis des années 1950. (Au cinéma, elle aurait bien vu Simone Signoret, dans toute sa lourde et écrasante sensualité, dans le rôle de Célestine, à condition qu'il émane d'elle l'intelligence de Beauvoir ; elle ne savait pas trop qui pourrait tenir le rôle d'Aristide.) Forer dans leur vie, c'était forer dans le passé, et c'était là que Naomi avait envie d'aller. Elle ne cherchait pas de miroir, pas cette fois.

Un paragraphe sous la fenêtre panoramique confirma qu'il s'agissait bien de l'appartement, avant le meurtre, les images ayant été prises par un étudiant d'Aristide féru d'Internet – il s'était manifestement servi de Panorama Tools et d'un objectif *fisheye*, remarqua Naomi – dans le cadre d'un mémoire de master qui liait la philosophie évolutionniste consumériste des Arosteguy au mode de vie – plutôt – ascétique du couple. L'auteur du texte faisait sèchement remarquer que le malheureux candidat, Hervé Blomqvist, n'avait finalement pas obtenu son diplôme. Naomi était tombée sur un forum Internet tenu par des étudiants de Célestine, et dont le ton était celui d'un film français des années 1960 issu de la nouvelle vague. Blomqvist y apportait des contributions fréquentes et se positionnait comme archétype du mauvais garçon, dans la lignée d'un Jean-Pierre Léaud. Il laissait entendre que lorsqu'il était étudiant, il avait été l'amant adoré d'Aristide comme de Célestine et avait ensuite été puni de s'être appuyé sur sa position dans la vie privée des Arosteguy pour présenter ce qui, de son propre aveu, était « un mémoire lamentablement pauvre et parasitaire ». Naomi s'envoya un pense-bête par e-mail pour ne pas oublier d'entrer en relation avec Blomqvist, ce procédé mnémotechnique étant le seul à peu près efficace. Tout le reste se faisait happer par le fouillis du « Grand Nid », ainsi que Nathan qualifiait le nuage de chaos qui enveloppait Naomi.

Sur l'écran de Naomi, la troisième fenêtre dévoilait une interview tournée dans la cuisine en sous-sol, de forme étrange, du couple responsable de l'entretien quotidien de l'immeuble des Arosteguy. Un énorme cylindre en béton dominait la pièce, comme si la moitié du revêtement d'une cage d'escalier extérieure, en colimaçon, formait saillie chez eux. Adossés contre cette colonne en stuc vert pâle, une petite Française replète et son mari moustachu et timide s'adressaient à un intervieweur hors champ. Le son de la voix étonnamment juvénile de la femme avait été baissé lors du mixage, afin d'être couvert par la voix de l'interprète. La voix de matrone de l'interprète, plus mûre, paraissait correspondre davantage au visage de la femme.

« Jamais, dit l'interprète. Personne ne pouvait se mettre entre eux, entre ces deux-là. Bien sûr, ils avaient tous les deux de nombreuses liaisons. Ils venaient ici, les garçons et les filles, dans l'appartement juste au-dessus du nôtre. On les entendait parfois derrière nous, là-bas, qui riaient dans l'escalier, qui descendaient pendant que Mauricio et moi on prenait le petit déjeuner dans la cuisine. C'est mon mari. (Un sourire timide.) Il est mexicain. »

Mauricio, dans une gêne charmante, excitée, fit

un signe de la main à l'intention de la caméra. « *Hello, hello* », dit-il en anglais.

La femme – identifiée seulement maintenant, et maladroitement, comme « Madame Tretikov, gardienne » par un sous-titre à la police épaisse – poursuivit. « Ils dormaient ici. Ils vivaient ici. Parfois, oui, leurs amants étaient des étudiants. Mais pas toujours. (Elle haussa les épaules.) Pour les étudiants, c'était une affaire de politique et de philosophie, comme toujours. Les deux vont de pair. Ils étaient d'accord. Les Arosteguy nous avaient expliqué ça, à moi et à Mauricio, et cela semblait très correct. »

Naomi agrandit la fenêtre de la vidéo. En mode plein écran, elle avait l'impression d'être à l'intérieur de cette cuisine, postée à côté de la caméra, à observer le couple, la cuisinière écaillée en fonte émaillée, les placards en aggloméré imprégnés d'eau, les serviettes de cuisine humides dégorgeant des tiroirs à couverts béants. Elle sentait même l'odeur de graillon et la froidure humide des recoins d'escalier.

Comme s'il réagissait à cette image nouvellement agrandie, le cameraman zooma lentement vers le visage de *Madame**, il zooma, tel un requin attiré par le sang, car il vit ses yeux devenir humides. Madame apparut en gros plan, elle mordait ses lèvres tremblantes, ses larmes ruisselaient. Par bonheur, l'interprète ne tenta pas d'imiter sa voix chevrotante.

« Ils étaient tellement brillants, tellement stimulants, dit Madame. Il n'y avait aucune jalousie, aucun ressentiment entre eux. Ils ne formaient qu'une seule personne. Elle était malade, vous savez ? Elle se mourait. Je le voyais dans ses yeux. Sans doute une tumeur au cerveau. Elle se cassait tellement la tête, tout le temps. Toujours à écrire, à écrire. Pour moi, c'est une euthanasie. Elle lui a demandé de la tuer, et il s'est exécuté. Et ensuite, bien sûr, oui, il l'a mangée. » Après ces paroles, Madame respira profondément, mais de manière saccadée, puis elle s'essuya les yeux avec le torchon élimé qu'elle avait dans ses mains tout au long de l'interview, et sourit. L'effet était surprenant, et Naomi prit quelques notes pour l'analyser dans la fenêtre des e-mails restée ouverte au coin de son écran. « Il ne pouvait simplement pas la laisser là-haut, à l'étage », poursuivait Madame. Elle affichait un sourire béat ; elle avait une révélation à faire. « Il voulait emporter avec lui tout ce qu'il pouvait prendre de sa femme. Alors il l'a mangée, puis il s'est enfui, avec son épouse à l'intérieur de lui. »

Les lunettes médicales le gênaient. Nathan parvenait à peine à voir dans le viseur de son antique Nikon D3, l'objectif en plastique se projetait trop loin de son œil, les lunettes glissaient sur son nez et tombaient quand il rapprochait l'appareil, leur élastique lui tirait les cheveux, chiffonnant sa charlotte chirurgicale bleu layette. « Tout a changé après le sida », venait de lui expliquer le Dr Molnár. « À partir de là, le sang, c'est devenu la plus dangereuse des saloperies. On a compris qu'on ne pouvait plus se permettre d'en recevoir dans les yeux, dans les canaux lacrymaux. Donc, au bloc, on met des lunettes de ski et on part tout schuss – il fit alors des mouvements de torsion quelque peu affectés au niveau des hanches et des bras – sur les bosses des corps de nos patients. » À présent, le Dr Molnár se penchait pour se rapprocher du magnétophone Nagra SD qui pendait, accroché au cou de Nathan, dans un boîtier de cuir aux lanières noires de type *bondage*, et il souffla dans son microphone cardioïde aux allures de crustacé :

« Ne soyez pas intimidé, Nathan. Ma vanité est de notoriété publique. Rapprochez-vous. Remplissez votre cadre. C'est la règle numéro un du photographe, n'est-ce pas ? Remplir le cadre ?

— Il paraît, répondit Nathan.

— Bien sûr, vous m'avez écrit que vous étiez journaliste médical, obligé par la "marée montante de la technologie des médias" de devenir également photographe, réalisateur vidéo, et preneur de son, si bien que vous êtes peut-être à présent dépassé par les événements. Je serai votre guide. »

Naomi avait elle aussi, tout à fait indépendamment, acheté un magnétophone à l'aéroport de Schiphol d'Amsterdam, un modèle ML désormais obsolète (cela la tuerait, quand elle s'en apercevrait). Les boutiques d'électronique dans les aéroports étaient devenues leur lieu de prédilection, même si, la plupart du temps, ils ne s'y trouvaient pas au même moment. Ils en étaient arrivés au stade où ils pouvaient sentir leurs traces respectives parmi les boîtes d'adaptateurs électriques et les cartes CompactFlash microSD. Ils se donnaient des tuyaux sur les variations des stocks d'objectifs et des automatiques à Ferihegy, Schiphol, Léonard-de-Vinci. Ils s'échangeaient des listes de courses, par e-mails et textos, indiquaient les meilleurs prix qu'ils avaient repérés.

« J'aimerais beaucoup ôter les lunettes, docteur Molnár. Elles n'ont pas été étudiées pour les photojournalistes.

— Appelez-moi Zoltán, je vous prie, Nathan. Et bien sûr, enlevez-les. Vous avez toujours votre appareil photo mastoc devant les yeux pour vous protéger, de toute façon. »

Le Dr Molnár rit – un rire plutôt glaireux, malsain, songea Nathan – et, dans un tourbillon, contourna la table d'opération, longeant la rangée de fenêtres ouvertes et protégées par des moustiquaires, par lesquelles pénétraient le vrombissement assourdi, pareil à celui d'un insecte, de la rue en contrebas et les éclaboussures de la lumière du petit matin qui inondait les murs carrelés, crasseux et désagrégés de la pièce.

Nathan prit quelques photographies de Molnár tandis qu'il dansait, et le langage corporel du bon docteur trahissait son plaisir d'être photographié.

« Ce n'est pas commun de voir des fenêtres ouvertes dans un bloc opératoire, ne put s'empêcher de remarquer Nathan.

— Ah, eh bien, notre infrastructure hospitalière, ici, sombre dans le chaos, vous savez, et donc la climatisation ne fonctionne pas. Par bonheur, il nous reste l'option fenêtre. Le bâtiment est très vétuste. (Le docteur prit place sur le côté de la table d'opération, flanqué de deux assistants, et agita les bras au-dessus de la table comme s'il invoquait les esprits.) Mais comme vous le voyez, l'équipement, en soi, est de toute beauté. De premier ordre, de pointe. »

Nathan entreprit consciencieusement de photographier les détails de l'équipement, ce qui le conduisit petit à petit au visage de la patiente elle-même, caché derrière un cadre drapé de gaze chirurgicale, elle aussi bleu layette, qui séparait sa tête du reste de son corps. Cette tête autonome paraissait endormie plutôt qu'anesthésiée, et elle était très belle. Des cheveux bruns coupés court. Des pommettes slaves, une grande bouche, un menton délicatement pointu, creusé d'une fossette. Nathan, pour le moment, résistait à l'envie de la prendre en photo.

« Je vois que vous ne semblez pas avoir besoin de changer d'objectif. Le dernier journaliste qui est passé ici portait plein d'objectifs à la ceinture. Il en faisait un cirque, à fixer et à enlever les objectifs de son appareil photo.

— Vous êtes très observateur, remarqua Nathan. (Manifestement, il était impossible de trop complimenter le Dr Molnár ; Nathan éprouvait une satisfaction perverse à trouver des moyens détournés de le faire.) J'ai parfois, en effet, un deuxième boîtier de secours, avec un objectif de macrophotographie. Mais ces zooms modernes surpassent vraiment, en qualité, de nombreux anciens objectifs à focale fixe. Étudiez-vous la photographie ? »

Le Dr Molnár sourit derrière son masque :

« Je m'intéresse plutôt à un petit restaurant, dans un hôtel du centre-ville, à Pest. Vous devriez venir. Vous serez mon invité d'honneur. Les murs sont couverts de mes photographies de nus. Mais je ne me servirais pas de cette chose, par contre, dit-il, désignant le Nikon à l'aide d'un forceps de forme très étrange. Je suis absolument un homme de l'argentique. Moi, ce qu'il me faut, c'est de la pellicule moyen format, et c'est tout. C'est lent, c'est gros et maladroit, mais les détails sont exquis. On peut les lécher. On peut les goûter. »

Le masque du docteur était bombé par les mouvements de sa langue, cherchant à illustrer son approche de la photographie. Il avait déjà posé, lors de ses premières discussions avec Nathan, que c'était la sensualité de la chirurgie qui, de prime abord, l'avait conduit à cette pratique ; la sensualité était le principe qui régissait chaque aspect de sa vie. Il tenait à s'assurer que Nathan ne l'oublie pas.

Alors, dans un enchaînement très feutré – que Nathan jugea particulièrement hongrois – le Dr Molnár dit :

« Avez-vous rencontré notre patiente, Nathan ? Elle vient de Slovénie. *Une belle Slave**. (Molnár jeta un coup d'œil furtif au-dessus de la barrière de gaze et s'adressa à la tête déconnectée avec un brio conversationnel désarmant.) Dunja ? Avez-vous rencontré Nathan ? Vous avez signé une autorisation écrite pour lui, et il se trouve à présent au bloc avec nous. Pourquoi ne le saluez-vous pas ? »

Nathan crut d'abord que le bon docteur le taquinait ; Molnár avait insisté sur le caractère ludique de sa pratique chirurgicale unique, et les bavardages avec une patiente inconsciente répondaient assurément au qualificatif de « molnáresques ». Mais, à la surprise de Nathan, les yeux de Dunja s'ouvrirent par saccades, elle commença à remuer la langue et les lèvres comme si elle avait soif, inspira une petite goulée d'air qui était presque un bâillement.

« Ah, la voilà, s'écria Molnár. Mon trésor. Coucou, chérie. »

Nathan se recula d'un pas dans ses chaussons glissants en papier afin de ne pas gêner l'étrange flux intime entre la patiente et le médecin. Le chirurgien et elle étaient-ils amants ? Ou était-ce simplement le genre de contact entre médecin et patient hongrois ? Molnár toucha sa bouche masquée du bout de ses doigts couverts de latex, puis, d'une pression, il déposa le baiser ainsi filtré sur les lèvres de Dunja. Elle gloussa, puis s'échappa furtivement dans ses rêveries, et revint.

« Parlez à Nathan », dit-il en se retirant avec une courbette. Il avait à faire.

Dunja avait du mal à fixer Nathan des yeux, le procédé était si électromécanique qu'il en paraissait photographique. Puis elle dit :

« Oh, oui, prenez des photos de moi dans cet état. C'est cruel, mais je veux que vous le fassiez. Zoltán est très vilain. C'est un vilain docteur. Il est venu pour s'entretenir avec moi, et on a passé beaucoup de temps ensemble dans ma ville, qui se trouve – un nouveau gloussement drogué – quelque part en Slovénie. Je ne sais plus où.

— Lubiana, cria Molnár, au pied de la table, où il passait les instruments en revue avec ses collègues.

— Merci, vilain docteur. Vous savez, c'est votre faute si je ne me souviens de rien. Vous adorez me droguer. »

Nathan commença à photographier le visage de Dunja. Elle se tournait vers l'appareil photo comme un tournesol. Il regretta de ne pas avoir opté pour une caméra vidéo pour ses missions, un rejet tatillon dû à ses inquiétudes relatives au stockage des fichiers, aux périphériques, entre autres calculs savants de crack technophile. Bien entendu, s'il avait pu se payer le nouveau D4s, qui enregistrait aussi des images vidéo correctes… Mais avec l'incessant flot de lave chaude de la technologie, il n'arrivait pas à se maintenir à la page, même quand il en mourait d'envie. Naomi ne se montrait jamais aussi pointilleuse. Elle n'était simplement pas *prudente*. Elle avait déjà acheté un nouveau caméscope chinois haute définition sans marque à Heathrow et avait téléchargé un obscur programme d'édition asiatique pour manipuler ses dossiers récalcitrants. Même si elle avait dû filmer avec son BlackBerry, elle aurait capturé, dans un grain grossier, l'étrange badinage auquel il venait d'assister. Oh, tant pis. Le magnétophone était lancé, et, en dernier recours, il joindrait un fichier son à chaque photographie grâce au microphone de l'appareil photo.

« Nathan ? Je vous trouve très beau », dit Dunja, avant de s'évanouir à nouveau.

Nathan commença à préparer une photo 24 mm en contre-plongée avec le visage de Dunja au premier plan et son anesthésiste – costaud, poilu, mutique – derrière elle.

« Nathan, laissez tomber le visage. C'est les seins qu'il faut photographier. Venez ici près de moi. »

Nathan prit la photo, puis il se leva pour rejoindre le Dr Molnár. Celui-ci retira la gaze chirurgicale – orange, étrangement – qui couvrait la poitrine de Dunja. Ses seins étaient très pulpeux, très bleus et irréels sous la lumière qui provenait de l'ensemble de luminaires surplombant la table. Nathan avait rarement recours au flash, susceptible d'écraser la lumière ambiante, précisément pour pouvoir capturer l'effet de telles lumières. Chaque sein était traversé d'une douzaine de tubes en plastique transparent qui, formant une sorte de treillis, lui donnaient l'aspect d'un parapluie retourné par une violente bourrasque.

« Prenez-les en photo, ce sera mieux. S'ils passent bien, je les imprimerai et je les accrocherai dans mon restaurant.

— Vous accrochez des photos médicales dans votre restaurant ?

— Non, non. Les vôtres seraient les premières. Vous pensez que ça perturberait les repas ?

— Cela perturberait mon repas, je peux vous le garantir. »

Le Dr Molnár éclata de rire. Son masque chirurgical se gonflait et se comprimait selon les émissions pneumatiques de son hilarité. Il était plié en deux. Nathan songea que les coutures du masque allaient craquer. Il parcourut du regard les autres personnes présentes dans la salle. L'une d'elles, dans un clin d'œil, haussa les épaules. C'était juste le docteur Molnár. Pas d'inquiétude. Molnár se redressa et reprit contenance, avec quelque difficulté.

« Je vous choque ? Nous sommes très taquins ici. Cela s'impose dans un bloc opératoire.

— Oui, répondit Nathan, c'est ce que vous m'avez dit. »

Il plaqua l'appareil photo contre son œil, et déplora l'absence de l'objectif macro. Il se rapprocherait le plus possible pour faire sa mise au point, puis il recadrerait le cliché plus tard. De près, les seins devenaient de vrais animaux, peut-être marins, peut-être rattachés à des tubes dotés d'un dispositif d'autoalimentation. Nathan commença à songer que des vapeurs anesthésiques flottaient dans la salle, affectant sa perception. Il sortit de sa torpeur.

« Vous voulez me choquer, docteur Molnár ? » demanda-t-il, avant de se diriger d'un pas léger vers les seins multi-pénétrés de la femme, et de faire rouler délicatement son doigt sur l'obturateur. Son nez était écrasé, comme toujours, contre l'écran LCD à l'arrière de l'appareil photo – il utilisait son œil gauche, le meilleur – et il parlait du coin de la bouche, tout comme les fumeurs tordent leurs lèvres pour expulser la fumée loin de vous. « J'ai l'impression que oui.

— Je veux vous divertir, répondit Molnár, qui attrapa un petit récipient en acier inoxydable. (Il plongea l'index pour fouiller dedans, tel un chercheur d'or.) Pour votre grand article dans le *New Yorker*. J'ai toujours eu envie de figurer dans la section "Annales de médecine". Ce serait bon pour les affaires, bon pour ma vanité. »

Nathan, qui continuait à prendre des photos, rit.

« Le *New Yorker* me paraît un peu hasardeux. C'est une pige que je vais proposer.

— Un peu hasardeux, oui, charmante expression, mais l'espoir fait vivre. Et mon espoir, c'est le *New Yorker*.

— Franchement, j'ai le même espoir. Malheureusement, mon CV n'est pas tout à fait à la hauteur. Je n'ai pas terminé la fac de médecine. »

Molnár cessa ses recherches et releva la tête pour regarder dans l'objectif de Nathan.

« Eh bien, moi non plus. Cela ne m'a pas empêché de faire une carrière brillante. Je suis sûr que ce sera pareil pour vous. »

Nathan ne put s'empêcher de jeter un coup d'œil furtif vers Dunja pour voir si elle avait entendu. Sa tête tournait d'un côté puis de l'autre, rêveuse, et sa bouche épousait toutes sortes de sourires, mais elle gardait les yeux fermés. Elle était ailleurs. Cela n'échappa pas à Molnár.

« Elle sait tout de moi. J'ai appris la médecine à une époque de turbulences en Europe de l'Est. Les choses étaient alors… régulièrement irrégulières. Les Américains ne comprennent jamais. Voulez-vous voir ça ? Ça peut faire une jolie photo. »

Molnár lui tendit le bol si bien que Nathan aperçut les dizaines de minuscules grains métalliques à l'intérieur. Il secoua le bol d'avant en arrière, les grains scintillèrent dans un cliquetis. Cela ferait effectivement une jolie photo – pour l'objectif macro 105 mm embarqué par Naomi. Nathan zooma à 70 mm, puis il passa en grand-angle à 24 mm, sachant que dans les deux cas il ne pourrait pas se rapprocher suffisamment pour faire le portrait idéal de ce qu'il voyait. Si Nathan restait en grand-angle, cependant, les mains de Molnár dans la photo étaient intéressantes, surtout quand le médecin remua les grains en tous sens à l'aide de son doigt. Distinctement noueuses et arthritiques même dans leurs gants, les phalanges et les articulations grotesquement enflées évoquaient des lutins vêtus de robes en latex translucides. (Étaient-ce les vapeurs anesthésiques de la salle ?) Oui, à présent les mains étaient le vrai sujet de la photographie. De quelle finesse ces mains dévastées pouvaient-elles faire preuve lors d'une opération ? Nathan se demanda s'il y avait une boutique Nikon près de l'hôtel. Il se ferait probablement arnaquer sur le prix, mais quand reverrait-il Naomi ? Il avait besoin de cet objectif macro. Il se découvrait de plus en plus attiré par le niveau macroscopique de la pratique médicale, même s'il ne savait pas vraiment qu'en faire. Les spécialistes abondaient dans le domaine médical, s'occupant de leurs affaires banales de manière industrieuse, laide. Ce n'étaient pas des artistes. Mais Nathan en était-il un ?

« C'est joli, mais que me montrez-vous, Zoltán ?

— Je vais procéder à des tumorectomies multiples. La patiente souffre de plusieurs tumeurs mammaires discrètes, mais elles ne sont pas très agressives, et donc, comme je défends les couleurs roses de la préservation du sein, je vais m'attacher à n'enlever que les tumeurs, afin d'épargner la poitrine. En conséquence, je m'apprête à injecter cent vingt grains radioactifs, qui sont des isotopes radioactifs de l'iode – l'iode 125 – mis en capsule dans des grains de titane, dans chaque sein, autour des tumeurs qui s'y développent. (Molnár faisait de grands gestes vers les machines et les moniteurs autour de la table.) Voici mon système de guidage 3D par imagerie ultrasonore. Nous devons localiser chaque masse avec une exactitude au centième de millimètre dans un espace corporel chaotique. J'ai l'impression de piloter un avion avec un radar pour seul guide. »

Nathan alla se poster derrière Molnár. Il trouva un angle épatant qui permettait d'inclure dans le cadre les mains de Molnár et le récipient chatoyant au premier plan, et les seins de Dunja sous leur treillis à l'arrière-plan. Les lumières au-dessus de la table, mêlées à l'exquise sensibilité à faible éclairage du D3, lui donnaient assez de profondeur de champ pour qu'il puisse faire la mise au point à la fois sur le premier plan et sur la poitrine. Tandis qu'il mitraillait avec son appareil photo, et que l'obturateur en composite kevlar-fibre de carbone martelait son écho sur les carreaux dévastés de la salle, Molnár cria à l'intention de tous :

« Je dois reconnaître que c'est une bonne chose que vous n'utilisiez pas de pellicule. Sa poitrine sera bientôt radioactive, et par conséquent votre pellicule aurait été voilée ! »

2

Naomi pensait qu'elle finirait par obtenir un rendez-vous avec Hervé Blomqvist dans une petite brasserie, quelque part aux alentours de la Sorbonne, un lieu évocateur d'un film de Truffaut, avec ses petites tables en marbre, en accord avec l'image de mauvais garçon français à la Léaud qu'elle s'était faite de lui d'après ses différentes apparitions sur le Net. Au lieu de quoi, elle se retrouva à L'Obélisque, l'un des restaurants du Crillon, le seul endroit où le jeune homme avait consenti à la rencontrer après avoir appris qu'elle y séjournait. Par bonheur, il semblait ne pas connaître l'autre restaurant de l'hôtel, Les Ambassadeurs, qui avait été la salle de bal des ducs de Crillon, et qui était encore plus hors de prix. L'Obélisque était décrit dans les brochures de l'hôtel comme un bistrot sans prétention, mais Naomi, découvrant ses boiseries et ses serveurs en livrée avec la broche en or du Crillon – un C majuscule Art nouveau, coiffé d'une couronne –, se sentait quelque peu intimidée et s'inquiétait pour sa tenue. Elle avait sorti sa robe noire en coton, prévue pour les urgences, et déniché ses chaussures à lanières et talons compensés, les seules sans talons aiguille, qui ne risquaient donc pas de se retrouver coincées dans les pavés et les grilles d'égout européens. Et elle patientait donc, assise, les joues en feu.

Plus tôt dans la journée, postée juste devant l'entrée aux décorations solennelles de l'hôtel, elle s'était adossée à ce qu'elle pensait être un boîtier de raccordement électrique vert, du côté de la rue opposé à l'enceinte de l'ambassade américaine, pour envoyer des textos nerveux à Blomqvist au sujet de leur rendez-vous imminent, lorsqu'elle avait perçu une pression légère au niveau de son épaule. Elle s'était retournée et avait découvert un flic français armé d'une mitraillette. Il avait quitté son poste devant l'ambassade pour emprunter la rue étroite et s'était campé devant elle, sévère et incongru avec ses lunettes de soleil et son uniforme bleu marine composé d'un gilet pare-balles et de vêtements de protection de type homard qui lui couvraient les épaules, les jambes, et les pieds. Plaquées contre sa clavicule se trouvaient, enroulées en boucle, des menottes en plastique prêtes à l'action. Il ne lui manquait qu'un casque, mais il portait à la place un képi mou en forme de canoë.

« Qu'est-ce que vous faites ici, à jouer avec votre téléphone portable ? » demanda-t-il.

Il était très jeune et très beau, et il souriait, mais il n'était pas avenant. Sur sa plaque, un emblème en forme de bouclier blanc et rouge indiquait « Police Nationale, CRS ». C'était un policier anti-émeute, comprit Naomi, mais la rue, qui donnait sur la Concorde, était d'une tranquillité absolue, et la place grouillait de touristes distraits. Il y avait même un groupe grotesque d'Américains qui se balançaient sur des gyropodes Segway autostabilisés à deux roues et écoutaient les instructions de leur guide avant de se lancer dans la circulation folle.

« J'attends un ami, répondit Naomi, dans un français plus hésitant qu'il ne le serait d'ici une semaine. Je séjourne au Crillon, juste ici, ajouta-t-elle sans conviction, elle fit un geste derrière elle, avant de s'en vouloir immédiatement de lui avoir fait cette fleur. »

Il ôta une main de son arme et lui fit signe de dégager, comme on chasse un enfant.

« Attendez votre ami là-bas, de l'autre côté de l'entrée de l'hôtel. Éloignez-vous de cette boîte de commande. »

Naomi comprit soudain qu'elle s'appuyait contre le boîtier de commande d'un énorme cylindre d'acier qui surgissait du macadam lorsqu'on faisait passer une carte de sécurité, et bloquait toute la circulation dans la rue transversale entre l'hôtel et l'ambassade. L'enceinte de l'ambassade américaine, cerclée de barrières métalliques et de bornes en béton rapprochées coiffées de glands cuivrés, était un nid de guêpes. On le secouait à ses risques et périls. Naomi, vengeresse muette, avait pris au téléobjectif des photos des fenêtres de l'ambassade depuis la fenêtre d'un couloir du Crillon. La plupart des fenêtres de l'ambassade étaient protégées, mais, dans un frisson, elle songea que la porte de sa chambre d'hôtel allait bientôt être abattue à coups de pied, et qu'elle ferait l'objet d'une arrestation brutale, avec ces absurdes menottes en plastique, peut-être une cagoule sur la tête et tout le tintouin. L'incident l'avait ébranlée, étrangement. Était-ce lié à son statut d'Américaine en France, à son indignation devant l'autorité, aux policiers sexy, ou à de simples fantasmes *bondage*/victime/humiliation ? Elle décida de faire des recherches sur l'érotisme propre aux compagnies républicaines de sécurité. Il y avait un magazine homo de luxe, à Paris, qui se pâmerait sans doute devant son papier – si le sujet n'avait pas déjà été traité.

Le clone de Jean-Pierre Léaud surgit dans son périmètre et s'assit. Il sourit, et – bien entendu – rejeta en arrière une mèche folle de cheveux châtain foncé. Choquée, elle découvrit qu'il portait un costume ajusté, avec une cravate fine. Et une chemise blanche. Il s'était muni d'un attaché-case classique, marron foncé, qu'il posa précautionneusement par terre, contre le pied de la table. Il regarda Naomi quelques instants, avec attention, puis il lui présenta sa main, qu'il insinua délicatement par-dessus la table entre les verres d'eau aux teintes rouges et jaunes et les bougies. Sa poignée de main hésitante, d'intellectuel, ne l'étonna pas.

« Bonjour, dit-il. Tu es Naomi Seberg – un chouette nom de star de cinéma. Je parie que tu as deviné que je suis Hervé Blomqvist. »

Au cours des échanges de textos qui avaient suivi leur premier contact, relativement public, sur le forum de Célestine A., ils s'étaient entendus pour parler anglais. Il avait besoin de pratiquer la langue, avait-il dit, et ne parlerait pas français.

« Je n'ai pas eu à deviner quoi que ce soit, répondit Naomi, parce que j'ai vu des vidéos de toi. En définitive, tu m'en as envoyé plusieurs. »

Il retira sa main prudemment. Son front se plissa avec une véhémence feinte, ses lèvres firent la moue. Il savait mettre sa joliesse en avant.

« J'ai toujours eu l'illusion qu'il était impossible de me capturer en vidéo. Mon essence, je veux dire. »

Il lui paraissait tellement jeune, même si elle n'était que de six ans l'aînée de ce jeune homme de vingt-cinq ans. Il avait fait un passage précoce par l'université française, mais, comme souvent, la maturité dans les autres domaines n'avait pas suivi, et avait certainement été sacrifiée. Elle tenait tout cela du forum, des propos adressés à Hervé par des amis bien intentionnés mais critiques, également destinés à n'importe quel troll désireux d'absorber l'information. Comme Naomi.

« Il me semble que tu as raison à propos de ton essence, dit Naomi. Je n'y ai pas du tout eu accès. Mais ton visage... je le reconnais. Ce que je ne reconnais pas, c'est le costume et la cravate. Sur Internet, tu étais tout le temps en jean et T-shirt. Tu t'es mis sur ton trente-et-un exprès pour moi ?

— Je n'avais jamais mis les pieds au Crillon. J'ai eu peur qu'on me découvre et qu'on me jette dehors. J'ai emprunté le costume à mon frère. Il est avocat. Ce n'est pas fréquent, pour une journaliste, de séjourner au Crillon, n'est-ce pas ?

— Ce qui n'est pas fréquent, pour une journaliste, c'est de *payer* pour séjourner au Crillon.

— Tu ne payes pas ?

— Pas avec de l'argent.

— Avec du sexe ? »

Naomi rit. C'était son meilleur rire, celui qu'elle espérait toujours entendre quand elle s'esclaffait. Il était rauque, sincèrement joyeux, et cela parce qu'Hervé était tellement plein d'espoir, à un degré épouvantable, enfantin.

« Non, pas avec du sexe. Avec des photos.

— Ah, oui. Des photos. (Hervé appuya les doigts contre ses tempes et ferma les yeux.) C'est un café que tu bois ? demanda-t-il.

— Oui. Un double expresso. Tu en veux un ?

— J'aimerais juste prendre une gorgée du tien, si ça ne te dérange pas. J'en ai besoin, mais pas trop. (Il ouvrit les yeux et sourit.) Un début de migraine. »

Il prononçait le mot « miiigraine » comme les Anglais. Dans un haussement d'épaules, elle poussa sa tasse sur la table.

« Je t'en prie. »

Il attrapa la tasse et en respira les effluves avec ostentation.

« Mmm. C'est dangereux. Ça me rend surexcité. »

Il le sirotait avec une sensualité exagérée, ses lèvres et sa langue en faisaient des tonnes, et pendant tout ce temps, il avait planté ses yeux au fond des siens. Naomi ferma les yeux et secoua la tête. Elle avait l'impression d'être sa mère. Lorsqu'elle lui rendit son regard, elle avait une expression sévère, tout sauf séductrice. Elle sortit le magnétophone de son sac, le brancha, et le plaça sur la table.

« Hervé, dit-elle, à partir de maintenant, je t'enregistre, comme convenu, et la première question que je t'adresse est la suivante : tu te comportais de cette façon avec Célestine Arosteguy ? »

Il resta interdit quelques instants, puis il posa sa tasse.

« Comment je me comporte ? Je me comporte normalement. Je ne comprends pas ce que tu veux dire.

— Tu te montres très séducteur avec moi. Est-ce toi qui as séduit ton professeur, ou bien est-ce elle qui t'a séduit ?

— Je vois, dit-il. Tu veux jouer le rôle de Célestine avec moi. Tu t'identifies à elle.

— Non, je ne joue pas du tout. Je veux savoir comment c'était avec eux, avec les Arosteguy. De la part d'une de leurs connaissances. Toi.

— C'était très sexuel avec eux, mais pas seulement sexuel. Mais toi c'est le sexe qui t'intéresse, non ? Tu veux que la conversation prenne une tournure sensationnelle. Tu veux leur causer du tort, je me trompe ?

— Pourquoi crois-tu ça ? (Sa question avait sincèrement déconcerté Naomi, et Hervé s'en rendait compte.) Nous en avons parlé sur le Net. Je croyais que tu m'avais comprise.

— Je t'ai comprise, répondit Hervé. Mais je ne t'ai jamais crue. À quel point tu étais *sympa**, à quel point tu les aimais, à quel point leur philosophie et leur histoire d'amour étaient sources d'inspiration pour toi.

— Et alors pourquoi es-tu ici, à boire mon expresso ? »

Un haussement d'épaules compact, à la française.

« Je voulais voir à quoi ressemblait une chambre du Crillon. »

Ils finirent par appeler le service d'étage. Pendant qu'ils patientaient, Hervé consentit à prendre la pose pour quelques clichés, assis sur la chaise longue de la chambre près des portes ouvertes du balcon tandis que Naomi, accroupie, manipulait l'appareil, passant d'un côté puis de l'autre pour tenter de trouver l'angle le plus révélateur. Elle utilisait un Nikon D300s, le cousin du D3 de Nathan. Il était plus petit, plus léger, et elle appréciait la discrétion et la mobilité par-dessus tout. La lumière tamisée, douce, traversait le treillis à pigeons et rebondissait, prise au piège de la cour intérieure, pour mieux mettre en valeur la féminité du visage du garçon. Il posait devant l'objectif de manière experte, comme Naomi l'avait escompté, au vu de l'autopromotion à laquelle il s'était livré sur les forums relatifs aux Arosteguy, où figurait une kyrielle de vidéos et de photos destinées à témoigner des innombrables humeurs et rêveries d'Hervé Blomqvist. Globalement, il jouait les prudes, les mystérieux, et Naomi savait parfaitement utiliser la lumière naturelle et ses angles, le front, les sourcils noirs et épais, les yeux marron liquides dans le visage mince, pour mettre cela en valeur.

« Donc, Naomi, à quoi vont te servir ces photos de moi ? (Il parlait entre deux prises, et prenait soin de se caler sur le rythme de Naomi afin de ne pas être photographié la bouche contractée par un rictus disgracieux.) Tu prépares un livre d'images dédié aux Arosteguy ? Un beau livre ?

— Je ne sais pas ce que je fais, Hervé. Tu as des suggestions ?

— En effet, j'ai une suggestion. Mais je crois qu'elle va te faire peur. »

Naomi s'interrompit et posa son appareil photo sur ses genoux. Cela lui faisait un drôle d'effet d'être en robe, mais au moins, maintenant, elle était pieds nus. Elle leva les yeux vers Hervé, qui sourit, le regard bienveillant, dans le vague, comme un curé. Agaçant.

« Vas-y, dit Naomi. Je suis tout ouïe. »

Hervé se leva, il commença à défaire sa cravate.

« Je te propose un livre qui montrera tous les amants des Arosteguy, à commencer par moi. Et ils seront tous nus. Et ils diront en quoi a consisté leur expérience de baise avec eux. Et ils parleront de l'influence que Célestine et Aristide ont eue sur leur vie. »

Naomi était assise par terre, le dos contre le pied du lit.

« Tu te déshabilles ? demanda-t-elle.

— Oui, dit Hervé.

— Tu veux que je te photographie nu ?

— Oui.

— Je ne vais pas coucher avec toi. Sérieusement. Certainement pas. »

Hervé avait ôté sa cravate, sa veste, sa chemise, il s'affairait sur sa ceinture, un objet ultra-sophistiqué à motif croco, avec une boucle munie de deux ardillons, et une double rangée de trous qui semblait lui poser problème. Il était imberbe, le torse menu, ainsi que Naomi l'avait prévu. Tous ces films de la nouvelle vague.

« Si tu couches avec moi, je te ferai une gâterie que Célestine aimait beaucoup. C'est assez peu ordinaire, ce qu'elle aimait. »

Naomi leva son appareil photo et se mit à le mitrailler avec désinvolture.

« Oh, j'aime ton appareil, dit Hervé. On dirait qu'il est en fibre de carbone. C'est bien ça ?

— Non. Boîtier en magnésium. (Elle cessa de le photographier, souleva son Nikon, jongla avec d'une main à l'autre.) Mais j'ai l'impression que le prochain sera en fibre de carbone. (Elle le colla à nouveau contre son œil, recommença à photographier.) Et Aristide ? Il y avait une gâterie qu'il aimait particulièrement ? »

Hervé réussit enfin à défaire sa ceinture, et baissa son pantalon. Il portait un minislip Calvin Klein. Elle avait espéré quelque chose de plus original.

« Oui, tout à fait, dit-il en sortant de son pantalon. Ça sera un petit peu plus difficile, mais ça aussi, je peux te le montrer. »

Dunja était assise dans un lit, dans la salle de réveil de la clinique Molnár. Il y avait une dizaine de lits, spartiates, rudimentaires, inquiétants, mais elle était seule dans la pièce avec Nathan. Il se trouvait sur une chaise en plastique instable à côté d'elle, l'appareil photo sur les genoux, le magnétophone toujours accroché par son cordon autour de son cou, son voyant lumineux rouge, pareil à un bijou, tachant le drap de Dunja tant la pièce était sombre.

Dunja était encore dans les nuages, mais Nathan pensait que cela tenait davantage à l'épuisement émotionnel qu'aux effets de l'anesthésie. Elle fit un signe de la tête dans sa direction.

« Je n'avais pas prévu l'appareil photo. Dans le bloc opératoire. Je pensais que vous prendriez seulement des notes dans un carnet, comme un vrai journaliste.

— On est tous photojournalistes, aujourd'hui. Ça ne suffit plus d'écrire. Il faut rapporter des images, du son, de la vidéo. J'espère que ça ne vous dérange pas. »

Dunja s'étira, de manière plutôt voluptueuse malgré la chemise d'hôpital et la perfusion dans son bras.

« Ça ne me dérange pas. Bientôt, c'est tout ce qu'il restera, donc plus il y en aura mieux ça sera. Ça fera un souvenir de moi.

— Pourquoi dites-vous ça ? Vous ne faites pas confiance au Dr Molnár ? »

Dunja rit.

« Regardez autour de vous. C'est la dernière des solutions. Personne d'autre au monde n'aurait voulu me faire subir cette opération. Seul le Dr Molnár avait l'arrogance suffisante. Et vous pouvez me citer.

— Je vous citerai, en effet.

— Et vous ? Vous étiez tellement impressionné par le Dr Molnár que vous êtes venu de New York pour enquêter à son sujet ? »

Ce fut au tour de Nathan de rire.

« Je l'ai vu dans un documentaire sur les greffes d'organes illégales. Il était très provocant et très charmant. Je suis venu lui parler du trafic d'organes international, et j'ai alors découvert que c'était un chirurgien mammaire en activité. Je ne sais pas encore vraiment ce que va raconter l'article que j'écris, mais je suis plutôt coutumier du fait. (Il brandit son appareil photo.) Je peux vous photographier ?

— Pourquoi pas ? Envoyez ces images de moi par Internet dans tout l'univers, où je poursuivrai mon existence hors-du-corps. »

Nathan vérifia la mesure de la lumière dans le viseur et monta jusqu'à 25 600 ISO. (Le nouveau D4s, celui qu'il n'avait pas, pouvait, fait hallucinant, monter jusqu'à 409 600 ISO – il voyait dans le noir – mais mieux valait ne pas y penser.) Les photos seraient extrêmement criardes, avec du grain, des éclaboussures, mais cela leur conférerait un aspect pictural, pointilliste, peut-être, ou impressionniste. Avec ce réglage, l'appareil photo lui paraissait, étrangement, encore plus sensuel, pareil à un instrument. Il commença à la mitrailler.

Dunja soupira.

« Bien entendu, je ne vais pas me montrer sous mon meilleur jour, pour la postérité. Y a-t-il une pose que vous aimeriez que je prenne ? Je n'ai pas froid aux yeux. »

Nathan songea à ce que Naomi répondrait à une telle proposition. Elle était photographe de mode dans l'âme, peut-être même photographe de stars – paparazzi ? – et l'idée de diriger un sujet aussi malléable que Dunja ne lui aurait pas fait peur.

« Je ne veux pas vraiment que vous preniez la pose. Faisons comme si vous ne saviez pas que je suis là. »

Nathan se leva, il la contourna pour la prendre en photo avec l'objectif grand ouvert et peu de profondeur de champ, les images flottantes du visage de Dunja traversaient directement son cerveau. Une noirceur crémeuse baignait ses yeux, et elle paraissait pouvoir regarder l'objectif sans vraiment le remarquer. Époustouflant.

Nathan fit une pause pour retourner au sac de son appareil photo. Il fouilla dedans, à la recherche du flash.

« Par simple précaution, je vais en prendre quelques-unes avec le flash en mode indirect. Il n'y a pas beaucoup de lumière ici. (Il glissa le sabot du flash dans l'adaptateur, et le fixa.) Vous pouvez reprendre ce que vous faisiez. »

Il installa le petit réflecteur en plastique du flash pour renvoyer de la lumière au niveau des yeux et commença à la mitrailler.

« Oh, mais maintenant, avec tous ces flashes, j'ai l'impression d'être une star de cinéma, dit-elle. Et je veux que vous voyiez ce que j'ai de plus beau. »

Elle ouvrit sa chemise pour lui présenter ses seins, couverts d'ecchymoses et criblés de petits points enflés et rouges. Nathan cessa immédiatement de la photographier.

« Qu'est-ce qui ne va pas ? demanda-t-elle. C'est trop laid ? Trop horrible ?

— Non, au contraire. C'est, hum, trop sexy. D'un point de vue fétichiste. Ou je ne sais quoi. Ça fait peut-être trop penser à Helmut Newton. Je ne sais pas ce que je pourrais en faire pour, disons, une publication médicale.

— Alors faites juste quelques photos pour vous,

répondit Dunja. Comme ça, vous vous souviendrez de moi, plus tard, d'une manière un peu plus agréable. »

Elle lui adressa le plus chaleureux des sourires, puis des larmes se mirent à lui couler des yeux. Elle ne les essuya pas.

« Et cet appareil peut-il fonctionner sous l'eau ? »

Dunja éclaboussait Nathan d'eau, elle visait son appareil mais le rata, et les genoux de son jean se retrouvèrent trempés. Étrangement, elle paraissait toujours aussi sensuelle dans son maillot de bain une pièce d'un gris clinique, en partie parce qu'il était léger, informe, collant par endroits à sa peau. Un bonnet de bain blanc médical, en caoutchouc, lui cachait complètement les cheveux.

« J'étais certaine qu'on ne vous autoriserait pas à prendre des photos ici, rit-elle. En plus, vous êtes en jean ! »

Nathan s'était accroupi à côté d'une fontaine stylisée qui déversait une eau minérale complexe dans le bassin. Il se leva pour la suivre, et la photographia avec prudence tandis qu'elle barbotait le long du rebord, dans le petit bain de la piscine.

« J'ai demandé au docteur Molnár d'user de son influence. Apparemment, le plus difficile, c'était de me faire entrer en jean. Mais vous ? Toutes les autres femmes, ici, portent une espèce de bonnet de bain en plastique bleu. Vous non plus, vous n'avez pas la tenue réglementaire.

— La surveillante, dans les vestiaires, est très stricte, mais elle est aussi à moitié slovène, elle vient de la même ville que mon père, Jesenice. Je lui ai expliqué pourquoi j'avais besoin de bonnet spécial pour protéger mes oreilles de l'eau. Je l'ai fait pleurer. Maintenant, je crois qu'elle est amoureuse de moi. »

Ils se trouvaient dans la piscine principale de l'hôtel Gellért, sur les collines du côté Buda du Danube. La vaste salle évoquait davantage une salle de danse opulente, Art nouveau, qu'une piscine, et elle était bordée d'une série de colonnes en marbre jumelées, finement ouvragées, d'arcades, et de balcons à l'ornementation surchargée auxquels étaient accrochées des fougères en pot qui faisaient saillie depuis la spacieuse galerie supérieure. La lumière légère du matin filtrait à travers la voûte jaune de la verrière.

« Et ce maillot de bain ? Il est à vous, aussi ? demanda Nathan.

— Il ne vous plaît pas ? Ils sont en location ici. Je pense qu'ils ont été conçus par des staliniens. »

Quelque part dans les profondeurs de la mosaïque en forme de cœur du bassin, des moteurs s'allumèrent, et la piscine entière devint un jacuzzi écumant, sulfureux. Dunja plongea et disparut sous l'eau effervescente, Nathan resta à faire les cent pas le long du rebord, tâchant de ne pas perdre sa piste parmi les autres nageurs occupés à enchaîner les longueurs avec lenteur et méthode ou à s'accrocher aux nombreux jets à pulsation sur les parois de la piscine. Il évita les colonnes et les chaises en plastique au dossier à fines baguettes éparpillées le long des arcades du couloir. Quand elle refit surface, dans un rire, son maillot de bain communiste n'était plus qu'une deuxième peau sexy-astringente ; il recommença à la prendre en photo, l'obturateur crépitant comme une mitraillette, et il ignora les regards méfiants des nageurs pris dans la ligne de feu. Dunja, sans jamais cesser de poser pour l'appareil, sortit de la piscine pour venir s'asseoir sur l'une des chaises – la sienne, de toute évidence, puisqu'elle attrapa la serviette posée sur son dossier. Nathan tira une autre chaise et s'assit près d'elle.

« Alors, en fait, vous séjournez ici, dans cet hôtel ?

— Ça fait partie du forfait de la clinique Molnár, expliqua-t-elle. Il inclut des places en Business sur Malév. Vol direct depuis ma ville natale du fin fond de la Slovénie. Vous êtes logé où ?

— À l'Holiday Inn. Mon budget est limité.

— C'est bien ?

— Eh bien, dit Nathan, on peut y garer un bus. C'est génial si vous avez un bus. »

Dunja décolla le bonnet de bain de sa tête. Elle le posa, flasque, sur ses genoux, telle une méduse, et passa ses doigts dans ses cheveux coupés court, à la garçonne, pour les peigner.

« Vraiment, vous devriez rester ici. Aimeriez-vous, au moins, voir ma chambre ? Pour votre article ? Et bien sûr, vous pourriez faire des photos. Elle est très… proto-hongroise.

— Vous ne voulez pas essayer les bains thermaux ? Il paraît qu'ils ont des propriétés très apaisantes.

— Oh, je l'ai fait dès mon arrivée ici. Je ne crois vraiment pas que cela me ferait du bien, maintenant. En plus, le Dr Molnár me l'a interdit. Je crois que ces petits grains jailliraient de mes seins comme des points noirs si j'allais me mettre dans toute cette vapeur. Je le revois demain. Je ne voudrais pas le contrarier. Je ne vais même pas lui dire que je suis allée nager. »

La suite de Dunja se révéla décevante. Elle était grande, d'un confort fade, avec une vue partielle sur la colline Gellért, historiquement stratégique, et la sinistre et tentaculaire citadelle en pierre qui la coiffait, mais Nathan avait espéré quelque chose de plus original qu'une familiarité bourgeoise. Il avait espéré, comprenait-il, une piscine, des bains thermaux pleins de fioritures, convertis en suite d'hôtel.

Par contre Dunja ne se révéla pas décevante. Vêtue d'un peignoir au motif gaufré, elle s'observait dans le miroir au-dessus du secrétaire. Peignoir ouvert, elle se tenait les seins, un dans chaque main, qu'elle palpait de manière experte, clinique, sans sensualité. Nathan s'assit sur le lit pour la photographier dans le miroir.

« Alors ? Mes seins sont désormais officiellement radioactifs. Je n'ai pas le droit de serrer dans mes bras une femme enceinte pendant au moins trois mois. Qu'est-ce que vous en pensez ? D'un point de vue journalistique.

— Je ne sais pas. Vous pouvez serrer dans vos bras un homme non enceint ? »

Il continuait à la mitrailler. Le cliquetis constant de l'appareil participait dorénavant à leurs échanges. Nathan appuyait de son doigt mitrailleur sur le déclencheur d'obturateur en guise d'exclamation, de coup de batterie, de question.

Dunja se tourna vers lui, le peignoir toujours grand ouvert, les seins toujours dans ses mains.

« Nathan, je suis une femme très malade. Est-ce que ça vous excite ? »

Il continuait de mitrailler.

« Bon, comme je vous ai dit, je suis un étudiant en médecine raté. Maintenant, je suis journaliste médical. Alors, oui, sans doute que la maladie m'excite, d'une certaine manière. »

Elle s'approcha de lui pour lui retirer délicatement l'appareil photo des mains, qu'elle plaça derrière elle sur le secrétaire.

« Et la mort ? Je suis peut-être mourante. Ça vous excite ? (Elle prit les mains de Nathan dans les siennes et les posa sur ses seins.) Ils me font un peu mal, voyez-vous. Après tout, ils ont été pénétrés par deux cent cinquante minuscules grains de titane. Pareils à des astéroïdes et une pluie de poussière cosmique. Regardez. Regardez toutes ces marques d'aiguille. On dirait que je suis une espèce de junkie bizarre, accro au titane. (Elle rit.) Ne soyez pas timide. Ça les soulage d'être un peu tripotés. »

D'une main hésitante, il lui malaxa la poitrine, et il l'embrassa. Au bout d'un moment, elle détourna la bouche.

« J'ai découvert que la plupart des hommes sont révulsés par la maladie, surtout quand elle commence à être visible. (Elle lui reprit les mains et les plaça sur son entrejambe.) Vous sentez ces ganglions lymphatiques, la taille qu'ils ont ? Je change de forme. Je suis vraiment en train de prendre une forme non humaine. J'ai eu un compagnon à Lubiana, vous savez, pendant huit ans. Quand il a senti ces machins, il m'a dit que ça lui foutait les jetons, textuellement – enfin, l'équivalent en slovène. Puis il a remarqué ça. (Elle lui prit les mains, qu'elle plaça autour de sa gorge, avant de les faire glisser sous sa mâchoire.) Vous les sentez ? Ils sont durs, n'est-ce pas ?

— Oui, répondit Nathan. Je les ai remarqués quand vous nagiez.

— Ils gâchent mon menton, n'est-ce pas ? Il était très affirmé, très élégant. Maintenant il est tout bosselé, je ressemble à un vieux crapaud. Non, pire, parce qu'ils ne sont même pas symétriques. Un vieux crapaud disproportionné. Et donc mon compagnon m'a quittée pour une touriste allemande à qui il faisait visiter la ville. L'été, il travaillait comme guide. Maintenant, il vit avec elle à Düsseldorf. Ils font de la rando. Marike est une femme en parfaite santé. Il m'a envoyé un livre de poèmes de Heinrich Heine, qui est né là-bas. Il me dit avoir fait de grands progrès en allemand, et il espère que je suis bien soignée. C'est très attentionné de sa part, n'est-ce pas ? »

Nathan laissa sa main glisser autour de sa gorge et lui fit un baiser profond. Une fois de plus, elle se détourna, dans un rire, cette fois.

« Peut-être que vous n'êtes pas normal. À moins que cela fasse partie de votre recherche ? Vous couchez toujours avec vos sujets ?

— Vous n'êtes pas mon sujet. C'est le docteur Molnár, mon sujet, et je ne risque pas de coucher avec lui.

— Peut-être pourriez-vous lui redemander pourquoi j'ai ces ganglions lymphatiques enflés. Il me dit que c'est le cancer, mais personne ne connaît vraiment la cause du gonflement. Je le trouve fuyant. À mon avis, le cancer s'est répandu partout, pas seulement dans ma poitrine. Regardez-moi ça. (Elle se contorsionna pour se dégager, fit tomber son peignoir d'un mouvement des épaules, et lui tendit les bras.) Vous les voyez ? Près de mes aisselles ? Ils sont tellement gros qu'on dirait deux seins supplémentaires. (Elle laissa tomber ses bras, haussa les épaules.) Mais peut-être que quatre nichons, ça vous plaît, allez savoir ? (Dunja se tourna, et alla se promener vers le lit.) Si vous me faites l'amour, qui prendra les photos ? (Elle s'allongea langoureusement sur le lit, reposant sa tête sur une main.)

— Il y a toujours un moyen, si c'est ce que vous voulez vraiment. L'appareil est équipé d'un retardateur. »

À côté du secrétaire, une grande armoire hébergeait, en haut, la télé, flanquée de colonnes grecques miniatures en bois, cannelées, présentant l'écran comme si c'était un oracle. Au-dessous se trouvaient deux portes, que Nathan ouvrait désormais, pour révéler un minibar éraflé ; un plateau en bois y était posé, accueillant des en-cas et divers articles. Nathan sortit le plateau, il se mit à farfouiller parmi son contenu éparpillé. Il attrapa une boîte en carton noir striée de rayures rouges et la retourna, à la recherche d'une étiquette.

« Ce serait coton, par contre, de trouver les meilleurs angles pour un porno. On devrait appeler le concierge à la rescousse. Ou peut-être voir ce que le docteur fait en ce moment. Il a l'air de s'y connaître en photos de nus.

— Qu'est-ce que vous cherchez ? demanda-t-elle.

— Je parie qu'ils ont quelque chose, ici, qui s'appelle un "pack plaisir". Avec du lubrifiant, des préservatifs, etc. »

Dunja s'assit sur le lit.

« Nathan, s'il vous plaît, laissez tomber ça. On m'a fourré suffisamment de trucs technologiques dans le corps. »

Elle parlait avec douceur.

« Vraiment ? Mais vous ne voulez pas…

— Je ne veux rien. Au cours des deux dernières années, on m'a irradiée de la tête aux pieds, à l'intérieur comme à l'extérieur. Rien en moi n'a survécu. Croyez-moi. Et de plus, je n'ai pas vraiment de raison de me préoccuper de l'avenir, donc si vous avez la chtouille, ou même pire, c'est le cadet de mes soucis. »

Jambes croisées, Hervé était assis sur la chaise longue, le vieux MacBook Pro de Naomi sur les genoux. Il portait sa chemise blanche, sa cravate desserrée, et son slip. Sur le lit, Naomi utilisait son BlackBerry pour envoyer un e-mail à un certain Dr Phan Trinh, le médecin de Célestine, dont l'adresse venait de lui être communiquée par Hervé. Même dans ses rêves les plus fous, elle n'aurait pas pensé que le garçon lui serait d'une pareille utilité. Elle commençait à le soupçonner d'avoir été dépêché à la Sorbonne par la police pour fournir des informations sur les Arosteguy, qui étaient, entre autres, des militants politiques contestataires. « Cher

Docteur Trinh, tapa-t-elle. Je me demandais si vous accepteriez de me parler, en toute confiance, de l'état de santé de Célestine Arosteguy. Il me semble que de nombreuses rumeurs destructrices ont participé à ternir la réputation de cette femme merveilleuse et, en tant que femme moi-même, je… »

Hervé bondit soudain de la chaise longue et entreprit de s'éventer l'entrejambe avec un numéro des *Inrockuptibles*, un magazine français décalé et insolent spécialisé dans la culture et le cinéma, qu'il avait apporté dans l'attaché-case de son frère. Il était très fier d'avoir écrit la critique d'un court-métrage pour ce magazine, sa première publication de la sorte, et il l'avait lue à voix haute, très lentement, à Naomi, se tordant de rire à chaque exemple délicieux de sa propre audace.

« Merde. Un truc dans ton ordinateur vient d'essayer de m'attraper les couilles. »

Sans quitter son écran des yeux, elle – la mère Naomi – répondit :

« Je t'ai dit de ne pas t'asseoir comme ça. Je sens toujours une espèce de fourmillement bizarre, chaud, une espèce de champ magnétique quand je le pose sur mes genoux, le disque dur mouline, et je n'ai même pas de couilles. Si tu crois que ta maladie de La Peyronie est grave, attends d'avoir chopé le cancer des testicules.

— Si Lance Armstrong a fait avec, alors je ferai avec. En France, beaucoup de gens croient que son traitement anticancéreux l'a transformé en super-coureur de science-fiction, avant même les produits dopants normaux.

— Si tu le dis. »

Naomi ne put que secouer la tête. Lance et le vélo avaient pesé lourd dans la tentative ratée d'Hervé pour la séduire. Il se trouvait que son arme sexuelle secrète était la maladie de La Peyronie, qu'il croyait avoir contractée en chevauchant son vélo Colnago en fibre de carbone sur la totalité de la route ardue du Tour de France, deux étés plus tôt. Assurément, pour un jeune homme malingre, il avait des quadriceps impressionnants ; ils étaient tellement disproportionnés par rapport au reste de son corps qu'on aurait dit des implants, voire des adjuvants fabriqués à partir d'images de synthèse. Naomi fut agréablement surprise quand il enleva son pantalon, mais l'étrangeté ne suffit pas à la décider de coucher avec lui. Pas plus que son pénis un peu bizarre.

Hervé avait déjà fait des recherches sur sa maladie, il pouvait au moins la nommer – François de La Peyronie avait été le chirurgien du roi Louis XV (quelles résonances !) – mais Naomi trouvait qu'il avait une mémoire très sélective, plus romantique que précise sur le plan médical. Elle-même avait fait des recherches rapides sur le Web, qui avaient révélé que la maladie de La Peyronie impliquait l'apparition mystérieuse d'une plaque rigide sur un côté du pénis, juste sous la peau, qui faisait dévier le sexe en érection de façon alarmante. Chez Hervé, la maladie faisait pivoter le long organe fin, non circoncis, à presque quatre-vingt-dix degrés aux deux tiers de sa longueur depuis la base ; ainsi son gland lorgnait-il vers sa hanche droite. S'agissait-il de tissu cicatriciel causé par un trauma ? L'idée d'un pénis porteur de cicatrices, comme s'il avait fait les guerres du sexe, avait un certain charme rugueux.

S'agissait-il d'une agression du système immunitaire ? Tout de suite moins attrayant.

Hervé avait le sentiment que c'était un problème de vélo. S'il lui avait demandé d'utiliser son ordinateur portable, c'était en premier lieu pour lui montrer sa bicyclette, dont il avait posté des photos sur l'un de ses nombreux sites Web. Toujours à moitié nu, il orienta l'écran vers elle pour lui montrer un cliché plein de tendresse d'un vélo de course richement peint, suspendu à des crochets recouverts de caoutchouc et fixés au mur de son salon.

« C'est à cause de cette machine. Il est si beau, c'est difficile de croire qu'il m'a fait une chose pareille. (Il faisait défiler les photos, à la recherche de gros plans détaillés.) Tu vois ce symbole, le trèfle à trois feuilles, comme dans les jeux de cartes ? C'est le logo Colnago. La selle ne fait pas partie de l'équipement d'origine. Je l'ai fait installer. Elle est en fibre de carbone elle aussi. Elle ne m'a pas fait de cadeau, mais elle est incroyablement légère. Je suis accro à la fibre de carbone. »

Il lui avait décrit l'évolution de son attitude vis-à-vis de son nouvel organe sexuel, dont la forme altérée s'était présentée comme ça un beau matin, sans prévenir, alors qu'il prenait sa douche et que son esprit divaguait dans une rêverie érotique. D'abord, bien entendu, il avait été horrifié. Sa vie sexuelle était manifestement terminée, risible.

« Je recevais tout le temps des e-mails, des spams me proposant d'augmenter la taille de mon pénis, de le rendre plus dur, plus épais. Avant, je m'en moquais. Et soudain je me suis surpris à espérer en recevoir un qui me proposerait de le redresser. Cela m'aurait tenté, même si j'avais dû envoyer ma bite au Nigeria par FedEx. »

Ce fut la première fois qu'il parvint, délibérément, à provoquer le rire de Naomi.

Depuis ce matin-là, il avait été abstinent, honteux non seulement de son outil tordu, mais aussi de la gêne bourgeoise qui l'assaillait. Même la masturbation lui était devenue odieuse. Les Arosteguy le sauvèrent du désespoir sexuel, même si ce n'était là qu'un effet secondaire de leur travail, qui accompagnait le désespoir philosophique d'Hervé, plus dangereux encore. Parfois, les Arosteguy faisaient des conférences ensemble, principalement dans le modeste amphithéâtre Turgot, avec son sol très incliné et ses bureaux tout simples en bois. Et de temps à autre, ils réunissaient leur cour d'adorateurs dans le sublime grand amphithéâtre, avec son puits de lumière, ses centaines de sièges recouverts de feutre vert, ses bancs entassés grouillant d'étudiants. Ce fut en une telle occasion qu'Hervé conçut pour la première fois l'idée d'aborder son nouveau problème par le biais d'un traité philosophique relatif au corps considéré comme matière première, un concept au cœur de la vision politique des Arosteguy.

Inévitablement, une réunion en petit comité avec le couple, à la fin de l'une des conférences, conduisit à une invitation à des travaux dirigés particuliers chez eux, pratique pour laquelle ils étaient délicieusement célèbres. Ils étaient sincèrement excités par l'usage que faisait le garçon de sa réalité physique pour bondir dans les vagues puissantes de la spéculation arosteguyenne. Ils étaient également excités par son sexe, que Célestine appelait son « pénis de chauve-souris », bien que les recherches d'Hervé sur le Net ne soient aucunement venues valider le surnom qu'elle lui avait attribué. Les images qu'il avait dénichées révélaient que les chauves-souris, particulièrement les chauves-souris frugivores, ou les roussettes, avaient de longues bites droites, humanoïdes, qui déshonoraient la sienne par leur effrayante symétrie. De plus, les chauves-souris pouvaient se lécher le gland pour le nettoyer quand elles étaient suspendues sens dessus dessous, et semblaient plutôt heureuses de le faire, par ailleurs. Ce premier rapport sexuel, annonciateur de la présence puissante d'Hervé dans la vie des Arosteguy, fit l'objet d'un récit détaillé sur la page Facebook du garçon, mais l'élément chiroptérique en avait été retranché.

Hervé était désormais agenouillé par terre devant la chaise longue, le maléfique ordinateur portable posé à une distance prudente de lui.

« D'accord, Naomi. Maintenant, j'ai quelque chose de merveilleux pour toi. »

Naomi terminait sa supplique au Dr Trinh, dont elle venait de trouver la photographie. C'était une photographie professionnelle posée, destinée à vendre la compétence compatissante d'une clinique privée, qui montrait une petite Vietnamienne bien faite, parfaite dans un élégant tailleur sur mesure, souriant sur le téléphone de Naomi.

« Et qu'est-ce donc, Hervé ? »

Hervé roula sur le flanc, sur la moquette, de manière à pouvoir rester allongé paresseusement, avec une insouciance toute cinématographique, contre le rebord des portes du balcon.

« Je viens de parler longuement de toi avec Aristide Arosteguy. Il veut te rencontrer à Tokyo. »

Plusieurs immenses cars de touristes, vides, étaient garés sur le parking de l'Holiday Inn. Nathan les longea alors qu'il trimbalait les sacs de son appareil photo sur ses épaules, son iPhone dans la main, tout juste après avoir été déposé par la navette de l'hôtel. Naomi lui avait envoyé un texto pour lui demander de la rappeler le plus vite possible, mais la réception dans le minibus laissait à désirer. Il l'avait appelée dès qu'il avait posé un pied dehors.

« Alors, il est comment, ce bel hôtel hors de prix ?

— Convenable. Et le tien ? demanda Naomi.

— Je le découvre en te parlant. Bon, on peut dire qu'il est… fonctionnel. Plus convenable.

— Plus ?

— Ouais. Parce que je sais que le tien est trop beau pour une journaliste.

— Toujours ce foutu problème de petite fille riche. Et à propos de fille, comment était-elle ? Ta patiente ?

— Belle. Elle était vraiment belle.

— D'une beauté maudite ?

— D'une beauté slave.

— Ça doit être dangereux, dit Naomi. (Elle était sérieuse.)

— Elle était effectivement dangereuse. Littéralement radioactive. L'attrait de la décomposition. Et Arosteguy ? Je l'ai vu dans des interviews. Assez irrésistible. Magnifique, de cette manière française, agaçante, des intellos.

— Je te dirai quand je l'aurai trouvé. Personne ne semble savoir où il est, pas même le préfet de police. (Étrangement, Naomi se retenait de lui parler de son nouveau contact avec Arosteguy, alors que c'était la raison même de son appel. Était-ce à cause du commentaire sur la beauté slave ?) Par contre, je pense vraiment que Célestine sera notre couverture pour septembre. Elle est encore plus séduisante morte. Mortelle. »

Mortel, voilà ce que prisait le magazine principal de Naomi, *Notorious*, dont le rédacteur en chef, Bob Barberien, était connu au bureau pour ses divagations avinées qui finissaient par devenir des articles sensationnels qu'il fallait impérativement lire ; en général, il y était question d'actes meurtriers inimaginables. *Notorious* imitait le magazine à scandales des années 1950 *Confidential* par son graphisme de couverture âprement agressif et même sa typographie rétro. Naomi adorait son effronterie et sa naïveté ironique ; elles provoquaient les siennes.

« Ouais, et aura-t-il vraiment quoi que ce soit d'intéressant à dire ? “J'ai assassiné ma femme et puis je l'ai mangée.” Comment peux-tu exploiter ça ?

— Personne ne semble souhaiter que ce soit la vérité, répondit Naomi. Ici, la nation tout entière semble avoir une attitude protectrice vis-à-vis de ce couple. Ce n'est que déni, même de la part de la police. D'après ce que je vois, il n'est pas exclu qu'un de ses amants étudiants l'ait tuée par jalousie. »

L'idée lui avait traversé l'esprit qu'Hervé saurait

peut-être quelque chose à ce sujet. À moins qu'il ne soit lui-même le tueur.

« Et il est de notoriété publique que les étudiants ne mangent pas correctement. Bon, là j'entre dans l'ascenseur. Si je te perds, je te rappelle tout de suite. (Sa chambre se trouvait au troisième et dernier étage, et, comme il la perdit effectivement, il attendit d'y être pour la rappeler.) J'imagine donc que les seules photos que tu as prises avec l'objectif macro sont des photos de l'écran de ton ordinateur portable.

— Très drôle. Et toi ? Vas-tu m'envoyer des clichés de ta belle patiente maudite ? »

Nathan ne marqua qu'une hésitation imperceptible, mais elle blessa Naomi.

« Je n'en ai fait que quelques-uns pendant l'opération. Mais en gros, elle n'était pas d'accord. Elle se sentait malade, laide.

— Ça ne t'a jamais arrêté, auparavant, poursuivit Naomi, en quête d'informations.

— Là, ça m'a arrêté. Ça m'a bloqué dans mon élan. »

Naomi marqua un long silence avant de dire :

« J'ai hâte de te voir. Amsterdam ou Francfort ?

— Je dois passer par Amsterdam. Je change d'avion pour New York là-bas, le vol a déjà été payé. J'atterris le 14. C'est bon pour toi ?

— Le 14, c'est bon pour moi. Salut, chéri.

— Salut, chérie. »

Nathan éteignit son téléphone. Telle était la vie avec Naomi – désincarnée. Nathan s'aperçut qu'il n'avait presque pas eu conscience d'accéder à sa chambre autrement que par la déconnexion provoquée par l'ascenseur. Pas d'odeur, pas de vision, pas de bruit. Il était plongé dans un téléphone, et Naomi une voix dans son cerveau. Sur son ordinateur portable, il fit défiler les photos qu'il avait prises de Dunja – l'opération, les bains thermaux, le rapport sexuel dans sa chambre d'hôtel. Cela ne le dérangeait pas que les photos l'excitent d'une manière étrangement objective, comme s'il était tombé sur la cachette de photos de cul d'une célébrité qui n'avaient pas encore touché le grand public. Nathan connaissait sa sexualité, ses méandres l'amusaient et le réjouissaient. Et en parlant de photographies, Dunja était belle mais paraissait effectivement maudite, et surtout, curieusement, sur les photos qu'il avait prises plus tard, dans le restaurant de Molnár, sur la rive Pest du fleuve. Il était pervers de la part de Dunja, avait-il estimé, de souhaiter aller dîner là-bas, dans un restaurant appartenant à son oncologue, aux murs couverts de photos de nus de ses patientes, alors qu'elle suivait un traitement lourd contre son cancer. Pire encore, le docteur Molnár avait menacé de les y accueillir en personne, d'être aux petits soins pour eux et de leur présenter chaque plat, qu'il leur aurait personnellement servi, dans les moindres détails ; peut-être, avait-il sous-entendu dans un clin d'œil, rôderait-il autour de la table qui leur aurait été tout particulièrement attribuée dans un coin jusqu'à ce que tous deux ouvrent la bouche pour, avec une délicatesse et une sensualité exquises, goûter les mets.

À leur arrivée, Molnár n'était pas là. Le maître d'hôtel n'avait pas pu leur attribuer la table du coin et n'avait reçu aucune instruction quant au traitement spécial qui devait leur être accordé, ni la moindre réservation, en fait. Ce fut un soulagement – il aurait été préférable d'aller dans un autre restaurant – mais il y avait une table, ou en tout cas deux chaises côte à côte, le long d'une rangée de petites tables carrées collées les unes contre les autres. Dunja et Nathan se trouvaient face à un miroir encadré et deux mangeurs solitaires qui ne se prêtaient aucune attention. Le miroir leur permettait de manger, de bavarder, et d'observer leurs réactions respectives comme s'ils étaient les personnages d'un charmant film tchèque des années 1960. La loterie du placement leur avait également épargné le besoin de contempler les photographies scandaleuses de Molnár – la vue était bloquée par une épaisse colonne en stuc –, photos qui étaient toutes des clichés de ses patientes pris dans des situations d'extrême vulnérabilité, voire d'hébétude droguée, ce qui révélait chez le photographe un goût maladivement salace pour la nudité, à la fois émotionnelle et physique. Nathan, à contrecœur, dut présenter la carte professionnelle du Dr Molnár pour obtenir la permission du maître d'hôtel de faire des photos dans le restaurant minable, qui, de manière inexplicable, s'appelait La Bretonne. Ses premières tentatives pour prendre en photo les œuvres d'art du bon docteur furent empêchées par trois serveurs, certains, à coup sûr, que les photographies étaient un riche trésor et risquaient d'être reproduites et disséminées de manière illicite. Comme il cadrait les photographies de Molnár dans son viseur, Nathan eut la désagréable surprise de constater qu'elles suscitaient en lui une tristesse profonde et désespérée.

Une ou deux photos qu'il avait prises de Dunja auraient pu s'intégrer harmonieusement à celles de ces femmes – uniquement des femmes – épinglées au bois brut et sombre des murs, ce qui créait un lien inconfortable entre lui-même et le Dr Molnár. Les grands tirages en noir et blanc étaient splendides, dut reconnaître Nathan ; le grain fin de la pellicule moyen format, avec son contraste profond et les ombres subtiles créées par les tirages argentiques sur gélatine, sur papier pur chiffon, avaient un effet hyper réaliste saisissant.

Nathan traversa le restaurant pour rejoindre Dunja. Elle tenait avec délicatesse un verre de vin rouge entre ses belles mains aux ongles longs – plus grandes que les siennes, avait-il remarqué ; il avait senti cette étrangeté quand ils s'étaient tenus par la main. Il fit pivoter le Nikon sur sa lanière pour prendre quelques photos, le bruit de l'obturateur étouffé par le bourdonnement alentour et le cliquetis des couverts entrechoqués. Mais Dunja lui jeta un regard noir, colérique, qui le surprit. Ainsi réprimandé, il s'assit à côté d'elle, fourrant l'appareil photo dans son sac, qu'il plaça par terre entre ses pieds, pour le protéger du flux tapageur des clients et des serveurs derrière lui. Et ces clichés, pris à la seule lumière des bougies sur la table et des appliques sur le mur devant elle, révéleraient une souffrance et un désespoir que Nathan n'avait pas vus sur les photos qu'il avait faites dans des circonstances où elle était bien plus vulnérable. Elle allait bientôt mourir ; elle le savait au plus profond d'elle-même, et cette conscience, ravivée par l'appareil photo, lui brûlait désormais l'esprit.

« Nathan, dit-elle, était-ce la première fois que tu faisais l'amour à une morte ? »

D'une main hésitante, Nathan s'empara de son verre, qu'il n'avait pas encore touché.

« Tu parles de toi ? demanda-t-il, prenant une gorgée. (Le vin était très âpre. Pas bon.) Tu n'es pas morte. Je peux m'en porter personnellement garant.

— Non, mais je veux dire, après ma mort, tu auras le souvenir d'avoir couché avec une femme désormais morte. (Elle lui lança un sourire dangereusement candide.) Est-ce que ça sera une première pour toi ?

— À part ma mère, oui. Elle est morte quand j'avais quatorze ans.

— C'est une forme de sexe différente, dans ce cas. Du genre freudien. Ça ne compte pas. (Elle s'interrompit. Il but une nouvelle gorgée pour meubler le silence – avec nervosité, eut-il la surprise de découvrir. La tête lui tournait étrangement.) Pendant que je t'attendais dans ma chambre d'hôtel, poursuivit-elle, j'ai regardé une émission sur la nature. Un jeune daim, tombé dans une congère profonde, ne pouvait en sortir. Un grizzly l'a découvert, il lui a sauté dessus, par-derrière. Le daim a essayé de regarder autour de lui. Ses yeux étaient grands ouverts, excités. L'ours a doucement pris le museau du daim dans sa gueule. C'était tellement sexuel. Du sexe par-derrière. L'ours adorait le daim, ça crevait les yeux. Il lui a déchiqueté la gorge, puis il a léché le daim à l'agonie avec une affection passionnée. Ça m'a fait penser à toi et moi. »

Le Dr Trinh ne cessait de se transformer en Japonaise. C'était la faute d'Hervé, bien entendu. La possibilité de rencontrer Aristide Arosteguy à Tokyo avait une formidable intensité gravitationnelle, suffisante pour déformer toutes les nuances de la journée de Naomi. Et ici, rue Jacob, dans cette rue médicalement chic du VIe arrondissement, dans le cabinet d'une élégance parfaite du Dr Trinh, cette déformation se manifestait par une modification subtile des traits délicats de la doctoresse vietnamienne et de son anglais à l'accent complexe ; son visage devenait plus grossier et elle prenait la diction d'écolière japonaise de Yukie Oshima, la vieille amie tokyoïte de Naomi. Naomi estimait que Yukie serait une alliée de taille si elle se lançait dans l'aventure Tokyo/Arosteguy et elle avait le plus grand mal à ne pas s'imaginer le Dr Trinh, en transformation constante, comme, mettons, Yukie à Paris. Mais le Dr Trinh n'était pas une alliée.

« S'il vous plaît, rangez votre appareil, dit-elle, et Naomi posa son Nikon sur ses genoux. J'ai regretté toutes les fois où je me suis laissé enregistrer ou photographier. Si je vous parle, c'est uniquement pour réparer les dégâts occasionnés par les propos que tient cette concierge démente au sujet de Célestine Arosteguy. Je le regretterai sans doute aussi. »

Naomi caressa doucement son appareil photo, comme pour démontrer sa parfaite inoffensivité.

« C'est seulement pour avoir la preuve que je vous ai parlé. Vous seriez surprise du nombre d'interviews bricolées à partir de choses trouvées sur Internet et présentées comme des conversations en face-à-face. »

En prononçant ces mots, Naomi s'imagina Nathan qui gloussait et secouait la tête par-dessus son épaule. Naomi appartenait en quelque sorte à une autre génération que Nathan, plus récente, bien qu'ils aient le même âge. Nathan semblait avoir façonné son éthique journalistique à partir de vieux films sur les reporters de presse. Pour Naomi, la collecte d'infos et leur récupération sur Internet était une forme absolument valable de journalisme, qui ne présentait aucun nuage déontologique sur son horizon en open source. Ne pas être photographié de manière quotidienne, même par soi-même, ne pas être enregistré ni filmé pour être dispersé dans les vents turbulents du Net, c'était s'exposer à la non-existence. Elle savait qu'elle se montrait fourbe vis-à-vis du Dr Trinh en lui parlant de preuves, mais, si elle en était consciente, sa tromperie avait pour unique effet de la faire se sentir plus professionnelle. Ainsi en allait le Net, et c'était libérateur.

Le Dr Trinh était plus coriace qu'elle n'en avait l'air.

« Même les photographies et les enregistrements peuvent facilement être truqués de nos jours. Ce que vous êtes en train de dire n'a aucun sens. Rangez votre appareil photo et votre enregistreur, cette petite chose qui pendouille à votre cou et dont je vois les publicités dans les magazines de mode chic, sinon vous pouvez partir tout de suite. »

Son visage et son ton demeurèrent neutres tandis qu'elle prononçait ces paroles, et Naomi sentit son visage s'empourprer ; sa peau lui indiquait qu'elle avait été profondément, instantanément déstabilisée avant même que son cerveau ou que ses tripes ne le sachent.

« Bon, tout cela peut rester officieux, si cela vous met à l'aise », dit Naomi.

Elle détacha son micro-enregistreur Olympus, d'un noir brillant qui évoquait un petit piano, dont elle se servait rarement et qu'elle réservait aux enregistrements cachés. Elle le rangea avec l'appareil photo en s'efforçant de prendre l'air le plus détaché possible.

Elle détestait sa propre inconstance, la facilité avec laquelle se succédaient les cycles, de la confiance maniaque aux doutes accablés, désespérés. Des médicaments lui feraient peut-être du bien. Sans doute pas. Naomi fut prise d'un besoin soudain, suicidaire, de demander au médecin si elle avait des patients bipolaires, mais le Dr Trinh n'était pas censée être foncièrement obligeante, en tout cas pas vis-à-vis d'elle.

« Il n'y a rien dans cette situation ni dans votre personne qui puisse me mettre à l'aise. Parlons de la concierge, cette Mme Tretikov, la Russe.

— Oui, oui. La gardienne... Elle paraissait certaine que Célestine Arosteguy avait une tumeur au cerveau. (À présent qu'elle avait terminé de farfouiller dans le sac, Naomi pouvait relever les yeux et lui rendre ses coups, quoique avec délicatesse.) Bon, docteur Trinh – j'espère que je prononce correctement votre nom –, docteur Trinh, vous n'êtes pas spécialiste du cancer, oncologue, par exemple, je me trompe ? »

Le médecin soupira.

« Quel est ce badge que vous portez ? Qu'est-ce qu'il désigne ? »

Naomi était complètement décontenancée. Un badge ? Oh, oui.

« Ce badge ? (Elle défit le badge doré du Crillon que lui avait donné son contact à l'hôtel et le lança sur le sous-main en cuir posé sur le bureau du docteur.) C'est le symbole de l'hôtel de Crillon. C'est là que je séjourne. Il est fixé à un gros aimant rond. Vous voyez ? Tout le monde est très gentil dans cet hôtel. Pas du tout snob. »

Le Dr Trinh le ramassa et le scruta avec une étrange intensité. La paranoïa de la doctoresse parut soudain excitante à Naomi, réconfortante plutôt qu'insultante, elle lui permettait de repartir dans un nouveau cycle, plus porteur. Elle signifiait que le médecin avait quelque chose à cacher, ou en tout cas à protéger.

« Vous pensiez... vous pensiez qu'il s'agissait d'un microphone ? »

Le docteur Trinh jeta à nouveau le badge sur le sous-main et oublia immédiatement son existence.

« Célestine Arosteguy n'avait pas le moindre problème médical. Rien à part les tracas habituels d'une femme de son âge. J'étais son médecin. C'est moi qui l'envoyais voir des spécialistes quand elle en avait besoin. Une chose comme un cancer... j'aurais été au courant. »

Naomi avait une irrésistible envie de sortir son bloc-notes de son sac, celui avec une spirale en haut, dont la couverture cartonnée était décorée d'un montage de pages de journaux, et qui portait la mention « notes de reportage/*bloc de journaliste** » – naturellement, c'était un cadeau de Nathan –, mais elle percevait la fragilité de la situation par les pores de sa peau et n'osa pas.

« Qu'entendez-vous par les tracas habituels d'une femme de son âge ? »

En fait, le docteur Trinh sourit, même si cette opération sembla lui causer quelque souffrance.

« Peut-être vous faut-il simplement taper "ménopause" sur Internet et vous aurez la réponse à votre question. »

Une petite explosion intime eut lieu dans le cerveau de Naomi, provoquée par la juxtaposition mentale inattendue de « ménopause » et « crime », deux choses qu'elle n'avait jamais, de près ou de loin, liées auparavant. Elle devrait se débrouiller pour se souvenir de cette minuscule révélation, elle devrait fouiller dans les réalités particulièrement lourdes de la ménopause et de la féminité, un lieu où elle n'aurait jamais songé s'aventurer. Elle consigna cette information dans son cerveau, pour l'avoir en tête chaque fois que l'âge de Célestine serait mentionné.

« Pourquoi, à votre avis, la femme de ménage des Arosteguy croyait-elle que Célestine avait une tumeur au cerveau ? N'est-ce pas une drôle d'invention de la part d'une personne ordinaire ?

— Avez-vous déjà rencontré cette femme, cette Tretikov ?

— J'ai vu une interview d'elle.

— Oui, évidemment. (Le Dr Trinh se leva, elle brossa le devant de son tailleur à l'aide de ses mains minuscules, comme si Mme Tretikov venait de la couvrir de miettes de pain.) Oui, c'est une personne ordinaire qui, de manière inconsciente, a utilisé le pouvoir d'Internet pour créer une nouvelle réalité à propos de Mme Arosteguy. Et cela m'a causé, ainsi qu'à mes collègues du corps médical, beaucoup de tort, je peux vous l'assurer. (Un ricanement dédaigneux.) C'est le genre de vieille bonne femme superstitieuse qui croit que trop penser, ou même concevoir certaines pensées, peut provoquer une tumeur au cerveau. Et je veux que vous rectifiiez cela. C'est pourquoi j'ai consenti à vous parler. (Après avoir fait cette déclaration, cette femme aussi grande qu'une figurine se rassit, et reprit avec exactitude sa position antérieure.) Aujourd'hui, les médias nous accusent de négligence dans nos soins portés à une femme considérée comme un trésor national. On parle d'erreur de diagnostic, de légèreté, de pressions politiques qui nous auraient obligés à ignorer une maladie mortelle, et ainsi de suite.

— Et rien de tout cela n'est vrai ?

— Rien du tout.

— Et Célestine n'a pas dit à son mari qu'elle avait une tumeur au cerveau, et ne lui a pas demandé de la tuer ? »

Le Dr Trinh esquissa alors un sourire triste, et Naomi fut enfin frappée par la sincérité qui illuminait les yeux du docteur et altérait sa respiration, comme si elle convoquait la présence terrestre de Célestine Arosteguy dans son cabinet impeccable, tenu avec maniaquerie.

« Célestine disait tout le temps qu'elle était condamnée, qu'elle souffrait d'une maladie mortelle.

Elle le disait à ses étudiants, à moi, à tout le monde. Ce n'était pas une plainte, voyez-vous. C'était presque une promesse. Mais bon, tous ceux qui ont lu ses écrits avec attention savent que cela n'avait rien de médical. »

Le visage du Dr Trinh était encore souriant lorsqu'elle baissa les yeux sur ses mains de poupée, perdue dans ses souvenirs secrets de Célestine, si féminine et condamnée, et Naomi se surprit à avoir envie d'effacer ce sourire, de la punir. Naomi s'en voulait de ne pas avoir lu ne serait-ce qu'un précis de l'œuvre des Arosteguy, si bien qu'elle ne pouvait même pas lui demander des éclaircissements sur cette dérobade. Les armes nécessaires, toutefois, étaient à portée de main.

« Et aurait-elle demandé à n'importe qui de la tuer ? »

L'idée traversa Naomi qu'elle avait récemment prononcé l'expression « Alors là, tu m'achèves ! » au cours d'une conversation avec Nathan où il l'avait encore blâmée pour la disparition de son objectif macro – l'objectif dédié aux portraits qui se trouvait à présent sur son appareil photo, dans le sac à ses pieds – mais elle doutait fort qu'elle fasse partie du champ lexical de Célestine.

« Bien sûr que non.

— Pourtant quelqu'un l'a bien tuée. À votre avis, qui ?

— Je n'en ai pas la moindre idée. Elle avait de nombreux amis.

— Votre réponse m'étonne. Vous pensez qu'un ami l'a tuée ?

— Elle connaissait beaucoup de gens.

— Vous ne pensez pas qu'un inconnu l'a tuée.

— Je n'ai aucune idée à ce sujet.

— Elle vous disait, à vous qui étiez son médecin, qu'elle souffrait d'une maladie mortelle, et vous pensiez qu'elle philosophait ? Vous ne la preniez pas au sérieux ? »

Le Dr Trinh s'était jusqu'alors adressée à ses mains, et, tout en parlant, elle releva soudain les yeux vers Naomi, à la recherche de signes qui confirmeraient la stupidité de Naomi, son ignorance crasse d'Américaine.

« C'était une déclaration existentielle, poursuivit le Dr Trinh, à propos de la condamnation à mort qui est la nôtre, à tous. Elle avait de l'affection pour Schopenhauer, ce qui la poussait parfois à une sorte de romantisme fataliste. J'avais tenté de l'inciter à revisiter Heidegger, pas si différent par certains côtés, les côtés allemands, mais au moins un peu décalé par rapport au goût maladif des Asiatiques pour le désespoir comique. »

Alors, comme s'il avait été rappelé de l'éther par cette dernière phrase, un minuscule crucifix argenté accroché à un bracelet autour du poignet gauche du médecin captura la lumière brute du jour qui se réverbérait sur le bureau depuis un miroir dans un coin, et il attira l'attention de Naomi. L'amie de Naomi, Yukie, était elle aussi chrétienne, une anomalie qui s'était révélée étrangement décevante pour Naomi. Le shintoïsme, le confucianisme, le taoïsme, le bouddhisme, peut-être. Tellement plus intéressants. Mais alors, quels bracelets auraient-elles portés ? Le Dr Trinh poursuivit :

« Mais elle ne supportait pas les idées politiques

du bonhomme, l'association avec les nazis, l'antisémitisme. Nous n'étions pas d'accord sur le fait que les idées politiques d'un homme devraient réduire à néant la valeur de sa philosophie. Elle ne voyait pas comment une séparation de cet ordre était possible. Une attitude parfaitement française, bien sûr. »

Naomi croisa le regard du docteur et répondit au sourire qu'elle s'adressait à elle-même par un sourire, mais elle doutait de ses capacités à masquer les signes de la spirale descendante dans laquelle elle s'était engagée, induite par son regret intense d'avoir lancé la conversation avec un autre être humain en direct. Si elle s'était trouvée devant son ordinateur portable, elle aurait pu googliser ces deux Allemands, se faire une idée, mais dans un contexte strictement oral, elle ne savait même pas épeler leur nom, et encore moins répondre avec intelligence au Dr Trinh. C'était une chose de jouer avec Hervé, aussi brillant soit-il. Nathan, lui, avait une culture « classique », selon la formule consacrée. C'était lui, le lecteur. Où était-il ? Naomi avait le plus grand mal à garder la tête hors de l'eau avec le médecin. Une bagarre de rue, c'était la seule échappatoire.

« A-t-on procédé à une autopsie du cerveau de Célestine pour voir si elle avait une tumeur ?

— En se fondant sur le diagnostic posé par une femme de ménage ? J'en doute.

— Avez-vous lu le communiqué selon lequel la tête tranchée de Célestine a été ouverte en deux et son cerveau enlevé par son ou ses assassins ? Pourquoi croyez-vous qu'on ait fait une telle chose ? »

Le visage du Dr Trinh affichait toujours un sourire, mais ce n'était plus le même sourire. C'était devenu un sourire qui disait : « J'ai su que vous étiez mon ennemie dès que vous avez posé le pied ici, et en voilà la preuve, et j'exulte de voir à quel point j'avais raison. » Le Dr Trinh se leva, et avec un déploiement tout particulier de force, brossa encore quelques miettes sur le devant de son tailleur, cette fois des miettes très sales, graisseuses, ignobles qui avaient été disséminées par Naomi elle-même. Le petit crucifix en argent – le Viêtnam avait-il été converti par les missionnaires français catholiques ? – bondissait au bout de sa chaîne comme un homme fraîchement pendu. Pourtant Naomi n'arrivait plus à se contenir.

« Docteur Trinh, entre nous, Célestine vous a-t-elle demandé de la tuer puis de la manger ? En une sorte de sacrement féminin, empathique, peut-être ? »

Pour la première fois, le Dr Trinh quitta son bureau et se dirigea vers la porte. Elle l'ouvrit sans un mot. Naomi remarqua les chaussures du médecin. C'étaient des talons aiguille avec une lanière autour de la cheville, de type *bondage*, aux coutures et à la forme très austères, mais étonnamment colorés – rouge, jaune, bleu, vert, noir – telles de rares perruches australiennes. Alors que Naomi quittait le cabinet, elle ne put s'empêcher de songer que les chaussures du Dr Trinh étaient, d'une manière ou d'une autre, révélatrices.

3

Le Dr Molnár avait pris des dispositions pour que Nathan passe en classe Business – le « Duna Club Lounge » ! – pour son vol Malév vers Amsterdam. Malgré cela, il se surprit à errer comme une âme en peine dans le complexe sans caractère, en acier et en verre, du terminal 2A à Ferihegy. Contrairement à Naomi, qui se plongeait dans son ordinateur portable dès son arrivée, Nathan profitait du temps perdu à l'aéroport pour observer les gens ; mais aujourd'hui, dans la fraîcheur bruineuse de cette journée estivale, dont la morosité semblait s'être infiltrée jusque dans l'aéroport, la seule personne observée par Nathan était Dunja, qui défilait de manière continue sur l'écran de son esprit. Traînant à sa suite le sac à roulettes de son appareil photo comme un petit chariot rouge, Nathan l'entendait répéter les choses terrifiantes, scandaleuses, qu'elle disait ne pouvoir s'empêcher de penser, sans avoir eu personne à qui les exprimer jusqu'à leur rencontre.

« Que vais-je faire quand tu m'auras laissée ? Qui voudra de moi ?

— Je n'ai rien de si spécial. Si moi, je veux de toi… Tu es sublime. Tu auras autant d'amants que tu le désires.

— Tant de femmes ont le cancer, de nos jours. Tu crois qu'une nouvelle esthétique pourrait émerger ? La beauté du cancer ? Après tout, puisqu'il y a eu le chic de l'héroïne, l'esthétique de la pulsion de mort du toxico ? Les femmes non cancéreuses supplieront-elles leur chirurgien de leur implanter de faux ganglions dans le menton et autour du cou ? Sous les bras ? Au niveau de l'entrejambe ? Tellement sexy, ces rondeurs. Et ça fonctionne tellement bien comme technique antivieillissement, pour remplir un cou tombant de dindon. Qui n'en aurait pas envie ? Et les bijoux, les grains de titane qui transpercent les nichons. C'est tellement SM, tellement *bondage*. »

Dunja continua de parler dans la tête de Nathan, il poursuivait avec elle un dialogue intérieur parallèle sur la santé et l'évolution, sur la théorie selon laquelle les concepts de beauté n'étaient pas seulement des concepts, mais les perceptions d'indicateurs de potentiel reproductif et par conséquent de jeunesse, sur les gènes égoïstes qui se servaient de nos corps comme de véhicules uniquement destinés à assurer leur perpétuation, sur la manière dont les gènes cancéreux plaidaient également eux-mêmes en faveur d'une immortalité reproductrice, si bien qu'eux aussi exerceraient une pression phénoménale sur l'acceptation culturelle de concepts de beauté tabous, concepts qui indiquaient auparavant la maladie et la proximité de la mort et fascinaient, séduisaient, et qui imitaient désormais la jeunesse, la maturité et la santé, et donc le petit fantasme de Dunja d'une culture qui se formerait autour de sa situation désespérée pouvait, en théorie… Ils n'avaient pas eu cette conversation en réalité, mais s'il avait été Naomi il aurait sans doute envoyé sur-le-champ des textos, des e-mails ou des messages instantanés à Dunja, dans cette sorte de flux de semi-conscience naomiesque qui l'avait emporté si souvent au cours des quatre années passées ensemble.

Naomi ne coupait jamais les ponts avec quiconque, et elle avait recours à un mélange unique, d'une grande puissance, de technologie et de sorcellerie pour ce faire, alors que Nathan n'était que trop heureux de rompre le contact, de vous enlever de sa « liste d'amis » et de vous laisser en plan dans l'éther du cyberespace. Naomi trouvait Nathan impitoyable avec ses amis ; Nathan trouvait Naomi d'une possessivité compulsive, obsessionnelle. Mais qu'était Dunja ? Malgré le sexe et l'intimité, elle était le sujet d'un article, et ses sujets essayaient souvent d'établir une correspondance avec lui, s'accrochant, avec un désespoir malsain, inquiétant, à ce moment particulier de leur vie ; ils ne pouvaient accepter que leur temps soit révolu, que l'article relatif à leur maladie obscure mais stimulante ait été publié, et que Nathan soit désormais sorti à jamais de leur vie. En règle générale, les sujets de Naomi finissaient derrière les barreaux ou exécutés, ce qui posait des limites nettes et évitait tout reflux, selon les termes de Nathan. Bien entendu, Dunja était convaincue qu'elle serait morte d'ici quelques mois, ce qui limiterait aussi nettement tout reflux.

Leur dernière conversation avait eu lieu dans l'épouvantable salle de réveil de la clinique Molnár, après que ses seins avaient été ouverts, comme prévu, et que de nombreuses petites tumeurs avaient été ôtées sous la froide lumière bleue, chirurgicale, qui transformait sa chair en silicone et son sang en pâte magenta. Il était assis sur la même chaise en plastique, même si, cette fois, Dunja se trouvait dans le lit près de la porte, et qu'ils percevaient les bruissements et les gémissements de trois autres patients dans la pièce.

« Est-ce que ça t'a plu ? demanda-t-elle. Ça serait plus facile si je savais que mon public apprécie.

— Molnár paraît ne pas douter du succès de l'opération. Ça, ça m'a plu, répondit Nathan. »

Dunja rit.

« Molnár parle simplement de la mécanique de l'ablation de la tumeur. C'est ça, son succès. Il sait que je n'en ai pas pour longtemps, mais il ne considère pas vraiment que c'est son problème.

— Est-ce que ça te ferait mal d'être plus optimiste ?

— Oh, Nathan. Ce qui me fait mal, c'est quand tu deviens sentimental et ordinaire. Quelle drôle d'idée !

— Ouille !

— As-tu pris de bonnes photos ? Étaient-elles choquantes ? Molnár va-t-il les accrocher à son mur pour titiller ses clients quand ils mangent leur goulasch ? Devrais-je faire un jeu de mots avec goulasch ? Goule lâche ?

— J'ai compris, j'ai compris », fit Nathan, toujours piqué au vif, incapable de sourire.

Si elle s'en tirait, de quoi parleraient-ils ? De son rêve de retourner à l'école d'architecture de l'université de Lubiana et de construire des demeures de luxe sur les rives de la Save, avec son père ? Ce n'était peut-être pas ordinaire et sentimental, ça ?

« J'ai fait de très bonnes photos de ton opération. Je ne suis pas sûr qu'elles te plairont, mais je te les enverrai par e-mail, si tu le souhaites. »

Dunja prit ses mains dans les siennes et l'attira vers le lit. Il tenta d'avancer brusquement sa chaise, mais elle était trop légère, elle se plia et se tordit si bien qu'elle finit par bondir de sous son séant, et il se retrouva à moitié accroupi, tel un jockey. Elle rit à nouveau, il fit un pas et s'installa sur le lit, mais le métal du cadre de lit s'enfonçait dans ses cuisses quelle que soit sa position.

« Est-ce que ça t'a excité quand Zoltán m'a ouvert les seins ? J'ai presque réussi à le convaincre de me faire seulement une anesthésie locale, mais il s'est débiné. »

Nathan appréciait les envolées sporadiques de Dunja qui utilisait le jargon de la drogue et de la musique des années 1960, il avait envie de lui demander qui exactement lui avait appris l'anglais, mais ce n'était jamais le bon moment.

« Dunja, je ne suis pas sadique. Je ne suis pas un malade du *bondage*. Ça m'a vraiment démoralisé de te voir te faire ouvrir. »

Dunja se tut, elle resta sans bouger. Ce qu'il venait de dire, l'expression de sa normalité sexuelle, n'était pas ce qu'elle avait envie d'entendre ; il savait qu'elle le prendrait comme un rejet. Il parla avec une grande douceur, marchant sur des œufs perversement fragiles.

« Quand tu te seras remise de tout cela, quand tu seras complètement guérie, tu me paraîtras incroyablement séduisante. Je veux dire, ta maladie et ton traitement ne sont pas ce qui te rend sexy et belle. »

Les grandes mains élégantes de Dunja couvrirent celles de Nathan, les serrèrent doucement, puis les tirèrent, les secouèrent au ralenti, comme si, par leur truchement, elle tentait de le raisonner, dans l'espoir que des arguments muets puissent remonter le long de ses bras puis atteindre son cœur.

« Nathan, oh, Nathan. Tu es si gentil, si adorable. Mais des marqueurs génétiques indiquent que mon cancer était voué à se métastaser ; et c'est le cas, il est partout dans mon corps, dans mes ganglions lymphatiques, tu les as sentis et tu les as caressés, et tu sais que c'est vrai. Je ne vais pas m'en tirer, cette fois, vraiment pas.

— Mais Molnár dit que…

— Molnár est un homme étrange, un excentrique. C'est un chirurgien versé dans la mécanique. Il ne veut rien savoir des choses auxquelles il ne peut pas s'attaquer avec sa machinerie. J'ai été complètement éberluée, à mon réveil, de découvrir que j'avais encore des nichons. J'étais certaine qu'il allait s'emballer et me les enlever complètement, avec son bistouri. J'ai presque été déçue de les voir, et, en plus, très peu amochés. Il m'a envoyée dans une autre clinique, au Luxembourg, celle-ci. Tout cela me paraît très douteux, comme toujours avec Molnár, mais quelque chose dans mon cerveau indique que je suis destinée à y aller aussi, à les laisser me faire des choses jusqu'à ma mort. »

Nathan parvenait à peine à regarder dans ses yeux inquisiteurs. Il se sentit alors très sentimental et ordinaire, et resta muet. Pouvait-il vraiment dire quoi que ce soit sur les concepts classiques d'art, et par conséquent de beauté, fondés sur l'harmonie, contrairement aux théories modernes, postérieures à la révolution industrielle et à la psychanalyse, fondées sur la maladie et le dysfonctionnement ? Pouvait-il plaider en faveur du nouveau moi malade de Dunja, perçu comme forme de beauté féminine d'avant-garde ? Il n'osa pas, mais elle s'en chargea.

« Tant que je serai encore en vie, je n'aurai plus rien de spécial pour séduire, à part le fumet de la mort. Ce sera mon parfum létal. Et je souhaite que ce soit ce qui t'a séduit, vois-tu ? Car c'est mon avenir, et je ne veux pas le vivre seule. Alors je t'appellerai peut-être pour que tu donnes des conseils à mon futur amant. J'aurai peut-être envie que tu l'encourages à s'enfoncer au plus profond de moi sans crainte. Ou je te téléphonerai peut-être, une nuit, pour te demander de prendre un avion jusqu'à moi, et puis de m'étrangler pendant que tu me baiseras par-derrière. Pourquoi pas ? Pourquoi ne pas profiter de la situation ? (Dunja s'interrompit, sans jamais cesser de chercher les yeux de Nathan pour y plonger désespérément les siens. Elle lui sourit d'un sourire monstrueusement gentil, aimant.) Viendrais-tu jusqu'à moi, Nathan ? Viendrais-tu jusqu'à moi, si je t'appelais ? »

Nathan se dirigea vers les portes vitrées coulissantes du Duna Club Lounge de Malév. En y pénétrant, il se souvint des paroles de Naomi, « Alors là, tu m'achèves ! », alors qu'il lui faisait ses doléances au téléphone. Comme il s'approchait du comptoir d'enregistrement, il s'imaginait étrangler Naomi pendant qu'il la baisait par-derrière. Ses mains étaient liées derrière son dos par la ceinture en tissu éponge du peignoir de l'hôtel. Les mains de Nathan étaient puissantes sur son long cou. Le visage de Naomi était déformé par une expression d'extase terrifiante, elle était belle, bouche bée, et le Nathan du fantasme savait que c'était la fin du sexe, qu'il n'y aurait plus de sexe après cette baise. Au comptoir, une matrone très moche et très en uniforme – ce foulard rouge écœurant sur lequel étaient imprimées de petites ailes stylisées multicolores – expliqua à Nathan pourquoi la carte de membre photocopiée, entre autres paperasseries obscures fournies par Molnár, n'était pas valable, et qu'elle devait par conséquent lui refuser l'accès à la terre promise du Duna Club Lounge. Comme il quittait le salon d'attente pour se diriger vers sa porte, Nathan ne put que s'émerveiller devant la perfection molnáresque de tout cela.

Charles-de-Gaulle se faisait rénover de fond en comble. Après avoir longé pendant des kilomètres des tapis roulants à l'arrêt, Naomi dut traîner sa valise à roulettes dans une double volée d'escalier – le petit ascenseur en verre était *absolument** réservé aux handicapés – puis le long d'une plate-forme jonchée de chaises (mais pas de tables) d'une cafétéria dont le service était assuré par un énorme distributeur de boissons esseulé, de travers, puis dans une autre volée d'escalier qui lui fit rejoindre une foule dense de voyageurs qui se tenaient, hébétés, dans un couloir sans sièges à quelque distance d'une porte d'embarquement sans sièges. L'horreur de la situation était exacerbée par la quasi-impossibilité de sortir son ordinateur portable et de l'ouvrir sans fendre le crâne de quelqu'un. Naomi tira son BlackBerry Q10 de la poche latérale de la valise. Elle le préférait à l'iPhone de Nathan dans tout contexte d'envoi de texto intensif, où elle se trouvait fréquemment ; elle avait besoin de vrais boutons physiques (il était impossible de taper sur un iPhone avec un semblant d'ongles) et elle redoutait un effondrement imminent de l'empire BlackBerry. Telle était la vie pleine de dangers de la consommatrice fervente de technologies.

Tandis qu'elle allumait son Q10, elle se rappela, avec une brutale montée d'adrénaline, que dans la panique de son départ du cabinet elle avait laissé son badge du Crillon sur le bureau du Dr Trinh. C'était particulièrement agaçant, puisque pendant la journée et demie suivante, à Paris, tout avait été teinté – un étrange goût métallique dans la bouche et une modification générale des couleurs, comme dans une migraine avec aura – par le fiasco du Dr Trinh. Non seulement sa rencontre avec le médecin ne lui avait pas permis de glaner la moindre information intéressante au sujet de Célestine, mais, de manière inattendue, elle s'était heurtée aux limites de son intellect, ou en tout cas de sa culture, et cette collision l'avait laissée meurtrie.

Ou alors, se dévalorisait-elle ? Le badge du Crillon, par exemple. Elle voyait sans peine le Dr Trinh le ramasser sur son bureau, à l'aide d'une antique pince chirurgicale du Nord Viêtnam, afin de l'envoyer pour analyse dans son laboratoire de contre-surveillance préféré. Mais cela lui offrait une excuse parfaite pour reprendre contact avec le médecin, si Naomi parvenait à trouver une tactique plus efficace avec elle. Elle pourrait envoyer Hervé le récupérer, en lui soufflant au préalable des questions innocentes de mauvais garçon français auxquelles, venant de sa part, le docteur ne craindrait pas de répondre. Dans quelle mesure pouvait-elle se permettre de faire d'Hervé un proche collaborateur ? Comme pour répondre à cette question, le témoin lumineux de réception d'e-mail de son Q10 se mit à clignoter. C'était lui.

« Tu n'as pas fait très bonne impression au Dr Trinh, écrivait-il. Elle m'a immédiatement contacté pour me faire savoir qu'il valait mieux que je garde mes distances avec toi puisque tu cherchais manifestement à salir la mémoire de notre Célestine adorée. Elle a aussi ajouté qu'elle ne t'avait pas trouvée très intelligente, à moins que cela tienne à ta nationalité américaine, elle ne savait pas trop, et que tu employais la manière forte, ce qui lui avait rappelé les méthodes de l'armée américaine au Viêtnam. Je lui ai demandé si elle accepterait de poser nue pour moi, pour ce livre dont tu as aimé l'idée. Elle a répondu que sa culture le lui interdisait. On a eu une discussion agréable sur l'assimilation culturelle et la sensualité orientale. Je ne pense pas qu'elle le fera. »

Les doigts de Naomi se mirent à voler. « Je suis très déçue d'apprendre la réaction du docteur à mon égard. A-t-elle vraiment parlé de la guerre du Viêtnam ? »

« Ha ha, je t'ai eue. Non, c'est moi qui ai inventé ça. Par contre, elle a dit qu'elle ne te faisait pas confiance, et que tu avais volontairement oublié un badge ou je ne sais quoi dans son cabinet comme une sorte d'emblème symbolique ou de présence. Tu sais de quoi elle parle ? »

« Tu lui as vraiment demandé de poser nue pour ton livre ? »

« Oui. Tout ça, c'est vrai. »

« Est-ce que ça signifie qu'elle était l'amante de Célestine ? »

« Oui. Je me suis retrouvé au lit avec elles deux, une fois. Je te raconterai un jour. C'était très intéressant. Ça m'a fait penser à Karl Marx. »

« Y avait-il quiconque dans la vie des Arosteguy avec qui ils ne… »

Dans le couloir bordé de verre, la touffeur était devenue suffocante sous les rayons du soleil, et les jeux de coudes constants et agacés parmi la foule de passagers en attente qui tentaient de récupérer leurs bagages ou de prendre un autre vol renforçaient l'hostilité générale. Un homme se cogna le pied contre la valise trolley de Naomi et l'emboutit si violemment avec son épaule qu'elle sentit la densité de ses os et de ses muscles – Naomi eut l'impression que c'était intentionnel, une punition ; elle en eut le souffle coupé –, si bien qu'elle appuya par inadvertance sur la touche « envoyer » de son téléphone. À présent, d'autres gens s'étaient insinués dans l'espace qu'elle avait laissé vacant en s'avançant après avoir reçu le coup, et elle fut séparée du sac de son appareil photo. Elle pivota sur place et, face à la marée humaine, dut se frayer un chemin jusqu'à sa valise. Dans cette direction, elle aperçut l'enseigne d'un magasin d'objets électroniques, et, ses sacs fermement en main, elle plongea pour se diriger vers cette oasis.

Dans un coin de la chambre, entre le minibar et le meuble TV, s'amassaient deux ensembles de bagages non ouverts : deux sacs à roulettes pour appareils photo, deux sacs à dos, deux valises Samsonite Cruisair avec des finitions en fausses fibres de carbone tissées (Naomi et Nathan aspiraient à des bagages Rimowa Topas, les valises allemandes sexy en aluminium, qu'on pouvait cabosser, mais ils n'en avaient pour l'instant pas les moyens). Ce n'était pas tant qu'ils avaient le même goût en matière d'équipement, mais plutôt qu'ils s'entraidaient dans leur consumérisme ; une dialectique consumériste les guidait vers les mêmes objets. Voilà ce à quoi Naomi pensait, dans la partie flottante de son esprit, tandis qu'elle suçait la bite de Nathan – un pénis circoncis délicieusement, ennuyeusement classique, moderne, pas du tout incurvé, pas une espèce d'organe mutant – dans la chambre 511 de l'hôtel Hilton Amsterdam, à l'aéroport de Schiphol. Et elle fut étonnée de penser en termes marxistes, car avant de mettre les pieds dans la boutique d'objets électroniques, où elle avait découvert trois livres des Arosteguy – des ouvrages bâclés, publiés à la va-vite en anglais américain et balancés sur le marché pour profiter du scandale du cannibalisme philosophique –, elle avait à peine entendu parler de Karl Marx ou de *Das Kapital*. Et pourtant ces ouvrages, petits, avec de grosses polices de caractères engageantes, et donc faciles à lire, lui avaient donné l'impression d'être une économiste marxiste née. Non que le marxisme soit le sujet des livres, mais le lexique marxiste étayait, en quelque sorte, la compréhension de toute évidence profonde, par les Arosteguy, du consumérisme moderne – et de Naomi elle-même, s'avérait-il.

L'absence de billets disponibles pour un vol direct, qui aurait représenté un petit saut d'un peu plus d'une heure de Paris à Amsterdam, signifiait une épreuve de sept heures, avec escale à Francfort. Mais le temps s'était étrangement dissous, car au lieu d'errer au hasard parmi la multitude éparpillée de boutiques high-tech dans cette cuisine commerciale en acier inoxydable qu'était l'aéroport, errance ponctuée de crises de connexion à des hotspots wifi, Naomi s'était retrouvée confortablement installée dans un fauteuil près de sa porte, submergée dans la profonde mer intérieure des Arosteguy – mer chaude qui nourrissait un récif corallien peuplé des plus étranges et charmantes créatures –, poursuivant une plongée entamée sur le vol depuis Paris. Le temps qu'elle remonte à la surface pour respirer, elle avait été transformée en une arosteguienne vibrante, vertigineusement passionnée.

Et maintenant ces trois livres – *L'argent de la science-fiction*, *Consumérisme apocalyptique : guide pratique*, et *Le sang du travail. Marx et l'horreur* – étaient innocemment posés sur le bureau lustré, près de la fenêtre, lorsque Nathan, de manière subite, et quelque peu déloyale, jouit dans la bouche de Naomi, visqueux et amer. Ses seins en étaient la cause, ou plutôt, quatre seins en étaient la cause – deux à Naomi, deux à Dunja, superposés les uns sur les autres ; l'image avait fermenté dans le cerveau de Nathan et s'était déchargée, par son pénis, dans la bouche chaude et distraite de Naomi. Ou en tout cas telle était l'impression de Nathan, qui absorbait la fatigue de Naomi et sa distraction et les faisait siens, confondant sa poitrine, secouée de magnifiques tremblements, pendant qu'elle le suçait, avec les seins plus gros et mutilés de Dunja, et il s'était même arrangé pour ajouter ses ganglions gonflés sous les aisselles – six seins ? – au mélange. Les bras repliés derrière la tête, il ne touchait même pas la poitrine de Naomi. Cette distance permettait la stratification hallucinatoire des seins, et avait empêché son contrôle habituel de l'éjaculation. À moins qu'il n'ait même pas essayé d'exercer ce contrôle ? Était-il pareil à un petit chien qui punit sa maîtresse d'être rentrée trop tard et de l'avoir enfermé dans la cuisine ? Naomi n'avalait jamais, sauf quand elle était très saoule. Évidemment, elle avait ses raisons. Il était plus porno de laisser couler lentement le sperme de sa bouche, de le laisser former un pont filandreux jusqu'à son pénis et ses poils pubiens. C'était ce qu'elle faisait à présent, pas exactement interloquée, mais peut-être perplexe de voir Nathan trahir leur routine, qui consistait à décider à l'avance, lorsque la bouche de Naomi se refermait sur son pénis, s'il s'agissait de préliminaires ou si c'était tout pour le moment. Naomi n'aimait pas les surprises en matière de sexe. Elle était toujours disposée à jouer, mais elle avait besoin d'une structure.

Nathan fut donc surpris quand Naomi, essuyant ses lèvres d'un revers distrait de la main, lui dit :

« Que penses-tu de Marx et du crime, Than ? »

Pas de récriminations sexuelles, et un retour au surnom infantile qu'elle lui avait attribué, Than, ce qui sous-tendait un état d'esprit asexué de petite fille suceuse de pouce.

« Euh, je ne sais pas trop, Omi. C'est un sujet vaste, je crois. Tu t'y es plongée ? Dans Marx ? C'est une première pour toi, je me trompe ? »

Naomi roula sur le dos, écrasée par l'énormité. Le plafond, tourbillon de plâtre taché, était assorti à son état mental.

« Je me suis plongée dans les Arosteguy.

— Ils sont marxistes ?

— Je suis en train de les lire. Je découvre que je n'ai aucune culture. C'est intimidant et déprimant. Ça me fait mal à la tête. J'ai besoin d'Internet pour les lire. Et c'est exaltant. Je ne sais pas trop ce qu'ils sont. Ce qu'ils étaient. Elle est tout à fait morte. Et démembrée. (Naomi replia ses deux bras sur ses yeux, pour se protéger du plafond opprimant.) Omi, Than. »

Nathan entreprit de s'essuyer le pénis à la hâte, avec un vague bout de drap, une habitude que Naomi se forçait à trouver touchante. Était-ce là une attitude passive-agressive ? Résistait-il à l'envie de s'essuyer quand elle avalait ? Elle n'en avait pas le souvenir.

« C'est nous, dit-il. Omi Than. On dirait le nom d'une gynécologue vietnamienne. »

Naomi secoua la tête sous ses br
« C'est bizarre que tu dises ça. Telle bizarre.
— Parce que ?
— Parce qu'il y a bien une gynécolog jetna-
mienne dans ma vie. Ou presque. (Naomi s éplia
et roula pour faire face à Nathan, les lèvres tou urs
gluantes.) La généraliste de Célestine, le Dr Ph
Trinh. Elle avait assurément une connaissance intime du vagin de sa patiente.
— Et elle est marxiste ? C'est une criminelle ?
— Le Dr Trinh ? Non, c'est à Aristide que je pensais en disant ça.
— Il est marxiste et c'est un criminel ? »
Naomi se laissa rouler de son côté du lit pour s'accroupir près du sac de son appareil photo. Quelques gouttes d'un fluide visqueux, paresseux, s'écoulèrent d'elle et tombèrent sur la moquette tandis qu'elle ouvrait la fermeture éclair du sac et fourrait les mains dans ses entrailles.
« Mon idée, c'était plutôt "marxiste, et *par conséquent* criminel". Je veux dire, la façon dont il - dont ils écrivaient tous les deux m'a complètement retourné la tête, m'a donné l'impression que j'étais intelligente et profonde, et tu sais la séduction que ce genre de choses opère sur moi, tu t'en es toi-même servi pour te retrouver au pieu avec moi, la première fois. »
Elle s'affala à nouveau sur le lit, un iPhone 5s blanc et argent dans la main.
« Laisse-moi te prendre en photo quand tu te nettoies la bite. »
Nathan lui jeta un regard incrédule.
« Tu as un sac plein de bordel photographique

ch que tu as trimballé sur toute la sur-
ultra h be, et tu prends ma virilité en photo avec face d hone portable ? Depuis quand tu as un un t iPh

Depuis Charles-de-Gaulle. C'est la suite lo-g ue de mon désir de désincarnation que tu as si ien observé. Je veux bazarder le sac de l'appareil photo et ne plus voyager qu'avec ça, cet outil-là. Il fait aussi de la vidéo HD. Et on peut faire du montage sur le téléphone, pendant le vol. Mise au point tactile. Flash double LED. Lecteur d'empreintes digitales. Super objectif. Regarde. »

Elle descendit en piqué, à quelques centimètres de son gland, et se mit à le photographier, le téléphone faisait un bruit d'obturateur absolument délectable qui évoqua à Nathan l'oiseau-lyre australien reproduisant les bruits d'obturateur des paparazzi des forêts pour séduire sa femelle. Ou était-ce plus funeste ? L'iPhone était-il un organisme changeant, malveillant, un téléphone cellulaire à cellules souches, qui se moquait de lui, équipé d'appareils photo avec de vrais obturateurs dont on ne pouvait couper le son ? Qui promettait de remplacer tous les autres appareils existants par son moi aux formes mutantes – des ouvre-portes pour le garage, des minuteurs solaires, des télécommandes pour la télévision, des clés de voiture, des accordeurs pour guitare, des modules GPS, des photomètres, des niveaux à bulle, pour n'en nommer que quelques-uns ?

« Et maintenant *mit Blitzlicht.* »

Les LED enchâssées dans le verre sur le verso du téléphone embrasèrent le bout de sa bite d'une lumière froide, bleue, à cinq mille quatre cents degrés Kelvin. Il avait l'impression de la sentir. Elle braqua le téléphone sur son visage.

« Tu vois la manière dont le flash passe au ralenti pour les macrophotographies. Exposition parfaite, en accord avec la température de couleur ambiante, comme ça ta bite ne sera pas surexposée, pour ainsi dire. »

Elle éloigna le téléphone pour regarder sa photo, puis, charmée par son impitoyable intensité, elle embrassa l'image. Ses lèvres laissèrent une trace de sperme sur l'écran. La quintessence du fétichisme pour les objets.

Nathan roula sur elle et regarda la photo pardessus son épaule. Une pensée furtive le traversa, cette photo de lézards des Galapagos s'accouplant sur un rocher inondé de soleil. Naomi activait et désactivait la pellicule à l'aide de son index ; étrangement, son ongle ne faisait aucun bruit tandis qu'elle faisait défiler quantité de photos en mode flash ou sans flash, macro et micro, une dizaine apparurent à une vitesse déconcertante, dont certaines, en outre, *mit* vues scrotales.

« Tu me mets mal à l'aise, Omi. Je me sens, en quelque sorte, déstabilisé d'un point de vue existentiel. »

Elle commença à traiter les photos avec une application rétro mignonne, si bien que sa bite paraissait avoir été photographiée avec un Instamatic dans les années 1960, puis avec un Polaroïd dans les années 1980.

« C'est bien joli, tout ce que tu dis, Nathan. Mais qu'est-ce que cela signifie ? Tout va bien. Je vais te le rendre, ton gros objectif macro. Je n'en ai plus besoin.

— Tu n'as jamais prononcé de paroles plus terrifiantes. »

Il enfouit sa tête dans son cou, sous ses cheveux, y fourrant le nez de façon pitoyable et désespérée. Il s'adressa à sa nuque âcre.

« Tu vas me rendre ma grosse queue. Tu n'en as plus besoin. »

Naomi jeta son téléphone sur un oreiller et se retourna sous lui, de sorte qu'ils se retrouvèrent ventre contre ventre. La pensée d'un film français des années 1950 mettant en scène des habitants de Saint-Tropez qui s'accouplaient sur la plage le traversa furtivement.

« Tu as l'air très angoissé. Ne t'angoisse pas.

— Tu as parlé allemand tout à l'heure. Depuis quand ?

— Les Arosteguy. Leur lecture.

— Pourquoi pas français ?

— Marx était allemand. *Das Kapital*. Ils le citent. Ils le traduisent.

— Marx parlait de *Blitzlicht* ? Il faisait de la photo avec flash ?

— Il était bon en tout. Il avait une approche originale.

— Donc, Marx. Le type qui a forcé ton Français à assassiner et à manger sa femme.

— Peut-être pas forcé. Persuadé. Inspiré. C'est ce que j'ai compris par ma lecture.

— Voilà autre chose. Tu ne lis pas. Pas de livres. (Naomi tenta de se débarrasser de Nathan d'un haussement d'épaules, mais il relâcha ses muscles, se rendit aussi lourd que cet iguane. Elle était obligée de respirer quand il respirait.) Où est ton BlackBerry ?

— Je suffoque.

— Moi aussi. Où ? (Naomi l'attrapa par les cheveux, tira sa tête en arrière et il se détacha d'elle dans une roulade.) Parce que – et je vais te le dire avant que tu me demandes – parce que tu as abandonné ton fidèle BlackBerry, ton vieil ami et amant, celui qui était facile à manipuler avec des ongles longs, tu l'as abandonné, et tu as désormais un nouveau jouet pour te distraire. (Nathan sauta sur la main gauche de Naomi, déplia ses doigts pour en caresser le bout, le long de la bordure de ses ongles.) Ah oui, c'est vrai, tu t'es coupé les ongles pour la première fois depuis qu'on est ensemble, et ce n'est pas non plus pour des raisons de type *Dernier tango à Schiphol*. C'est pour le sexe sur écran tactile d'iPhone. (Il laissa retomber sa main et, dans un réflexe de protection, elle la cacha sous sa hanche.) Et je sais que tu ne plaisantes pas, en plus, avec ces histoires de sevrage du Nikon. Nikon, c'était notre truc de défiance consumériste, pas Sony, pas Canon, le symbole de notre professionnalisme, notre technologie sexuelle partagée. Donc maintenant tu vas t'adapter à la branchitude cool de l'iPhone à huit mégapixels avec effet d'ondulations sur la pellicule, obturateur déroulant, et flash en mode indirect. Et tu vas me quitter, prendre un avion pour Tokyo et avoir une liaison avec ce philosophe franco-grec, qui te tuera ensuite et te mangera les seins. Et qui photographiera ton cadavre avec ton iPhone.

— Putain, c'est vraiment horrible de dire ça.

Waouh. (Naomi lui donna un coup des deux pieds à la fois, telle une chatte sur le dos.) Je crois que c'est la première fois que tu es aussi méchant avec moi. »

Elle sauta du lit, attrapa l'iPhone sur l'oreiller, et se mit à effacer les portraits de la bite de Nathan, un par un, par de violents petits coups de ces ongles coupés sur l'icône poubelle, tout en chantonnant : « Pénis de Nathan : supprimer, supprimer, supprimer… »

Mais bien sûr, il n'est pas si facile de supprimer un pénis, et celui de Nathan se retrouva sans tarder bien au chaud dans Naomi. La première fois que Nathan s'en était rendu compte, cela l'avait amusé – plus tard, il avait qualifié cela, en pensée, de « sexe à thème ». Il avait éprouvé une sensation onirique de vertige, comme dans un baisodrome de Las Vegas (ou en tout cas ce qu'il s'imaginait de cette chose chimérique), et cela lui était arrivé après avoir regardé *Les révoltés du Bounty*, la version avec Brando. Sa partenaire sexuelle était Sheila Dahms, à peine assez noire d'œil et de cheveu pour correspondre au thème tahitien du baisodrome, les tambours, les vagues, les cuisses couvertes d'herbes et les haleines musquées. En sa compagnie, il avait l'impression de se trouver sous l'eau, il faisait tellement chaud et humide, et il y avait une brise, les tambours, le premier soupir de l'Est sur les fesses nues de Nathan… Ensuite, après avoir sauté hors du lit pour aller faire pipi à la salle de bains et peut-être se laver le vagin, comme on le faisait à l'époque, elle était revenue, lumineuse, et avait dit, pendant une seconde, là-bas, j'ai cru que tu étais Brando, que tu portais un haut-de-chausses blanc et des souliers à boucles, et on était sous l'eau. Ce n'était jamais comme cela avec Naomi. Elle ne semblait pas pratiquer le sexe à thème. Elle reconnaissait pratiquer le sexe distrait, réfléchir aux disputes qu'elle avait eues avec sa mère ou sa sœur, et même laisser s'exacerber sa colère jusqu'à l'orgasme. Nathan ne pouvait imaginer qu'une telle chose soit vraie, mais elle lui jurait que si. Dissimulait-elle sa version personnelle du sexe à thème ? Peut-être fantasmait-elle de coucher avec des célébrités, de baiser avec une espèce de rock star prépubère, homme ou femme, et refusait de l'admettre. De temps à autre, d'humeur joueuse, elle essayait de deviner le thème du moment, mais en règle générale il n'en parlait plus, il se retenait, et gardait le secret tout comme Naomi se disait que certaines de ses tocades sexuelles à elle étaient trop secrètes, même s'il détestait cela, s'il avait envie de violer la moindre partie d'elle, de la souiller et par là même de se l'approprier. Et cette fois, bien sûr, puisque le thème était Dunja – Dunja, la chirurgie et la mutilation sexuelle –, il refusait de se laisser aller à des jeux thématiques, surtout dans la mesure où l'épisode de doublement l'avait réellement perturbé, tant il avait été précis. Il était devenu le chirurgien hongrois et insérait les grains radioactifs dans les seins de Naomi avec sa bouche, il les tenait entre ses dents et les poussait à l'intérieur ; enfouissant le nez, il les fourrait dans sa chair. Puis ils devinrent les seins de Dunja, et Naomi devint un amalgame entre Naomi, Dunja, et une autre personne – était-ce Sheila, revenue du lointain passé ? –, et il devint Arosteguy, ce qui le terrorisa, car sa conception de l'homme lui venait de Naomi, d'Internet, et des photos qu'il avait trouvées avec le filtrage désactivé, des photos sur lesquelles il aurait mieux valu ne pas poser les yeux car elles se collaient à l'intérieur de votre crâne et vous lacéraient le cerveau. Et ce site Internet appelé « poundofflesh.com », réservé aux mangeurs de seins. Nathan/Arosteguy mangea les seins de Naomi directement sur sa poitrine, les arracha avec les dents, et il jouit alors à nouveau, avec tant de volupté qu'il en fut terrorisé.

Naomi le repoussa.

« C'était quoi, ce bordel ? Tu m'as mordue. (Elle tira sur son sein gauche, à la recherche de traces de morsures.) J'y crois pas, putain.

— Ce n'était pas moi. C'était Arosteguy. (Naomi haussa dédaigneusement les épaules.) Sexe à thème. Je sais que tu penses que cela n'existe pas.

— Ça n'existe pas pour moi. J'ai pas de fantasmes sexuels.

— Le sexe à thème, c'est pas vraiment un fantasme… (Nathan s'empara vite de son D300s pour faire une série de photos posées. Elle était toujours nue, mais il avait enveloppé les draps autour de ses jambes, de sorte que seules ses cuisses étaient visibles.) OK, tu devines maintenant ? demanda Nathan, caché derrière l'appareil photo. Je travaille sur un pitch et tu es l'un de mes sujets. Sur quoi porte mon article ?

— Hmm. Tu as couvert mes jambes avec un drap.

— Pas seulement couvert.

— Tu les as… cachées.

— Pas seulement cachées. »

Nathan, dans un cliquetis, prit quelques photos en guise de ponctuation. Les yeux de Naomi s'écarquillèrent.

« Tu les as amputées.

— Ah, dit Nathan. »

Naomi se tortilla un peu, puis rajusta les draps.

« C'est ce truc où les gens veulent amputer certains de leurs membres parce qu'ils ont l'impression qu'ils n'ont pas la forme qui devrait être la leur ?

— Ils parcourent la Terre à la recherche d'un médecin qui amputera un bras ou une jambe parfaitement fonctionnels. Un bras et une jambe.

— Sinon ils le font eux-mêmes avec une tronçonneuse ou un fusil de chasse. Ouais. Comment ça s'appelle, déjà ?

— L'apotemnophilie.

— Ouais. La dysmorphophobie, dans le langage courant.

— L'amputation psychothérapeutique.

— Trouble de l'identité de l'amputé, et ça déborde sur la bioéthique. Ça m'a l'air fort croustillant.

— À propos d'éthique, dit Nathan, en approchant l'appareil photo tout près d'elle, il n'est pas exclu que j'éprouve une sorte d'acrotomophilie. Qu'est-ce que je dois faire ?

— Hmm, répondit Naomi, mal à l'aise, je ne comprends que la partie "philie".

— Une attraction sexuelle pour les amputés. »

Nathan se blottit contre ses cuisses. Naomi retira les draps et s'assit.

« Je crois que tu as réussi à me filer les jetons. (Elle lui tendit la main.) Rends-moi mon appareil.

— Ooh.

— Je ne bosse pas dans le domaine médical. C'est toi qui bosses dans le domaine médical, tu te souviens ? Moi, mon truc, c'est le crime. C'est plus propre.

— Parfois, c'est difficile de distinguer les deux. Mais je croyais que tu m'avais offert ton appareil. Tu voulais exclusivement travailler avec l'iPhone, tu te rappelles ? Un appareil supplémentaire ne me ferait pas de mal. »

Naomi fit claquer les doigts de sa main tendue et Nathan lui donna l'appareil. Elle s'empressa de supprimer les photos.

« Il me semble que tu viens tout juste de rejeter mon pitch, et ça, c'est un crime », dit Nathan.

Naomi pivota pour sortir du lit et remua le Nikon en tous sens pour le faire entrer dans son sac à roulettes. Elle parla face au mur, le dos tourné vers lui.

« Hé, tu ne dois pas aller à Genève pour cette… c'était quoi, déjà ? La Conférence mondiale sur les mutilations génitales ? Franchement, je trouve ça plus intéressant que ces affaires d'amputation. À une époque, il y avait tout le temps des papiers là-dessus, puis c'est tombé aux oubliettes du branché. C'est intéressant cette manière dont les maladies montent en flèche puis retombent. Mais bon, les politiques de mutilations génitales, c'est toujours brûlant.

— Merci pour tes encouragements. Je me disais que mon article sur l'apotemnophilie s'inscrirait dans la droite ligne de cette réflexion. Mais tant pis.

L'article sur les mutilations genevoises est dans les choux. Non, je vais rester ici, à l'hôtel, pour finir mon papier hongrois, juste au cas où il y aurait quelque chose en Europe que j'aurais raté et sur quoi je devrais me rencarder. Je l'enverrai à mon agent et je le supplierai sans vergogne de le caser dans le *New Yorker*…

— C'est toujours Lance, n'est-ce pas ?

— C'est ce bon vieux Lance. Puis je rentrerai peut-être à New York. Où tu ne seras pas.

— Je déteste ce côté-là des choses.

— Le côté *New Yorker* ?

— Le côté où on se dit au revoir », répondit Naomi, à présent assise par terre, occupée à jouer avec son nouvel iPhone, toujours sans regarder Nathan.

Il se leva et vint s'appuyer au rebord de la fenêtre.

« Et tu m'abandonnes à nouveau, tout seul dans une chambre d'hôtel », dit-il.

Naomi leva les yeux et tressaillit, presque surprise de le voir, comme si elle venait de découvrir un oiseau exotique à sa fenêtre. Utilisant la fonction HDR du téléphone, elle prit sa photo sans flash, avec rétroéclairage.

« Je t'abandonne, désespéré et seul. Et je retourne à Paris. »

Nathan terminait son repas solitaire en chambre. Sur un site Web intitulé « mediascandals.com », une page était dévolue au Dr Zoltán Molnár. Son iPhone vibra et il répondit :

« Allô, Nathan à l'appareil. »

Une toute petite voix féminine :

« Nathan ?

— Oui ?

— C'est moi. C'est Dunja.

— Dunja ? Où es-tu ?

— Je suis chez moi. Tu sais. Quelque part en Slovénie.

— Ouais. (Un silence gêné. Sa voix était dangereusement petite.) Comment vas-tu ? »

Dunja avait la respiration irrégulière, et Nathan en déduisit qu'elle avait dû pleurer juste avant de l'appeler.

« Nathan, je pense que je t'ai transmis une maladie. Je suis vraiment désolée.

— Une maladie ? Au sens propre, tu veux dire ?

— La maladie de Roiphe, Nathan. La maladie de Roiphe. Le docteur Molnár vient de m'appeler pour me l'apprendre. Elle a été décelée par hasard lors de certains de mes examens sanguins… »

Sa petite voix demeura flottante, suspendue, en apesanteur. Nathan, presque sans réfléchir, ou plutôt exactement comme si la réflexion était une affaire de mémoire et d'information, avait tapé « maladie de Roiphe » sur Google et, en quelques secondes à peine, téléchargeait des données qu'il allait insuffler à la conversation. Ses doigts volaient, tapaient fort.

« La maladie de Roiphe ? demanda Nathan, la voix contrariée par un argument emprunté au Net. Personne n'a eu la maladie de Roiphe depuis 1968. »

Dunja parlait sur le ton monocorde de la logique irréfutable.

« Je suis immunodéprimée depuis longtemps, et j'ai contracté la maladie. Et toi aussi, maintenant, à mon avis. Sans doute.

— La maladie de Roiphe a survécu à toutes ces radiations ?

— Les radiations ne constituent pas un traitement pour la maladie de Roiphe.

— Non, répondit Nathan, je vois ça.

— Tu… tu vois ça ? Sur ton ordinateur ? Sur Internet ? »

Une photo du Dr Barry Roiphe en couverture du magazine *Time*, mai 1968. Il avait l'air dégingandé, timide, un Jimmy Stewart à lunettes. La légende, en lettres jaunes criardes, indiquait : « Docteur Barry Roiphe : sexe et maladie ». Dunja se mit à sangloter à sanglots énormes, liquides, globulaires. Pendant quelques instants, Nathan crut que les sanglots provenaient du docteur Roiphe lui-même, que son sourire contrit, tordu, se transformait à présent en rictus chagrin et honteux.

« Je me demande ce qu'il est devenu ? fit Nathan.

— Qui ? demanda Dunja, entre deux hoquets.

— Roiphe. Le Dr Barry Roiphe. »

Nathan faisait pipi, et il avait mal. Il parla à sa douleur :

« Oh, putain, oh, merde, que ça fait mal ! Barry, Barry, qu'est-ce que j'ai bien pu te faire ? »

Le filet d'urine sembla s'arrêter avec quelque hésitation, puis le goutte-à-goutte reprit tristement. Nathan secoua son pénis avec colère, et tendit le bras vers un sac contenant son rasoir. Il en sortit une grande loupe cerclée de LED fonctionnant à piles, pivota autour du lavabo, alluma les LED, posa son pénis sur le rebord du lavabo, et en examina le bout. Le mot *suppuration* lui traversa l'esprit.

« Merde, dit Nathan. Merde, merde, merde ! »

De retour dans le salon de l'aéroport de Schiphol, déprimé, il s'assit, son ordinateur portable fermé, tandis que d'autres surfaient sur le Net avec une intensité toute professionnelle. Il n'avait pas fini son article hongrois, son article slovène, dunjanesque. Sa chambre d'hôtel commençait à lui faire l'effet d'une chambre de quarantaine, une enceinte pour désastre infectieux. Son téléphone émit les trilles de grenouille qui annonçaient Naomi. Il allait devoir envisager de changer sa sonnerie. Ce bruit de grenouille en voie de disparition. Angoissant, symbolique, pas bon. Un glissement du doigt pour répondre.

« Ouais, salut. Nathan à l'appareil.

— J'entends un aéroport. Tu es à l'aéroport ?

— Ouais. J'ai quitté l'hôtel tôt. Tu es chez toi ?

— Euh, au Crillon. Ce n'est pas à proprement parler mon deuxième chez moi. Mais c'est confortable.

— Tu m'étonnes. Tu m'as l'air à cran. »

Sur l'ordinateur portable de Naomi se trouvait un assemblage de plusieurs photos horribles, en noir et blanc, intitulé « Images de la scène de crime chez les Arosteguy ». Les photos montraient le buste de Célestine Arosteguy, auquel manquaient plusieurs morceaux : un sein, la moitié d'une fesse, la zone tendre autour du nombril. Des lésions en forme de morsure partout.

« Je suis de retour dans ma chambre, je suis toute seule et je pète les plombs. »

Nathan fut surpris d'entendre Naomi mentionner le fait qu'elle était seule, elle ne le faisait jamais ; avec les médias sociaux, Internet, le téléphone, l'appareil photo, l'enregistreur, elle semblait ne jamais se sentir seule.

« Ouais ? Comment ça se fait ?

— Oh, les photos de l'enquête sur la scène de crime, que les policiers ont prises de Célestine Arosteguy. Elles sont atroces. Comment ce type a-t-il pu faire ça ? Je n'arrive pas à y croire. C'est un personnage tellement séduisant mais… je ne sais pas. Peut-être. Mon Dieu. Je t'envoie l'URL.

— Ce n'est peut-être pas la peine, répondit Nathan. (Une dame africaine munie d'un chariot passait dans le secteur pour récupérer les bouteilles, les tasses, les cannettes, les journaux. Elle s'empara du cappuccino de Nathan avant qu'il l'ait terminé.) Je ne suis pas d'humeur. »

Naomi quitta la chaise devant le secrétaire, et se laissa rouler sur le lit. Elle se glissa sous la couette tout habillée, avec ses chaussures.

« J'ai besoin de tes conseils, Than. Il faut que tu voies ça. Je ne peux pas garder ça pour moi toute seule. Il a mangé des morceaux d'elle. Je veux dire, je le savais, mais là je le vois. »

Nathan souleva l'écran de son MacBook Air troisième génération, sans port pour carte SD. C'était en fait l'ancien ordi de Naomi. Il lui fallait ce port, disait-elle. Elle en avait besoin pour les photos, surtout maintenant que ces petites cartes étaient devenues omniprésentes, même sur les appareils photo professionnels. Il n'arrivait pas à se résoudre à appuyer sur le bouton marche/arrêt.

« Cette solitude accablante que j'éprouve est-elle seulement liée à toi, ou y a-t-il, au-dessous, l'âpreté métallique du manque existentiel ?

— C'est l'aéroport qui te fait parler comme ça.

— Fort probable.

— Eh bien, ce que tu éprouves est entièrement lié à moi, mon chéri. N'essaie pas de l'esquiver. Éprouve-le.

— Je l'éprouve bien.

— Bientôt, tu seras chez nous, dans notre appartement, et tu te sentiras bien à nouveau », dit Naomi.

Nathan commençait à percevoir, posés sur lui, les regards des autres voyageurs installés dans le salon. Pourquoi l'auraient-ils écouté ?

« Je ne rentre pas tout de suite à New York. Je suis dérouté par Toronto. Tu sais, au Canada. »

Sous ses couvertures, Naomi se sentit étreinte par… était-ce une angoisse de séparation ? Son nid n'était pas assez rempli. Elle se glissa hors du lit pour rassembler des appareils électroniques, qu'elle fourrait sous la couette quand elle les trouvait.

« Mais tu n'es pas encore dans les airs. Comment pourrais-tu être dérouté ?

— Je me suis dérouté moi-même. Je t'enverrai l'adresse, et tout le reste. »

Naomi bondit à nouveau sous les couvertures, son nid reconstruit, remparts, douves, ponts-levis.

« Que se passe-t-il ? Toronto ? Quoi, l'hôpital Sunnybrook ? »

Nathan passa en *sotto voce*. La paranoïa, telles les plaques dans la maladie d'Alzheimer, lui épaississait la cervelle, comme c'était toujours le cas quand, dans un frisson, il avait une formidable idée d'article.

« Tu te souviens de la maladie de Roiphe ?

— Oh, évidemment. Ce dont est mort Wayne Pardeau. Mais elle a disparu, non ? Elle a été éradiquée. Il en reste seulement des échantillons dans des containers en acier inoxydable. À part ça, *pas grand-chose**, si je me souviens bien.

— En soi, en matière de maladies, au bout du compte, *pas grand-chose**, non. Mais éradiquée, non plus.

— Et tu as trouvé un angle brillant pour faire un papier dessus ? »

La respiration involontairement brusque de Nathan passa inaperçue.

« Mettons fascinant. J'ai trouvé un angle fascinant. »

Naomi surfait désormais sur les pages où Nathan était allé – avec son MacBook Air, pas le vieux MacBook Pro, pour le moment – et elle regardait la maison de Roiphe à Toronto avec Google Street View. Un faux château récemment sorti de terre, un pastiche victorien kitsch de la pire espèce. Oh, bon. À quoi d'autre aurait-on pu s'attendre ? Un vieux médecin juif canadien plutôt fortuné. Mais une jolie rue feuillue.

« Roiphe y habite, n'est-ce pas ? À Toronto ? Tu vas le voir. »

Nathan avait entendu le bruit du clavier de

Naomi, mais, bourrelé d'une culpabilité qu'il ne pouvait exprimer, il avait envie de la complimenter.

« Hé, tu es plutôt calée pour quelqu'un qui n'est pas spécialisé dans la santé. Regarde-moi ça. Tu connais le prénom de Roiphe ?

— On joue à "Qui a les doigts les plus rapides" ou on réfléchit ? »

« Qui a les doigts les plus rapides » était leur nom de code pour cette pratique consistant à remplacer le cerveau/la mémoire par des recherches sur Google.

« Trop tard pour le prénom, je crois.

— Je regarde le visage de Barry, là, dit Naomi. Une espèce de Jimmy Stewart façon rabbin. Le Holy Blossom Temple[1] ou un truc dans le genre resurgi de mon passé à Toronto. Tu connais le prénom d'Alzheimer ? Pas de doigts.

— Bien sûr : Aloïs. Mais savais-tu que le collaborateur d'Alzheimer était un certain Creutzfeldt, de la maladie de Creutzfeldt-Jakob ? Tu sais, la forme humaine de la maladie de la vache folle ? Plus ou moins ?

— J'avais oublié comment tu gagnais ta vie. »

Nathan, qui s'était mis à phosphorer – il se mettait à phosphorer quand il exprimait ses opinions à Naomi, c'était le fruit de leur intimité, même s'il craignait que la réciproque ne fonctionne pas vraiment – se baissa pour se rapprocher de la moquette du salon, son téléphone presque au niveau du sol. Il ne voulait pas que l'on puisse lire sur ses lèvres.

« Que va-t-il se produire si ce type, Barry Roiphe,

1. Plus ancienne congrégation juive de Toronto.

le type qui a donné son nom à la maladie, a la chance de découvrir une autre maladie super excitante ? Va-t-on l'appeler Roiphe 2 ?

— Ça serait une chance ? »

L'esprit de Naomi divaguait, les doigts de sa main gauche s'affairaient sur son iPad, ceux de la droite sur son MacBook Air, toutes deux surfaient partout sur le Net, et des vagues de SMS croustillants affluaient sans cesse sur son iPhone. Le plus croustillant : « Salutations de Tokyo, Naomi. Voici l'adresse e-mail que tu voulais : hmatsuda@j.u-tokyo.ac.jp. Parlons-nous sans tarder. » L'avatar, dans la bulle du message, était la photo réelle d'une jeune Japonaise au physique agréable, encadrée comme un tableau ; la petite plaque en cuivre en 3D, en bas du cadre antique, portait la signature : « Amicalement, Yukie ».

Quant à l'esprit de Nathan, il divaguait lui-même vers une conversation imaginaire avec le Dr Barry Roiphe :

« Ça favorise les bourses de recherche si ton champ d'études touche une corde sensible chez le public, tu ne crois pas ?

— Ah ? dit Naomi. C'est ça, ton accroche ? La maladie de Roiphe 2 : le retour ? »

Naomi n'était jamais volontairement cruelle, à moins d'être attaquée, mais tandis qu'elle surfait sur Internet, son attention devenait de plus en plus volatile, jusqu'au dédain. Mais en réalité, c'était à Roiphe que Nathan faisait le pitch de son article, pas à Naomi.

« Mais c'est une accroche géniale. Je veux dire, il s'agit de gloire médicale et de tout ce qui l'accompagne. Il s'agit des politiques d'attribution des subventions médicales, de répression de la part de la droite religieuse, etc. Il s'agit d'avoir un nom qui devient connu de tous et qui est encore plus craint que Creutzfeldt ne l'a jamais été. Quel genre d'homme pourrait souhaiter une telle gloire ? Serait-il déprimé si un remède était trouvé et que son nom ne fasse plus les gros titres ?

— C'est jouable. Ton papier risque-t-il de devenir trop sensationnel ? Est-ce que tu as trouvé preneur ?

— Une fois de plus, c'est une proposition que je fais, et non une commande. C'est autofinancé. Mais quand même, ça me semble adapté au *New Yorker*, non ? Pour la section "Annales de médecine" ?

— Tout te semble toujours adapté au *New Yorker*.

— C'est différent, cette fois.

— Quelque chose t'y pousse.

— Quelque chose. Faut croire. »

Encouragée par le texto de Yukie, Naomi n'avait pas tardé à quitter Roiphe pour dénicher de nouvelles pages relatives à la scène de crime chez les Arosteguy, toutes douteuses, évocatrices d'infections virales et de drôles d'URL russes et chinoises avec usurpation d'adresse IP. Comme si ses pensées transitaient directement du bout de ses doigts à l'écran tactile, son iPad (elle l'appelait « le Crado ») dégorgea un gros plan de la tête tranchée de Célestine dans le petit frigo de l'appartement des Arosteguy.

« Oh, mon Dieu, s'écria Naomi. Oh… Je viens

tout juste de me connecter à une nouvelle atrocité arosteguienne. À mon avis, c'est le tueur lui-même qui a pris ces photos. Aucun policier n'apparaît dedans. Mais qui les a postées ? Je t'envoie aussi cette URL. »

Nathan se leva pour s'étirer. Un écho évoquant l'annonce d'un vol résonnait dans le salon. Ce n'était pas son vol, mais il brandit le téléphone pour capter, par souci d'authenticité, le brouhaha métallique de mots puis le rapprocha de sa bouche. La cacophonie de la maladie commençait à lui taper sur le système.

« Bon, je les regarderai peut-être à Toronto. Faut que j'y aille, là. Mon vol est annoncé. Je t'adore. Ne te laisse pas abattre.

— *Je t'adore aussi**. »

Naomi toucha le bouton rouge d'arrêt, et se retrouva immédiatement chez les Arosteguy.

4

Nathan sortit d'un taxi Beck couleur citrouille et menthe dans le Forest Hill Village, à Toronto, en face du Coach Restaurant, un boui-boui décati dont la porte était ornée d'une vieille cuillère graisseuse à laquelle pendait une plaque figurant un carrosse à quatre chevaux. Des personnes âgées appuyées sur leur déambulateur passaient en traînant des pieds, quelques fillettes en uniforme gris et bordeaux, scolarisées non loin à la Bishop Cornwall allaient et venaient. Dépourvu de tout appareil photo, sans le moindre enregistreur d'aucune sorte, il passa par deux ensembles de portes et se posta près de la caisse enregistreuse National d'époque – cuivre estampé, touches en verre avec un code couleur, base en marbre et en bois.

Un homme qui aurait pu figurer parmi les personnes âgées constituant sa clientèle remonta lentement un escalier dans le fond et s'approcha de lui :

« Puis-je vous aider ? » demanda-t-il, en déposant son bloc de bons de commande derrière la machine à l'ornementation surchargée avant d'appuyer sur la touche « Pas de vente ».

Le tiroir de la caisse enregistreuse s'ouvrit, un carillon retentit.

« Le Dr Roiphe est-il ici ? »

Sans le regarder, l'homme – le gérant ? le propriétaire ? – esquissa un sourire moqueur, ronchon, et il souleva une pince à billets à charnières en plomb afin de manipuler les billets dans l'un des casiers du tiroir.

« Vous vous croyez dans un cabinet médical ? »

Nathan s'expliqua.

« J'ai rendez-vous avec lui ici, mais je ne le vois pas. Le Dr Barry Roiphe.

— Si vous ne le voyez pas, vous êtes aveugle, répondit l'homme, sans le regarder mais en dressant un index en l'air.

— Il me semble que je vois un doigt », dit Nathan.

L'homme baissa le doigt pour le diriger vers un box obscur dans le fond. Un homme dégingandé, la chevelure grise, y était assis, le nez chaussé de grosses lunettes en plastique, bien peu chic. Cardigan et pantalon de flanelle. Chapeau de paille.

« Je me suis trompé. Vous avez une bonne vue, en fait.

— Merci. »

Nathan se dirigea vers le box de Roiphe et s'y tint un moment, pendant que le médecin s'escrimait à couper l'une de ses trois côtelettes de porc, le visage penché vers son assiette, indifférent à tout. Nathan se balançait légèrement d'une jambe sur l'autre, scrutant l'homme. Il avait d'ores et déjà, bien entendu, vu des conférences, des interviews, des extraits de reportages sur Roiphe, il avait lu ses articles savants – dénués de tout humour – qui incluaient souvent des photographies de l'homme remontant à la période où il avait obtenu son diplôme à l'École de médecine de l'université de Toronto, promotion 1957. Mais il ne l'avait pas reconnu ; la posture avachie, les grosses lunettes avec les énormes verres à double foyer, le drôle de chapeau. Roiphe finit par relever la tête, les yeux cachés par ces verres, les lunettes de travers sur son nez piqueté et rougi. Le docteur parut perplexe. Que faisait ce jeune homme planté là ? Était-il un serveur ?

« Docteur Roiphe ? Je suis Nathan Math. Je vous remercie d'avoir accepté de me rencontrer. »

Une sorte de blanc, comme ceux des coups de fil outre-Atlantique dans le temps, un sourire sur ses lèvres fines.

« Oh, oui. Asseyez-vous, asseyez-vous. Je finis mes côtelettes de porc. Elles sont coriaces, mais un peu d'exercice ne me fait pas de mal. (Roiphe remuait la mâchoire d'une manière comique ; l'effet était grotesque. Nathan se glissa dans le box étroit, il sentit sous son jean la texture rugueuse du siège abîmé.) Vous prendrez quelque chose ?

— Non, non merci, répondit Nathan. J'espère que je ne vous accapare pas au détriment de vos patients.

— Oh, non. Faut bien manger, non ? Et, en plus, je suis presque à la retraite. Enfin, je pratique encore un peu. Pour ne pas perdre la main. Mais je suis devenu une espèce de bricoleur. Une sorte d'expérimentateur. Alors, redites-moi. De quoi s'agit-il ? »

D'après ses recherches, Nathan estimait que Roiphe réagirait à un baratin plutôt mélodramatique à propos de sa vie et de son œuvre ; il faisait l'effet d'une personne encore désireuse de se mettre en avant, même si elle n'y parvenait pas toujours.

« Vous avez connu votre heure de gloire, vous avez été le roi de la peur », dit-il.

Les yeux de Roiphe trahirent une surprise si vive qu'ils ressortirent nettement malgré les doubles foyers.

« Quoi ? Qu'est-ce que vous racontez ?

— La maladie de Roiphe. Vous avez fait la couverture du magazine *Time*. »

Agacé, Roiphe retourna à ses côtelettes de porc. Sa mastication semblait indiquer un dentier, mais Nathan n'en était pas sûr. La mâchoire du médecin partait sur le côté ; c'était peut-être simplement sa façon de manger. Sans cesser de mâcher, Roiphe releva la tête pour respirer, cligna des yeux, parla.

« Ce n'était pas moi, bon sang. C'était la maladie. J'espère que vous voyez la différence. Et ce que cette maladie avait de politique. Tout ce sexe, toute cette hystérie. C'était très américain. (Il s'essuya la bouche avec une fine serviette en papier. Elle se déchira contre la barbe de trois jours qui recouvrait un côté de son menton, si bien qu'il s'essuya en fait la bouche avec les doigts. Il se les suça tout en le fixant avec un strabisme soupçonneux, comme s'il observait un importun particulièrement odieux.) De quoi, exactement, vouliez-vous me parler ? »

Nathan songea qu'il devait revoir le mélodrame à la baisse.

« J'écris un article sur la gloire médicale. Les maladies qui font peur. Vous savez, Alzheimer, Parkinson. Ces noms que les gens entendent avec terreur. Qu'ils redoutent d'entendre prononcés par leurs médecins. »

Le médecin éclata de rire, un aboiement bref, liquide qui fit jaillir sur la table une gerbe de morceaux de côtelettes.

« La maladie de Roiphe, c'était un chibre suintant ou un con glaireux. On joue pas vraiment dans la même catégorie.

— Mais la maladie de Roiphe pouvait être mortelle si elle n'était pas soignée. Quand même, Wayne Pardeau en est mort.

— Qui ?

— Wayne Pardeau, répondit Nathan. Un célèbre chanteur de country.

— Inconnu au bataillon. Mais c'est sans doute la drogue qui l'a tué. En général, c'est ça.

— Souffrez-vous d'un complexe d'infériorité vis-à-vis de la maladie de Roiphe ? N'était-ce pas une maladie suffisamment noble pour qu'elle porte votre nom ?

— Quel drôle de jeune homme vous êtes. Quand vous parlez, je crois lire les gros titres d'un journal à sensation de l'ère victorienne. Connaissez-vous le terme “journalisme jaune” ? Il me semble que c'est ce que vous faites.

— Avez-vous été chagriné quand, à un moment, elle a semblé avoir été éliminée ? Éradiquée de la surface de la Terre ? Cela ne vous a-t-il pas envoyé dans les oubliettes médicales ? Relégué à un intérêt purement historique ? »

Roiphe gratta fastidieusement la sauce à la pomme sur sa côtelette restante à l'aide d'un couteau à beurre, enroula la côtelette dans une serviette en papier, et la fourra dans sa poche. Nathan était certain que la graisse s'écoulait déjà dans son cardigan. Roiphe se leva avec quelque difficulté, et dit :

« Il vaudrait peut-être mieux que vous vous adressiez au Dr Alzheimer si la parlotte c'est votre truc. J'imagine que l'addition est pour vous. »

Nathan se contorsionna pour s'extraire du box, et, le plus discrètement possible, il bloqua l'aile encombrée. Il sortit un papier rose soigneusement plié, où figurait son diagnostic, qu'il tendit à Roiphe.

« Docteur, s'il vous plaît, jetez un coup d'œil à ça. »

Mû par une sorte de réflexe antédiluvien, Roiphe attrapa le papier, le déplia, et se mit à lire, le visage près de la feuille et la tête oscillant d'un côté puis de l'autre, comme s'il la reniflait plutôt qu'il ne la lisait. Nathan avait passé une semaine à préparer son entrevue avec Roiphe, et cela avait inclus une visite dans une clinique sans rendez-vous spécialisée dans les MST, sur Queen Street West ; il pouvait s'attendre à vingt-huit jours de ciprofloxacine, de diarrhée légère, d'irritation génitale, et de possibles mais peu probables ruptures de tendons, réactions psychotiques, états de confusion mentale.

« On dirait que vous tenez une bonne maladie de Roiphe. Elle fait son retour, sans doute. Vos triglycérides ne sont pas géniaux, non plus. (Il releva les yeux et secoua le papier avant de lui rendre, comme pour chasser la poussière ou les miettes.)

— Est-ce que cela signifie que je vous suis redevable de quelque chose, ou est-ce vous qui m'êtes redevable ? »

Nathan chercha les vrais yeux derrière les verres globuleux des lunettes du médecin. Puis il comprit qu'à une distance aussi proche, qui ne semblait pas du tout décontenancer le médecin, mieux valait peut-être regarder ces verres pour croiser son regard. Il en résulta un mouvement de tête tremblant qui suggérait une extrême bougeotte de la part de Nathan.

« J'aimerais parler avec vous de l'histoire de mon infection », dit-il, le souffle court, le thorax comprimé.

Roiphe rit dans un nouvel aboiement, cette fois tout particulièrement évocateur de celui d'un Jack Russel.

« L'histoire de mon… (Il secoua la tête.) Écoutez, jeune homme, j'ai quitté depuis belle lurette le domaine des pathologies vénériennes, si c'est votre accroche. Je ne suis pas très intéressant, c'est tout. C'est le fond du problème. Mais Parkinson, voilà un homme intéressant.

— Pourquoi ne me laissez-vous pas en juger ? Quel genre de patients suivez-vous en ce moment ? Dans quel domaine faites-vous des expériences ? »

Roiphe scruta Nathan quelques instants, la mâchoire protubérante, les lèvres pincées, puis il ôta ses lunettes. Ses yeux étaient grands et troubles, même sans les verres à double foyer, mais ils étaient aussi du turquoise le plus stupéfiant, le plus artificiel, et Nathan en fut estomaqué. Il était persuadé que de tels yeux pouvaient voir des choses que des yeux normaux ne voyaient pas.

« Vous pourriez passer chez moi demain, si vous le souhaitiez. Mon cabinet se trouve à mon domicile. Demain. Pas trop tôt. Je n'ai jamais été du matin, aussi incroyable cela puisse-t-il paraître. Présentez-vous, tout simplement. »

Entourée de marbre, dans la salle de bains de sa suite du Crillon, Naomi, assise, faisait pipi, et ça lui faisait mal. Elle se surprit dans le miroir de la porte en train de crier de douleur comme une enfant. « Aïe, aïe, aïe ! Ça fait mal ! » Elle baissa les yeux vers sa culotte en coton blanc – un peu élimée autour de l'élastique, remarqua-t-elle – et aperçut, sur le fond, un truc qui ressemblait à une tache de mayonnaise. « Merde, merde, merde ! »

Assise sur son lit, le MacBook Air sur les genoux, après avoir enfilé une nouvelle culotte, mis un pantalon de yoga, roulé en boule des Kleenex dans son slip, à des fins de diagnostic, qui lui procuraient une sensation de pression rassurante, Naomi regardait une nouvelle vidéo qu'elle avait téléchargée d'Arosteguy en train de faire une conférence, cette fois en ayant coupé le son métallique de l'ordinateur. Elle scrutait avec intensité l'image d'Arosteguy, puis, ainsi aiguillonnée, bondit du lit pour lancer sa propre session de création d'images.

Elle n'était pas certaine d'avoir sérieusement songé à donner son équipement Nikon à Nathan et à disparaître dans la nature avec seulement son BlackBerry, son iPhone, son iPad, et son ordinateur portable en guise d'appareils générateurs d'images – y avait-il quoi que ce soit qui, aujourd'hui, ne faisait ni photo ni vidéo ? –, et quand il avait été question de passer la porte de leur chambre à Schiphol, elle n'avait pas hésité à l'emporter avec elle. Elle ne se serait pas sentie pro sans son équipement Nikon. Et elle n'aurait pas pu faire ce qu'elle était en train de faire : installer deux flashes sans fil Speedlight – fixant des diffuseurs pour un éclairage plus doux sur les têtes de flash – sur une chaise et une commode, puis l'appareil photo sur son pied à côté de l'ordinateur portable, avant d'enclencher le retardateur pour faire des autoportraits, ingénieusement éclairée par les flashes et la lumière douce qui filtrait à travers la fenêtre.

Plus tard, alors qu'elle passait en revue les clichés à l'aide de Photo Mechanic, sa visionneuse de photos préférée, elle commença à pencher pour quelques clichés qui la dévoilaient dans toute sa beauté mais lui donnaient aussi un air ténébreux, intelligent, pénétré. Elle éclata de rire devant les versions sans soutien-gorge, mais ne put se résoudre à les effacer ; la lumière sur ses seins était douce et voluptueuse, ils ne seraient peut-être jamais plus aussi beaux, et que faisait ce grain de beauté sous le sein gauche ? Était-il plus gros que la dernière fois qu'elle l'avait vu ? Était-il plus rouge ? Plus rose ? Moins symétrique ? Elle zooma dessus, puis recadra l'image dans une taille assez grande pour englober le cercle légèrement plus pâle qui entourait le grain de beauté, lui attribua une date, et l'enregistra sous format TIFF dans un dossier « Horreur corporelle », celui où elle consignait les images de toutes les parties inquiétantes de son corps, les parties douteuses, instables. Et maintenant, en finir avec le trouble du déficit de l'attention. Se concentrer. Reprendre cet e-mail.

« Cher M. Aristide Arosteguy, permettez-moi de

joindre à cet e-mail plusieurs photos de moi-même que je viens de prendre avec l'objet dont vous parlez précisément dans votre merveilleux et stimulant essai en ligne "L'anatomie d'un objet parfait". Mon but est simple, quoique ses conséquences puissent être complexes : je veux prendre un avion pour vous retrouver, où que vous soyez, afin de vous interviewer et vous photographier. »

Naomi relut son e-mail à plusieurs reprises, penchée en avant sur le lit pour y apporter des modifications, le peaufiner, faire machine arrière, entrer dans les détails. L'essai d'Arosteguy traitait des objets de consommation et de la possibilité d'une beauté susceptible d'égaler ou d'excéder la beauté naturelle, selon la nouvelle condition industrialo-technologique de l'homme. La beauté naturelle devenait atavique, nostalgique. Les vrais objets du désir inné de beauté étaient à présent des articles, des produits industriels. Elle n'était même pas certaine que ses autoportraits, où elle posait avec certains objets de son nid, disent vraiment quoi que ce soit sur l'anatomie d'un objet parfait, mais elle avait suffisamment confiance en sa propre beauté pour savoir qu'Arosteguy, qui était après tout à la fois français et grec, souhaiterait la rencontrer à Tokyo. Elle ajouta deux des plus belles photographies sans soutien-gorge à la liste des pièces jointes et appuya sur « envoyer ».

Nathan se tenait devant ce que Naomi, moqueuse, avait qualifié de faux château, au cœur du Forest Hill de Toronto. En pivotant rapidement à droite puis à gauche, il eut la confirmation de ce qu'il avait vu depuis le taxi. Le château de Roiphe n'était pas seul : dans cette rue pullulaient les façades en pierres synthétiques, les tourelles aux finitions en cuivre, les toits d'ardoise à l'allure authentique, même si, il faut bien le dire, un genre de variante du mausolée néovictorien était également bien représentée. Nathan chargea sur son épaule l'étui de son pied et tira le sac à roulettes récalcitrant de son appareil photo sur l'allée pavée qui menait à la porte d'entrée. Le porche en pierre était ombragé par une marquise façon Art nouveau en forme d'éventail, en verre teinté. La porte en bois exotique et en verre bosselé était énorme. Nathan cherchait la sonnette quand la porte s'ouvrit dans un souffle d'air. Une belle femme élancée vêtue d'une robe en coton blanche au caractère médical inquiétant, avec de longues manches et un col haut, se tenait dans l'embrasure. Elle semblait avoir une trentaine d'années.

« Bonjour, dit Nathan. Je suis Nathan Math. (La femme le regarda sans rien dire, sans le moindre affect. Une hésitation gênée.) Je, euh, j'ai rendez-vous avec le Dr Roiphe. (Pas de réaction.) Un rendez-vous avec le docteur ? »

Ses yeux étaient tellement grands que lorsqu'elle les plissa d'un air soupçonneux ils ne parurent même pas plus petits.

« Vous n'avez pas rendez-vous avec le docteur.

— Ah non ?

— Le docteur ne prend pas de nouveaux patients. Vous êtes nouveau. Vous seriez un nouveau patient.

— Oh, d'accord, non, répondit Nathan, dans un soupir d'hilarité à lui seul destiné, et quelque peu exagéré. (La femme, sans rien faire de particulier, l'avait déconcerté.) Je ne suis pas un patient. Je suis journaliste. J'écris sur des questions de santé, des questions sociales. Je viens l'interviewer. Le Dr Roiphe. Sur sa carrière.

— Qu'est-ce qui ne va pas chez moi ? demanda-t-elle d'une voix inexplicablement dure, en ramenant ses cheveux en arrière d'un geste de la main.

— Quoi ?

— Posez un diagnostic sur moi. Vous avez étudié la médecine, non ? Comment pourriez-vous écrire un article clair au sujet du docteur Roiphe sans avoir étudié la médecine ?

— J'ai un peu étudié la médecine. Un peu. Il y a quelque chose qui ne va pas chez vous ?

— Eh bien, oui, bien sûr. Je ne serais pas une patiente si tout allait bien.

— Vous êtes une patiente ? Du docteur Roiphe ? »

La femme semblait à deux doigts de lui claquer la porte au nez, et Nathan essayait d'anticiper la réaction qu'il aurait alors, quand une voix bourrue résonna depuis les profondeurs de la maison. Il eut l'impression que tous les sols en marbre de la maison résonnaient dans l'acoustique de ce beuglement.

« Chase ? cria le Dr Roiphe. Est-ce là notre paparazzi privé ? Fais-le entrer !

— Bienvenue, M. Math. Je vous en prie, entrez, dit Chase, soudain avenante. »

Elle ouvrit la porte en grand et lui fit une courbette moqueuse tandis qu'il se faufilait pour passer, l'étui du pied de son appareil cognant dans un bruit sourd contre le chambranle de la porte, son sac heurtant le seuil en granite et se renversant dessus. Elle se pencha vers lui dans un chuchotement :

« La consomption. À mon avis. »

Le visage de la femme était inconfortablement proche du sien.

« La consomption ? Vous voulez dire la tuberculose ? »

Toujours dans un chuchotement, toujours trop proche.

« Non, je veux dire la consomption. »

Elle se redressa, sourit, et dit : « Suivez-moi ! » sur un ton très différent, trop fort et trop déclamatoire, puis elle se tourna pour s'enfoncer dans la maison d'un pas si énergique que Nathan la suivit à grand-peine. Couloir central de distribution, escalier en bois ciré, sols marbrés noir et blanc partout. Chase tourna soudain à droite et se planta au milieu du salon, attendant avec une patience exagérée que Nathan, qui traînait son sac à roulettes, arrive à son niveau. La pièce était meublée de manière très traditionnelle, comme il convenait au fantasme victorien d'un château français ; il s'agissait d'un nouveau degré de fausseté car la demeure semblait avoir été achetée en l'état, avec la décoration intérieure de l'agent immobilier, et plus jamais touchée. Elle désigna d'un geste un fauteuil à oreilles dodu, à brocart.

« Installez-vous là.

— Et vous, où vous installez-vous ? demanda Nathan, qui s'agitait pour ôter de son épaule l'étui de son appareil photo tout en s'efforçant de ne pas envoyer valdinguer les animaux en terre sur la petite table à côté du canapé assorti au fauteuil qui lui avait été assigné.

— Je vais m'installer dans les limbes, Nathan. Venez m'y voir quand vous le souhaiterez. »

Quand Nathan put quitter des yeux le matériel qu'il venait de poser par terre, Chase était déjà partie, et il ne put qu'imaginer l'expression de son visage, et se demander s'il était possible qu'elle lui fasse du charme. Comme il prenait place dans le fauteuil indiqué, il eut l'impression que le comportement de la jeune femme le rendait guilleret, car son étrangeté lui suggérait d'emblée qu'il tenait quelque chose avec ce Roiphe, ce Roiphe qui n'était pas aussi intéressant que Parkinson.

Roiphe arriva par une porte-fenêtre qui donnait sur un petit patio en dalles. Il se tourna pour la refermer, manipulant le loquet avec des doigts quelque peu tremblants, et accueillit Nathan, qui se levait, d'une main tendue. Ils échangèrent une poignée de mains et s'assirent, Roiphe sur le canapé assorti.

« Nathan.

— Dr Roiphe.

— Je vous en prie, je vous en prie, appelez-moi Barry. Il m'a toujours semblé étrange que les Américains appellent leurs anciens présidents “monsieur le Président” *ad vitam*. J'ai pris ma retraite, vous savez.

— À part pour… Chase, c'est bien cela ? »

Roiphe parut interdit.

« Chase ?

— La jeune femme qui m'a fait entrer. Elle a dit être votre patiente. »

Roiphe se plia en deux, si bien que ses genoux vinrent lui toucher la poitrine. Nathan, alarmé, eut peur qu'il fasse une crise cardiaque jusqu'à ce que le docteur se relève, le visage chiffonné par un rire silencieux. Il fallut quelques instants avant que le son ne sorte, un bon rire franc, éclatant, parsemé de sifflements glaireux.

« Eh bien, oui, dit-il, encore secoué de rire, c'est une manière de voir les choses.

— Ce n'est pas votre patiente.

— Quoi qu'elle soit, c'est sûr qu'elle n'est jamais avare de surprises ! Elle ne me l'avait encore jamais faite, celle-là. Mais non. (Il se pencha en avant, et tira sur ses genoux pour pouvoir se glisser plus près de Nathan.) C'est ma fille, Nathan. Mais bon, d'une certaine manière tous les enfants se font sans cesse diagnostiquer par leurs parents, non ? Donc, elle doit pouvoir dire cela, métaphoriquement, j'entends. Mais comme je vous l'ai dit, elle ne me l'avait encore jamais faite, celle-là.

— Elle vit ici avec vous ? »

Nathan avait l'impression que l'étrangeté globale de la situation lui permettait cette question. Roiphe relâcha ses genoux et, plus détendu, retourna sur les coussins du canapé.

« J'imagine que nous commençons l'interview, n'est-ce pas ? Cette nouvelle forme artistique. L'art de l'interview. (Il fit un geste de la main vers le sac à roulettes.) Et est-ce là votre appareil photo ? Vous avez dit que vous étiez photojournaliste. J'adore ce mot. *Photojournaliste*. »

Nathan renversa son sac et ouvrit la fermeture éclair, révélant des objectifs bien empaquetés, des flashes, des rallonges pour flashes, des outils de nettoyage. Il extirpa son gros Nikon de son compartiment rembourré, l'objectif 24-70 fixé dessus, pareil à la corne d'un rhinocéros, et le soupesa dans sa main.

« C'est un reflex numérique, ça vous dit peut-être quelque chose. Un appareil photo reflex numérique mono-objectif. Ça signifie qu'on voit exactement ce que voit l'objectif quand on regarde par le viseur. Ils existent depuis longtemps, d'abord argentiques, et maintenant numériques, mais là c'est leur dernière incarnation. Euh, enfin presque la dernière. C'est difficile d'être à la page, du point de vue technologique, quand on doit faire attention à la dépense. Il est lourd, il est sans doute déjà obsolète. Simplement, il l'ignore. Je vous accable, avec toutes ces informations ?

— Certainement pas, diable, répondit Roiphe, et il tendit la main pour réclamer l'appareil photo. Dans le temps, je faisais de la photo en amateur, je me passionnais pour les photos de nature. Mais je ne me suis pas encore colleté avec le numérique. (Nathan réprima son envie de ne pas passer l'appareil à Roiphe et le lui tendit.) Peut-être pourriez-vous m'apprendre ? On pourrait faire plein d'échanges de bons procédés, ici. »

Nathan résista à l'angoisse suscitée par le prêt de son équipement en s'affairant à la préparation de l'enregistreur suisse Nagra Kudelski SD qu'il posa sur la table basse face à Roiphe. Cet enregistreur incroyablement coûteux, qualité radio, était trop sophistiqué pour un journaliste spécialisé dans la presse écrite – même si, par les temps qui couraient, une telle chose n'existait plus au sens strict – mais Nathan l'avait repéré dans une boutique d'appareils électroniques de l'aéroport de Zurich et avait craqué. Tous deux, avec Naomi, avaient recours à la technologie pour parfaire leur crédibilité en tant que professionnels, et il savait qu'elle ne renoncerait jamais vraiment à son Nikon pour un iPhone tant que ce ne serait pas un moyen de travailler reconnu pour les professionnels. Trop de risques encourus, et toujours la sensation d'être dans la pose. Comme il tentait de choisir quel micro enfichable utiliser – le cardioïde stéréo était bien pour l'ambiance plus la voix, ce qui pourrait être intéressant en présence de Chase, mais rien ne valait le mono pour enregistrer une voix ciblée, sans interférences –, Nathan observait Roiphe du coin de l'œil tandis que le docteur farfouillait maladroitement au niveau du paresoleil de l'objectif zoom pour tenter d'ouvrir le bouchon d'objectif.

« Vous essayez d'enlever le bouchon d'objectif? Il suffit de le serrer au centre. Il est à ressorts. »

Roiphe gloussa et ôta le bouchon. Nathan positionna le bouton de contrôle automatique de gain, sur le côté du Nagra, sur « marche », et songea que la manipulation manuelle des niveaux d'enregistrement serait une distraction. Roiphe parvint à son tour, après un rapide passage en revue de tous les boutons et touches du Nikon, à allumer l'appareil photo, et en moins de deux il prenait Nathan en photo, actionnant joyeusement le zoom dans un sens puis un autre, comme un enfant survolté.

« Bon, dit Roiphe, après que le miroir s'était ouvert et fermé une trentaine de fois dans un claquement, ça a l'air de marcher. Sans doute qu'un appareil photo reste un appareil photo. Oh, regardez-moi ça. C'est vous, là, au centre de cette petite TV à l'arrière. Hmmm. Étrangement, vous avez l'air encore plus sinistre. Vous voyez ? Quelque chose dans le regard. »

Roiphe passa l'appareil à Nathan, qui estima devoir jeter un coup d'œil à sa propre image pour être poli. Roiphe avait raison. Nathan avait un air mauvais, il n'inspirait pas confiance – mais il se dégageait de lui une beauté ténébreuse.

« Bonne photo, dit Nathan, très bonne. »

La dernière photo prise par Roiphe était un gros plan avec zoom du Nagra, et il le désignait à présent d'un mouvement de l'index.

« Vous n'avez pas encore allumé cette chose, n'est-ce pas ?

— Non. Je peux ?

— Pas encore, dit Roiphe, et il s'agrippa les genoux et bascula vers l'avant, dans sa position confidentielle. Il faut qu'on passe notre accord.

— Notre accord ?

— Ouais, dit Roiphe, en laissant traîner le mot pour lui donner un léger côté populaire, comique. Intéressé ? »

Nathan se pencha vers l'avant pour respecter l'intimité, les mains serrées comme un enfant de chœur.

« Oui… bien sûr. »

Roiphe rit, d'un petit rire sec.

« Vous n'êtes pas *trop* convaincu, n'est-ce pas ? Mais vous le serez. Écoutez. Vous aurez la surprise d'apprendre que j'essaye d'écrire un livre. Je ne suis pas doué pour ça. Pas tout seul. Chase a fait des recherches sur vous sur Internet – elle est tellement intelligente, cette petite. Elle a déjà lu la moitié de vos écrits. Alors on a eu une idée, elle et moi. Vous connaissez l'œuvre d'Oliver Sacks ? *L'homme qui prenait sa femme pour un chapeau* ? *L'éveil* ? Il a fait l'objet d'un film formidable, avec De Niro. *Un anthropologue sur Mars* ?

— Je connais son œuvre et je l'ai rencontré plusieurs fois.

— Oh, vraiment ? »

Roiphe haussa ses sourcils broussailleux avec un air de défi. Nathan devait répondre, authentifier son histoire.

« Ouais. Il a un drôle de problème de thermostat. Il a toujours trop chaud. Chaque fois, il doit sortir du restaurant pour aller dehors. C'est pour ça qu'il adore nager dans des lacs de montagne glacials. J'ai un entretien avec lui en chantier. Et il porte de drôles de souliers. »

Nathan avait immédiatement eu honte de s'être répandu sur ces histoires de thermostat. C'était vrai, certes, mais s'épancher là-dessus trahissait une envie désespérée de faire impression. Roiphe était très excité.

« C'est super ! C'est géant ! Oliver Sacks est médecin, c'est un neurologue, et aussi un écrivain brillant. Je suis médecin, vous êtes écrivain. Math plus Roiphe égale Sacks. Vous voyez ? Au départ, j'étais neurologue, voyez-vous, et non urologue comme les gens le croient. Je me suis spécialisé dans la douleur génitale, et, aïe, la maladie de Roiphe m'attendait !

— J'ignorais ces choses-là. (Soulagé, Nathan parvint à trouver l'enthousiasme de s'exclamer, comme s'il en prenait soudain conscience :) Alors, nous collaborons à un livre ! (Mais, comprenant les éventuelles implications de tout cela, il se sentit immédiatement mal à l'aise.)

— La gloire médicale ! dit Roiphe. Votre sujet. Vous voulez en atteindre la moelle ? Voici l'occasion rêvée.

— Mais il s'agit d'un livre sur votre vie ? Votre œuvre ? Vos années de retraite ? »

Roiphe s'enfonça lourdement dans les coussins à brocart.

« Vous êtes sarcastique ?

— Je suis angoissé. Je m'inquiète à l'idée de me faire coopter par mon sujet. On vous met en garde là-dessus dans les écoles de journalisme. (Nathan émit un gloussement pathétique qui était censé indiquer qu'il n'était pas dupe de sa superficialité ni de sa paranoïa.) Ce pourrait être un exemple type.

Il ne s'agit pas de cooptation. Mais d'une vraie collaboration. Je ne vous censure pas. Vous ne me jugez pas.

— D'accord, répondit Nathan. Ce n'est pas exactement ce que j'avais en tête, mais c'est intéressant. Dieu sait que je peux m'adapter. Je suis souple. Mais vous avez une idée de sujet en tête, non ? Quelque chose de très précis.

— Mes expériences. Mes travaux récents. Avec mon tout dernier sujet.

— Qui est ?

— Ma fille, bien sûr, dit Roiphe. Chase. Mais vous. Vous avez du nez. On va en avoir besoin pour ce qui nous attend. »

5

Naomi était à bord de l'avion JAL qui reliait Charles-de-Gaulle à Tokyo-Narita. Son ordinateur portable, posé sur la tablette devant son siège, affichait une photo des élégantes toilettes de la première classe du Boeing 777, prise avec son iPhone. Elle appréciait tout particulièrement la petite orchidée dans le verre laiteux collé au miroir du lavabo, même si elle la soupçonnait d'être artificielle. Dans son oreille, Nathan se plaignait. « Ton avion m'a survolé sans que je le sache. Je suis effondré. »

Naomi parlait doucement dans le téléphone de l'avion, elle résistait à la tentation de parler plus fort pour couvrir le vrombissement de l'appareil. Elle détestait entendre les conversations des autres. Son compagnon de voyage était un très grand Hollandais – elle avait aperçu son *paspoort* bordeaux « Royaume de Hollande » quand, glissant du sac de son ordinateur, il était tombé sur le siège de Naomi – et l'homme était assis tout près d'elle car elle ne se trouvait pas en première classe mais dans ce qui était qualifié de classe « Premium Economy ».

« On vole vers l'est, vers le Japon, depuis Paris, pas vers l'ouest.

— Oh, mon Dieu, ça veut dire que tu t'éloignes de moi », dit Nathan.

Assis devant le bureau de sa chambre du Holiday Inn de Bloor-Yorkville, il s'efforçait de ne pas céder à la déprime et parlait dans le micro de son ordinateur portable à l'aide d'une application Voix sur IP. Il regardait l'une des photos d'apotemnophilie pour lesquelles il avait fait poser Naomi, et s'adressait à la photo ; Naomi n'avait pas réussi à toutes les effacer.

« Pourquoi ce romantisme soudain ? Que se passe-t-il à Toronto ? Je devrais me faire du souci ?

— C'est bizarre, ici, et tu me manques, c'est tout », répondit Nathan.

Le Hollandais à côté de Naomi commanda une vodka martini. Ce n'était pas sa première. Il était très grand, et Naomi ne savait pas s'il l'écoutait activement.

« Explique-moi en quoi c'est bizarre.

— Le syndrome de Roiphe. C'est une nouvelle chose, qui n'a rien à voir avec la vieille maladie de Roiphe. C'est l'unique sujet des travaux qu'il a réalisés l'année dernière. Il ne veut parler de rien d'autre, et refuse même de me donner la moindre information sur les implications que ça a, sauf si je consens à faire ce livre avec lui. »

Nathan avait envoyé à Naomi un e-mail précisant en détail les manœuvres relatives au livre afin qu'elle les valide. Elle s'était dit qu'il s'agissait d'un défi parfait pour faire sortir Nathan de ses ornières de journaleux. Un livre – même si, au final, ce n'était qu'un livre numérique – comment aurait-ce pu ne pas être une bonne chose ?

« Et c'est vraiment sa fille ? Elle vit avec lui et il l'étudie ? Son projet, c'est elle ?

— Chase. Elle s'appelle Chase, dit Nathan, frappé pour la première fois par la justesse comique du nom. On dirait bien que c'est ce genre de situation. »

La vodka martini du Hollandais arriva, accompagnée d'une tasse d'amuse-gueules de type cacahuètes, en forme de losange. Les écouteurs enfoncés dans ses oreilles, il regardait un drôle de jeu japonais sur l'écran fixé sur le siège devant lui, et Naomi se demanda vaguement s'il comprenait vraiment ce qui se disait. Il gloussait de temps à autre.

« Ça m'a l'air suffisamment tordu pour valoir le coup, dit Naomi, qui s'affairait désormais sur son propre écran, farfouillant parmi les données générales relatives à l'université de Tokyo. »

Elle essayait d'imaginer la vie d'Arosteguy en exil, et elle avait du mal. Ce n'était pas seulement le caractère opaque du Japon qui lui posait problème, mais le concept d'un intellectuel assassin, franco-grec et exilé au Japon. Toutefois c'était aussi, bien entendu, une source d'excitation. Elle était tombée sur l'affaire Issei Sagawa, un étudiant japonais à la Sorbonne qui avait tué et mangé l'une de ses camarades, une Hollandaise appelée Renée Hartevelt. Déclaré pénalement irresponsable pour cause de folie, il avait été renvoyé chez lui et avait roulé sa bosse au Japon en toute liberté, devenant une petite célébrité qui peignait des nus, rédigeait des critiques culinaires et participait à des talk-shows.

Même si l'idée rendait Naomi extrêmement nerveuse, l'envie de voir Arosteguy interviewé par Sagawa l'excitait de manière presque insoutenable. Cela avait l'air suffisamment tordu pour valoir le coup.

« Je ne cherchais pas vraiment cette approche.

— Tes articles recherchent autant le sensationnel que les miens. Simplement, ils sont juste un peu déguisés. Veille bien à ne rien signer, dit Naomi.

— Il est très méfiant, c'est un drôle de vieux bonhomme. Je ne sais pas trop ce qu'il a dans la tête, encore.

— Dis-lui que tu as besoin d'un avant-goût pour voir s'il y a assez de matière pour un livre. Tu peux toujours te rabattre sur l'article, au besoin.

— Ça veut dire rester cloîtré encore des semaines dans cet hôtel. Peut-être plus. Il faudrait presque que je vive avec eux. À vrai dire, il m'a déjà montré la chambre de bonne. Dans la cave.

— Je viendrai te rendre visite. Après Arosteguy.

— Mais, écoute, tu trouves pas que ça craint ? Je veux dire, est-ce que tu le ferais ? Tu emménagerais chez un sujet ? Tu prendrais ta douche dans la même douche que ton sujet ?

— Tu ne serais qu'un journaliste embarqué de plus. C'est très tendance.

— Tu as convenu d'un rendez-vous avec Arosteguy ? Il est vraiment à Tokyo, et il est d'accord ?

— J'ai l'e-mail d'un intermédiaire. Il veut me raconter son histoire. Les garçons, à *Notorious*, sont excités. Ils me disent de foncer. Il a accepté de me rencontrer.

— Hé, mais ce type est peut-être un assassin. Où vas-tu lui donner rendez-vous ?

— Où il voudra, sans doute. Selon certaines hypothèses, il aurait une maison en ville.

— C'est dangereux.

— Bon, il est dangereux, lui. Mais c'est ça, l'accroche, n'est-ce pas ? »

Un silence gêné. Dans un flash, Nathan eut la vision d'ébats amoureux entre Naomi et le tueur de femmes franco-grec dans une petite maison japonaise inquiétante – y avait-il vraiment des maisons à Tokyo ? –, après quoi elle avouait à Arosteguy avoir été contaminée par la maladie de Roiphe de Nathan, si bien qu'Arosteguy, de rage, la tuait et la mangeait.

« Quoi ? demanda Nathan.

— Je me suis mise à avoir de drôles de pertes, dit Naomi, en lisant indirectement, une fois de plus, dans ses pensées. C'est chiant. »

Le Hollandais tourna légèrement la tête vers elle. Il avait dû entendre. Bon, soit.

« C'est peut-être simplement une de tes mycoses habituelles.

— Non. Ça a une odeur différente, répondit Naomi, en parlant un peu plus fort pour le Hollandais. (Elle se demanda s'il connaissait le lien hollandais avec le meurtre de Sagawa. Ce fait-divers était-il iconique en Hollande, d'une façon ou d'une autre ? Cela serait peut-être une route intéressante à explorer.) Il va falloir que je fasse des examens. Ça me saoule. »

Un silence lourd de sens et un soupir de la part de Nathan. Naomi fut immédiatement sur le qui-vive, très concentrée sur le téléphone désormais, l'écran n'était plus à portée de ses yeux.

« Naomi, la dernière fois qu'on a couché ensemble. Au Hilton. À Schiphol.

— Ouais ? Quoi ?

— J'avais la maladie de Roiphe. Tu l'as sans doute, maintenant. Je suis désolé. Je ne savais pas. Merde. Tu devrais passer des examens.

— Quoi ? Espèce de gros con ! J'y crois pas ! Tu veux que j'aille voir un gynéco pour faire un dépistage de MST, à Tokyo ? Par un gynéco japonais chelou ? Fait chier ! »

Sur quoi, le Hollandais retira l'écouteur de son oreille droite, celle qui se trouvait du côté de Naomi afin, elle en était sûre, de mieux l'entendre. Quand elle lui lança un regard noir, le « Regard de la Mort » de Naomi, il esquissa un sourire timide et se détourna. Mais il ne remit pas l'écouteur.

« Je sais, je suis, je…

— Qui t'a refilé ça, bordel, espèce d'horrible trou du cul ? Est-ce que tu le sais, seulement ?

— Oui. C'était cette patiente atteinte d'un cancer du sein que j'ai couverte à Budapest. Dunja Hočevar.

— Ah ça, pour l'avoir couverte, tu l'as bien couverte ! Quand on parle de journalisme embarqué ! Merde !

— Je l'ai baisée par pitié, dit Nathan. J'étais noyé dans mon article, et j'étais vulnérable. Je sais pas. Je veux dire, elle était immunodéprimée et… je sais pas.

— Écoute, j'ai une suggestion à te faire. Pourquoi tu baiserais pas Barry Roiphe par pitié ? »

Naomi balança violemment le téléphone sur son support dans l'accoudoir, secouant la vodka martini du Hollandais. Il la rattrapa juste avant qu'elle se renverse et lui adressa un sourire mielleux.

« Parfois je me dis que ces téléphones à bord des avions ne sont pas une si bonne idée que ça », dit-il, mais Naomi était déjà retournée à son écran, et communiait avec des images d'Arosteguy.

« Naomi ! Par ici ! »

Yukie agitait frénétiquement les bras tandis que Naomi, poussant son chariot à bagages aux enjoliveurs aérodynamiques, franchissait les portes vitrées du comptoir des douanes.

« Comme c'est merveilleux de te revoir, ma chérie !

— Yukie, salut ! Oh, merci d'être venue me chercher. C'est adorable. »

Yukie portait un étrange manteau en fausse fourrure marron foncé avec des reflets mauves et violets, des gants de cuir magenta, une écharpe douce à rayures roses, et d'épaisses lunettes de soleil ovales, en plastique transparent – rien que de très normal pour elle. Ses cheveux étaient encore longs, ils lui descendaient bas dans le dos, et Naomi fut réconfortée de voir qu'elle ressemblait aux souvenirs qu'elle avait d'elle.

Elles prirent le train à grande vitesse sur la ligne Narita Sky Access, jusqu'à Nippori Station, puis elles se retrouvèrent dans un taxi qui se faufilait dans les rues de Tokyo pour les mener jusqu'à l'appartement de Yukie. Dans le taxi, Naomi fut légèrement déçue que le chauffeur ne porte pas de gants blancs, mais au moins les dossiers des sièges et les repose-tête recouverts de napperons blancs – ornés de tant de dentelles et de fanfreluches qu'ils en paraissaient victoriens – et la conduite à droite répondirent aux attentes qu'avaient fait naître en elle ses recherches sur Internet. Yukie prenait des photos de Naomi avec son iPhone, et Naomi lui rendait la pareille à l'aide de son Nikon, dans des claquements.

« Oh, comme c'est bon de te revoir, dit Yukie. Tu sais, tu as l'air tellement plus mûre maintenant, plus du tout une petite fille.

— Est-ce que ça veut dire vieille ? demanda Naomi, cachée derrière son viseur.

— Non, bien sûr que non. Je vais te montrer la preuve en photo. »

Yukie fit défiler ses photographies, en choisit une, la tendit à Naomi pour qu'elle la voie. Même éclairée par le flash à LED du téléphone, Naomi, qui faisait un gentil sourire derrière son appareil photo, était toujours très jolie, très viable, pensa-t-elle, quel que soit le sens de ce mot.

« Allez, je suis sincère, dit Yukie. Regarde comme tu es glamour et sexy. Ce doit être le mariage. Nathan doit être un mari formidable, sexy, un vrai soutien.

— Tu sais bien qu'on n'est pas mariés, Yukie.

— C'est le mariage moderne, répondit-elle. C'est ce qu'est devenu le mariage, et tu l'es. Tu es mariée. Cyber-mariée. L'Internet joue un rôle. »

L'appartement de Yukie se trouvait à Shinsen, à l'ouest de Shibuya Station, dans une petite ruelle transversale de bâtiments légèrement miteux en béton et en tuiles. Juste devant la porte de son appartement, Yukie se tourna vers Naomi pour lui poser les mains sur les épaules.

« Je vais faire les déclarations habituelles de travailleuse célibataire japonaise. Mon appartement est tout petit, moche, plein à craquer, je suis gênée que tu le voies, et encore plus que tu y séjournes. »

Naomi fit un rapide baiser à Yukie.

« Raison de plus pour te remercier. C'est le meilleur endroit pour moi, à Tokyo, crois-moi. »

Une fois à l'intérieur, Naomi eut la déception de voir un petit espace moderne parfaitement soigné, propre, qui aurait pu être un studio à Brooklyn ou dans le Queens. Pas de tatamis, pas de futons, pas de paravents shoji. Elle n'aurait pas dû être surprise, songea-t-elle, puisque Yukie elle-même était soignée, propre, et moderne, même si, selon la tradition japonaise, elles ôtèrent toutes deux leurs chaussures après avoir franchi le seuil de la porte.

« Par contre, tu as vraiment besoin de te cacher ? demanda Yukie, tandis qu'elle tirait le sac de voyage de Naomi jusqu'à la cuisine. (Des rideaux diaphanes, blancs, séparaient la cuisine de la chambre à coucher, qui faisait également office de salon.) On dirait que même mes amis n'arrivent pas à me trouver ici, alors tu devrais pouvoir conserver l'anonymat.

— Je n'en suis pas certaine, répondit Naomi, qui songeait à son compagnon de voyage hollandais et à son intérêt persistant pour elle, tandis qu'ils attendaient leurs bagages. (Il n'avait cessé de lui faire des sourires et des signes de tête, dans l'espoir de croiser son regard comme s'ils partageaient un secret intime, et ça lui filait les jetons, provoquait des fantasmes paranoïaques.) Ça ne m'étonnerait pas que quelqu'un à bord de l'avion ait eu envie de me suivre. »

Yukie, dans un petit rire dédaigneux, referma la lourde porte à armature d'acier derrière elle. Elle prit Naomi par la main et la conduisit jusqu'au lit, où elle s'assit, avant de tapoter le dessus-de-lit au motif de tournesols. Naomi abandonna son sac de voyage et son sac à bandoulière sur la moquette rose pour s'asseoir à ses côtés, elles portaient encore toutes deux leurs manteaux et des gants.

« Tu peux prendre le lit. J'ai l'habitude de dormir par terre dans mon sac de couchage.

— Ça ne me paraît pas équitable, protesta Naomi. On va trouver autre chose. Je dormirai peut-être sur ta table de cuisine.

— Oh, ouais, bien sûr, dit Yukie. À vrai dire, je pense même pas qu'elle soit assez grande. »

Naomi sentait lourdement, profondément le décalage horaire, maintenant qu'elle pouvait se laisser aller, qu'elle pouvait cesser de voyager. Elle était presque assez délirante pour être sérieuse à propos de la table de cuisine ; elle s'imaginait allongée dessus, sur le dos, les jambes basculées sur le côté, ses pantoufles pendouillantes. Elle avait l'impression d'avoir des yeux morts, révulsés, mais l'excitation faisait briller ceux de Yukie.

« Alors, vraiment ? Il y a une histoire pour moi, là-dedans ? Tu sais, un angle unique, japonais ? Une chose dont tu ne pourrais rien faire mais que tu peux me donner ? En ce moment, mon patron déteste tous les sujets que je lui propose. »

Les tentatives de Yukie pour culpabiliser Naomi ne l'ébranlaient pas – elles étaient si délicates qu'elle pouvait les ignorer – mais elle lui était effectivement redevable, et elle avait effectivement besoin d'elle. Yukie s'occupait des relations presse à Monogatari PR, l'une des boîtes de relations publiques les plus puissantes du Japon – spécialisée dans le conseil en communication auprès de vedettes touchées par des catastrophes, en particulier dans le domaine politique – et malgré son statut de simple assistante, elle connaissait tout le monde dans l'univers médiatique japonais, incestueux et enrégimenté.

« J'ai rendez-vous avec un homme très dangereux ici à Tokyo. Personne n'est au courant.

— Pas même Nathan ?

— Si, il est au courant, l'enfoiré. »

Les yeux de Yukie s'écarquillèrent encore davantage.

« Oh oh. »

Baissant les yeux, elle reprit la main de Naomi et, sans relever la tête, elle dit doucement :

« Peut-être, Naomi, devrais-tu me donner le nom d'un contact ou je ne sais quoi ? Au cas où ? Et pas seulement à Nathan ?

— Je vais le faire, Yukie. C'est une bonne idée. Et en attendant, j'ai besoin que tu m'obtiennes un contact.

— Oh, ouais ? »

Maintenant qu'elle avait prononcé les paroles

effrayantes, elle pouvait à nouveau regarder Naomi dans les yeux.

« Qui est ton gynécologue ? » demanda Naomi.

« Nous avions une merveilleuse gouvernante portugaise qui a vécu au sous-sol un certain temps, mais nous l'avons perdue, car on lui a fait une proposition plus intéressante, dit Roiphe.

— Oh ? fit Nathan.

— Son petit ami l'a épousée. Il l'a emmenée avec lui.

— Elle a oublié d'emporter son drapeau », remarqua Nathan, la tête penchée vers le petit drapeau portugais en plastique sur le mur.

À côté se trouvait, sur un poster, l'image pleine de volupté d'un château maure dans la montagne de Sintra, près d'Estoril, le blason de la Vila de Sintra occupant une place de choix dans le coin en bas à droite, où le poster était légèrement déchiré. À ce stade, alors qu'il rangeait ses sous-vêtements dans la commode Ikea au placage bouleau clair, Nathan avait déjà l'impression d'être une gouvernante portugaise qui mourait d'envie de créer une fenêtre dans sa cave grâce au poster et son paysage balayé par le vent. Il le garderait, mais il fallait enlever le drapeau. Et comment se faisait-il qu'il n'y ait pas de miroir dans la chambre ?

« Elle a disparu du jour au lendemain. Elle a laissé beaucoup d'affaires. Ça a dû pas mal chauffer », dit Roiphe qui, accroupi, farfouillait sans vergogne dans le sac ouvert de l'appareil photo de Nathan, posé sur le sol duveteux.

De la moquette à longues mèches. Des visions de moquette des années 1970 dansèrent dans l'esprit de Nathan. À moins que la moquette à longues mèches revienne à la mode ? Cette variante était couleur ardoise foncée, pas une couleur typique des années 1970. Tout cela était-il dément ? Agissait-il vraiment ainsi ? Parviendrait-il effectivement à dormir ici, puis à se réveiller, et à fonctionner ?

Nathan décida d'en rire.

« Bon, je pourrai sans doute assurer le remplacement si les choses se tassent. Je suis particulièrement doué avec un plumeau.

— Merde alors, je vais vous prendre au mot, ici c'est assez trépidant. Hé, vous avez un sacré matos, là-dedans. (Roiphe brandissait le système de déclenchement sans fil du flash de Nathan.) Qu'est-ce que c'est que ce bidule, bon sang ? Il y a écrit (il commença à lire l'étiquette) que c'est un contrôleur de flash sans fil Nikon SU-800. Je suis très impressionné. »

Nathan décida de se servir du hotspot LTE de son iPhone pour s'assurer une connectivité sans fil personnelle. Roiphe lui avait communiqué le mot de passe du wi-fi de chez lui – « nom de réseau : DocteuR ; mot de passe : inFeKt10n !! » – noté dans une écriture tremblée à l'aide d'un marqueur argenté au dos d'une carte de réduction Pizza Pizza/Toys « R » Us d'une valeur de dix dollars.

« J'aurai besoin de la récupérer une fois que vous vous serez connecté », avait-il dit, sans crainte manifeste de révéler son mot de passe wi-fi aux vendeurs de Pizza Pizza.

Le vieux bonhomme protestait trop de son ignorance technologique ; il paraissait absolument au fait de toutes choses relatives à l'information et à l'éducation, et Nathan était convaincu que le sentiment de paranoïa suscité en lui par le foyer des Roiphe relevait simplement du réalisme. Il était persuadé que s'il utilisait le réseau du « DocteuR », chaque touche qu'il effleurerait serait consignée en bonne et due forme, chaque e-mail kidnappé et archivé, chaque conversation sur Skype retranscrite pour un usage ultérieur, et effroyable. Ou avait-il besoin qu'il en aille ainsi pour que son histoire devienne plus fascinante qu'elle ne risquait de l'être ?

Certes, Roiphe, après avoir fait tout un cirque et exigé un contrat blindé, visé par un avocat, qui les lierait dans une collaboration artistique secrète de telle manière que les procès en matière de responsabilité et de mauvais traitements à l'égard des patients, entre autres chicaneries légales d'inspiration médicale, deviendraient impossibles, sembla y renoncer avec beaucoup de nonchalance quand Nathan accepta d'emménager chez lui. Il renonça même, provisoirement, à sa demande de faire passer leur contrat d'édition par une agence littéraire crédible – « J'avais pensé à l'agence qui représente Oliver Sacks, l'agence Wylie » – avant de permettre à Nathan d'enregistrer le moindre mot ou de prendre la moindre photographie. Il semblait dorénavant se satisfaire parfaitement d'un accord tacite selon lequel ils entreraient en fusion comme par magie pour former une incarnation de Sacks dans une sorte de réalité parallèle, avec un film, un opéra, quelques parodies délicieuses, et bien sûr malgré les attaques assassines de la part de collègues galvanisés par la jalousie à la suite de la parution de leur livre, qui portait pour titre provisoire : *Consumés : de curieux antécédents médicaux*. Le médecin avait déjà commencé à préparer sa stratégie de défense contre les accusations d'exploitation : « Ce que nous faisons s'inscrit dans la tradition sacrée de l'anecdote clinique. Freud l'a fait, Charcot l'a fait, Luria l'a fait. Et on le fait ! C'est une procédure éducative, destinée à provoquer le débat, parfaitement dans les règles. » Nathan laissait de bonne grâce l'enthousiasme de Roiphe les emporter le plus loin possible sans la complication de la paperasserie, des avocats, des contrats d'édition, des agents. Il avait besoin d'avoir le sentiment de pouvoir s'en aller, littéralement, au beau milieu de la nuit, en tirant le sac de son appareil photo derrière lui, sur ses roulettes, sans au revoir et sans regrets.

Pour sceller leur accord, Roiphe avait apporté la Pixie qui se trouvait dans son bureau, chez lui – avec deux boîtes de capsules Roma de couleur grise – au sous-sol, dans le royaume souterrain de Nathan, après que celui-ci avait confessé son addiction au Nespresso. Il n'avait jamais vu de Pixie en vrai. Celle-ci était une adorable version couleur titane, sinistrement assortie à la moquette à longues mèches.

« C'est rien, ne me remerciez pas. Il me reste la version de luxe, la grosse mère, dans la cuisine. Je ne vais pas me retrouver privé de caféine. »

Nathan était précisément en train de boire un Roma, dans la tasse et la soucoupe fournies, toutes deux en céramique blanche élégante avec le logo N fendu en deux, en relief, qui descendait en piqué dans un petit recoin carré biseauté, des lettres coiffées de vert, sous chacune, déclarant « Collection Nespresso – Made in Portugal », ce qui, bien entendu, évoquait le poster sur le mur et l'ancienne gouvernante. Synchronicité ? Pour Nathan, cela signifiait que sa présence ici, dans la cave de Roiphe, bénéficiait d'un soutien cosmique. Tout cela prenait indéniablement tournure.

Il avait décidé d'installer la Pixie dans la chambre à coucher – sur la commode, pour l'instant – plutôt que dans la minuscule quoique fonctionnelle cuisine, de l'autre côté du salon au sol ardoisé. Il voulait avoir l'impression de vivre une aventure européenne en chambre d'hôtel plutôt qu'un emménagement complet et désespéré – emménagement chez un père récemment veuf, par exemple. Nathan avait déjà connu une telle situation, et en avait conçu tant d'aigreur et de désespoir qu'il ne pouvait plus refaire l'expérience, de près ou de loin. Reprenant à son compte les pensées de Naomi, Roiphe, en plaisantant, avait fait remarquer que la suite du reporter embarqué ne bénéficiait pas d'une entrée séparée, histoire de le tenir à l'œil, mais que tout fonctionnait, y compris la salle de bains avec douche.

Il fallait bien le reconnaître : s'il était là-dessous, c'était à cause de Chase. Il avait envie de séjourner dans la même maison qu'elle. Il ne savait pas vraiment pourquoi. Certes, elle était séduisante, mais elle avait immédiatement montré ces vagues de dinguerie convulsives, anaphrodisiaques, qui vous prémunissent contre tout fantasme. Mais où se trouvait-elle, dans la maison ? Savait-elle qu'il y avait emménagé ? Pourrait-il l'entendre ? Pouvait-elle l'entendre ? Lui rendrait-elle visite au sous-sol ? Après avoir fini son Roma, il tenta à plusieurs reprises d'envoyer un e-mail, un texto, et de téléphoner à Naomi, sans succès. Puis il composa le numéro de portable slovène de Dunja, là aussi sans succès ; son téléphone fut coupé après neuf sonneries, sans accepter le moindre message, et Nathan, inconsolable, se demanda si, terrassée par la culpabilité de l'avoir infecté, elle s'était suicidée.

Sur le campus Hongo de l'université de Tokyo, familièrement appelée Todai, Naomi déambulait le long de l'avenue large et bordée d'arbres qui conduisait au Yasuda Auditorium et ses tuiles rouge foncé, son entrée incongrue avec sa voûte en pierres, puis elle tourna à droite pour emprunter le sentier boisé qui l'emmènerait jusqu'à l'étang Sanshiro. Elle marchait d'un pas confiant car, évidemment, elle avait préparé à mort son itinéraire, à l'aide de Google Maps et de YouTube, avant de s'aventurer hors de l'appartement de Yukie, dont le signal sans fil était incroyablement fort. Yukie avait insisté pour entrer elle-même, en secret, le mot de passe du réseau de son appartement sur ses divers appareils, sans que Naomi ait le droit de regarder, une touche d'étrangeté paranoïaque qui avait quelque peu refroidi Naomi. Elle avait dû faire fi de ce sentiment. Et, traversée par une impression de familiarité, réconfortante mais opprimante, suscitée par ses recherches Internet, Naomi descendit donc quelques volées d'escalier en pierre, longea un groupe d'étudiants assis sur de gros rochers, dans l'étang, occupés à nourrir les carpes et les koïs, dépassa la minuscule cascade, et se dirigea vers le banc en bois tout simple où était assis le professeur Hideki Matsuda de la faculté de droit. Au cours de l'échange d'e-mails arrangé par Yukie, Matsuda avait clairement laissé entendre qu'il ne souhaitait pas rencontrer Naomi dans un lieu trop public, mais qu'il voulait également se montrer respectueux, et l'antique étang lui avait paru un compromis adapté. En réaction à la méfiance de Matsuda, Naomi n'avait pris avec elle que son iPad, dans le sac à bandoulière Crumpler qui lui était dévolu, et un cabas en nylon noir provenant de la Grande Épicerie, à Paris, où elle avait mis ses objets courants et son appareil photo Sony RX100 compact, au cas où.

Le professeur se leva du banc comme Naomi approchait et fit une petite révérence, sans lui tendre la main.

« Naomi, quel plaisir de vous rencontrer.

— Merci, Professeur Matsuda. Je vous suis très reconnaissante de votre aide. »

Il s'ensuivit un silence gêné, ponctué par les cris des étudiants, qui parlaient aux poissons et échangeaient entre eux, s'élevant de l'autre côté de l'étang. Naomi voyait bien que leur rencontre provoquait un stress considérable chez cet homme soigneux, délicat, d'une cinquantaine d'années, au costume et à la cravate impeccables, aux lunettes en acier inoxydable raffiné. Il finit par prendre une carte dans une poche intérieure et la présenta à Naomi avec ses deux mains comme si c'était une carte de visite. De même, elle l'attrapa avec ses deux mains, mais ce n'était qu'une fiche cartonnée, entièrement écrite en japonais – comme si Matsuda voulait lui faire savoir qu'il ne souhaitait pas qu'elle sache quoi que ce soit sur lui, outre ce qu'elle savait déjà. Elle aurait besoin de l'aide de Yukie pour la carte. Ils s'assirent ensemble, face à une minuscule île luxuriante.

« Le philosophe peut être trouvé à cette adresse, à l'heure que j'ai indiquée sur la carte. C'est son domicile actuel. Il est curieux de vous rencontrer. »

Naomi était certaine que Matsuda serait heureux d'en rester là, de lui faire ses au revoir sur-le-champ, ou peut-être de se promener un moment autour de l'étang en glosant sur sa création en 1615, sur sa disposition particulière en forme de cœur, et son changement de nom informel, hommage au roman estudiantin *Sanshiro* de Natsume Soseki – des sujets de conversation inoffensifs, charmants et agréables. Mais Naomi n'était pas charmante, ni agréable.

« Professeur, vous êtes un ami personnel d'Aristide Arosteguy, est-ce bien exact ?

— Je ne dirais pas que nous sommes des amis personnels, non. Nous sommes collègues en philosophie ; lui, de manière professionnelle, et moi, eh bien, de manière philosophe, dans le prolongement de mon intérêt pour la justice et le droit international. Nous nous sommes croisés parfois, dans divers lieux. »

Naomi percevait sur son visage, dont elle était sûre qu'il était rubicond, la chaleur végétale humide qui émanait de l'étang. Matsuda demeurait imperturbable.

« L'avez-vous vu récemment ?

— Non, pas récemment. Nous correspondons par e-mail. C'est une figure controversée sur le campus, comme on peut l'imaginer.

— Aussi controversée que le cannibale Issei Sagawa ? »

Matsuda, dans un tressaillement, se recula de quelques centimètres de Naomi, comme si les mots l'avaient frappé au niveau de la poitrine, mais son expression ne changea pas.

« Ce n'est pas… une comparaison valable, Naomi.

— Professeur Matsuda, je vais rencontrer M. Arosteguy toute seule. Complètement seule.

— Oui.

— Devrais-je m'inquiéter ? »

Matsuda ajusta ses lunettes avec ses deux mains.

« Cette question comporte tellement de strates.

— La strate qui m'importe relève de la sécurité physique. Serai-je en danger en présence du philosophe ? Je ne parle pas de danger philosophique, ni de danger émotionnel. Je parle de danger physique. »

Matsuda paraissait incapable de lui répondre. Il se contentait de dévisager Naomi, et cligna des yeux lorsqu'un petit vol d'oiseaux passa sur l'étang. Naomi insista.

« Certains policiers français le jugent capable de meurtre. »

Il était désormais évident que Matsuda ne pouvait supporter de telles paroles. La sueur perlait sur son front. Il se leva.

« Je vous prie, transmettez mon bon souvenir au philosophe M. Arosteguy lorsque vous le verrez. »

Il inclina la tête, se tourna, et partit à grandes enjambées vers les rives de l'étang, muni d'une serviette que Naomi n'avait pas remarquée auparavant, qu'il tenait avec raideur sur le côté, sans la balancer.

6

Naomi se trouvait dans une rue résidentielle des quartiers ouest de Tokyo qui évoquait davantage une venelle qu'une rue. Yukie lui avait assuré que oui, il y avait des maisons à Tokyo, et qu'elles étaient bien plus communes que, mettons, les maisons à Paris, certaines étant très grandes et luxueuses, d'autres des bijoux modernistes miniatures. Mais comme son taxi s'apprêtait à la déposer, progressant avec précaution parmi les bicyclettes, les plantes en pots, les poussettes, les poubelles en plastique, et les meubles improbables qui bordaient la rue, elle découvrit que la maison d'Arosteguy n'était ni luxueuse ni pareille à un bijou.

Il était 20 heures passées, la lumière baissait rapidement. Naomi sortit son appareil photo – encore une fois, le Sony compact RX100 ; mieux valait ressembler à une touriste, pour l'instant – et se mit à faire des photos en tous sens. Elle calait l'appareil photo contre un mur ou un poteau dès qu'il s'en présentait un pour compenser la luminosité faible et la vitesse d'obturation lente qui en résultait. Le crépuscule grandissant, mêlé aux vapeurs de mercure des réverbères de rue et à la lumière incandescente qui se déversait depuis les fenêtres des maisons, concourait à forger des images agréables, surréalistes, comme en 3D. Elle entendait presque le vrombissement fou de l'électronique du petit appareil photo dans sa tentative d'équilibrage des températures de couleur des différentes sources lumineuses.

Après avoir photographié la boutique de l'autre côté de l'étroite ruelle, dont les vitrines embuées dévoilaient de mystérieux pots en aluminium, en céramique et en verre, Naomi reporta son attention sur la maison à deux étages d'Arosteguy, en stuc gris, avec un morne jardin juste derrière l'entrée. Zébrée de traînées sales, elle tombait en ruine, la ferronnerie de son portail était piquetée de rouille, son jardin n'était plus qu'un gâchis pourrissant, émaillé d'ordures. Une imperceptible lumière filtrait derrière la fenêtre du premier étage, mais le rez-de-chaussée était plongé dans l'obscurité. Quand elle eut épuisé toutes les possibilités d'imagerie auxquelles elle pouvait penser, et fait défiler ses photos pour voir si quoi que ce soit lui sautait aux yeux, Naomi rangea l'appareil photo et traversa la rue, traînant son sac à roulettes à sa suite.

Sur le mur extérieur, à côté du portail ouvert, une boîte à lettres en acier inoxydable affichait des numéros blancs peints au pochoir – « 13-23 » – sur un rectangle bleu. Un autre rectangle bleu hébergeait des caractères japonais blancs, impénétrables. Naomi, franchissant le portail qui menait à la cour illuminée de manière intermittente par des petites lampes de jardin orange enchâssées dans des murs bruts en béton, fut tentée de ressortir son appareil pour refaire des photos – de si nombreux détails merveilleusement déprimants trahissaient l'état de décomposition de la vie de cet homme (ainsi que l'aurait spécifié l'article accompagnant les images) – mais elle se contint. Elle avait le temps.

Postée face aux portes en bois coulissantes, Naomi tenta en vain de regarder à travers leurs étroits panneaux verticaux, en pied, de verre martelé. Elle crut apercevoir une caméra de sécurité dans un boîtier en acier galvanisé, en forme de chapeau, qui surplombait les portes, sur leur droite, mais il se révéla être un compteur d'électricité. Des fils électriques rampaient partout sur le stuc du bâtiment, et de nombreux vis et serre-joints, rongés par la rouille, tenaient à peine. Elle rechercha un interphone ou une sonnette, mais il n'y avait rien de tel, alors elle frappa sur le verre qui, à ce contact, vibra. Au bout d'un moment, une lumière faible, aqueuse, provint des profondeurs de la pièce de derrière, des serrures cliquetèrent, et la porte s'ouvrit en grand.

Arosteguy se tenait dans l'entrée, le visage caché par la pénombre, une présence massive, imposante, hirsute. Naomi en fut surprise ; d'après la fréquentation du philosophe sur YouTube, il semblait petit et à cheval sur son apparence. Elle se demanda un instant si l'homme devant elle était quelqu'un d'autre, ou même si elle avait frappé à la mauvaise porte, mais après l'avoir toisée de la tête aux pieds d'un œil méfiant, il prit la parole, et la voix ainsi que l'accent étaient ceux d'Arosteguy.

« Vous avez apporté votre valise. C'est une bonne chose. »

Naomi baissa les yeux vers le sac à roulettes de son appareil photo, nerveuse.

« Oh, ça ? C'est le sac pour mon équipement. J'y range mon appareil photo, mes flashes, et mes machins. Je me suis dit que ça ne poserait pas de problème que je le prenne avec moi. Nous avons parlé de séances photo, pour témoigner de votre vie ici... »

Arosteguy se baissa, attrapant le sac par la poignée du haut.

« C'est lourd. Votre équipement pèse lourd. »

Il voûta ses épaules pour éloigner le sac de Naomi et ouvrit la porte encore plus grand à l'aide d'un genou afin que Naomi puisse le devancer à l'intérieur.

« Ôtez vos souliers et entrez », dit-il, songeant qu'elle ignorerait ce protocole bien que ses propres pieds soient vêtus de chaussettes et malgré la présence de chaussures Richelieu rouge sang dans le *genkan*, devant les marches qui menaient à la maison.

Arosteguy servit du thé vert à Naomi, assise au niveau du sol sur un pouf ramassé dans un petit salon lui-même plutôt ramassé. La lumière demeurait aussi anémique qu'elle l'avait paru au travers des portes vitrées de l'entrée, et ne faisait que renforcer le malaise croissant de Naomi. À l'arrière, des portes coulissantes graisseuses s'ouvrirent sur l'obscurité. Naomi voyait désormais qu'il était hagard, pas rasé, avec de longs cheveux – gris avec encore quelques mèches brunes – non lavés et en désordre, des vêtements chiffonnés, dans lesquels il avait manifestement dormi. Étrangement, tout cela le rendait encore plus séduisant, et Naomi avait conscience que cela, et non la peur, était la source de son malaise.

« Merci, dit-elle, en prenant sa tasse. »

Arosteguy s'était assis face à elle sur un futon replié de manière à faire office de canapé, il avait pris une gorgée de thé, et berçait la tasse entre ses mains, comme en quête de chaleur. Une senteur, de nature vaguement japonaise et pas désagréable, semblait émaner de lui.

« Et donc, oui, vous avez apporté votre appareil photo. C'est une bonne chose. Vous allez avoir envie de faire des photos. J'en ai moi-même pris quelques-unes. Des photos très fortes. »

Cette dernière phrase ajoutait de l'intimidation, et peut-être à présent, enfin, de la peur, à la sous-couche de malaise déjà établie. Naomi dut redoubler d'efforts pour ne pas imaginer cet homme, duquel émanaient toujours des effluves parfumés, en train de photographier avec minutie la tête à moitié mangée de sa femme. Certaines des photos qu'elle avait trouvées sur Internet avaient-elles été postées par lui, par défi, peut-être, ou par perversité ?

Elle dut se dépêcher de meubler le silence, et bégaya presque :

« Ah bon ? Des photos ? Hmm, ce sont des photos journalistiques ou des photos d'art ? »

Arosteguy rit, d'un rire glaireux. Il alluma une cigarette japonaise qu'il avait extraite avec quelque difficulté en secouant un paquet posé à côté de lui sur le canapé, puis il rit encore, émettant de petits grognements de fumée qui s'en allaient vers elle.

« Je ne fume plus que des japonaises, maintenant. Je veux devenir japonais. Je ne reparlerai jamais français. Jamais. Il paraît que Tolstoï a appris le grec classique très rapidement, quand il s'est décidé. J'apprends le japonais très rapidement. Jusqu'à présent, je parlais anglais ou allemand. Pour la philosophie, au moins, il faut parler allemand. Peut-être que je rendrai le japonais essentiel à la philosophie occidentale contemporaine. Si je vis assez longtemps. »

Naomi tâtonnait.

« La photographie n'a pas de langage. Peut-être est-ce pour cela que ça vous intéresse ?

— Il me semble que vous avez vu certaines de mes photographies, dit Arosteguy. Vous êtes en mesure de me dire si elles sont journalistiques ou artistiques. À mon avis, elles sont les deux.

— J'ai vu vos photographies ?

— Sur Internet. Ces célèbres photos de ma femme. Je les ai postées depuis Todai, de l'université. (Un nouveau petit rire, sans mucosités cette fois.) Ils ne le savent pas encore.

— Votre femme ? » demanda Naomi.

Elle voulait avoir l'air cruche, et c'était le cas. Pour l'instant elle jouait la Nord-Américaine naïve et facilement choquée – un rôle dont elle avait l'habitude.

« Avant, et après. Surtout après. Ce sont celles qui intéressent tout le monde. Je suis sûr que vous les avez trouvées. Sur le site Web "arosteguyatrocity.com". »

Arosteguy se leva et se pencha vers Naomi pour la servir à nouveau en thé. Sa tasse était encore presque pleine. Était-ce un geste de menace, de défi ? Par réflexe, elle eut un imperceptible mouvement de recul.

« Peut-être souhaitez-vous prendre des photos de moi, maintenant ? De notre première rencontre ? Historique. Vous avez dit avoir apporté vos modules flash. Je n'aime pas la lumière vive chez moi. Je n'arrive pas à réfléchir dans la lumière vive. Mais un flash d'inspiration, ça ne fait jamais de mal. »

Naomi avait préparé ses trois flashes sans fil avec le contrôleur de flash sans fil SU-800 noir, mastoc, qui les commandait à l'aide de pulsations infrarouges, elle avait fixé l'adaptateur de son D300s, et elle faisait déjà des photos tandis qu'Arosteguy, assis, prenait la pose en buvant du thé et en fumant, tenant sans effort le rôle du sage ébouriffé. L'éclairage, pour l'instant, était simple, peu audacieux : un flash illuminait l'arrière-plan, inondant de lumière les murs et l'étroit escalier en bois derrière le canapé ; un autre, en surplomb sur la droite, posé sur l'enceinte de la radio – il semblait n'y en avoir qu'une – offrait à Naomi la lumière principale sur le visage d'Arosteguy ; et un autre directement sur la gauche, posé sur une pile de livres, une lumière de complément. L'enregistreur Nagra de Naomi – un modèle ML, la génération antérieure au Nagra SD de Nathan – était allumé, sur la table basse à côté du canapé d'Arosteguy. Le philosophe était tellement enjôleur qu'il calait ses phrases sur les flashes de Naomi, sans jamais se faire prendre la bouche à moitié ouverte ni les yeux à moitié clos. En cela, il lui faisait penser à Hervé. L'un avait-il appris l'astuce à l'autre ?

« Vous avez un très gros appareil. Très professionnel. Bien sûr, j'aurais dû m'y attendre. J'utilise moi-même également un appareil numérique, mais un petit, un appareil "amateur", comme on dit. J'aimerais beaucoup que vous m'enseigniez des méthodes photographiques professionnelles. C'est l'une des raisons pour lesquelles j'ai insisté pour que vous veniez passer quelques jours ici avec moi pour faire votre interview. J'obtiendrai au moins quelque chose. »

Naomi jetait des coups d'œil constants aux photos qui apparaissaient sur l'écran LCD à l'arrière de son appareil, pratique jugée ridicule par les pros, qui appelaient cela « faire le chimpanzé », mais qui touchait tout le monde de manière compulsive, de toute façon. Les écrans étaient devenus tellement précis, à la fois en termes de résolution et de couleur, que l'on parvenait vraiment à savoir avec précision ce que l'on allait obtenir. Elle ne connaissait personne d'assez nostalgique pour continuer à travailler en argentique autrement que dans un geste rétrograde et masochiste.

« M. Arosteguy, vous savez que je n'ai pas accepté de séjourner ici. Mais croyez-vous vraiment que des cours de photographie soient tout ce que vous pouvez obtenir ? Il me semblait que vous vouliez raconter votre version des faits. Il me semblait qu'elle n'avait jamais été racontée.

— Ari. Vous devez m'appeler Ari si vous séjournez ici avec moi. Mais je travaille actuellement à un livre qui racontera mon histoire. Je ne pense pas que vous puissiez être à ce point objective, ou plutôt à ce point subjective.

— D'après mon expérience, un bon journaliste peut apprendre à son sujet des choses sur sa personne qu'il ignorait complètement.

— Vraiment ? fit Arosteguy. Cela serait intéressant. Très intéressant. »

À peine quelques heures plus tard, Naomi réquisitionna la table métallique allongée de la cuisine pour assembler tout son matériel électronique avant de l'emporter chez Arosteguy. Yukie, appuyée contre la porte d'entrée, observait Naomi pendant que, évidemment, elle envoyait des textos, se promenait sur Facebook, sur Twitter, sur Instagram, faisait des jeux vidéo, et regardait des dessins animés à l'aide d'un énorme téléphone à clapet d'un type inconnu de Naomi, couvert d'autocollants mignons et inquiétants d'*anime* et de mangas.

« Tu sais, je crois que tu es folle, dit Yukie. Peut-être suicidaire. »

Naomi aimait bien empaqueter ses câbles, ses raccords, et ses adaptateurs dans de vieilles enveloppes postales rembourrées, et chaque fois qu'elle les empaquetait, une nouvelle énigme se présentait à elle ; où les choses allaient-elles ? Penchée sur la table, les mains sur les hanches, elle observait le déploiement enchevêtré d'appareils et d'enveloppes, en attendant d'y voir plus clair. Par moments, elle s'attaquait à un ensemble d'appareils ou à un autre, au hasard, tel un cormoran plongeant dans la mer à la recherche d'anguilles, et elle le fourrait dans la pochette mystérieusement prévue à cet effet, puis prenait du recul, dans l'attente d'une nouvelle illumination.

« C'est juste pour une nuit. Je laisse la majeure partie de mon matériel ici, si ça ne te dérange pas. Il dit qu'il a envie que je lui apprenne la photographie.

— Ma puce, c'est soit de sexe soit de meurtre qu'il a envie. Probablement des deux. En même temps.

— Chouette, répondit Naomi, en plongeant à nouveau. Je veillerai à t'envoyer des photos.

— Et en parlant de sexe, tu ne m'as pas dit comment ça s'est passé à la clinique pour dames. Est-ce que tu as trouvé un gynéco qui parlait anglais ?

— J'ai atterri avec un gynéco qui parlait français. Il a d'abord voulu me faire suivre le cours du Lotus Bleu.

— Évidemment. C'est destiné aux femmes actives. Je veux dire, qui bossent dans un bureau, ce genre de chose. Il était bien ? J'aurais dû y aller avec toi.

— Il était bien. J'ai trouvé toutes ces histoires sur les femmes ambitieuses un peu bizarres. J'ai dû le convaincre que je ne m'intéressais qu'aux MST. Je crois l'avoir un peu choqué.

— Le cours Germanium. Je le connais bien.

— Ah bon ? Vraiment, Yukie ?

— J'ai eu des petits amis qui étaient des mauvais garçons. Mais rien du niveau de ton philosophe, par contre.

— S'il te plaît. Ça me débecte. Mais pourquoi le

Germanium ? Pourquoi un examen japonais destiné au dépistage des maladies sexuellement transmissibles a-t-il pour nom un drôle de métalloïde découvert par un Allemand ? Le Lotus Bleu, c'est bien plus sexy.

— Le corps médical japonais est, par tradition, très étrange et enclin à une poésie qui file la chair de poule. Tu n'avais qu'à demander au médecin.

— Je ne voulais pas le distraire. Il a posé un diagnostic correct, la maladie de Roiphe – avec un peu d'aide – et il m'a donné ce document. »

Naomi tira l'ordonnance de la poche de sa veste et la tendit à Yukie, qui daigna à peine y jeter un coup d'œil.

« Sasagaki. Je ne savais pas qu'il parlait français. Antibiotiques de base. Tu trouveras ce que tu recherches à la pharmacie en bas de la rue. Il faut que je t'accompagne. Il y en a pour deux mois, on dirait. As-tu l'intention de coucher avec M. Arosteguy ? Il vaudrait mieux que tu attendes un peu. À moins que des préservatifs suffisent, avec ce genre de MST ?

— Je te remercie de cet adorable flux de conscience, Yukie. Ça m'aide vraiment à tirer les choses au clair.

— Je t'en prie. »

Arosteguy dut faire deux voyages pour emporter le sac d'appareil photo de Naomi et son sac de voyage jusqu'en haut des escaliers encombrés de sa maison. À l'étage, il n'y avait pas vraiment de couloir, juste deux chambres et une salle de bains agglutinées les unes aux autres. Arosteguy ouvrit la porte qui donnait sur l'une des chambres, si petite qu'il dut poser le sac de voyage sur l'étroit lit en bois, non loin de la porte, et il se tourna vers Naomi qui le suivait.

« J'ai décidé de vous donner la chambre adjacente à la mienne. Vous aurez envie de connaître le moindre de mes gestes, bien entendu. D'ici, vous entendrez toutes les fois où je me lève pour uriner, la nuit. Cela m'arrive très fréquemment, maintenant. Le destin des hommes. »

Naomi se fit toute petite pour passer à côté de lui – il dut en fait rentrer le ventre afin qu'elle puisse le longer –, elle ôta son sac de son épaule pour le poser sur une petite table près d'une fenêtre qui donnait sur un balcon guère plus grand qu'une bande métallique. Il ne semblait y avoir aucun moyen d'atteindre ce balcon sauf en s'insinuant par la fenêtre coulissante au chambranle en aluminium.

« Merci. C'est génial.

— L'interrupteur est ici, voyez-vous, juste là sur le mur, il y a aussi une prise téléphonique. Je n'ai pas encore de connectivité sans fil dans cette maison. J'imagine que vous avez un ordinateur portable et des chargeurs pour les batteries de vos appareils photo.

— Oui, bien sûr. Merci.

— J'ai récupéré les mots de passe des réseaux sans fil de deux de mes voisins, vous pouvez les utiliser si vous le souhaitez. Vous pourrez parasiter leur réseau. Le parasitisme mondial numérique, c'est le nouveau trotskisme. Connectez-vous n'importe où, où vous le souhaitez, dans le monde. Je ne suis pas inquiet. (Arosteguy passa sa main dans ses cheveux, qui étaient tombés sur son œil droit pendant qu'il s'occupait des bagages de Naomi. Il fit un sourire grimaçant, pincé, comme si quelque chose venait de lui faire mal.) Et par ailleurs, je vous prie, gardez à l'esprit qu'il est tout à fait possible que nous ayons des rapports sexuels, si vous le souhaitez. »

Naomi interdit à son visage d'exprimer la moindre émotion. Avait-il parlé à Yukie ? Pendant quelques instants, elle s'imagina que c'était plausible, et fut submergée par une paranoïa sombre, collante. Voyons : elle avait contacté Arosteguy pour la première fois par Hervé Blomqvist, qui n'avait été capable que de lui donner le nom du professeur Matsuda, mais alors Yukie avait effectivement déniché le professeur Matsuda, qui lui avait donné l'adresse d'Arosteguy... Naomi n'avait délibérément pas donné l'adresse d'Arosteguy ni de n'importe quel autre contact à Yukie, en partie parce que Yukie était attachée de presse, faisait des relations publiques, et avait des instincts de journaliste. Naomi était bien obligée d'admettre que, à un certain niveau, elle n'avait pas confiance en Yukie. Yukie se donnait un peu trop de mal pour cacher son excitation devant ce lien avec le scandale des Arosteguy – et paraissait un peu trop maîtresse d'elle-même –, et bien qu'Arosteguy soit un *gaijin*, ç'aurait été pour elle un beau coup, un coup stupéfiant, de le ferrer et de l'apporter à son patron exigeant, à Monogatari PR, comme client cherchant à redorer publiquement son blason à Tokyo.

La senteur de végétaux japonais – nénuphars ?

feuilles de ginkgo ? – que Naomi avait surprise lors de sa première journée passée avec Arosteguy la submergeait désormais à nouveau tandis qu'il l'appelait en descendant l'escalier.

« Vous avez peut-être envie de sortir dîner, même s'il est un peu tard. Peut-être pas. Dites-moi. On peut manger ici, aussi. Je cuisine. »

Plus tard, Naomi avait installé son ordinateur portable et ses appareils photo sur sa table de chevet et, assise sur le lit – il n'y avait pas de place pour une chaise –, elle traita ses premières photos d'Arosteguy, les recadra et travailla leur colorimétrie sur Adobe Lightroom, puis les envoya par Dropbox à son rédacteur en chef à *Notorious*. Les photos ainsi créées étaient très ténébreuses, dramatiques, et montraient que, malgré son laisser-aller actuel, Arosteguy était un bel homme raffiné.

Tapotant le trackpad, elle appuya sur le bouton « Envoyer » comme si son MacBook risquait de lui exploser au visage, mais tout sembla fonctionner sans heurts. Elle avait dû laisser Arosteguy bidouiller son ordinateur, passer son clavier en japonais pour entrer le mot de passe du réseau du voisin, et elle avait eu l'impression qu'il s'agissait d'un viol qui, s'il était consensuel, n'en restait pas moins dérangeant. Alors que les photos disparaissaient dans l'éther en un tourbillon, le carillon de sa messagerie e-mail sonna. Le message provenait de Nathan, et disait : « Naomi, il faut que je te parle d'Arosteguy et de Roiphe. De drôles de choses, d'étranges parallèles. Tu m'avais dit que ton téléphone portable ne fonctionnerait pas au Japon, et c'est le cas. Tu as dû te procurer un téléphone japonais, maintenant. Appelle-moi. Nathan. » Naomi répondit immédiatement : « Envoie-moi des photos de toi en train de baiser avec Roiphe. Je t'appellerai pour les commenter. » Elle fut étonnée des profondeurs spontanées de sa rancœur, mais elles la réjouirent plutôt.

Dans la salle de bains, elle vérifia sa mise dans le miroir au cadre de plastique, penchée tout près pour peaufiner le maquillage subtil de ses yeux, le rouge à lèvres à peine perceptible. Elle enfila la tenue la plus sexy qu'elle pouvait porter tout en effectuant des travaux physiques – un léger pull en laine beige près du corps, un pantalon noir, moulant, en coton – sans s'autoriser à se demander pourquoi elle se donnait tant de peine. Elle avait commencé à prendre ses antibiotiques.

Naomi avait installé ses flashes et son Nagra dans la minuscule cuisine d'Arosteguy, semblable à une coquerie, pour le photographier pendant qu'il cuisinait. Elle avait le fétichisme de sa propre ignorance culinaire, qui participait, d'une manière ou d'une autre, de son intégrité de professionnelle des médias, et donc, tout ce qu'elle voyait, c'était qu'il manipulait quantité de minuscules crevettes et de bouquets évoquant des algues avec un couteau délicat. Un petit pot de saké chaud et deux petites tasses en céramique mal assorties étaient posés à côté de l'évier. Tous deux buvaient de manière erratique.

Arosteguy lui aussi s'était en quelque sorte refait une beauté : il était maintenant rasé et avait lavé, ou au moins brossé ses cheveux, bien qu'elle ne l'ait pas entendu dans la salle de bains. Il avait aussi changé de vêtements, et avait un air très professoral dans son gros pull et son pantalon en velours côtelé. Alors qu'elle zoomait sur l'écran LCD de son D300s pour vérifier sa mise au point, Naomi aperçut des fils électriques fins, transparents, qui descendaient de la naissance de ses cheveux à ses oreilles.

« Est-ce que ce sont des prothèses auditives, dans vos oreilles, demanda-t-elle, ou êtes-vous en train d'écouter de la musique ?

— Ce sont des améliorateurs bioniques. Grâce à eux, je suis en contact constant avec certains satellites.

— Vous plaisantez, n'est-ce pas ?

— Je n'ai aucun sens de l'humour. Mais mon père grec, violoniste, et ma mère française, pianiste, se sont tous les deux retrouvés sourds comme un pot avant leurs cinquante ans, et ils portaient tous les deux des appareils auditifs. Bien sûr, à l'époque, ils étaient analogiques, et très sommaires, mais à présent ils sont *numériques*. J'aime bien ce mot. Il est plus descriptif que l'américanisme *digital*, et je le lui préfère, car il permet d'éviter la référence aux doigts humains. »

Il se tourna pour agiter les doigts devant Naomi. Ils étaient courts, puissants, et ils lui servirent à retirer une prothèse auditive de son oreille gauche, qu'il fit pendouiller devant son visage pour qu'elle puisse la prendre en photo. Une capsule argentée plutôt harmonieuse – assortie à ses cheveux – était glissée derrière son oreille, et un câble transparent en plastique, contenant les fils électriques les plus minuscules qui soient, pénétrait dans une sorte de bourgeon à deux coupoles – on aurait dit une méduse miniature – qui se plaçait dans l'oreille.

« Et ils sont fabriqués par Siemens. Allemands, bien entendu. Ça ne vaut pas de vraies oreilles, mais c'est pas mal. (Il la remit délicatement dans son oreille et se retourna pour reprendre sa cuisine.) Ce moment me rappelle un illustre épisode familial, à Paris, un jour où ma mère, en train de cuisiner, s'est débrouillée, en ajustant la barrette qui empêchait ses cheveux de lui tomber sur le visage, pour enlever un de ses appareils auditifs de son oreille, et il est tombé dans la bouillabaisse sans qu'elle s'en rende compte. Et c'est moi qui l'ai mangé. (À ce souvenir, Arosteguy fut secoué de rire.) La toxicité de la pile avait suscité quelques inquiétudes, comme vous pouvez l'imaginer. Elles étaient beaucoup plus grosses, à l'époque. Mais ils n'avaient pu trouver un moyen de l'extraire de ma personne, à ce stade de l'histoire de la médecine française, sans risquer de causer des dégâts terribles à mon jeune estomac et à mes intestins, alors nous avions simplement attendu l'inévitable. Pendant tout ce temps, ma mère avait été plutôt exaspérée par ce déséquilibre dans son audition, et en fin de compte, elle avait obtenu une nouvelle paire, bien meilleure que l'ancienne. »

Naomi zoomait sur la photo qu'elle venait tout juste de prendre de la pommette d'Arosteguy, très harmonieuse mais marquée par une légère décoloration qui lui fit penser que son grand-père, dermatologue, lui disait que la peau vieillissante devenait le jardin d'étranges formes de vie. « Quand cela t'arrivera, tu les couvriras de maquillage, avait-il dit. Tu ne pourras rien contre. Elles sont foutrement trop nombreuses. »

« Vous vous rasez toujours le soir ? » demanda Naomi.

Elle posait des questions en partie pour qu'Arosteguy se tourne vers elle et qu'elle puisse trouver de nouveaux angles d'accès à son visage, qui semblait présenter pour elle un intérêt intarissable.

« Avant votre arrivée, je n'avais parlé à personne depuis une semaine. Je me suis rendu compte, avec stupéfaction, que je n'avais pas l'air très civilisé.

— Là, vous ressemblez à un chef français trois étoiles, cuisinant chez lui.

— Ça m'inquiète. Je ne fais plus de cuisine française. Je cuisine japonais. En tout cas, j'essaye. Mon ami Matsuda-san est, à vrai dire, un merveilleux cuisinier. Il m'apprend. Je ne sais faire que les choses les plus faciles. C'est si subtil, si subtil et si complexe, ce qu'il sait faire.

— Le professeur Matsuda ? J'ai eu l'impression qu'il voulait prendre ses distances vis-à-vis de vous.

— En public, oui, bien entendu. Pas en privé.

— Bon, son enseignement doit porter ses fruits. Même votre posture commence à paraître japonaise. Et on dirait que vous savez ce que vous faites.

— Oui, répondit Arosteguy. Vous aussi.

— Ah oui ?

— Des photos d'Arosteguy le cannibale en train de préparer un repas. Plus tard, des photos du cannibale en train de manger le repas. Je suis certain que vous n'aurez pas de mal à les vendre un peu partout dans le monde.

— Et que diriez-vous d'une vidéo ? (Naomi souleva le D300s de sa main droite.) Cet appareil fait des vidéos plutôt bonnes. Et j'ai un micro et des écouteurs qui vont avec.

— Peut-être. Quand on se connaîtra mieux. Et je dois m'entretenir avec mes avocats. Ils sont déjà fâchés contre moi et le fait que vous débarquiez comme ça. Le "problème Naomi". Ils ont tout axé sur l'absence de traité d'extradition entre le Japon et la France, mais les circonstances sont délicates et cela complique les choses, et l'indignation et l'opinion publiques ont une importance dangereuse.

— Bon, vous n'avez pas tort, à propos de cette histoire de cannibale. Ça donne un truc plutôt puissant. Mais vous ne protestez pas ? Cela ne vous gêne pas ? »

Arosteguy se tourna vers elle et il ouvrit sa bouche, d'un côté, à l'aide de son index. L'effet était grotesque. Ébahie, Naomi baissa son appareil photo. Arosteguy lâcha sa bouche.

« Dans la bouche même du cannibale. Vous ne voulez pas faire cette photo ?

— Vous êtes sûr de vouloir que je la prenne ?

— Prenez-la, dit Arosteguy. »

Il tira à nouveau sur sa bouche. Naomi commença à photographier. Elle changea rapidement d'objectif – au profit d'un très grand angle, maintenant – et continua à le mitrailler, s'approchant tout près, étalant, de manière optique, son visage et sa bouche, les déformant. Arosteguy jouait le jeu, avec sérieux et intensité, ses mâchoires et ses dents – en très bon état, vraiment, avec seulement une légère coloration due au tabac – complètement exposées sur un côté et, en quelque sorte, perversement nues. Naomi abaissa son appareil photo pour jeter un coup d'œil à l'écran LCD. Les photos étaient très troublantes.

« Ça suffit pour l'instant », dit Naomi.

Elle tendit la main pour attraper son saké.

« Appelez-moi Ari, dit Arosteguy.

— Ça suffit pour l'instant, Ari. »

Elle éclusa sa tasse et s'en servit une autre.

7

La porte qui donnait sur la cave de Nathan s'entrouvrit, laissant passer un rai de lumière qui lui barra le visage et le réveilla, les idées embrouillées, alors qu'il était encore en train de rêver de lui, enfant, avec son slip blanc sur la tête pour éviter que ses cheveux mouillés ne trempent son oreiller, une astuce mise au point avec sa mère, qui avait tendance à se souvenir qu'il devait prendre son bain juste avant l'heure du coucher. Quand il se réveillait, sa culotte – élimée, effilochée, dont le caoutchouc pendouillait partout autour de la taille – avait toujours disparu, par miracle, et ses cheveux étaient secs, comme à présent. Et l'indicible douceur de ce rêve envahissait, d'une façon étrange, absolument inadaptée, l'ombre menaçante apparue à l'entrée de la pièce, qui hésita, puis glissa de manière élastique sur le chambranle de la porte et la coiffeuse. Quand l'ombre atteignit Nathan, elle se mêla d'une manière liquide à la silhouette de Roiphe, qui arrivait en marchant comiquement sur la pointe des pieds.

« Nathan ? Vous êtes réveillé ? »

La douceur s'éloigna vite au contact de la voix

nasale de Roiphe, laissant une aigreur teintée d'angoisse, ce qui, comprit Nathan, était sa réaction automatique à Roiphe.

« Pas vraiment, dit Nathan. Je devrais ?

— Bon, réveillez-vous et prenez votre appareil photo, dit Roiphe. J'avais l'intention d'attendre pour qu'on ait vraiment du temps de préparation, mais comme ça se passe maintenant, sautons sur l'occasion.

— L'occasion ? »

Roiphe, quelque peu exaspéré, secoua la tête.

« Il est temps d'aller observer les mœurs nocturnes d'une étrange créature. Debout, mon garçon. »

L'impression de Nathan d'être un garçon dans son lit d'enfant était manifestement renforcée par son pyjama et ses chaussons, effets qu'il n'avait plus portés depuis son jeune âge. Les chaussons étaient des pantoufles blanches de l'hôtel Crillon, ornées de la lettre C élégante, dorée, à rinceaux et couronnée, que lui avait données Naomi, bien entendu, qui savait qu'il avait séjourné dans des lieux où l'on ne donnait pas de pantoufles gratuites ; quant au pyjama à rayures, en flanelle, classique, avec de gros boutons en plastique blanc, il l'avait acheté au grand magasin d'Hudson Bay, en se disant qu'il le balancerait quand il ne résiderait plus à l'auberge des Roiphe. La simple pensée de dormir la nuit dans ce sous-sol sous cette couette fine en acrylique qui se chiffonnait le révulsait. Et pourtant ce pyjama et ces pantoufles, sa tenue de protection, le transportèrent dans un lieu étrange et inattendu alors qu'il suivait Roiphe à travers la maison plongée dans l'obscurité et équipée de veilleuses sournoises, inattendues, partout. Tandis qu'il glissait sur ses chaussons Crillon informes, sans talons, en gravissant l'escalier en teck, la main accrochée à la rampe de la balustrade en fer forgé – elle aussi à rinceaux, dans un pseudo-style Art nouveau – Nathan écoutait les marmonnements de Roiphe, à propos de la succession de pièces du deuxième étage, dont ils s'approchaient, construite « en dépit du code ». La ruse avait été de les laisser ouvertes, non terminées, jusqu'à ce qu'aient lieu les inspections finales relatives au code de la construction, pour qu'apparaissent ensuite, comme par miracle, les pièces pour les premiers acheteurs de la maison dans toute leur gloire magnifiquement réalisée, avec lucarnes, comme « espace de travail architectural ». Ledit espace étant désormais exclusivement occupé par Chase Roiphe. Mais c'était aussi sur les pantoufles de son enfance que Nathan glissait, il se faufilait en bas de l'escalier, éclairé par la lumière puissante des lampes de poche Eveready en aluminium anodisé dont il s'était muni, avec Shelley, sa sœur aux membres fins et fragiles, et tous deux, avant l'aube, progressaient jusqu'au salon qui était presque plein à craquer avec son piano droit et son sapin de Noël décoré de toutes choses commerciales et de rien de chrétien – sucres d'orge, rennes, elfes, guirlandes, neige en ouate, étoiles comestibles. Il y avait des cadeaux de toutes les tailles et de toutes les formes sous le sapin, évidemment – le but de tout ce cirque. Nathan avait envoyé un télégramme au Père Noël au pôle Nord, et le Père Noël avait tenu parole de la plus satisfaisante des manières.

Plus tard, ils s'installèrent au sous-sol, dans la cuisine, comme il convenait perversement, estima Nathan. Le plan de travail au revêtement de granit, dont la vaste surface immaculée n'était rompue que par un évier à deux bacs, offrait un espace de travail clinique pour ce que Roiphe, balançant son bassin de manière rhapsodique sur son tabouret en fer forgé en forme d'araignée, qualifia de « première réunion stratégique ». Nathan, perché à ses côtés sur un autre tabouret, sans se balancer, faisait défiler sur son ordinateur portable posé sur le granit les photos prises au cours de l'heure qui venait de s'écouler. Les quatorze horloges numériques éparpillées tout autour de la pièce, dans le MacBook Pro, la machine à glaçons du réfrigérateur Sub-Zero, le four Wolf, les tiroirs chauffe-plats Jenn-Air, l'appareil photo de Nathan (posé juste à côté de l'ordinateur portable), l'étrange montre en plastique bon marché de Roiphe, indiquaient que l'heure se situait quelque part entre 4 : 06 et 4 : 09 du matin.

« Alors, vous voyez ce qui nous attend ici, jeune homme. Ce que nous nous coltinons.

— Pas vraiment, dit Nathan. En toute franchise, je me sens un peu en état de choc. C'est ça que je me coltine. »

Roiphe parvint à intégrer des hochements de tête compatissants et rythmiques à ses balancements.

« Ouais, ouais, je comprends. Et c'est ce que nous sommes en train de faire, là. Vous voulez un peu d'eau glacée ? Un café, peut-être ? Autre chose ?

— Non, merci.

— Alors, que voyons-nous ici ? Que s'est-il passé ? Qu'avez-vous vu ? Quelles photos avez-vous prises ?

— J'ai du mal à croire ce que je vois, là, dit Nathan, en se tortillant sur son tabouret. »

Son coussin en plastique à motif floral commençait à se détacher sur le bord arrière gauche, et dans une sorte de demi-conscience, il essayait de le remettre en place à l'aide de ses fesses.

« Il me semble que vous devriez simplement formuler les choses. Ne pas les compliquer, rester direct, comme ça on arrivera vite quelque part. »

Roiphe continuait à hocher la tête et à se balancer, une intensité farouche brillait désormais dans ses yeux, indiquant sans nul doute que c'était là une activité masturbatoire, comme s'il incitait Nathan à quelque orgasme obscur, de l'ordre de la révélation, dont il sentait qu'il était complètement hors de sa portée. Il décida de ne rien compliquer, et de rester direct.

« Votre fille, Chase, était occupée à se couper des petits morceaux de peau à l'aide d'un coupe-ongles, puis elle plaçait ces petits morceaux dans de petites assiettes en plastique, des jouets pour enfants, puis elle mangeait ces petits morceaux en se servant de petits ustensiles, des jouets pour enfants.

— Hm hm. Et dans quel état d'esprit était-elle, alors qu'elle s'adonnait à cette occupation, selon vous ? Se faisait-elle du mal ? Souffrait-elle ? Se punissait-elle ? »

Nathan se demanda si Roiphe savait qu'il enregistrait leur conversation sur son MacBook à l'aide de GarageBand. Comme il avait lancé l'application sur son disque dur externe, elle n'était pas visible (même s'il suffisait de faire glisser trois doigts pour qu'elle apparaisse), si bien que l'opération relevait peut-être de la clandestinité à demi consciente. Telles les horloges, les appareils enregistreurs étaient intégrés partout ; n'importe quoi pouvait être enregistré n'importe quand, comme sur une sorte d'énorme, d'infernale Time Machine pour Mac, un système de sauvegarde créant des sauvegardes de sauvegardes à l'infini. Qui les réécouterait ? Qui les trierait, tel le survivant d'un atroce bombardement à la recherche des haillons naguère portés par sa mère morte nue ? Il n'était pas encore tout à fait certain de souhaiter que Nathan Math, le personnage, figure dans *Consumés : la collaboration*, mais au moins, son rôle dans l'échange avec les Roiphe – et allez savoir avec qui d'autre ? – offrirait peut-être, en fin de compte, une assise légale étant donné l'étrangeté propre à la vie et à la pratique de Roiphe.

Nathan traitait ses photos avec Lightroom, ce qui lui permettait d'améliorer aisément leur qualité tandis qu'il les passait en revue avec Roiphe. Il pouvait atténuer des zones apparemment surexposées pour révéler des détails saisissants de son expression, et éclaircir des ombres congestionnées pour révéler des gestes tourmentés ; plus tard, il les bidouillerait afin de les transformer en art photographique, les manipulerait afin de leur donner un sens qui ne serait pas pour autant évident, même s'il ne parvenait pas à imaginer les inclure à leur livre chimérique. L'article pour les « Annales de médecine » lui semblait plus susceptible de correspondre à une réalité future, aussi instable, miroitante, tremblotante soit-elle – il se transformerait peut-être en article pour les « Annales de la psychopathologie », avec interdiction de publier les photos. Et alors qu'il tripatouillait les photos, il fit une nouvelle fois l'expérience du phénomène de non-présence, de l'existence non authentique du photographe pendant l'acte photographique ; c'est seulement par la critique dont les photos sont l'objet que l'événement photographié émerge dans l'expérience, telle la floraison du précipité d'un cristal d'acétate de sodium tombé dans une solution super saturée. Mais alors, l'expérience avait lieu par le truchement de la photo, de l'objectif, de l'appareil, de la réaction de l'objectif à la lumière – et là, c'était ce à quoi Nathan réagissait. Il n'était pas certain d'avoir vraiment vu ces événements de ses yeux, et ce sentiment était renforcé par le cliquetis de l'obturateur et du miroir du gros appareil, qu'il entendait en regardant les photos ; le son participait à l'interprétation de Nathan, bien que Chase elle-même ne paraisse jamais y réagir ni même le remarquer.

Nathan avait pleinement conscience qu'il observait les photos d'une femme nue dont le père était assis à ses côtés, et les regardait lui aussi. Assurément, Roiphe se révélait un père peu commun, mais certaines des photos étaient, de manière tout à fait fortuite, perversement érotiques, et Nathan avait l'impression que les filtres émotionnels de Roiphe avaient beau être sophistiqués et subtilement progressifs, il ne pouvait y être aveugle. Certes, leur passé ne paraissait aucunement marqué par un inceste perceptible par Nathan – en tout cas, pas encore – mais, et cela le perturbait au plus haut point, il avait l'impression que le désir pour Chase qui surgissait indéniablement en lui relevait de l'inceste parce que son père, qui se trouvait presque au coude à coude avec lui, respirant de manière irrégulière avec l'intensité d'un vieil homme contre la joue de Nathan tandis qu'il recherchait sur l'écran les signes d'une chose obscure, peut-être sublime, semblait l'inhaler dans ses photos. Une fois de plus, c'était le paradigme de l'expérience rétroactive : Nathan n'avait rien ressenti de tel en les prenant, tant il était accaparé par la mécanique de la prise de vue, mais à présent qu'il les regardait avec Roiphe qui dirigeait les opérations de zoom et de défilement des images avec une insistance chirurgicale, la nudité musculeuse de Chase, révélant l'importance majeure de ses mutilations macroscopiques (le moindre centimètre carré accessible de sa peau semblait avoir été attaqué par des bataillons de pucerons noirs ; les blessures, suintantes ou croûteuses, formaient des plis), provoquait des rêveries troublantes chez Nathan. Le corps de Chase rappelait-il à Roiphe celui de son épouse défunte ? (Feu Rose Blickstein, d'après la fiche Wikipédia du médecin.) Cela l'emplissait-il d'une nostalgie sexuelle douce-amère, d'une mélancolie incestueuse ?

« Elle semble l'éprouver, elle semble éprouver la douleur, dit Nathan. Je le vois là, par exemple, sur ce cliché. Elle ressent de la douleur, et elle sent le grain de sa peau alors que le métal des parois tranchantes sépare ses cellules dermiques, mord les couches de son épiderme et le tissu sous-cutané.

Mais la douleur la fait rire, un étrange rire silencieux – voyez là, ce n'est pas subtil, vraiment. Donc elle éprouve la douleur, mais elle désire la douleur, elle la recherche, comme un bodybuilder désire la douleur et la recherche.

— Le bonheur d'être puni ? La quête de la punition ?

— Chez le bodybuilder ?

— On s'en fout du bodybuilder. La fille. »

Nathan zooma sur la photo devant eux. Son visage, alors qu'elle se coupait, affichait de l'extase, pas de l'auto-apitoiement, pas un plaisir masochiste. Mais pourquoi de l'extase ? Les éléments ritualistes de sa transe – une fugue dissociative classique ? – étaient complexes et narratifs ; ils racontaient une histoire consolatrice à Chase, oui. Les réactions de Nathan insufflaient sa forme à son article. Il aurait aimé enregistrer ces pensées, vite les énoncer sur GarageBand pour ne pas les oublier, mais il n'était pas encore assez à l'aise avec Roiphe pour collaborer de façon aussi intime, pour se rendre vulnérable aux sarcasmes et à l'ironie du vieil homme.

Il fit défiler les photos où elle mangeait, en continuant à zoomer dessus. D'autres gens se trouvaient là avec elle, à partager les minuscules morceaux de sa chair qu'elle avait distribués au compte-gouttes sur les cinq petites assiettes ornées de papillons et de lapins. Elle paraissait prendre le rôle de différents personnages, faisait pivoter les assiettes, mangeait avec délicatesse dans l'une, vulgarité dans l'autre, gloutonnerie dans une troisième. Il avait utilisé un éclairage au flash indirect sur le plafond et les murs, s'était rapproché des assiettes, de la théière et des tasses, des *cupcakes* en plastique aux glaçages interchangeables à la vanille, au chocolat, à la fraise (tous coiffés d'une cerise rouge aux fossettes convaincantes), et des fourchettes et couteaux brillants aux couleurs primaires. Le flash indirect absorbait la chaleur des murs couleur ocre brun et déversait sur les plats et les assiettes de ce goûter clandestin une douce lumière d'argile rouge, insufflant une teinte de drame sordide à cette mise en scène enfantine, innocente avec ses ombres furtives et mettant en relief les éclats de chair et leurs traînées de sang, qui, sinon, auraient peut-être disparu dans les couleurs vives du plastique Fisher-Price.

Mais ses mains étaient hypnotisantes, les mains de Chase, avec leurs longs doigts nerveux et leurs ongles paradoxalement parfaits, des mains disproportionnées par rapport à la dînette d'enfant et qui, par conséquent, paraissaient monstrueuses, surtout lorsqu'elles étaient illuminées du dessus, quand elles s'emparaient délicatement des morceaux de chair pour les porter à sa bouche ouverte, à sa langue qui patientait, tendue. À présent tout près d'elle, il avait redouté, en pivotant, de s'éloigner de la table d'enfant pour suivre la trajectoire des mains – elles alternaient à gauche et à droite, comme si elle ramassait des baies dans une zone exubéramment féconde – mais ce mouvement visuel l'avait vite conduit au visage de Chase, qui semblait bouffi d'excitation contenue. Lorsque Nathan avait appuyé sur le déclencheur, un motif quadrillé de laser rouge avait jailli du flash, permettant à l'appareil photo de faire la mise au point malgré la faible luminosité. Encagée dans ces rayures rouges, elle paraissait sauvage, tel un carcajou surpris par un appareil photo animalier à déclenchement automatique dans une lointaine forêt boréale. Elle avait à peine cligné des yeux malgré les flashes violents qui avaient suivi la mise au point ; la lumière crue, à présent directe, révélait des entailles croûteuses prélevées sur les cartilages en haut de ses oreilles, d'ordinaire cachées par ses cheveux, désormais tirés vers l'arrière, attachés par une pince en plastique écaille de tortue, dont les longues dents incurvées, entrecroisées, rappelaient à Nathan une dionée attrape-mouche. Elle paraissait relativement consciente de ce qu'elle faisait, songea Nathan, et se montrait même assez calculatrice, évitant de se couper le visage et les mains – comment aurait-elle pu les couvrir ? : où avait-elle donc l'esprit, maintenant ? Le visage désormais en gros plan sur l'écran, terrible, beau, se servait de l'extase comme d'un masque et d'un bouclier. Que cachait-il ? Et elle parlait, prenait la parole pour les personnages invisibles assis autour de la table d'enfants, trapue et ronde, en plastique vert et blanc, elle parlait sans bruit, se déplaçait à genoux autour de la table, manipulait les chaises de manière à pouvoir jouer tous les points de vue en se donnant des airs différents mais avec une intensité constante.

« Très bien. C'est là que j'interviens avec ma méthode de guérison. Continuez à prendre des photos », avait dit Roiphe.

Sur les photos qu'il faisait maintenant défiler,

Roiphe était partiellement éclairé par la lampe Hello Kitty sur la table de nuit dans un coin, qu'il avait allumée pour pouvoir vider la trousse de toilette en velours beige d'Air Canada, obtenue en classe Business, et fourrée dans la poche de son peignoir en velours bleu marine. Roiphe, agenouillé à côté de Chase, indifférente, traquait avec intrépidité la moindre plaie fraîche afin de pouvoir la désinfecter à l'aide d'alcool et de Polysporin, la tapotant avec une précision brusque.

« Pour elle, nous ne sommes même pas ici, mon garçon. Vous le voyez bien, avait dit Roiphe en travaillant. Vous voyez la manière dont elle parvient à me contourner sans remarquer ma présence. Charmante petite danse moderne. »

Nathan avait capturé une partie de la scène avec son appareil photo, et, observant les photographies de Chase qui évitait son père dans un ralenti sinueux, comme si elle pratiquait une sorte de variation expérimentale du tai-chi, il regretta de ne pas avoir pu faire une vidéo.

« Elle est très constante dans son petit dispositif d'échappée. Elle a fini de couper, de servir, de manger, et maintenant vient le moment rigolo d'interaction où elle parle à ses invités sans rien dire.

— Et comment tout cela se termine ? » avait demandé Nathan, toujours occupé à faire des photos, à chercher un angle évocateur, forçant parfois Chase à zigzaguer aussi autour de lui.

À un moment, le bras de Chase lui frôla la main, il était glacé, alors qu'il faisait plutôt chaud dans la pièce et dans la maison. La scène prit fin quand Chase quitta sa position agenouillée pour se relever et se diriger vers un lit d'enfant en toile et tubes métalliques, de l'autre côté de la pièce, où elle s'allongea, le visage inexpressif, avant de se glisser sous les couvertures – des draps ornés d'oursons et deux couvertures Hudson Bay. Les images où elle s'éloignait de Nathan – là encore, la lumière était orientée sur les murs ocrés – soulignaient son long torse, ses fesses musclées, basses, ses jambes courtes, athlétiques, une combinaison que Nathan avait toujours trouvée fascinante, quoique contraire au torse court et aux longues jambes minces de Naomi.

« Je ne pense pas qu'il soit question de punition, Barry. Je pense qu'elle revit quelque chose, quelque chose de communautaire. Et elle joue tous les rôles. (Nathan se tenait sur ses coudes, il s'adressait davantage à son écran qu'à Roiphe, mais il se redressa alors pour se tourner vers l'homme.) Je me demande ce que ça pouvait bien être. »

Roiphe, dans un grognement, ôta méticuleusement ses lunettes de son nez, avec ses deux mains, laissant ses yeux turquoise s'enflammer dans un effet théâtral délibéré.

« Pourquoi vous ne le lui demandez pas, tout simplement ? » fit-il.

Naomi et Arosteguy mangèrent le repas qu'il avait préparé. La vaisselle était spartiate et miteuse, mais le repas paraissait alléchant. Beaucoup de saké chaud, dont ils se servaient avec prodigalité. Ils mangeaient avec des baguettes et s'étaient assis par terre, devant la table basse. L'appareil photo de Naomi était posé à côté de son plateau, robuste et d'un noir mat, comme un chat renfrogné. Son enregistreur était posé à côté de l'appareil photo, les LED de son VU-mètre ondulaient en réaction aux paroles émises, son microphone semblable au bec d'un colibri levé vers le ciel. Son chat et son oiseau veillaient sur elle, songea Naomi, et, comme elle concevait cette pensée, elle comprit qu'elle avait trop bu.

« De grâce, pardonnez le décor. Rien dans cette maison ne m'appartient. Elle est restée longtemps vide. Tokyo est très chère. (Arosteguy leur resservit du saké à tous deux.) J'adore le saké chaud. Quelle idée de génie, de créer une boisson qui soit à la température du corps. (Il secoua la tête.) Les Japonais. Redoutés par l'Occident pendant si longtemps, et qui commencent maintenant à disparaître dans leur lever de soleil adoré. Ou plutôt coucher de soleil. D'abord du point de vue militaire, puis du point de vue économique, et maintenant, simplement du point de vue gastronomique. Et voilà que je dois devenir japonais à une époque où tout le monde veut être chinois. Les Chinois appellent les Japonais "le petit peuple", m'a-t-on dit. C'est peut-être lié à la miniaturisation des espèces insulaires. Il faut que j'étudie la question.

— Pourquoi devez-vous devenir japonais ? » demanda Naomi, en croisant ses baguettes l'une sur l'autre avant de les poser dans son assiette.

Elle les reprit maladroitement en main et parvint à attraper une crevette.

« Je ne peux plus être français, et je n'ai jamais été grec, outre la nostalgie philosophique et familiale. Alors que puis-je être ? Je suis un fugitif. Si cela satisfait mon amour pour le mélodrame personnel, ça me scie les nerfs.

— Vous devez vous sentir isolé, ici.

— Je me sentais isolé à Paris.

— *Même avec Célestine* ?*

— C'était la base de notre amour. Notre solitude. Notre isolement.

— Mais à présent qu'elle n'est plus là ? Il n'y a pas de changement ?

— Maintenant je suis… seul. C'est différent. »

Naomi commençait à considérer leur ivresse commune comme un accord, un contrat, dont les clauses permettaient à peu près tout, en tout cas en matière de parole. Son absence de peur lui donnait le tournis.

« M. Vernier, *le préfet de police**, semble penser que vous êtes innocent, que vous n'avez pas commis ce meurtre. »

Elle paraissait incapable de ne pas jeter de mots en français dans ce mélange ; elle n'aurait su dire pourquoi. Elle n'avait vraiment aucune intention de le provoquer, même si cette langue ne semblait pour l'instant pas lui poser de problème particulier.

« Oh ? (Arosteguy rit dans un petit grognement tendu qui aurait pu être une expression d'auto-apitoiement. Jusqu'à présent, il lui avait paru immunisé contre cela.) Je ne suis plus l'affaire, malheureusement. À ma grande surprise. De nombreuses personnes semblent s'en être emparées, mais pas moi. Vous, par exemple. Vous vous en êtes davantage emparée que moi.

— Il a parlé d'euthanasie. Est-ce intéressant ?

— Une euthanasie suivie d'une cuisine sophistiquée, peut-être. Les Français adorent le cinéma. À mon avis, je saisirai sans tarder des résonances à la Hannibal Lecter, et je poserai peut-être pour les photographes avec sir Anthony Hopkins, peut-être dans le petit restaurant de l'hôtel Montalembert.

— Vous ne voulez pas qu'il vous aide ? »

Arosteguy eut un haussement d'épaules particulièrement dédaigneux.

« C'est un policier. Et pas seulement pour la Ville de Paris. Les policiers parisiens font partie de la police nationale. Imaginez le monde dans lequel il vit. »

Naomi se déroula pour quitter la position assise et se laissa à moitié glisser vers le sac de son appareil photo. Dedans, elle trouva son iPad et, regagnant sa place à table, elle entreprit de faire défiler l'application Notes jusqu'à ce qu'elle retrouve les propos et les photos de M. Vernier et de la préfecture de police, sur l'île de la Cité.

« Il m'a transmis un message pour vous.

— Vraiment ? Il savait que vous viendriez me voir ? Il vous a parlé et ses paroles ont pénétré dans votre oreille, sachant cela ? Ça me donne l'impression qu'il est là en personne. Comme c'est étrange. Nous avons parlé de Schopenhauer à trois occasions, Auguste et moi-même, une fois à la télé, dans l'émission "Des mots de minuit". Il semble obsédé par Schopenhauer. »

Naomi lut ses notes :

« "Dites-lui que je suis en train de mener une enquête philosophique provoquée par son affaire et que je lui demande son aide en tant que professionnel de talent et qu'universitaire. À cet effet, il doit rentrer en France". »

Arosteguy enfourna quelques nouilles et crevettes avec un panache théâtral.

« Vous me voyez en train de manger – me voyez, me regardez ? – et, bien entendu, cela paraît normal. Mais pour moi, manger quoi que ce soit, ce n'est plus pareil. Après, je n'ai pas pu m'alimenter pendant une semaine. J'arrivais à peine à boire de l'eau. J'ai failli mourir ici, au Japon, un pays qui m'était si étranger. Mais d'un certain côté, c'est ce caractère radicalement étranger qui m'a permis de me déconnecter de l'Europe, de la France, de passer à travers les mailles de ce prétendu crime. »

Naomi posa son iPad par terre à côté d'elle pour picorer sa nourriture, à présent très consciente de la manière dont fonctionnaient les lèvres et la langue, les mâchoires, les dents, la déglutition, mais elle s'efforçait de retrouver l'inconscience coutumière.

« Vous avez donc complètement récupéré.

— Oui. J'espère que ça se voit déjà. Il y a une force vitale fondamentale qui s'exprime, même en moi. Elle est brute, impitoyable, et il est difficile de la vaincre.

— Pourquoi dites-vous "même en moi" ?

— L'arrogance de l'intellectuel. L'illusion que nous avons dans notre cerveau plus de balles avec lesquelles jongler que la plupart des gens. »

Naomi fit l'effort de manger la plus grosse crevette dans son assiette avant de répondre.

« Donc, Ari, vous êtes en train de m'avouer que vous avez consommé la chair de votre épouse, Célestine ? (Elle faillit avoir un haut-le-cœur en prononçant le mot *chair*, mais parvint à le transformer en pause dramatique, dévolue au rattrapage des nouilles glissantes avant qu'elles ne tombent dans son assiette.) *Monsieur le préfet** m'a clairement fait savoir que rien, ni cela, ni même le meurtre, n'avait vraiment été établi. »

Arosteguy respira profondément, puis exhala profondément, se préparant à une déclaration spéciale.

« Mettons que la question du cannibalisme conjugal s'est étendue dans les médias au point de recouvrir une réalité puissante, qui n'était pas vraiment en rapport avec ma vie ni avec Célestine. J'étais enveloppé dans cette réalité, enseveli, jusqu'à ce qu'elle devienne mienne, jusqu'à ce que mes propres pensées et émotions soient chamboulées par des milliers de pensées et d'émotions venues de la télévision, des journaux, de multiples sources Internet, de YouTube et de Twitter, oui, même de la radio dans la voiture et des débats télévisés, et bien sûr des gens dans la rue, le bus, le métro. J'ai été dépossédé de mon passé récent, et de mon passé lointain, mon histoire. On m'a colonisé, on s'est approprié ma personne. J'ai dû laisser ma dépouille mortelle derrière moi, me racornir et me ratatiner à Paris pour devenir quelqu'un d'autre quelque part ailleurs. Devenir japonais, ou échouer à le faire – et j'échoue à le faire – pour devenir un exilé, un isolé, un déconnecté. Ce à quoi je suis parvenu avec succès.

— Vous n'avez pas vraiment répondu à ma question. Y répondrez-vous dans le livre que vous écrivez ? »

Arosteguy rit.

« Ce livre semble être une méditation sur la philosophie du consumérisme. Comme on peut s'y attendre, j'ai un nouveau point de vue là-dessus, même si, dans un sens, je n'ai jamais écrit que sur cela. Le consumérisme… (Il secoua la tête dans un gloussement, puis regarda Naomi avec une intensité qui l'ébranla.) Vous savez, tout ce qui a à voir avec la bouche, les lèvres, avec le fait de mordre, de mâcher, d'avaler, de digérer, de péter, de chier, tout est transformé une fois que l'on a fait l'expérience de manger une personne qui vous a obsédé pendant quarante ans. (Il sourit.) Bien entendu, chacune de ces choses est devenue, aussi, une plaisanterie dans l'imagination populaire, en passe de devenir la seule imagination existante – l'imagination médiatique. J'ai vu les plaisanteries sur Internet. Certaines sont très sophistiquées, très amusantes. Parfois, il y a même des dessins, et même des dessins animés.

— C'est pour cette raison que vous avez posté ces photos du cadavre à moitié mangé de votre épouse ? demanda Naomi, qui retenait son souffle. Pour éradiquer les plaisanteries ? Pour ramener le discours à une réalité humaine ? »

Arosteguy posa ses baguettes et fit le tour de la table à quatre pattes. Il s'agenouilla près de Naomi. Il plaça ses lèvres contre son oreille gauche et chuchota. Étrangement, sa voix avait plus de grain, elle était plus énergique qu'un murmure.

« Si vous avez envie de comprendre, vous devez faire l'expérience de cette bouche, la bouche du cannibale, la bouche des mille morsures, des mille atrocités humaines. »

Il ne la toucha pas, il ne la mordit pas, et après de

longues secondes de paralysie, Naomi se força à se tourner vers lui, sa propre bouche à demi ouverte sur un mot encore non formé. Arosteguy plaqua brutalement sa bouche ouverte contre celle de Naomi. Ce n'était pas vraiment un baiser – davantage un couvercle posé sur un pot. Naomi fut soudain terrifiée. Elle n'osait pas bouger. Arosteguy se mit à respirer et à expirer de l'air puisé dans les poumons de Naomi, par la bouche. Elle n'eut d'autre choix que de respirer de manière synchrone à la sienne. Elle attendait sa langue, ne sachant pas comment elle réagirait lorsqu'elle apparaîtrait, mais elle n'apparut pas. Il décolla sa bouche de la sienne et s'effondra à côté d'elle.

« Tellement pitoyable, dit-il, dans un grognement. Tellement triste. Quel cliché. On peut être fou de cinéma, de littérature, des classiques, mais alors, quand on se surprend à jouer une scène classique, on ne se sent pas élevé, en lien avec cette grandeur. On se sent... pitoyable. »

Naomi avait envie de lui demander quelle œuvre cinématographique ou littéraire il avait l'impression de revisiter, mais elle avait peur de parler, si bien que le silence s'installa, et qu'elle n'entendait que la respiration lourde d'Arosteguy, et aucune de sa part. Puis il parla comme s'ils étaient au milieu d'une discussion qu'elle avait ratée.

« Il y a d'autres photographies que vous n'avez pas vues. Je vous les montrerai si vous baisez avec moi. Je vous les donnerai. De bons gros fichiers numériques. Ils sont puissants, ils vous choqueront, et vous serez une star. Mais j'ai besoin que vous soyez mon amante pendant un moment, ma maîtresse tokyoïte.

— Je… Professeur, je…

— Ari. Vous devez m'appeler ainsi. Aristide devient Ari. N'avions-nous pas posé cela ? Non, vous avez à peine prononcé mon nom. Vous écorche-t-il à ce point la bouche ? Vous savez, Sagawa, le cannibale japonais, qui vit toujours ici à Tokyo, a dit que le cul de la Hollandaise avait un goût de thon préparé pour les sushis. Cela suffit pour qu'une visite du Japon soit dangereuse pour n'importe quelle Hollandaise. Ici, on le considère comme un héros tragique, une célébrité médiatique. Un artiste. Je peux imaginer des formations d'hommes japonais en train d'attendre que se vident des cars de touristes hollandais, chacun muni d'un *Suisin maguro bōchō* affûté et prêt. (Il but un peu de saké et murmura dans sa barbe, une pensée après coup.) Bien sûr, elle était hollandaise. D'une certaine manière, ça rend la chose moins criminelle. Peut-être même louable. »

La mention de Sagawa, dont Naomi avait initialement pensé qu'il pouvait fournir un point de départ astucieux à son article, l'emplissait désormais d'horreur. C'était facile, vulgaire, scandaleux, et cela lui rendait la vision d'Arosteguy difficile, physiquement. Son port de tête commençait à lui donner des airs japonais.

« Ari, je… je ne peux pas faire ce que vous me demandez, dit-elle doucement, en espérant qu'il émanait d'elle une considération attentionnée, même s'il n'y avait rien à considérer. C'est impossible. »

Arosteguy se leva brutalement, les jambes mal assurées, il la dominait de toute sa hauteur, surplombant la table basse, emplissant la pièce de sa colère. Il hurla :

« Alors sortez ! Sortez, sortez ! »

Donnant un coup de pied à la table, il la souleva d'une trentaine de centimètres avant qu'elle ne retombe violemment, et que s'éparpillent la nourriture, l'appareil photo, les plats, puis il gravit l'escalier comme une tornade, laissant Naomi tremblante, les yeux écarquillés et pleins de larmes.

Elle sortit en trombe de la maison, son sac à roulettes à la traîne derrière elle ; elle avait assemblé son contenu à la hâte et ses compartiments extérieurs étaient gonflés de manière pathologique, des câbles en pendaient, bondissaient hors des poches aux fermetures éclair mal refermées. Son élan la conduisit au milieu de la rue, qui était sombre, misérable, complètement déserte. Apeurée, paralysée, elle avait désormais une conscience aiguë de son état d'ivresse du fait de son incapacité à percevoir toute profondeur de champ, et elle pivota sur elle-même comme une figurine de flipper, à la recherche d'un taxi. Il n'y avait rien, à part Arosteguy qui sortait de chez lui d'un pas débonnaire et se dirigeait vers elle, comme si rien ne s'était produit, parlant comme s'il poursuivait une conversation subliminale et partagée qui devait être achevée. Il lui attrapa doucement le bras, se contentant de le tenir, sans le tirer.

« On faisait l'amour frénétiquement, désespérément, comme si je pouvais la posséder et la protéger de la mort, dit-il doucement. Mais c'était impossible, bien entendu. Elle allait mourir. Son corps se transformait. Elle avait des grosseurs, des ganglions, des protubérances et des rougeurs. Par la force des choses, j'avais dû changer mon rapport esthétique au sexe pour m'adapter à son nouveau corps. Il devait continuer à me paraître beau, même s'il changeait tous les jours, toutes les heures. Et finalement, alors que les changements arrivaient à leur terme, nous avons souhaité qu'elle meure pendant que nous ferions l'amour, et non baisée par des dizaines de tubes en plastique, à l'hôpital. Alors nous avons imaginé un plan, et nous l'avons mis à exécution. »

Il se baissa pour attraper le sac à roulettes, la tenant toujours par le bras, et il la ramena vers sa maison, dont la porte demeurait grande ouverte, la fluidité pâle de la lumière inondant les plantes du jardin. Elle se laissa entraîner.

« Je l'ai étranglée pendant qu'on faisait l'amour. Les ganglions lymphatiques enflés sur son cou ont rendu la tâche plus difficile, mais plus étrange. Vous savez qu'en français un orgasme s'appelle *la petite mort**. Et pour le poète métaphysique anglais John Donne, « mourir » signifiait « venir », avoir un orgasme. Ce fut le moment le plus intense, le plus exquis de ma vie. C'est un moment dont on ne se remet jamais. Je l'ai embrassée tandis qu'elle se mourait. Ses yeux étaient pleins d'amour et de gratitude. Son dernier souffle est entré dans mes poumons comme une chaude brise tropicale. »

Naomi s'arrêta juste devant le seuil de la porte, remuant les épaules pour se libérer de la main d'Arosteguy. Sa voix était basse, un filet de voix.

« Vous me faites peur, Ari. Je ne pensais pas que j'aurais peur, mais si.

— Et alors elle était morte, et j'étais seul. Que pouvais-je faire ? Lui faire un signe de la main pour lui dire au revoir, comme un bon bourgeois, et reprendre le cours de ma vie avec opiniâtreté ? Plaider la folie comme le bon professeur marxiste Louis Althusser, qui étrangla son épouse de trente ans dans leur appartement alloué à vie, dans l'infirmerie de l'École normale supérieure, rien de moins, et déclara avoir pensé qu'il lui faisait un simple massage de la nuque ? Quelques années à l'asile puis un exil confortable en province ? (Il la prit à nouveau par le bras et entreprit d'entrer avec elle dans la maison. Il lui donnait des choses terribles, précieuses. Elle ne résista pas.) Non, je voulais l'incarner, l'incorporer à moi. J'aurais été obligé de me suicider si je n'avais pu faire cette chose terrible, monstrueuse, belle. »

Il fit glisser la porte pour la refermer derrière eux.

« On m'a envoyée à Paris. J'avais peur d'y aller.

— Pourquoi peur ?

— La France.

— Les Français ou la langue française ?

— La langue des Français. »

Assis dans le salon, ils réécoutaient la première conversation que Nathan y avait menée avec Roiphe, Chase sur le canapé, Nathan dans le fauteuil à oreilles avec le Nagra allumé sur la table basse en verre. Il était extrêmement mal à l'aise, mais son malaise était excitant ; la situation était empreinte d'une telle étrangeté. Si elle avait vraiment été dans une sorte de transe, dans un état second, elle n'aurait pu savoir que Nathan voyait sa peau ravagée à travers sa petite robe, son pull, et ses chaussettes rayées qui lui montaient jusqu'aux genoux. Mais l'ignorait-elle vraiment ? S'en serait-elle formalisée si elle l'avait effectivement su ? Comment pouvait-il le savoir ? Dans quelle mesure pouvait-il être direct ? Sa transe pouvait-elle être un genre d'étrange art performatif ? Si c'était le cas, était-elle destinée uniquement à son père, ou avait-elle été en partie provoquée par la présence de Nathan ? Et le projet, le prétexte de leur interview en cours ? Chase avait laissé entendre une demi-vérité : Nathan était ici pour écrire un livre au sujet de son père, et ce livre aborderait, en arrière-fond, leur histoire familiale – rien de trop profond, rien de sensationnel, le tout devant être visé par les sujets. Pas de photos, avait-elle précisé. Elle avait récusé l'argument de Nathan selon lequel les photographies lui servaient uniquement d'aide-mémoire, d'un moyen de s'assurer que ses descriptions étaient exactes ; ce ne serait pas un livre de photos. Elle ferait peut-être une séance photo avec lui dans un cadre rigoureux, une autre fois, mais elle refusait de parler quand on la prenait en photo. Quelque chose s'était passé à Paris qui avait changé son rapport à la photographie, et ce n'était pas une chose à prendre à la légère, à considérer comme un caprice de petite fille mutine : c'était regrettable, mais c'était comme ça, n'est-ce pas ?

« Qu'est-ce qui vous a fait peur dans la langue française ?

— J'ai appris le français au Québec, quand

j'étais à l'université McGill, à Montréal. J'ai voulu apprendre le français québécois avec passion, acquérir cet étrange, ce merveilleux accent antique qui s'est retrouvé emprisonné au Québec après la Révolution française. Mais l'université McGill est une université anglophone, et j'ai appris le québécois dans la rue. À vrai dire, pire que dans la rue, parce que je passais mes étés dans des petites villes où l'on parlait un québécois mal dégrossi, pire que n'importe où à Montréal. Je voulais que mon français soit rude, et il l'était.

— Pourquoi vouliez-vous cela ? Ça m'étonne. »

Chase gloussa et alors, à la stupéfaction de Nathan, elle fourra la main dans le petit sac en cuir vert à côté d'elle, en sortit un coupe-ongles high-tech, et entreprit de se tailler les ongles. Le coupe-ongles avait des finitions en titane mat, un levier alvéolé pourvu d'une bordure, et un petit récipient pivotant en plastique pour récolter les rognures d'ongles qui lui rappela le tablier du chasse-pierres d'une vieille locomotive à vapeur. Il était à peu près certain qu'il s'agissait du coupe-ongles dont elle s'était servie dans sa chambre, même s'il n'en avait pas pris une photo nette. Elle porta le coupe-ongles au niveau de ses yeux et y jeta un regard malicieux.

« Une rébellion juvénile exprimée par la politique du langage, surtout dirigée contre mon père. Puis il a retourné cela contre moi en suggérant que j'aie recours à mon français durement acquis pour aller étudier à la Sorbonne. Il avait coutume de plaisanter en disant que le québécois n'était pas du tout du français, et que je lui prouverais son erreur en allant le parler à Paris. J'allais étudier auprès des écrivains français les plus sophistiqués que l'on puisse imaginer, et j'avais peur. Je serais une juive anglophone de Toronto parlant un mauvais québécois de la rue.

— Qu'alliez-vous étudier ? Qui étaient ces écrivains ?

— La philosophie du consumérisme. Les jeunes appelaient ça la PhiloCon, ce qui, me semble-t-il, avait des accents un peu impertinents en français, si vous voulez. Est-ce que vous parlez français ?

— Pas vraiment. Je le lis un peu. Quand on apprenait une langue, en général c'était l'espagnol. Et ces écrivains qui étaient censés vous faire cours de PhiloCon ?

— Aristide et Célestine Arosteguy. Vous en avez entendu parler ? Un couple marié. Ils étaient un peu controversés dans le monde universitaire. Ouille ! (Chase secoua la main puis se suça un doigt.) Ça m'a fait mal.

— Que s'est-il passé ?

— Je me suis coupé un bout de doigt. Il a dû tomber, j'imagine, dans ce petit machin qui recueille les rognures d'ongles. Vous voyez ? Il suffit de lui donner une pichenette quand on veut jeter les ongles. Ça permet d'éviter que les morceaux tombent partout, comme avec les vieux coupe-ongles. C'est un Sally Hansen. En acier inoxydable. Oh, ça saigne un peu… »

Du sang formait effectivement un sillon le long de son annulaire. Elle l'essuya contre son majeur, puis les suça tous deux, les yeux posés sur Nathan.

Tout avait dû être savamment orchestré par Chase, voire par Chase et Roiphe. Ils avaient certainement fait des recherches à son sujet sur Internet, et s'étaient débrouillés pour trouver un lien avec Naomi et son projet Arosteguy. Naomi pouvait parfois être si désinvolte avec Internet quand elle était dans cet état d'esprit, même si elle n'ignorait rien des procès intentés aux utilisateurs de Twitter et des mouvements de foule contre les facebookeurs. Le coupe-ongles, le sang… c'était une mini pièce de théâtre brillante et il était presque impensable qu'il s'agisse uniquement de l'aveu inconscient d'un état psychopathologique. Mais Nathan jouait-il un rôle dans cette pièce, ou faisait-il uniquement office de public recruté ?

« Et alors, vous y êtes allée ? Vous l'avez fait ? Vous êtes allée étudier avec les Arosteguy à la Sorbonne ?

— Oh, oui, j'y suis allée. J'ai passé deux ans là-bas avec eux. J'ai aussi suivi de nombreux autres cours, mais c'était surtout eux. Les Arosteguy.

— Et votre français ? Vous avez eu honte ? Parlez-vous un français parisien, désormais ? »

Chase fit retomber ses mains sur ses genoux dans un soupir expressif puis, en contrepoint, un petit rire.

« Je ne sais plus parler français maintenant. D'aucune sorte. Rien.

— Vraiment ? Comment cela se fait-il ?

— J'ai sans doute tout oublié, c'est tout. Toute une année s'est écoulée depuis mon retour. (Chase se leva, passa les mains sur sa robe, puis se laissa gracieusement glisser par terre et se mit à gratter la moquette comme si elle l'épouillait.) J'ai fait tomber des petits bouts d'ongles quand je vous ai montré comment marchait le récolteur. Mon père remarque ce genre de choses. Je le surnomme “Regard Laser”. Rien ne lui échappe. Faut que je fasse gaffe avec papa. »

À la fin de son petit discours, elle se mit à imiter Roiphe, avec talent, à la fois verbalement et physiquement, singeant son allure mal assurée, souple, et sa vulgarité affectée. Elle se remit sur pied, se soutenant à la table basse, et vint le surplomber, les rognures d’ongles invisibles dans le creux de sa main, qu’elle faisait tressauter doucement comme pour en éprouver le poids.

« Vous les avez tous récupérés ? » demanda Nathan.

Il n’avait trouvé d’autre stratégie que de jouer le jeu des Roiphe au fur et à mesure qu’il se révélait.

« Je crois bien, dit Chase, avec une musicalité exagérée. Oui, je crois bien.

— Chase, avez-vous suivi l’affaire Arosteguy ?

— Comment aurais-je pu faire une telle chose ?

— Eh bien, sans doute grâce à Internet.

— J’estime qu’Internet est un lieu très dangereux. En particulier pour les enfants. Je n’y vais plus.

— Mais vous n’êtes pas une enfant. »

Elle rit.

« Sur Internet, personne ne sait si on est adulte. Hé, vous avez entendu parler des impressions en 3D ?

— Oui, en effet. Pourquoi ?

— Vous avez entendu parler des impressions en 3D de tissus philosophiques ?

— Non, je n’ai pas entendu parler de quoi que ce soit de tel.

— Il n'en est même pas question sur Internet. Vous savez pourquoi ?

— Pourquoi ? »

Elle restait d'humeur enjouée, presque gouailleuse, à la manière du docteur Roiphe.

« Parce que des amis et moi, on a inventé ça, et on n'en parle pas. Peut-être qu'un jour je vous autoriserai à jouer avec. »

Elle se détourna et disparut dans l'escalier qui menait à l'étage.

8

Assise sur le canapé, Naomi avait ouvert son MacBook Air sur ses genoux, son Nagra clignotant et son appareil photo plein de dignité (avec son écran à cristaux liquides barbouillé de sauce soja) avaient regagné leur place sur la table ; son professionnalisme était réhabilité. Arosteguy, accroupi de l'autre côté de la table, épongeait le saké renversé à l'aide d'un torchon de cuisine dont l'imprimé représentait des épices.

« Il faut que je vous dise ce qui s'est produit quand le diagnostic de Célestine a été posé. Cela a détruit pour nous le temps présent, car cela détruisait le futur. Ça nous a empoisonnés. Et en secret, ça a détruit nos rapports avec tous les gens qu'on connaissait. Chaque rire était un mensonge, chaque sourire une trahison. Car nous avons décidé de ne rien leur dire. On savait que ça détruirait également leur temps présent en notre compagnie, et cela nous était insupportable. Ça nous a rapprochés, mais d'une manière mélancolique, tordue, et ça a condensé notre isolement d'alors à un degré presque fou. »

Il roula en boule le torchon humide, qu'il jeta

vaguement en direction de la cuisine, puis gratta à l'aide d'une spatule dotée d'une poignée en bambou les vestiges éparpillés du repas, disposant soigneusement les miettes de nouilles, de crevettes, d'algues, et de tofu dans un panier perforé en plastique rouge garni de papier journal.

« Nous ne pouvions plus prendre de photos après le diagnostic. Chaque photo exhibait le mensonge. Chaque photo était déjà un souvenir d'une vie passée, une photographie de la mort. Par rapport aux innocentes photos de famille des débuts, les photos que j'ai fini par prendre de Célestine… après… elles étaient honnêtes, elles étaient exemptes de toute trahison, mensonge, tromperie. Donc elles étaient horribles, mais elles étaient pures.

— Ari, quel docteur a posé le diagnostic ? Vous savez, certaines personnes disent qu'il n'y a jamais eu de diagnostic. Que c'est une invention de votre part pour justifier le meurtre de votre épouse… »

Il examina une crevette sur la pelle de la spatule, puis la détacha et la fourra dans sa bouche.

« Qui vous a dit ça, au juste ? Le Dr Trinh ?

— Le Dr Trinh, entre autres.

— Entre autres déclarations sur Internet ? Dans le Twittunivers ? Des blogs ont été créés précisément pour promouvoir cette vision.

— Oui.

— Internet permet désormais des formes de procès publics. Mais vous me demandez qui a établi le diagnostic de Célestine, poursuivit Arosteguy. Le médecin qui lui a appris qu'elle souffrait de leucémie lymphoïde aiguë était Anatole Grünberg, lauréat du prix Nobel pour son travail dans le domaine de l'onco-hématologie. Qui douterait de lui ? (Un instant de réflexion.) Ils avaient été amants quand il était encore étudiant à l'École de médecine, à Paris Descartes, bien entendu. Ils se voyaient par intermittence. Elle aimait lier nos travaux, si abstraits, si intérieurs, aux travaux du corps humain. C'est sur ces bases qu'elle fondait nos écrits. La politique, la manière française classique de poser des bases, lui paraissait encore plus abstraite et déconnectée que la philosophie. Cela ne l'a jamais attirée. »

De ses doigts voltigeurs, Naomi était déjà occupée à rechercher des informations à propos de Grünberg sur Wikipédia. Son portrait montrait un homme aux yeux protubérants, farouches, aux lèvres charnues, aux cheveux clairsemés, en bataille.

« Bien entendu, j'ai entendu parler de Grünberg après le scandale de l'accident de bateau. Mais pratiquait-il toujours la médecine ? Comme un médecin normal ? »

Grunberg avait évité de peu la prison pour *homicide involontaire** à la suite d'un accident de bateau, tragicomique et causé par l'alcool, sur la Marne, au cours duquel deux de ses trois enfants illégitimes avaient été décapités, ce qui avait suscité de nombreuses discussions publiques et amères sur la valeur du génie dans le monde réel.

« C'était la base de toute sa recherche révolutionnaire. Des patients comme Célestine.

— Vous avez parlé du diagnostic avec lui ? demanda Naomi.

— Non. On se fréquentait, mais on n'était pas proches. Sans doute juste une jalousie primaire. On n'est pas toujours à l'abri. Mais Célestine me racontait tout. Les diagnostics, les sites Internet médicaux obscurs, c'était notre pain quotidien. »

Naomi était incrédule.

« Il ne vous a rien dit ?

— Il se comportait en médecin, en spécialiste. Il avait une rigueur professionnelle. Il refusait d'aborder la question comme s'il s'agissait de potins de café.

— Vous avez vu les résultats d'examens ? Les examens sanguins ? Les scintigraphies osseuses ? Les scanners ? Les IRM ? Les radios ? Quoi que ce soit ? »

Tandis qu'elle égrenait sa liste, Arosteguy secouait la tête – des secousses brèves, colériques, méprisantes.

« Le docteur Grünberg aurait-il pu mentir ? insista Naomi. Célestine aurait-elle pu vous mentir ? Aurait-elle pu ne pas être malade ?

— Je vous ai parlé des changements dans son corps. Ils étaient bien réels.

— Peut-être étaient-ils causés par autre chose. »

Il grogna avec dédain.

« Le vieillissement naturel d'une femme ? C'est incroyable, ce que les gens attribuent à cela. Cette façon qu'ils ont de refuser de voir les choses qui les terrorisent.

— Selon le Dr Trinh, Célestine n'avait pas le moindre problème médical.

— Le Dr Trinh était folle d'amour pour Célestine. Elle l'adorait, elle la vénérait, elle parvenait à peine à la regarder sans tomber à genoux. C'en était gênant. Elle était pitoyable. Célestine n'est jamais retournée la voir après le diagnostic d'Anatole. Et pourquoi

Célestine m'aurait-elle menti, pourquoi m'aurait-elle dit qu'elle allait mourir si ce n'était pas le cas ?

— Pour vous inciter à la tuer, répondit Naomi triomphalement. Une euthanasie, mais pas pour les raisons que vous croyez.

— Une perversion battant toutes les perversités ! Quelle merveilleuse invention vous avez faite. En fait, vous êtes une journaliste dangereuse. »

Naomi ne tarda pas à se retrouver pelotonnée sur le canapé avec Arosteguy, qui avait enroulé les bras autour d'elle et lui caressait la gorge. Pour tous les deux, les résonances de cet étranglement philosophico-conjugal qui planaient dans l'air étaient incontestablement réconfortantes, et non perturbantes ; elles offraient un lien avec des drames passés aux textures riches, pleins de sens. Les yeux de Naomi étaient à moitié clos, sa voix alanguie.

« Mais c'était atroce, n'est-ce pas ? L'acte en soi son absorption, je veux dire ? C'était un spectacle horrible. Une boucherie. Ces photos. Je n'avais jamais rien vu d'aussi épouvantable. Et Sagawa, il avait mangé un jeune corps sain. Ça m'écœure de dire cela. Je suis choquée d'en concevoir la simple pensée. Mais, en quelque sorte, comme le corps de Célestine était tellement ravagé par la maladie, ça rend l'acte encore plus horrible. Je n'arrive pas à croire que j'ai dit une chose pareille. »

Arosteguy eut un rire bref qui disparut rapidement dans un murmure rauque, une technique de théâtre, songea Naomi, qui était sans doute efficace lorsqu'il faisait cours ; elle-même était sous le charme, et pendant quelques instants elle eut l'impression d'être une étudiante aux responsabilités confortablement limitées.

« De saines pensées tordues, dit-il. Des pensées honnêtes. Mais vous pouvez parler ainsi parce que vous ne la connaissiez pas. Vous ne connaissiez pas son corps de la manière intime dont je le connaissais, moi. Vous voyez un cadavre, un corps mort, mutilé, anonyme – oui, malade. Mais pas moi. J'ai vécu dans le paysage de ce corps pendant de si nombreuses années. Et comme ce paysage changeait, ma vie changeait avec lui. Elle n'a jamais cessé d'être ma Célestine. Jamais. »

Arosteguy embrassa Naomi ardemment, avec passion. Elle lui rendit son baiser avec la même passion ardente. Ils se retrouvèrent bientôt nus, à moitié sur le canapé, à moitié par terre.

« Allez-vous me mordre ? demanda Naomi. (Ce qu'il fit. Et elle lui rendit ses morsures, sur l'épaule, le biceps, la nuque.) Et ensuite, allez-vous me manger ? »

Ce qu'il fit – les seins, les cuisses, puis, plus bas, la chatte. Elle l'arrêta, lui attrapa la tête en s'accrochant à ses cheveux.

« Oh, non, Ari. Mon ancien petit ami…

— Votre petit ami, oui ?

— Non, c'est… il vient juste de me dire qu'il avait la maladie de Roiphe. Vous savez. La maladie vénérienne. Je veux dire, peut-être que je ne l'ai pas, la maladie de Roiphe, mais j'ai quelque chose… »

Arosteguy grogna :

« Vous connaissez mon âge ?

— D'après Wikipédia, vous avez soixante-sept ans.

— Wikipédia a raison. Quelle influence sur l'harmonie globale cette création peut-elle avoir ! »

Naomi ne décela aucune ironie.

« Quel est le rapport entre ma maladie et votre âge ?

— Eh bien, nous sommes tous les deux malades, n'est-ce pas ? Par exemple, je ne gicle plus. Je me contente de suinter, de la plus glauque des manières, comme une pustule crevée. Pour moi, les scènes d'éjaculation dans les vidéos pornos, du genre glaçage de gâteau au pistolet, relèvent exclusivement de la pure science-fiction, des images de synthèse et des effets spéciaux. »

Naomi, dans une imitation délibérée, grogna à son tour pour lui répondre.

« Quoi d'autre ? Pouvez-vous m'égrener toute la liste maintenant, ou me laissez-vous une chance de faire de monstrueuses et excitantes découvertes par moi-même ?

— Avec le temps, ces handicaps sexuels apparaissent petit à petit, en général les vieux couples s'en accommodent, et ce ne sont donc des motifs de honte ni pour l'un ni pour l'autre, ils prennent part à la comédie domestique du troisième âge que l'on se promet d'écrire ensemble, mais par bonheur les mémoires ne sont pas très bonnes et l'on oublie de le faire. Mais pour une jeune personne, être jetée dans la cage d'un lion vieillissant... j'ai connu des moments difficiles.

— Avec vos étudiantes.

— Oui, des jeunes femmes pleines d'enthousiasme et de méfiance, ce qui leur permet d'éviter la répugnance un petit moment, mais alors...

— Vous avez de la chance que personne n'ait tiré la sonnette d'alarme du politiquement correct pour mettre en garde les étudiants contre vous. Cette époque me semble révolue, même en France.

— Cela a fait des drames en coulisse. La presse française a tendance à être un peu plus discrète que partout ailleurs dans le monde, mais avec la compétition venue de Facebook et de Twitter… Tout aventurisme sexuel est mortel, désormais.

— Certaines de vos jeunes femmes ont-elles des complexes sexuels ?

— Oh, oui, toutes. Et Célestine et moi avons profité pleinement d'elles au nom de la thérapie et de la philosophie.

— Et moi ? J'en ai moi-même quelques-uns. Est-ce que vous voulez ma liste, ou voulez-vous les découvrir par vous-même ?

— Franchement, je trouve qu'une liste serait charmante. On pourrait les échanger, et voir si la réalité correspond.

— Je vais me mettre à travailler à la mienne tout de suite. Mais en attendant, je ne plaisante pas lorsque je dis que je suinte moi-même, là-dessous. Vous pourriez attraper un sale truc. Auriez-vous un paquet de mignons préservatifs japonais qui traîne quelque part par ici ? Ça doit exister, des capotes Hello Kitty. Traduit en “Hello Chatte”.

— J'ai une telle envie de dire quelque chose qui semblerait tout droit sorti d'un conte érotique du Penjab mal traduit, un truc du style “Un cuisinier a le goût des sauces, n'est-ce pas ?” et puis de te bouffer la chatte.

— Je t'en prie, ne le dis pas.

— Et tu ne veux pas que je le fasse ?
— Je n'ai rien dit de tel. »

« Mais où vas-tu ? Tu as réservé un hôtel ? Comment tu peux te le payer ? Et je croyais que tu avais besoin d'une planque à Tokyo.

— Je vais encore mieux me planquer, répondit Naomi, en fourrant le reste de son équipement et de ses vêtements dans ses sacs. »

Yukie l'observait en secouant la tête.

« Loin de moi ? Tu ne me fais pas confiance ? »

Naomi se détourna du lit – elle l'avait colonisé, ainsi que la table de la cuisine et quelques autres surfaces pour organiser ses bagages – pour attraper Yukie par les épaules. Yukie la regarda avec des yeux chavirés, et Naomi fut surprise d'y lire tant d'émotion.

« Yukie, non, non. Ce n'est pas du tout ça. Pas du tout. »

Elle serra Yukie dans ses bras, dont le corps demeura mou, inerte, à croire qu'elle boudait avec tout son corps.

« Alors qu'y a-t-il ? Je n'aime pas l'expression dans tes yeux. Je me rappelle la fois où tu as pété les plombs à Santa Monica… (Et la simple mention de l'incident de Santa Monica, qui était une pierre angulaire dans leur histoire et leur mythologie mutuelles, donna une piste à Yukie, la frappa physiquement, de sorte que, malgré l'étreinte de Naomi, elle eut un mouvement de recul et se dégagea pour se réfugier à l'autre bout de la cuisine, et porter un regard objectif sur son amie.) Pas encore ce Français, dit-elle, en secouant à nouveau la tête. Pas le professeur cannibale, le tueur. »

Yukie se mit à tripoter nerveusement un de ses ongles, tous recouverts d'un vernis blanc nacré sur lequel était collée une minuscule rose noire en céramique. L'une des roses était abîmée et Yukie tentait de gratter ce qu'il en restait pour l'effacer. Naomi avait remarqué à quel point c'était une opération délicate pour Yukie d'enfiler les gants serrés dont elle raffolait tant.

« Quelques jours passés avec lui ne suffiront pas pour que j'obtienne le fin mot de l'histoire.

— Le fin mot *intime* de cette putain d'histoire ! Tu es aussi tarée que lui. »

Naomi avait souhaité que Yukie s'investisse au plan émotionnel dans son projet, elle en avait d'abord eu besoin, mais à présent sa machination se retournait contre elle, puisque cela permettait à Yukie de porter un jugement sur elle malgré ses craintes sincères, même si, comme toujours avec Yukie, il y avait cette compétition, cette jalousie professionnelle qui affluait à la surface et s'empressait de venir vous mordre avant même que vous ayez compris ce qui vous arrivait.

Naomi se retourna pour continuer à faire ses bagages.

« C'est un homme incroyable. Très doux, très sensible. »

Yukie se mit à faire les cent pas dans la cuisine.

« Omondieu. On ne pourra même pas te rapatrier jusqu'à moi dans une housse mortuaire. Plutôt dans deux dizaines de sacs congélation Ziploc.

— Arrête de me faire ton cinéma, Yukie. Il n'est

pas une espèce de force obscure. Ce n'est qu'un homme, un homme qui a fait une chose extrême, par amour, par passion et par obsession, une seule fois. »

Yukie cessa de marcher. Elle avait l'impression de pouvoir lire toute l'histoire d'après le langage corporel de Naomi, toute l'histoire, y compris la fin.

« Tu as déjà baisé avec lui, pas vrai ? La première nuit avec lui, et vous baisez. J'y crois pas. »

Naomi ne se retourna pas.

« Non, tu ne peux pas comprendre. Tu en es incapable. Et tu ne comprendras pas tant que tu n'auras pas lu ce que je vais écrire là-dessus. C'est vraiment de ça qu'il s'agit, et tu l'as perdu de vue. Il ne s'agit que de l'article. De cette histoire. Elle est fantastique et elle est entièrement à moi.

— Waouh. Je suis choquée, dit Yukie. Est-ce que Nathan lui aussi fait ça ? Vous comparez vos notes ? Vous tourmentez vos interviewés ? Vous vous bidonnez bien avec ça ? »

Naomi éclata effectivement de rire, le dos toujours tourné vers Yukie.

« Tu sais quoi, c'est pas une mauvaise idée. Je vais lui passer un coup de fil. »

Nathan marchait parmi les rues à la végétation foisonnante de Forest Hill, en pleine conversation téléphonique, étonnamment, avec Naomi. Le soleil était chaud, la lumière paraissait mouchetée.

« Je marche dans la rue. J'avais besoin de sortir de cette maison.

— Je connais ce sentiment, dit Naomi. Le problème pour moi c'est que, quand je le fais, je me retrouve à Tokyo. »

Elle avait l'air détendue – trop détendue au goût de Nathan. C'était le genre d'air détendu arboré par une personne qui faisait beaucoup l'amour. La pensée restait flottante, à un niveau subliminal, et Nathan n'avait pas l'intention de la prendre en compte, or elle demeurait là, à le ronger. Très bien, il la laisserait donc ronger à qui mieux mieux, avec ses féroces petites dents jaunes. Comment aurait-il pu la prendre en compte ? Naomi avait fini par se résoudre à sortir de l'impasse du coup de fil dans l'avion, après que Nathan avait passé des heures infructueuses à lui envoyer des e-mails, des SMS, à passer des coups de fil, à la chercher sur les réseaux sociaux.

Les choses prenaient la tournure suivante : elle ne pouvait plus le blairer, lui et sa pusillanimité, et elle ne le pardonnerait jamais. Il avait mortellement blessé, mutilé, déformé son amour pour lui, sans même parler du côté MST. Il avait été sauvé, lui dit-elle, uniquement par l'usage qu'elle avait l'intention de faire de ce regrettable incident et, oui, de leur relation dans son ensemble. Mieux valait qu'il se considère sur le point de se lancer dans une étape de montagne particulièrement atroce et *hors catégorie** du Tour de France, peut-être le mont Ventoux, ou le col du Tourmalet, peuplé d'une foule de fans effrayants qui le conspueraient, vêtus de costumes étranges, et s'approcheraient beaucoup trop, et il allait souffrir, souffrir, et souffrir encore. Naturellement, en prononçant ces paroles, elle songea à Hervé, à son vélo en fibre de carbone, à son cuissard de compression à bretelles, avec son entrejambe ventilé doté d'un empiècement d'aisance sophistiqué, et son pénis La Peyronie – elle aurait vraiment dû baiser avec lui, quelle erreur – puisque toutes ses connaissances en matière de course cycliste venaient de lui.

Puis il y avait eu cet ultime élément, le dernier texto de Nathan dans lequel il lui promettait la révélation d'un lien étrange et invraisemblable entre Roiphe et Arosteguy qui, Naomi devait bien en convenir, pourrait peut-être faire basculer l'affaire vers la réconciliation ; il devait y avoir là-dedans une chose délicieuse et nutritive puisque Nathan n'avait tout bonnement pas la créativité déviante requise pour ce genre d'inventions. Et donc, elle avait cessé de lui faire la tête.

« L'ironie, dans tout cela, c'est que d'après toi, ton meurtrier cannibale, Arosteguy, est moins fou que tu ne l'aurais imaginé, tandis que je dois avouer que mon vieux docteur respectable est complètement timbré, putain.

— Sans déconner, fit Naomi, en s'étirant avec langueur, et trahissant une sexualité féline. (En tout cas, c'était ce que Nathan s'imaginait.) Ça a l'air génial. J'avais peur pour toi.

— Vraiment ? Peur ?

— Peur que tes histoires de Roiphe se révèlent chiantes. Mais non. Génial.

— Je n'en suis pas convaincu. J'ai l'impression que ce type est délirant. J'ai du mal à croire qu'il ait été vraiment médecin. Peut-être qu'il a Alzheimer.

— Mais que fait-il exactement, qui soit si dingue ?

demanda Naomi, et elle prononça encore quelques mots, victimes d'un brouillage numérique.

— Ça passe mal, dit Nathan. Est-ce que tu m'entends ? Je vais t'envoyer des photos. »

Mais elle était partie. Fin de l'appel.

Nathan gravit le perron qui menait à la porte d'entrée de Roiphe et appuya sur la sonnette, d'une simplicité incongrue, un simple cube de plastique noir avec un bouton blanc, caché derrière le montant de porte en fausses pierres. Le bouton s'illumina quand il appuya dessus, mais Nathan n'entendait aucun bruit provenant de l'intérieur de cette demeure claquemurée, qui évoquait davantage un mausolée. Chase finit par ouvrir la porte.

« Bonjour, Nathan. Vous avez oublié votre clé ?

— Hmm, je n'ai pas de clé.

— Puisque vous vivez ici, il vous faut une clé. »

Comme toujours, Chase avait presque entièrement couvert toutes les parties de son corps : des bottines en daim, un pantalon en soie à pattes d'éléphant, un chemisier à manches longues à col Mao. Il se demanda quand elle se mettrait à porter des gants à crispin.

« Ce serait… ce serait très agréable. (Un silence embarrassé. Chase sourit mais ne bougea pas, lui barrant délibérément le passage.) D'avoir ma propre clé, précisa-t-il. (Un silence.) De votre maison. (Pas de réaction. Était-ce le comportement classique de Chase quand elle se trouvait devant la porte d'entrée ? Il décida de changer radicalement de tactique.) Vous voulez venir faire une promenade avec moi ?

— Oh, non, je ne peux pas, répondit-elle avec désinvolture. Je suis en quarantaine.

— *Vraiment ? Il s'agit d'une maladie sérieuse* ?* »

Le sourire de Chase disparut, son visage n'affichait plus le moindre affect, et elle claqua la porte au nez de Nathan.

Quand, un peu plus tard, Roiphe débarqua dans sa Cadillac Seville vintage des années 1990, et en sortit avec une raquette de tennis à la main, il découvrit Nathan assis sur le perron de sa maison.

« Vous vous êtes enfermé dehors, n'est-ce pas ? » fit-il en traversant la pelouse dans un gloussement strident.

Son jogging Puma coquet, bleu, donnait une allure souple et athlétique au médecin maigrelet.

« Je n'ai pas pu entrer. »

Après avoir gravi le portique, Roiphe fit un revers, et sa raquette, dans un souffle, passa effrontément près du visage de Nathan.

« La maîtresse de maison n'a pas répondu quand vous avez sonné ?

— J'ai commis l'erreur de lui parler français et elle m'a claqué la porte au nez. »

Le visage du docteur s'assombrit un bref instant.

« Ah, c'est vraiment très malin de votre part. Quelle mouche vous a piqué ?

— Elle m'a dit avoir étudié à la Sorbonne. Elle m'a fait part de son complexe pour parler français. Je me suis dit que je la prendrais par surprise, pour la secouer un peu. J'ai réussi, sans doute. C'était une erreur ?

— Ah, eh bien, le français appartient à son passé,

et pour le moment, le passé ne figure pas dans sa thérapie. Les freudiens n'ont pas droit de cité ici ! »

Roiphe asséna une tape dans le dos de Nathan, après avoir fait passer sa Prince EXO3 dans sa main gauche à cet effet. Nathan se mit sur pied et haussa les épaules.

« Est-ce que j'ai loupé mon coup ? Suis-je banni de la maison ?

— Mais non. On va vous donner votre propre clé. Est-ce que ce n'est pas le rêve érotique de tout journaliste, ça ? Les clés du royaume ! Vous n'allez pas abuser de ce privilège, hein ? Je sais que vous autres, les garçons, vous aimez farfouiller dans les tiroirs et les culottes. »

Naomi s'était endormie après son coup de fil avec Nathan. Pour se simplifier la vie, elle avait utilisé le téléphone japonais d'Arosteguy, un appareil à clapet, étrangement long et fin ; Arosteguy s'était endormi au rez-de-chaussée sur le canapé, elle était montée dans sa chambre pour passer son appel. Elle avait l'impression que Nathan sentait l'odeur d'Arosteguy sur sa voix, ce qui lui faisait plaisir et l'aida à sombrer dans un sommeil très crémeux. Mais à présent son iPad carillonnait parce qu'elle avait reçu un e-mail, et elle était particulièrement sensible à ce bruit ; elle ne pouvait pas l'ignorer en dormant ni l'envelopper d'une couche protectrice. L'iPad se trouvait sur la table, elle pouvait l'atteindre sans sortir du lit et sans avoir à se tortiller jusqu'au rebord du lit. Allongée sur le dos, elle tenait l'écran luisant sur sa tête, présence flottante, bienveillante, rassurante dont elle avait besoin. Elle vit dans le panneau de notifications qu'il s'agissait des photos que Nathan avait promis d'envoyer, le sujet étant : « Photos choquantes de non-réalité... Et plus encore ! »

Lorsqu'elle ouvrit les photos dans Aperçu, elle fut interloquée, et elle s'assit de manière à pouvoir poser l'appareil sur ses genoux et manipuler les images. Qui était cette très jolie jeune femme photographiée nue, agenouillée devant une table d'enfant couverte d'une dînette ? (Tous les accessoires pour le thé, ne put s'empêcher de remarquer Naomi, étaient parfaitement nord-américains, ou, au mieux, pseudo-britanniques ; son bien-être croissant dans l'espace japonais limité, et l'étrangeté nouvelle des accessoires à thé non japonais la ravissaient ; elle avait l'impression d'éprouver les frémissements d'un changement culturel profond, *à l'arosteguienne**.) Mais que faisait la femme sur les photos ? Elle faisait semblant d'être une enfant ? Les photos lui parvinrent en trois fournées de résolution moyenne, suivies par une note d'explication, à part : « Voici Chase Roiphe. La fille du docteur Roiphe. Elle dit avoir étudié à la Sorbonne avec les Arosteguy il y a à peine un an. Elle a peut-être de chouettes choses à te dire. Tu veux montrer certaines de ces photos à ton nouveau pote ? Il la reconnaîtra peut-être. Quelque chose me dit qu'elle peut avoir fait sensation. Sinon, pour tes beaux yeux seulement !! »

Le mécanisme de la vengeance et de l'amour étant ce qu'il est, Naomi fut immédiatement paniquée et blessée à la lecture de l'avant-dernière phrase. Apparemment, Nathan avait trouvé que Chase Roiphe faisait sensation, et, étant donné sa beauté, sa nudité, et – en toute honnêteté – son petit côté phénomène de foire, ce qui ne manquait jamais de faire craquer Nathan, surtout dans la mesure où cela ne se révélait pas trop autodestructeur, Naomi doutait fort que ce soit purement intellectuel. Une impression biochimique, donc, de la pire espèce. Mais quelle sorte de phénomène de foire était-elle ?

Les instruments analytiques les plus affûtés de Naomi entrèrent alors en action, et les dissections qui en résultèrent furent troublantes. Elle sentait l'appareil photo dans les mains de Nathan comme s'il s'était trouvé dans les siennes, et elle sentait son attirance croissante pour cette femme, cette Chase Roiphe, tandis que l'appareil passait d'une courte focale éloignée, à un grand angle rapproché, puis à un objectif à longue focale pour des gros plans intimes ; ces changements correspondaient à la transformation de l'objectivité documentaire en amour flagrant, ou en tout cas en désir sexuel, voire en obsession. Les angles, en soi, racontaient leur propre histoire : je m'intéresse à toi de manière superficielle, mais maintenant tu m'intrigues plutôt même si tu commences à me faire peur, là, bien que je sois nerveux de me rapprocher (mes photographies sont très brouillonnes et mal cadrées), au moins tu me laisses venir tout près sans réagir de manière négative, et là je sens que tu m'invites à venir sur ton visage et sur ton corps, et à présent je trouve avec assurance les perspectives optiques qui montrent sous leur meilleur jour ton effroyable beauté et ton étrangeté provocante. À la fin de l'infernal portfolio, il rampait partout sur son visage et son corps – ce corps sensationnel d'athlète couvert de quoi ? D'eczéma ? De piqûres de moustiques ? De pucerons noirs ? Avait-elle nagé nue dans le bouclier canadien ? Et que mangeait-elle ? Un étrange grignotage macroscopique, avec Nathan qui avait envie de suivre ses doigts dans sa bouche, elle le voyait bien.

Naomi jeta son iPad sur le lit. Elle était certaine que Nathan ne tarderait pas à baiser Chase, peut-être appellerait-il encore cela une baise par pitié. Ou peut-être, cette fois-ci, cela représentait-il le nouveau standard : la recherche embarquée. Naomi se mit à rire, et elle en fut surprise. Elle était certaine que Nathan savait qu'elle baisait avec Arosteguy, et cela signifiait qu'ils avaient atteint un nouveau niveau de jeu, qui incorporait leurs nouveaux amants dans leurs vies respectives. Et tout cela advenait avec une telle majesté : aussi bien, Chase avait baisé avec Arosteguy – et Célestine ! – et ce que Nathan apprendrait par Chase apporterait à Naomi des éclaircissements sur la saga des Arosteguy. De toute évidence, il était prêt à partager les Roiphe avec elle, et tout cela risquait de les conduire dans un lieu dangereux, qui leur donnerait des frissons. Elle s'étira sur le lit, jetant loin ses bras et ses jambes, accueillant la vulnérabilité, la transparence, délicieusement consciente de la vieille veste happi en coton léger qu'elle portait alors et qu'Ari lui avait trouvée. Son motif treillis indigo avait de quoi rendre fou, elle était élimée sur les côtés, et, de sentir sa peau effleurée par son histoire opaque, Naomi s'imaginait que Samuel Beckett aurait pu porter un tel vêtement au cours de ces derniers jours dans cette maison de retraite municipale déprimante baptisée Le Tiers Temps, et qu'il qualifiait de « maison pour vieux croulant », tandis que son appareil respiratoire sifflait dans un coin – une chose qui évoquait à Naomi le désespoir et la pauvreté, ce qui, traduit en japonais, devenait joie et liberté. Elle allait de pair avec le lieu, lui avait dit Ari, fourrée dans le cadre d'une fenêtre pour bloquer la froidure de l'hiver. L'image de Beckett ramena sur-le-champ Naomi à Nathan, son seul accès à l'auteur dramatique. Il l'avait implorée de lire son article intitulé « La dernière bande de Beckett » – une méditation sur la dernière année sur Terre de Beckett – après avoir visionné avec elle un DVD de la production, par le Gate Theatre de Dublin, de *La dernière bande*, avec John Hurt, et elle avait aimé l'interaction entre le magnétophone et la mémoire de Krapp, qu'elle avait liée, même à l'époque, à sa propre fascination pour la photographie et sa manipulation inexorable de la mémoire. Pour elle, Beckett était surtout ces cheveux, ce nez, ces pommettes, ces sourcils – ces oreilles ! –, une superbe chose photographique. Elle s'assit et attrapa l'iPad, s'installant, en équilibre, pour répondre à Nathan en lui faisant part de toutes les choses auxquelles elle venait de penser – qu'il éprouve l'inquiétante électricité qui traversait un océan et un continent, qu'il en soit secoué, fragilisé, apeuré –, au lieu de quoi elle se retrouva à importer les photos dans son application Photosmith pour mieux pouvoir manipuler les images. Quand elles furent toutes chargées, elle se leva et fonça au rez-de-chaussée en mode bombardier furtif, son iPad à la main comme un pistolet chargé.

Le futon avait été déplié sur son cadre en bois

bas afin de former une plate-forme spécifiquement dédiée au sexe, et Arosteguy, simplement vêtu d'une marinière française, avec ses rayures bleu roi et blanches à la Picasso, était couché sur le flanc, si proche de la position fœtale que Naomi s'en étrangla, rattrapée par des visions puissantes de son père au cours de ses derniers jours à l'hôpital Sunnybrook de Toronto, ratatiné, marqué par la jaunisse, se convulsant vers la mort. En même temps, elle fut amusée de le voir si peu japonais dans cet espace confiné, gros homme blanc, européen, étalé dans toute sa longueur, avec d'épaisses cuisses poilues et une large poitrine carrée. Il lui avait montré un porno japonais sur une télévision Sanyo de quatorze pouces à tube cathodique, qu'il avait passé dans un magnétoscope argenté mastoc, sans marque. Il avait pour vedette un acteur porno de soixante-treize ans nommé Shigeo Tokuda dont la dentition était gentiment protubérante et auquel ne restaient que quelques mèches de cheveux, dont le vieux corps était tout fripé, d'une manière touchante, et le pénis presque complètement caché par le frémissement du système de brouillage des censeurs, dont les effets mondrianesques étaient tout à fait hypnotiques lorsque ce pénis entrait et sortait de la bouche ou du vagin d'une fille aux gros seins d'une vingtaine d'années. Le film s'intitulait *Services interdits aux personnes âgées, volume 17* et, comme promis, présentait des scènes de sexe dans une maison de retraite. Il dit avoir acheté la vidéo pour pouvoir passer avec grâce à une sexualité vieillissante, aux influences japonaises, joyeusement persuadé qu'il ne baiserait plus jamais avec une Blanche. Le sous-texte de leur visionnage cathodique était que Naomi interférait avec son désir de se départir de ce qui, en lui, était français et de le troquer contre une nouvelle identité asiatique, ce qui était censé être un compliment, mais le sous-sous-texte était que les hommes âgés demeuraient viables sexuellement, *n'est-ce pas** ? Comme elle l'avait trouvé irrésistiblement séduisant dès la première vidéo qu'elle avait vue de lui sur YouTube, elle n'avait pas besoin d'être convaincue ; en revanche, elle trouvait simplement que Shigeo Tokuda était comiquement sympathique. Elle se mit à photographier Ari endormi avec son iPad, après avoir désactivé l'effet sonore d'obturateur, quelque peu inquiète, dans un sens, à l'idée que le simple fonctionnement de son propre cerveau réveille un Arosteguy en colère. Elle redoutait sa colère. Comme elle se rapprochait de lui, elle s'aperçut qu'il ronflait doucement d'une manière variée et aléatoire, étrangement expressive, comme s'il parlait par ses fosses nasales. Elle caressa brièvement l'idée de faire une vidéo, mais elle n'osa pas, même si la perspective d'un documentaire plutôt qu'un article ou un livre lui avait bien traversé l'esprit. Elle sentait presque frémir sa cloison nasale, telle l'anche d'une clarinette ou une valvule cardiaque pendant une crise de fibrillation atriale, encore un lien confus avec les derniers jours de son père. Elle couvrit tout son corps en cadrant assez largement puis en faisant des plans plus resserrés. Lorsqu'elle passa devant le futon pour faire un gros plan de son visage, elle vit qu'il l'observait, les yeux grands ouverts.

Il bâilla, s'étira, et s'assit à moitié.

« J'imagine qu'une photo du pénis raplapla et tapissé de sperme du célèbre philosophe français cannibale pourrait susciter l'intérêt, même prise avec un iPad.

— Seulement cinq mégapixels, mais un chouette côté documentaire. Sans doute juste ce qu'il faut pour un livre. (Il ramena ses jambes vers lui pour lui faire de la place et elle s'assit à côté de lui.) En parlant de documentaire, il y a quelque chose là-dedans – elle agita l'iPad – que je veux te montrer. À moins que tu veuilles que j'aille d'abord faire du thé ? Je crois que je commence à maîtriser ces deux petits brûleurs rouillés pourris.

— Dans mon sommeil, je te baisais sans arrêt.

— Tes ronflements étaient très sexy.

— Mes ronflements ? »

Elle s'efforça de reproduire ses ronflements, ne sachant pas s'il ignorait simplement le mot anglais ou s'il était surpris d'entendre qu'il avait ronflé. On aurait dit l'un des cochons verts moqueurs de Angry Birds, dont elle avait une version gratuite, HD, sur ce même iPad.

Arosteguy éclata de rire.

« Tu devrais plus souvent faire du bruitage pour moi. Tu as un talent formidable en la matière. Mais montre-moi ce que tu veux me montrer. En général, je me réveille avec une clarté qui se dissipe vite, alors c'est sans doute maintenant le meilleur moment. »

Arosteguy enroula un bras autour d'elle et l'attira contre lui dans un grognement profond qu'elle jugea troublant, ni très français ni très japonais, et peut-être tranquillement désespéré ; il ne semblait pas appartenir à leur relation, à ce qu'elle pouvait bien être, et évoquait davantage l'étreinte incestueuse d'un père et sa fille (était-ce ce que voulait dire Nathan lorsqu'il parlait de « sexe à thème » ?). Arosteguy resta assis là, les cuisses, le pénis, les couilles exposés, elle nue sous sa petite veste happi élimée, et cela conférait à ce qu'elle s'apprêtait à faire – montrer les photos de Nathan en étant consciente de leur potentiel explosif (même si elle en ignorait la nature) – un éclat particulièrement pervers.

Elle déverrouilla l'écran et l'orienta vers Arosteguy.

« Ce sont des photos prises par mon ami Nathan. Il travaille sur un article, à Toronto.

— Je connais la ville. Très agréable. Chaleureuse. J'y suis allé en 1996 pour participer à un symposium sur l'énergie dans le Tiers-Monde. C'est quoi, ces photos ? Qui est cette fille ? Jolies hanches. Que fait-elle ? »

Naomi faisait défiler les photos rythmiquement, Arosteguy réagissait par de petits grognements et soupirs comme s'il était toujours endormi, et elle s'arrêta sur la première image où Chase figurait en gros plan.

« Ari, est-ce que tu la reconnais ? »

Arosteguy redressa la tête et, les yeux plissés, scruta l'écran. Naomi écarta les doigts sur l'image comme si elle étirait une membrane, l'agrandissant jusqu'à ce que le visage ravi de Chase, bouche bée, emplisse la fenêtre de visionnage. Arosteguy tressauta vers l'arrière, comme s'il venait de recevoir un coup à la tête, sa main droite serra violemment l'épaule de Naomi. Il se leva, se dégagea dans un mouvement brusque, griffa les épaules de Naomi, et s'éloigna du futon, ses yeux lançant des éclairs de colère. Naomi eut l'impression de se ratatiner comme une araignée touchée par une cigarette allumée, mais eut tout de même la présence d'esprit d'activer l'application Dictaphone, ce qui produisit un effet apaisant de distanciation, et lui permit de flotter dans l'espace protégé qu'est l'*observation professionnelle*, de placer sans danger Arosteguy sur la platine de son microscope. Il faisait les cent pas, marmonnait dans sa barbe, puis il attrapa par terre son pantalon de velours serré et se glissa dedans à grand-peine, sans slip, car il n'en portait manifestement jamais. Ainsi cuirassé, il se rassit sur le rebord de la fenêtre, sortit ses lèvres en une moue incurvée, comme s'il répétait en silence sa prochaine phrase, puis il dit :

« Qui est l'ami qui t'a envoyé ces photographies ?

— Il s'appelle Nathan Math. Il est journaliste. Il vit à New York. »

Arosteguy hocha la tête.

« Ton petit ami ? »

Naomi haussa les épaules avec une insouciance qu'elle n'éprouvait pas et répondit :

« Parfois.

— Donc, ton petit ami et toi. La conspiration journalistique américaine classique.

— Ari…

— Pourquoi as-tu fait cela ? Comment connais-tu Chase ? Qu'est-ce que vous essayez de me faire, tous les deux ? »

Il prononçait son prénom « Chasse », ce qui manqua, pour Naomi, de faire basculer tout ce mélodrame dans la farce.

« Je ne la connais pas. Et j'ignorais que tu la connaissais. Elle est de retour à Toronto avec son père, un médecin, Barry Roiphe. Elle suit une sorte d'étrange thérapie avec lui, et Nathan loge chez eux pour écrire un article médical à leur sujet. Et elle lui a dit qu'elle avait étudié à la Sorbonne avec toi et Célestine. C'est tout. Une coïncidence, pas une conspiration. »

Arosteguy émit un rire glapissant, glaireux, et les mucosités semblèrent lui rappeler qu'il avait besoin d'une cigarette. Il parcourut la périphérie de la pièce jusqu'à ce qu'il trouve un paquet dont le couvercle à rabat portait le caractère japonais rouge qui couronnait les lettres RIN, et il ne tarda pas à tirer de profondes bouffées. Naomi fut surprise qu'il fume des cigarettes à bout de liège, sa surprise tenant plutôt au style qu'aux secrets des fumeurs (elle n'avait jamais fumé) ; il lui semblait qu'il aurait dû être un fumeur de Gauloises, comme Jean-Paul Belmondo dans *À bout de souffle*, de Gauloises Caporal sans filtre dans un paquet souple bleu typiquement français, avec pour logo un casque ailé semblable à une machine ; mais bien sûr, il devenait résolument japonais. Elle fut prise d'une impulsion très forte de photographier son paquet de cigarettes, elle voyait de l'autre côté de la pièce que ce même caractère rouge, japonais, figurant sur le paquet était imprimé sur chaque cigarette en dessous du filtre. Étant donné l'importance de l'impulsion consumériste, la passion, et l'identité dans la philosophie des Arosteguy, il lui semblait impératif de finir par appliquer au couple en soi son approche de la psychologie : les choix de consommation et les allégeances étaient essentiels dans la personnalité et toutes les interactions sociales. Elle était persuadée que, dans ses efforts – dans quelle mesure était-il sérieux ? était-ce simplement ironique ? – pour devenir japonais en consommant des marchandises japonaises, Arosteguy en avait conscience. Elle voyait l'énigme illustrée par les vêtements occidentaux par opposition aux vêtements traditionnels japonais ; il était trop orgueilleux, trop conscient pour s'autoriser à devenir une caricature de Japonais accroché à la tradition – s'il devait devenir japonais, ce serait une variante moderne et tournée vers l'avenir –, et il s'en remettait donc à des marchandises mineures comme les cigarettes et la nourriture pour accomplir sa transformation.

« Non, mais vraiment, je t'admire, ainsi que ton petit ami Nathan. Une nouvelle version, moderne, des *Liaisons dangereuses*. Une association fascinante à l'ère de l'information. Cela devrait produire un divertissement très agréable.

— Ari, je ne sais pas de quoi tu parles. (La fumée dans ses poumons paraissait vraiment le détendre, moduler sa rage en sarcasme, Naomi en était soulagée.) Je sais que ça paraît ridicule, mais vraiment, c'est une coïncidence complète. Nathan est avec Roiphe à cause de la maladie de Roiphe. Je t'en ai parlé, il me l'a refilée puis il a décidé d'enquêter dessus. Ça s'est goupillé comme ça.

— Une coïncidence inattendue, alors. D'accord. Et ensuite, des conséquences inattendues ?

— Et quelles seraient-elles ? »

Arosteguy écrasa sa cigarette sur le rebord de la fenêtre, plia les bras pour prendre quelques instants de réflexion, puis marcha jusqu'au futon et s'assit à côté de Naomi. Il attrapa avec douceur l'iPad posé sur les genoux de Naomi pour le tenir dans une main.

« Tu me laisses jouer avec elles ? Les photos de Chase, prises par le bon ami de Naomi, Nathan ? »

Naomi donna une petite secousse de la tête frissonnante et brusque, les yeux écarquillés, nerveux, excités. Les épaules voûtées, il se mit à scruter les images, qu'il faisait défiler et agrandissait avec une intensité toute médico-légale.

« Qu'est-ce que tu vois ? » demanda Naomi.

Sans relever les yeux, il répondit :

« Je vois qu'Aristide Arosteguy sera bientôt empêtré dans un mensonge, et qu'il vaudrait mieux qu'il raconte tout à sa prêtresse confesseuse.

— Quel était ce mensonge ?

— C'est exactement ce qu'une prêtresse souhaiterait savoir. Mais sa curiosité n'est-elle pas piquée par les mécanismes de la révélation ? Le curé de mon enfance, par exemple, le révérend père Drossos, un homme terrifiant, se souciait de manière obsessionnelle, peut-être anormale, des mécanismes de la révélation. Bien entendu, il y avait à cela des raisons glauques et familières.

— Eh bien, ton ancienne étudiante Chase Roiphe finira par révéler à Nathan des secrets sur toi, et Nathan me les révélera, et je les révélerai au monde. »

Arosteguy leva alors les yeux vers elle, dans un sourire approbateur.

« Fort bien, je n'attends rien de moins de la part de la prêtresse Naomi. (Il lui rendit l'iPad dans une petite courbette, le tenant à plat dans ses deux mains, les paumes ouvertes, telle une assiette sacramentelle – ou une carte de visite japonaise.) Mais les secrets ont déjà été confiés sans qu'un mot ait été prononcé, et ils sont tous là-dedans. »

« Vous aurez des enfants un jour, Nate ? »

Ils étaient assis côte à côte sur le patio en pierre de taille grossière qui surplombait l'étroite piscine tout en longueur et le bassin sophistiqué, orné de galets, envahi par la végétation, qui hébergeait des carpes koï très costaudes. De l'autre côté se trouvait une remise au toit d'argile qui paraissait d'origine – c'est-à-dire qui devait avoir une centaine d'années –, sur laquelle avait vue un immeuble d'appartements terne, institutionnel. Nathan se demanda vaguement combien de locataires étaient en train de les observer aux jumelles et à la longue-vue. Il percevait le murmure d'un petit ruisseau artificiel ou d'une cascade mais ne parvenait pas à le voir depuis l'endroit où ils étaient assis, sous le grand parasol en toile et aux baleines en tek qui surgissait d'un trou au centre de la table, elle aussi grande, elle aussi en tek. Une petite femme inquiète, asiatique, leur avait apporté du café, des noix et des baies dans des ramequins.

« Je n'en ai pas la moindre idée, Barry.

— Vous avez sans doute une petite amie régulière quelque part, pourtant, non ? »

Le soleil était haut, il tapait fort et Roiphe avait

fixé des verres polarisants sur ses lunettes qui étaient encore plus gros que les lunettes elles-mêmes ; les bordures inférieures chromées des clips solaires s'enfonçaient dans les joues flasques du docteur.

« En quelque sorte, j'imagine. »

Roiphe tripotait un chapeau Tilley kaki, en filet aéré ; il en tordait le bord, écrasait la calotte et la remettait en place, le posait sur sa tête et l'en enlevait.

« Détecterais-je une espèce d'ambivalence sexuelle, ici ? Vous savez, il y a quelque temps, il a été très en vogue pour les médecins généralistes de tâter à la sexothérapie. Je ne suis pas sûr que cela ait été très sain, en tout cas c'était sacrément commun. Et on peut y voir une certaine psychopathologie. J'ai refusé d'approfondir la question. Cela a causé du tort à de nombreux collègues à moi. Ça a flanqué en l'air un paquet de mariages.

— Ambivalence, sans doute. Je ne dirais pas sexuelle. (Les myrtilles étaient particulièrement bonnes, mais les framboises étaient devenues molles, blettes, aigres.) Simplement un problème d'engagement, je dirais. Pas seulement d'engagement vis-à-vis d'une femme, mais d'engagement dans un avenir. Rien que de très banal et ordinaire. (Il fit pivoter son Nagra afin de s'assurer qu'il enregistrait au bon niveau étant donné le bruit ambiant, sourd, de la circulation à midi.) Mais en parlant de psychopathologie, je me demande quelle est la donne, ici, avec vous dans le rôle du psy de votre propre fille. »

Roiphe gloussa et se resservit un café d'une main

tremblante, versant quelques gouttes sur le bord du chapeau à présent posé à côté de sa tasse.

« Comme vous êtes taquin. Bon, pour commencer, j'ai toujours eu cette vision de mon rôle de parent. Je suis naturellement analytique. Je suis un clinicien. Je ne peux pas lutter contre. Cela ne signifie pas que je suis froid, même si ma pauvre épouse défunte aurait peut-être contesté cette affirmation. Mais bon sang, que feriez-vous à ma place ? Nous l'avons envoyée en France, Rose et moi, avec les meilleures intentions – comme vous devez l'imaginer, étant donné la dépense. Elle était si brillante, Chase, et plutôt tournée vers l'Europe. Elle ne trouvait ni excitation ni inspiration en Amérique. Ça tenait en partie à la langue. Bien sûr, on parle beaucoup espagnol aux États-Unis, mais c'était l'ensemble qui l'intéressait : un pays où, grosso modo, on ne parlait pas anglais, et où la culture n'était pas fondée sur cette langue. Et puis, évidemment, il y a eu cette affaire de Québec. Elle vous en a parlé ?

— Oui, en effet.

— D'accord, alors bon, on l'envoie en France, petit à petit elle cesse de nous appeler, puis elle cesse d'envoyer des e-mails, puis on n'entend plus parler d'elle. Pas un mot. Et alors Rose meurt, une énorme et immonde surprise. Elle était très en forme pour une vieille poupée – on pourra en parler plus en détail un jour, si cela vous paraît d'intérêt pour le livre, mais peut-être pas, c'est selon. Donc Rose meurt, et je n'arrive pas à trouver de moyen d'en informer Chase, alors j'entre en contact avec cet Arosteguy, et il me fait vraiment une drôle d'impression. Je prends donc un avion pour Paris pour partir à sa recherche, et je finis par la retrouver avec l'aide de ce jeune, un étudiant, Hervé Blomqvist – quel nom ; j'arrive à peine à le prononcer – un collègue à elle. Il semble qu'elle vivait avec lui. Une chose traumatisante lui était arrivée, et elle avait quitté le génial petit appartement qu'on lui avait trouvé rive gauche pour emménager avec ce Blomqvist. À mon avis, c'est un nom norvégien ou peut-être suédois, mais il m'avait l'air parfaitement français. Vous voyez, plutôt insolent et arrogant, mais en fin de compte très dévoué, et sympa. Il faut bien dire qu'en définitive, il était sympa, ce gosse. Je pense qu'elle aurait eu des ennuis terribles sans lui. Vous allez peut-être devoir faire des recherches sur lui pour avoir son point de vue sur toute cette affaire de Sorbonne. Pour le livre.

— Peut-être, répondit Nathan, comme il prenait précisément cela en note dans l'application Notes de son iPhone. Comment épelez-vous son nom, au juste ?

— Je vous donnerai tous les détails quand nous serons rentrés. Je n'ai moi-même jamais eu une très bonne orthographe. J'ai noté ça quelque part. Avec une adresse et un numéro de téléphone. Aujourd'hui, tout cela remonte à un an, mais sait-on jamais. Et, bon, en parlant de la langue française, quand j'ai récupéré Chase elle était folle comme un panier, et tout semblait lié à la langue française, au fait de la parler ou de ne pas la parler, et que les Arosteguy – il s'avère qu'ils étaient deux, un homme et une femme, des professeurs mariés – lui avaient dit des choses si atroces en français qu'elle était traumatisée. Et quand je lui ai demandé ce qu'ils pouvaient bien avoir dit pour produire un tel effet, elle a répondu qu'elle ne s'en souvenait pas, parce qu'ils lui avaient parlé en français, or le français lui était sorti de l'esprit – s'était *exilé*, c'était le mot qu'elle avait employé, exilé de son cerveau – comme tout ce qui était français en général, si bien qu'elle ne se souvenait de rien. Et alors elle s'est mise à faire ces petites cérémonies rituelles, à manger des morceaux de sa peau, le genre de truc que vous avez vu, en transe, et je ne comprends absolument pas le rapport avec cette histoire d'horribles paroles prononcées en français. En gros, nous en sommes là. Le vieux mystère au sein d'une énigme, ou je ne sais quelles sornettes. Et donc, c'est aussi ça, avoir des enfants. C'est plus coton que ce qu'on imagine. C'est pour ça que je vous ai posé la question.

— Barry, vous avez parlé d'"expériences" liées à l'état de santé de Chase. Je me demande ce que vous vouliez dire. Quel est, au juste, votre protocole thérapeutique pour elle ?

— J'attaque par tous les fronts, mon garçon. Et certains de ces fronts sont étranges, laissez-moi vous dire.

— Par exemple.

— Par exemple, là-haut dans ce grenier au deuxième étage qui est tout à elle. C'est pour elle, au fond, que j'ai acheté cette maison, vous savez. Rose n'y a jamais vécu. Nous n'y sommes que depuis un an. Je l'ai achetée avec le mobilier, les lampes, tous les machins qu'on met dans les maisons pour les mettre en valeur – comment ça s'appelle, la valorisation, la valorisation immobilière. J'ai simplement eu envie d'un grand espace à nous quand j'ai vu dans quel état elle était, et l'appartement en centre-ville qu'on avait, Rose et moi, dans le secteur riverain était bien trop petit, bien trop introverti. Ils n'arrivaient pas à croire que j'étais sérieux, mais je leur ai dit que je n'avais pas de goût et que ce qu'ils avaient fait me convenait. La femme a refusé de me laisser le mobilier, elle a dit que tous les machins étaient loués et volontairement dépourvus de cachet pour ne pas attirer l'attention sur autre chose que la maison, la propriété, l'espace en soi. Bref, j'ai fait le forcing, malgré elle et ses patrons, et ils se sont arrangés pour que ça marche parce qu'ils n'arrivaient pas à la vendre depuis plus d'un an. »

Roiphe s'interrompit pour prendre une gorgée hésitante de café tiède, perdu dans une rêverie soudaine. Nathan attendait qu'il poursuive mais il paraissait estimer avoir répondu à la question.

« Barry, vous me disiez. Votre étrange protocole thérapeutique.

— Oh, ouais, oui. J'ai donc collaboré d'une certaine manière avec Chase pour trouver une solution à sa détresse, qu'elle n'a jamais vraiment voulu reconnaître, et elle a dit : “Il y a un truc qui s'appelle une imprimante 3D, et j'ai envie d'en avoir une pour jouer avec, je pense que ça pourrait me détendre.” C'est le terme qu'elle a employé, *me détendre*, et c'est devenu notre code pour *me soigner*, ou peut-être *me guérir un peu*.

— Elle m'a parlé de l'imprimante 3D. Elle a dit qu'elle me la montrerait.

— Vraiment ? Eh bien, ce serait tout à fait unique. En tout cas, elle ne m'a jamais autorisé à la voir quand elle s'en servait, je peux vous l'assurer. Et bon sang, vous devriez voir cette foutue machine. Ça m'a coûté chérot ! Elle a insisté pour avoir la meilleure, et puis, comme j'ai dit, après avoir installé et équipé toute la suite au deuxième étage pour elle, trois pièces et une salle de bains, elle refuse que je voie ce qu'elle fabrique avec, dans ce qu'elle appelle sa salle de travail. À vrai dire, elle ferme la serrure de sa porte pour m'empêcher d'entrer. Je pourrais entrer par effraction, évidemment, mais ça me fait peur. Ça pourrait la faire retomber dans cette catatonie où elle avait sombré quand je l'ai ramenée de France. Vous auriez dû la voir, raide comme un piquet et enroulée dans des couvertures alors que c'était une chaude journée d'été, comme aujourd'hui. Alors, elle vous a dit qu'elle vous la montrerait ? Bon, eh bien voilà, vous faites partie de mon protocole thérapeutique. Nous collaborons à Chase comme nous collaborons au livre, et cela lui permettra de dépasser certains problèmes qu'elle a avec le père, aussi. »

Nathan ne se sentait pas prêt à fouiller la question des problèmes avec le père, mais il se doutait qu'ils avaient des racines profondes et tourmentées.

« Waouh. Vous exagérez un peu, vous ne croyez pas ? Je ne suis que journaliste.

— Nous vivons une époque radicale, mon garçon. Vous ne le sentez pas ? Vous devez exagérer avec l'époque, exagérer jusqu'au point de rupture. J'ai senti dès l'instant où je vous ai vu que vous étiez prêt à faire une découverte capitale dans votre vie, et la voilà. Aucun moyen de savoir où ça nous mènera.

— Je ne suis pas certain de sa volonté de collaborer, maintenant qu'elle m'a claqué la porte au nez.

— Contentez-vous de ne plus jamais lui reparler français. Je suis sûr que tout ira bien. Vous l'intriguez assez. Elle a plutôt vécu en recluse depuis que je l'ai ramenée.

— Avez-vous entendu parler du livre *Le schizo et les langues* ? Écrit en français par un Américain, Louis Wolfson, un schizophrène qui ne supportait pas de parler anglais, ni même de l'entendre parler, et qui s'était complètement replié sur d'autres langues, notamment le français. Dans son cas, c'étaient des problèmes avec sa mère.

— Bon, voilà, vous voyez ? Le destin a appelé un spécialiste à la rescousse, et c'est vous, mon garçon. »

« *Nous ne pouvions plus prendre de photos après le diagnostic. Chaque photo exhibait le mensonge. Chaque photo était déjà un souvenir d'une vie passée, une photographie de la mort. Par rapport aux innocentes photos de famille des débuts, les photos que j'ai fini par prendre de Célestine… après… elles étaient honnêtes, elles étaient exemptes de toute trahison, mensonge, tromperie. Donc elles étaient horribles, mais elles étaient pures.* »

Le futon avait été replié en canapé, et Naomi, désormais vêtue d'un pantalon de yoga et d'un sweat à capuche avec fermeture éclair en laine polaire grise, en avait pris possession, et elle avait étalé tout son bazar électronique autour d'elle, comme autant de protections : le MacBook Air sur ses genoux avec son écran relevé, tel un bouclier, le logo Apple lumineux un talisman contre Arosteguy, assis de l'autre côté de la table basse, avachi sur le pouf morcelé marron en veloutine. Elle avait effectué ses enregistrements originels d'Arosteguy en utilisant les fichiers WAV non compressés du Nagra, qui étaient énormes mais regorgeaient de détails magnifiques ; le mp3, malgré les pertes, aurait été amplement suffisant pour la transcription, mais elle voulait saisir le timbre de la voix de fumeur d'Arosteguy, prévoyant au moins une émission de radio, voire un documentaire vidéo. Pour le moment, cependant, elle repassait un passage essentiel de la déclaration d'Arosteguy relative à Célestine dans les minuscules enceintes de son MacBook Air – rien de retentissant, mais c'était suffisamment clair pour une condamnation. Le Nagra était posé sur la table à côté d'Arosteguy, les LED de son VU-mètre clignotaient au rythme des bruits de rue dans le lointain, en attendant qu'il prenne la parole. Naturellement, il s'occupa avec son thé et sa cigarette Rin en attendant de produire une réponse, il buvait donc à petites gorgées, inhalait, exhalait dans une cogitation exquise. Il finit par lever les yeux vers elle avec un charme calculé, penaud, et lui sourit.

« Je présente mes excuses à ma prêtresse. Je l'ai sous-estimée. Je l'ai assimilée au système médiatique, dans lequel j'ai trouvé les matières premières facilement digestes dont je me suis servi pour mon récit banal et bourgeois de *Ma vie avec la pauvre Célestine condamnée*. Il y a tant de blogs et d'articles dans la rubrique « Art de vivre » des journaux en ligne qui donnent libre cours aux émotions artificielles, aux détails triviaux et aux conséquences corporelles choquantes de la première maladie à laquelle on peut songer, voire que l'on peut inventer. En toute franchise, Célestine et moi estimions qu'il nous fallait pleinement comprendre le phénomène de l'Internet, car le consumérisme et l'Internet avaient fusionné, étaient devenus une seule et même chose, même si, à un certain niveau, nous l'avions en abomination, car elle était nocive à la culture personnelle étrange, introvertie, et, oui, implacablement *snob* qu'on s'était faite au fil des années. Mais nous nous sommes également aperçus qu'on avait besoin d'Internet pour comprendre la condition humaine fondamentale, ce qu'était réellement un être humain contemporain, parce qu'on avait perdu ça de vue, nos étudiants nous l'avaient fermement fait savoir, et nous nous servions donc d'Internet pour faire des recherches sur les rôles que nous devrions tenir pour jouer des êtres humains normaux. »

Il prit une bouffée intense sur sa cigarette, pleine de drame tu, railleur, en tout cas telle en fut l'interprétation de Naomi. Elle se sentait humiliée d'avoir été bernée, embobinée au point de baiser par compassion, mais en même temps triomphante et avide d'un scoop qui serait hors de portée de l'Internet. Indéniablement, c'étaient les photos de Nathan – dont la pleine signification demeurait brumeuse – qui avaient rappelé Arosteguy à l'ordre, et cela signifiait qu'elle et Nathan formaient une sorte d'équipe, peut-être pas à l'échelle des Arosteguy, mais agréablement extravagante à sa façon, et peut-être encouragerait-elle Nathan à baiser Chase Roiphe s'il ne l'avait pas déjà fait, juste pour renforcer les parallèles. Cette pensée lui donnait le vertige, et son imagination commença à s'emballer.

Arosteguy paraissait à présent disparaître dans sa propre tête, et Naomi, d'instinct, devint son interrogatrice.

« Ari, commençons par l'essentiel. Le Dr Trihn m'a-t-elle dit la vérité ? Célestine n'avait-elle pas de tumeur au cerveau ni aucune autre forme de cancer ? »

Toujours occupé à arpenter le paysage à l'intérieur de son crâne, Arosteguy répondit sans lever les yeux, comme si Naomi s'y trouvait avec lui.

« Le docteur Trinh, oui, elle disait la vérité sur ce point.

— Et donc… pourquoi est-elle morte ? Qu'est-ce qui a tué Célestine Arosteguy ?

— Célestine s'est réveillée au milieu de la nuit. Elle m'a secoué pour me tirer du sommeil. Quand elle a vu la lueur revenir dans mes yeux, ma conscience, elle a dit, avec un sérieux formidable et rauque : "Nous devons détruire la religion des insectes." (Il leva la tête pour regarder Naomi ; mais elle eut l'impression, dans un frisson profond, viscéral, qu'il regardait Célestine.) Dans un déclic, elle avait appuyé sur la détente, c'était un terrifiant coup de feu tiré dans mon cerveau directement à partir de sa bouche.

— Je ne comprends pas la référence. »

Aristide éclata de rire ; il gardait dorénavant les yeux posés sur Naomi.

« Ce n'est donc pas un déclic pour toi. Tu n'as manifestement jamais lu ce célèbre essai. »

Pour Naomi, ce fut là le déclic sur lequel il avait appuyé, le terrifiant coup de feu tiré dans son cerveau directement à partir de la bouche d'Arosteguy : son inculture, son manque de profondeur. Yukie savait faire étalage de cette inconsistance, savait donner un petit coup de vernis sur la structure, et le panneau de bois nervuré devenait la table elle-même, comme le faisaient tous ses contemporains en société ; quand on en savait trop, quand on était trop informé et trop cultivé, on était sujet à des formes particulières de souffrance et d'angoisse, et, pire que tout, on n'était pas cool. Mais Naomi n'était pas Yukie. Elle était au supplice de ne pas avoir lu le célèbre essai, d'en avoir ignoré l'existence. Mais, étrangement, dès qu'on lui donnait un titre, elle pouvait en imaginer le contenu, et cette vivacité avait toujours été ce qui la rachetait : pas la connaissance à proprement parler, mais l'invention intuitive.

« Je suis sûre que je peux le trouver en ligne. Ça s'appelle ? »

Arosteguy écrasa sa Rin à l'agonie et en alluma vite une autre.

« L'essai était intitulé : *De la destruction judicieuse de la religion des insectes.* »

Oui, songea Naomi, en surfant follement sur le Net, voici donc : Weber. Capitalisme. Vatican. Luther. Entomologie. Consumérisme. Beckett. Corée du Nord. Apocalypse. Oubli.

9

Le déclic était la religion du sein, du fluide dans cette chair qui existe pour nourrir, pour créer davantage de chair. Et puis il y avait un vrai sein, le merveilleux sein gauche de Célestine, qui était plein, non de lait et de glandes lactogènes, mais d'un salmigondis bourdonnant, grouillant d'insectes de toutes formes et configurations. Oui. « Mon sein gauche est un sac plein d'insectes. J'ignore pourquoi il est rattaché à moi, et je serais très désireuse de le… détacher. Tu pourras le garder, après, si tu veux. Je sais que tu l'aimes beaucoup. »

On participait au jury du festival de Cannes, les deux seuls membres à ne pas être des professionnels du cinéma. L'année précédente, c'étaient une chanteuse d'opéra américaine et un concepteur de jeux vidéo. Séquestrés dans une villa luxueuse dans les collines sur les hauteurs de Cannes, on était censés débattre de la manière la plus décontractée et libre qui soit de toutes questions cinématographiques et sociales avec neuf collègues jurés – dont notre président, l'acteur serbe Dragan Štimac – tout en mangeant les mets les plus exquis et en se promenant dans les jardins les plus arcadiens. Puis, finalement, nous devions nous installer autour de la table gigantesque dans l'impressionnante salle de bal et voter pour les différents prix. Il y avait vingt-deux films en compétition pour la Palme d'or et plusieurs autres prix intensément attendus et analysés.

Il se disait que la villa appartenait à une comtesse russe de quatre-vingt-treize ans, une ancienne beauté qui se cachait en fait quelque part sur les lieux, ne souhaitait pas être vue mais frissonnait d'excitation à l'idée qu'un jugement soit porté sur l'art en ses murs. Dans l'antichambre de la piscine grotesquement ruskof, dont le vestiaire carrelé était pareil à l'Ermitage, Célestine a attiré mon visage vers son sein gauche nu et a dit, d'une voix tremblante d'horreur :

— Écoute !

J'ai écouté. J'ai entendu son cœur, dont les battements résonnaient comme les coups d'un marteau.

— Ta tachycardie, ai-je dit. Tu arrives à la maîtriser ? As-tu besoin de tes cachets ?

Son visage était défiguré par la peur ; c'était, je l'avoue, un visage que je méprisais, un visage rare. Elle s'est tordu le sein, l'a secoué tel un sac de cerises.

— Entomologie, a-t-elle dit. Sac d'insectes. Écoute-les, là-dedans. Ils voudraient sortir. Surtout les hyménoptères. Ils ont tendance à être claustrophobes. Ce qui est étrange, parce que mon sein s'apparente grandement à un nid de guêpes, et on pourrait s'imaginer qu'ils y sont à l'aise.

Elle écrasait et pétrissait son sein à l'aide de ses deux mains, que je lui ai attrapées doucement, puis j'ai posé ses poignets sur ses cuisses. Elle a soupiré, le visage détendu, un petit rire lui a échappé.

Je n'avais jamais rien entendu de tel venant de sa part. Cela me choquait et me terrorisait. On aurait dit qu'elle avait eu une espèce d'attaque étrange, et la bizarrerie de son visage étayait cette pensée. La pression aussi était étrange, car on devait bientôt se rassembler autour de cette table avec les jurés et le président du festival pour y mener des discussions solennelles, s'y disputer et procéder à des votes pleins de rancœur. J'ai tenté d'en rire, de transformer cet épisode en une sorte de performance spontanée.

— C'est ta réaction au film nord-coréen, non ? Le film nord-coréen s'est insinué sous ton sein, ton sein gauche, ton sein rouge.

Je savais que le film l'avait profondément affectée, tout comme il avait déjà perturbé quantité de chiens marxistes endormis qui ne quittaient jamais leurs chenils d'intellectuels français. Mais elle m'a hurlé dessus, et elle a gémi, et j'ai été terrorisé à l'idée que le jury devienne un jury criminel et qu'il nous condamne, et que l'on ait jamais le droit de quitter la villa tsariste. Or personne n'est venu nous contrôler. On avait entendu de nombreux hurlements, des cris, des disputes et des gémissements morbides au cours de la soirée précédente, et la nuit aussi, et maintenant cela se poursuivait en ce dimanche matin, le dimanche du *palmarès**. Un groupe de cinéastes passionnés et créatifs.

Et donc l'essai. En fait, c'était surtout une lettre qui m'était adressée, une confession qu'elle ne pouvait faire d'aucune autre manière, publiée dans le magazine parisien *Sartre*, alors même que je l'avais suppliée de ne pas le faire. C'était trop intime, ai-je dit. Mais elle a répondu : « La philosophie est intime, l'acte de réflexion le plus intime. » Et donc : *De la destruction judicieuse de la religion des insectes*, un essai de Célestine Arosteguy. Bien sûr, ceux d'entre nous qui, cette année, figuraient dans le jury en saisissaient la résonance. Le film coréen s'intitulait *De l'usage judicieux des insectes*, et dans son essai Célestine avoue que ce film a servi de déclic au « coup » – de chance ? – mais révèle que la déconnexion du sein, la connexion avec les insectes, avait cours depuis des années et la terrorisait tellement qu'elle n'avait pu en parler à personne, ni à moi, ni à son médecin chéri. Elle décrit la scène lors du vote ultime pour la Palme. Le président avait demandé aux jurés d'inscrire le titre du film auquel ils souhaitaient attribuer la Palme sur un bout de papier du festival – orné d'une palme d'or gaufrée – et de les lui passer. Quand il est tombé sur le papier de Célestine, sur lequel elle avait écrit le titre du film nord-coréen, il a sorti de sa poche le briquet qui lui servait à allumer ses cigares et il y a mis le feu, avant de le jeter dans le cendrier qu'il avait lui-même apporté quotidiennement dans notre salle de réunion du palais des festivals et qu'il apportait désormais dans la villa pour signifier sa défiance vis-à-vis des règlements antifumeurs. « On ne m'a pas autorisé à apporter mon pistolet neuf millimètres, a-t-il dit avec son sourire caractéristique dégoulinant de sarcasme, il faudra donc faire avec ça. »

Le délégué artistique du festival, présent parmi

nous pour certifier la légitimité du vote, a été horrifié par cette barbarie et a admonesté avec douceur le président du jury. Mais ce dernier refusait de se laisser intimider. « Si cette chose obtient la Palme ou quoi que ce soit, en fait, je démissionnerai de mes fonctions de président et j'expliquerai pourquoi à tout le monde. » Et il avait jeté à Célestine un regard hideux, moqueur, mauvais, misogyne. J'étais moi aussi présent, évidemment. Je n'avais pas l'intention de voter pour le film nord-coréen, mais je n'avais pas encore révélé mon propre choix.

Bak Myun Mok, un vieux réalisateur nord-coréen furieux, en exil, participait à notre jury, et bien entendu, c'était un ennemi du réalisateur nord-coréen dont le film était en compétition. Prêt à tout pour empêcher son compatriote bien établi d'obtenir un prix, il faisait campagne – de façon fort peu subtile – contre lui. Il s'est tourné spécifiquement vers moi et a tendu les mains pour traduire son désespoir, son impuissance. Son interprète, Yolanda, était une jeune Espagnole timide dont les cheveux noirs raides et courts suggéraient qu'elle essayait de se donner des airs coréens. Même sa mimique, au niveau de la bouche, était étrangement coréenne. Le discours du cinéaste paraissait mettre Yolanda mal à l'aise. « Vous êtes philosophe », m'a-t-elle dit, en commençant à traduire, puis elle s'est interrompue, le regardant avec appréhension, comme si elle le suppliait de dire autre chose que ce qu'il était en fait en train de dire. En réponse à cette insolence, le cinéaste a attrapé un crayon – on nous avait tous équipés de crayons et de blocs de papier, tous adorablement rétro – pour lui donner des petits coups méchants, à deux reprises, sur sa délicate clavicule, saillante. Malgré la présence d'une gomme au bout du crayon, celui-ci a presque immédiatement laissé une marque rouge colérique.

L'interprète s'est retournée vers moi avec de grands yeux désolés et a poursuivi.

— Vous êtes philosophe, a-t-elle dit, et cette chienne à viande qu'est votre épouse est également philosophe. Vous êtes tous deux philosophes de profession, quoi que cela veuille dire. Ne pouvez-vous pas expliquer à cette chienne que le film, et même son titre, *De l'usage judicieux des insectes*, ne relève pas de la philosophie, ni de l'art, mais de la pire forme de politique, la forme la plus répressive. Et attribuer un quelconque prix à ce misérable, épouvantable film reviendrait à mettre aux fers l'art du cinéma, sacrifié à l'opportunisme politique.

— "Chienne à viande qu'est votre épouse ?" ai-je demandé à Yolanda. Il a vraiment dit ça ? Et "cette chienne" ?

— Dans sa barbe, oui, il a dit ces choses. (La voix de Yolanda tremblait de détresse, ses yeux luisaient de larmes.) Je me suis assurée que je n'avais pas compris de travers. Je lui ai demandé de reconsidérer ce qu'il venait de dire. Et il a répété ces paroles, pas dans sa barbe, cette fois. (Puis, après coup, dans un formidable effort pédagogique – Yolanda était en train de passer des examens pour obtenir un diplôme d'enseignement du français – elle ajouta :) En Corée, les chiens à viande sont appelés *nureongi* ou *hwangu*, ce qui signifie "chien jaune". On ne les laisse pas entrer chez soi. "Chienne", c'est un chien fille.

Il n'était pas petit, Bak Myun Mok, mais il était arrogant et par conséquent lent et pas préparé à mon attaque. Comme nous n'avions pas eu le droit d'emmener dans notre retraite des appareils photo ou des téléphones portables, il n'y a ni photographies ni vidéos de l'expression de ma rage, quoique ses conséquences – la pommette cassée de Bak, ses yeux au beurre noir, sa lèvre inférieure déchiquetée – aient été consignées, comme il se doit, par le photographe de la police appelé à la villa. Pendant la rixe, Célestine est restée profondément absente, les yeux vides, de plus en plus anesthésiée par la spirale incontrôlable de ses propres réactions à *De l'usage judicieux des insectes*. Je ne m'étendrai pas davantage sur ce scandale, délicieux dans son ensemble, à propos duquel on trouve de nombreux documents sur Internet. Je me contenterai de dire que la procédure de vote a été tout à fait irrégulière, que le *palmarès** a été établi dans un désordre indescriptible et parfaitement satisfaisant, et que le film nord-coréen a obtenu un Prix spécial du jury – pour « subversion artistique et élégance visuelle » – en guise de consolation. Dragan, le président, a voté contre, même s'il avait applaudi de plaisir lorsque Bak et moi-même avions roulé par terre, s'exclamant dans plusieurs langues que c'était cela, le vrai cinéma, et encourageant sans succès le reste du jury à prendre part à la mêlée. Bak lui aussi a voté contre, son vote ayant été transmis depuis le cabinet d'un dentiste, à Cagnes-sur-Mer, où il se faisait soigner une prémolaire supérieure gauche, qui s'était quelque peu déchaussée après que je lui avais écrasé le visage contre les carreaux hollandais représentant le palais d'Hiver sur le sol de la salle de bal. Quand je l'ai attrapé par les cheveux pour lui tirer la tête vers le solide pied d'ébène de la table de vote, l'action avait laissé une gratifiante traînée de salive, de sang et de mucus sur le carrelage, en partie due à la dent branlante qui lui déchirait la gencive où elle était enfoncée.

Plus tard, Bak a juré avoir été victime d'une erreur de traduction, qu'il avait un respect profond pour toutes les femmes, en particulier les intellectuelles comme Célestine, et qu'il était incapable ne serait-ce que de concevoir de telles pensées à son sujet. Plus tard, Yolanda nous a rendu visite à Paris, en théorie comme témoin dans l'enquête pour agression dont je faisais l'objet, mais surtout, sur le plan émotionnel, pour sangloter et pleurnicher sur la perte de son boulot pour le festival et la dégradation générale de son standing au sein de la communauté des interprètes. En définitive, elle s'est retrouvée au lit avec Célestine et moi, où elle s'est révélée très en demande et désespérée sur le plan sexuel, ce qui était charmant, et me ravissait, bien sûr, tout comme cela aurait, en temps normal, ravi Célestine, mais cette dernière demeurait paralysée. C'est seulement quand j'ai forcé Yolanda à décrire en temps réel nos jeux sexuels de la manière la plus obscène possible, à la fois en espagnol et en coréen, que Célestine est plus ou moins revenue à la vie.

J'avais pénétré Yolanda par-derrière – mais pas par l'anus, comprends-tu : elle y résistait – et le dos de Célestine était plaqué contre le mien. Quand elle a entendu les phrases enrouées, éraillées, salaces qui surgissaient du plus profond de Yolanda et montaient en intensité, elle s'est tournée si bien que son ventre s'est retrouvé contre mon dos, et, tendant le bras de l'autre côté de ma tête, a attrapé Yolanda par le menton et les cheveux. Elle a fait pivoter la tête de Yolanda jusqu'à ce que l'interprète, choquée, doive se tourner vers moi pour éviter de se briser la nuque puis, à présent nez à nez avec Yolanda, Célestine a dit :

— Et la signification du titre, alors ? Vous pouvez nous l'expliquer et révéler la malignité sordide qu'il cache, selon Bak Myun Mok ? Je vous ai vue en train de bavarder avec lui dans les couloirs du Palais des festivals. Vous flirtiez avec lui. Il a dû se confier à vous.

Yolanda a d'abord été, naturellement, perplexe, en partie parce que Célestine s'adressait à elle dans un espagnol très imparfait, et aussi, et surtout, parce qu'elle paraissait sur le point de connaître un orgasme monumental, au parfum étrangement mauresque, à moins que cela ne soit qu'une illusion de ma part, et, dans une torsion, elle m'avait fait sortir d'elle, et elle continuait à agiter frénétiquement la croupe contre mon genou droit, dont je souffrais chroniquement et de manière imprévisible, si bien que j'ai dû faire basculer ses parties génitales sur mon genou gauche.

La majeure partie de ce mélodrame apparaît, comme je l'ai dit, dans le célèbre essai, célèbre pour les événements personnels révélés autant que pour son approche radicale, certains diraient délirante, de la philosophie consumériste. Ce que Yolanda a dit dans notre lit au sujet du film nord-coréen n'a pas satisfait Célestine. L'interprétation de Bak Myun Mok s'inscrivait dans la vision politique suivante : dans le film, chancelant sous le poids d'une sécheresse accablante, les pauvres villageois – qui vivaient dans le fantasme mis sous cloche d'un village protocoréen intemporel – étaient obligés par leurs dirigeants d'enrichir leur régime pauvre en protéines par des insectes, considérés comme répugnants et dégoûtants par les réalisateurs, quoique perçus, évidemment, comme des mets délicats ailleurs dans le monde. (Même dans la Corée du Sud moderne, les Beondegi, pupes de ver à soie cuites à la vapeur ou bouillies, avec leur allure éhontément segmentée d'insecte, sont des amuse-gueules populaires servis dans la rue.) Dans le titre, le mot *judicieux* était utilisé avec ironie, dans le sens de « désespéré », « propre au dernier soupir ». Mais dans le nouveau monde, époustouflant et brillant, de la doctrine du Juche, ou autonomie néostalinienne, il était interdit de nourrir ses enfants avec des insectes, ce qui était illustré de la manière plus didactique, programmatique, par la révolte des paysans contre les anciens du village, tous membres d'une caste violente, répressive, chamanique qui faisait la promotion de la consommation d'insectes comme impératif religieux. Célestine ne voyait-elle pas la vile propagande à l'œuvre ? Était-elle si totalement séduite par le style visuel rétro du film, aux couleurs si étranges et aux mouvements de caméra évoquant un luxuriant mélodrame hollywoodien, à la Douglas Sirk, des années 1950 ?

Ce que Célestine voyait, par contre, c'était une œuvre créée expressément pour elle par, de manière inexplicable, un réalisateur nord-coréen dont elle n'avait jamais entendu parler et qui n'avait sans doute lui non plus, au vu du gardiennage virtuel du pays, jamais entendu parler d'elle. Comment était-ce possible ? Bien sûr, elle validait l'inévitable théorie selon laquelle il s'agissait là d'une rêverie solipsiste, mais dans l'esprit du drame intérieur, peu importait de quoi il s'agissait : cela avait du sens pour elle, et lui donnait un projet philosophique. Le cinéma coréen, particulièrement nord-coréen, est devenu une obsession pour Célestine mais, évidemment, de par la trajectoire peu orthodoxe dudit cinéma, il ne nécessitait pas l'étude de l'histoire coréenne ni même le visionnage de films coréens. Non. Il requérait des recherches d'un genre subversif, souterrain, et je suis donc rentré chez moi, un soir, par exemple, pour découvrir notre appartement rempli d'acolytes de Simon Sheen, alias Shin Sang-ok. Shin est surtout connu pour avoir été enlevé à Hong Kong en compagnie de son ex-femme, l'actrice Choi Eun-hee, par le futur dictateur de la Corée du Nord, Kim Jong-il. Kim, fou de cinéma, comprenait le caractère propagandiste des films, et il était aussi capable de reconnaître le charisme cinématographique quand il le voyait. Et comme il ne le voyait pas en Corée du Nord, il l'a kidnappé. (La soirée s'est révélée lugubre et difficile, et sans fil narratif, bien que Célestine ait été enchantée par la présence plutôt perplexe des sheeniens.)

Célestine s'est donc convaincue que le réalisateur de l'*Usage* n'était pas du tout coréen, mais plutôt un cinéaste français, victime d'un enlèvement, qui la connaissait très bien et communiquait avec elle par signaux tout au long du film. Bak avait affirmé que le leader suprême Kim Jong-un lui-même avait produit le film, suivant les principes exposés par son père dans son livre *Sur l'art cinématographique*, et par conséquent, étant donné que la passion pour le cinéma demeurait florissante à Pyongyang et, sous couvert de doctrine du Juche, allait de pair avec la cruauté néostalinienne, pourquoi n'auraient-ils pas enlevé le meilleur cinéaste, le plus adapté ? Pourquoi n'auraient-ils pas enlevé Romme Vertegaal ?

Donc.

— On doit détruire la religion des insectes, a-t-elle dit.

— Tina, tu es vraiment réveillée ? Est-ce que tu rêves ? Tu sais ce que tu es en train de dire ?

[« Tina ? » fit Naomi.

« Ça vient de Céles*tine*. Et on adorait tous les deux Tina Turner, la chanteuse américaine. »

« D'accord. Donc, Tina. »]

— Il aurait eu quarante-deux ans aujourd'hui, a-t-elle dit.

— Qui donc ? ai-je demandé, même si je connaissais la réponse.

— Romme. Il avait presque exactement vingt ans de moins que moi.

Tu dois savoir que si Aristide était toujours dans les parages, on connaissait aussi ce qu'on appelait des lacunes, des intervalles au cours desquels on avait besoin d'être séparés. Et, inévitablement, Romme, un jeune cinéaste brillant et radical qui avait abandonné ses études à Sciences-Po pour faire passer sa vision politique dans l'art cinématographique, venait remplir ces lacunes pour Célestine. Un sens politique étrange, et un cinéma étrange : une obsession pour Ike Eisenhower, la Chine, les années 1950 en Amérique, et les films de Douglas Sirk. Romme Vertegaal était un étudiant de Célestine, et bien sûr son amant lacunaire. Il était d'origine hollandaise ; ridiculement grand, et il avait insisté tout de suite auprès de Célestine sur le fait que, peut-être en accord avec son extrême grandeur, il gardait toujours un œil sur l'oubli. « Bienheureux, bienheureux oubli », auraient tatoué les premiers membres de la *Beat generation* sur leurs épaules, et Romme avait ces mots tatoués sur le cœur. Il avait clairement l'intention de disparaître, d'« oublier », et il a fini par le faire, laissant une Célestine parfaitement effondrée. On venait de se retrouver, de remplir nos dernières lacunes de nous-mêmes, et la substance de nos discussions ravivées était sa perte de cet amour, et la douleur inattendue que cela lui causait me faisait souffrir aussi, parce que je croyais qu'elle ne s'en remettrait jamais et que, par conséquent, tout entre nous serait vécu dans l'ombre de cet amour saint, bien plus grand, de cet amour perdu. Romme était un jeune homme spectaculaire à bien des égards, au-delà de sa taille absurde, presque surréaliste. Peut-être es-tu tombée sur certaines de ses œuvres sur YouTube. Elles sont remarquables.

Ses amis étaient convaincus qu'il s'était suicidé d'une manière diaboliquement rusée, impliquant une dissolution absolue de son corps, peut-être à l'aide de produits chimiques pour automobile, ce qui a aussi été l'hypothèse policière officielle relative à sa disparition. Célestine, néanmoins, était persuadée qu'il s'était rendu en Chine et qu'il avait disparu dans l'immensité de ce pays, malgré sa taille. Puis il y avait eu l'*Usage*, et Célestine avait compris qu'il avait atterri en Corée du Nord, où il faisait des films de propagande pour Kim Jong-il, puis de vrais films pour son successeur sans doute plus versatile, le garçon-roi Kim Jong-un, des films porteurs de certains messages qui lui étaient destinés, à elle, sur l'amour éternel et transnational de Romme.

Et donc, cette nuit où Célestine m'a secoué pour me réveiller et me dire qu'on devait détruire la religion des insectes, j'ai su qu'on était dans le pétrin. Simplement, je ne savais pas quelle forme ce pétrin prendrait. Peut-être l'avenir nous réservait-il d'approcher des représentants nord-coréens clandestins, à Paris, afin de leur proposer la visite spéciale de deux célèbres philosophes français qui portaient une attention toute particulière à la philosophie du cinéma. Une fois en Corée, Célestine essaierait d'entrer en contact avec Romme Vertegaal, qui travaillait sous le pseudonyme Jo Woon Gyu (le réalisateur de l'*Usage*), et elle s'enfuirait avec lui, ou plutôt elle l'épouserait sous les auspices du Leader Suprême Kim, comme pour faire écho, sous de meilleurs auspices, au mariage forcé de Simon Sheen avec son ex-femme, l'actrice, après leur double enlèvement, et symboliser la fusion divine de la philosophie politique et du cinéma dans le Paradis des Travailleurs du Nord. Célestine pensait-elle réellement en ces termes ? Une émotion profonde était toujours en embuscade sous sa pensée, mais elle ne l'empêchait jamais d'être cristalline dans sa logique, rigoureuse dans sa doctrine. D'un autre côté, tout ce qui avait trait à Romme était imbibé de cette folie de jeune fille, et c'était très perturbant et déstabilisant pour moi, pour nous.

Pourtant, malgré tout le temps que j'avais passé à vivre dans sa tête et dans son corps, je n'aurais jamais pu anticiper la véritable stratégie coréenne de Célestine.

À Paris, on avait une Smart Fortwo électrique. J'ai emmené Célestine dans un restaurant nord-coréen où elle devait rencontrer de mystérieux collaborateurs pour son projet Romme Vertegaal ; le restaurant était connu pour son style militaire saisissant, qui reprenait le graphisme et les couleurs du kitsch totalitaire. Elle m'a demandé de la laisser là-bas ; elle m'appellerait quand elle aurait fini. Je commençais à craindre qu'elle se mette dans une situation dangereuse. Je m'imaginais qu'elle risquait d'être enlevée et envoyée à Pyongyang. Le fait qu'elle ne souhaite pas que je m'implique me perturbait encore plus : cela signifiait qu'elle communiait avec Romme, c'était presque la première fois qu'elle ne pouvait pas également communier avec moi, et cela me faisait bien sûr beaucoup de peine. Je dois avouer que j'ai garé notre voiture un peu plus loin et que j'ai traîné dans la rue en face du restaurant.

Alors que je me tenais là, à fumer, abrité dans l'entrée d'un magasin de tapis, je méditais, curieusement, sur le fait que même pendant sa jeunesse, Romme avait porté des appareils auditifs – d'abord des Phonak, puis, quand il a été vu pour la dernière fois, des Siemens – à la suite d'une maladie infantile. Quand j'ai fini par accepter que j'en avais moi-même besoin, je me suis rappelé que Romme prétendait qu'ils étaient accordés à la musique des sphères célestes, et puis, plus sérieusement et plus banalement, à certaines fréquences satellitaires. Il n'avait jamais honte de son handicap auditif, n'était jamais réservé à ce sujet ; au contraire, il avait plutôt tendance à s'en vanter avec agressivité – il le politisait, comme tout le reste –, si bien que c'était devenu une cause. Quand on le rencontrait au café, il nous bassinait avec ça, et on avait l'impression de devoir au minimum se perforer les tympans avec la pointe d'une fourchette, par solidarité avec lui, mais aussi pour connaître la création divine de la technologie audio suisse et allemande. Dans une sorte d'audio-hommage qui lui était adressé, je suis allé voir son audiologiste quand il a été temps de me faire appareiller. À l'époque, la technologie numérique avait porté la sophistication de ces appareils au-delà de la science-fiction, au point où ils pouvaient être reliés à des téléphones portables, des satellites GPS, et maints autres appareils de communication. Ils étaient couramment qualifiés d'*instruments* auditifs, une appellation dont les accents artistiques vous donnaient des ailes, contrairement aux *appareils* auditifs, un terme immanquablement évocateur de vieillissement et d'infirmité. Mes propres instruments Siemens étaient dotés du Bluetooth, de six programmes distincts adaptés à des environnements sonores différents, de commutateurs pour les changements de programme et le contrôle du volume, et d'une commande à distance sans fil qui ressemblait à un ouvre-porte de garage. Mme Jungebluth m'avait énigmatiquement assuré qu'elle comptait plusieurs agents de renseignement internationaux parmi sa clientèle, dont aucun ne souffrait de problèmes auditifs.

J'étais convaincu que n'importe lequel de ces agents aurait écouté la conversation de Célestine pendant le dîner s'il s'était trouvé comme moi au coin de cette rue, qu'il l'aurait enregistrée et transmise à quelque antenne lointaine en Sibérie, mais je me retrouvais réduit, lamentablement, à l'imaginer. Et alors j'ai vu Célestine qui émergeait de la porte en bois, à la décoration chargée, du restaurant, en compagnie de deux Coréens vêtus de costumes sombres, en cravate, l'un d'âge mûr, l'autre assez jeune. Elle s'est tournée pour leur faire face, s'est arrêtée, et les a serrés dans ses bras, l'un après l'autre, avec une chaleur formidable, joyeuse. Le jeune lui a tendu une enveloppe en papier kraft rembourrée, sortie de la poche intérieure de son veston, et, tandis qu'elle fourrait l'enveloppe dans son manteau, il a joint les mains, fait une révérence, et s'est détourné. Son compagnon l'a imité. Comme les deux hommes s'éloignaient dans la rue, Célestine a sorti son vieux téléphone à clapet Nokia pour m'appeler. Je me suis hâté d'éteindre la sonnerie de mon téléphone et j'ai tourné le dos au restaurant.

— Oui ?

— Je suis dans la rue, devant l'Éternel Président. Tu viens me chercher ?

— Bien sûr. Laisse-moi dix minutes.

Mais je suis resté planté là encore cinq bonnes minutes, à l'observer comme un espion, comme un inconnu curieux, comme un rabatteur pour proxénète albanais, afin d'analyser son langage corporel tandis qu'elle faisait les cent pas en fumant, en tapotant et en serrant en rythme la poche de son manteau pour s'assurer que l'enveloppe y était toujours, ce qu'elle abritait semblant susciter en elle un sentiment de plaisir et de sécurité.

Dans la voiture, Célestine était distraite et joyeuse, une combinaison très troublante.

— Comment c'était ? ai-je demandé. L'Éternel Président. Je n'y suis jamais allé. J'imagine que le nom fait référence à Kim Il-sung. Les murs doivent être couverts d'images glorieuses à son effigie, dans ce style stalinien de la Corée du Nord.

Il fallut à Célestine de trop nombreuses secondes pour répondre à ce que j'avais dit, presque comme si elle avait dû d'abord décider d'absorber ma remarque, puis d'y répondre.

— Pas seulement les murs, les assiettes aussi. Kim Il-sung en Roi-Soleil, riant de bonheur, produisant des rayons de lumière jaune, encerclé de rouge, adoré par les soldats et les travailleurs de tous âges. Et le spectacle : de belles jeunes filles en tenue militaire à la coupe stricte, avec des mini-jupes, des bérets en forme de gâteau mais dans des couleurs et des tissus de dessins animés, vert chartreuse et fuchsia, effectuant une chorégraphie parfaitement synchronisée qui semblait se moquer des exercices militaires tout en les glorifiant étrangement. Et elles chantaient des chansons qui produisaient le même effet, des versions pop de chants militaires, des chansons de soldats, agressives, enjouées, et menaçantes. Leur étrangeté était euphorisante.

— Et la nourriture ? Tu as mangé ?

— Oh, oui, on a mangé. Du poisson et de la soupe – je pense que c'était du chien, franchement –, des boulettes de pâte frites, des beignets, du kimchi, et de nombreuses choses que je n'ai pas pu identifier. La musique semblait se mêler à la nourriture. Cela rendait son absorption comique, voire ironique. Mes amis m'ont assuré que c'était un repas authentiquement nord-coréen, pas sud-coréen, mais que seulement l'élite, là-bas, pouvait connaître les mets de grande qualité qui nous étaient présentés.

— Tes amis étaient coréens ?

Célestine m'a alors regardé pour la première fois depuis qu'elle était montée en voiture, presque surprise de découvrir qu'elle s'adressait à une autre personne et non à elle-même.

— Oh, oui. Ils étaient coréens. Sud-coréens, mais très obligeants.

— Mais très obligeants ? Tu veux dire que tu aurais préféré des Nord-Coréens ?

— Pour ma recherche, oui. Ç'aurait été mieux. Plus direct. Mais c'étaient deux hommes charmants, obligeants.

Célestine m'a caressé la cuisse pour tenter de me réconforter, mais ça n'a fait qu'accroître mon agacement et mes soupçons.

— Ils travaillent dans le cinéma ?

— Non. Ils travaillent dans les insectes. Je veux dire qu'ils font partie de la Société entomologique de Corée. Je m'interrogeais sur l'exactitude de ce film, l'*Usage*, son approche de la vie des insectes en Corée. Je veux en écrire une critique pour le magazine *Sartre*. Jean-Louis Korinth fait montre d'un enthousiasme débordant. Bien sûr, c'est toujours comme ça, ensuite il sabote tout quand il finit par voir l'article. Il se fait une idée sur-le-champ, dans sa tête, puis ce que l'on écrit ne correspond jamais à ce qu'il s'est imaginé…

Elle ne cessait de discourir, à présent, vagabondait dans la forêt profonde de la péninsule coréenne, le visage détourné de moi, sans voir défiler les rues. Je me suis demandé si elle avait trop bu. Ces derniers temps, l'alcool lui avait vraiment détraqué le cerveau, sa mémoire à court terme, ses réactions émotionnelles. J'ai essayé de la ramener sur terre.

— Et donc, ils ont réussi à faire la lumière sur certaines choses, pour toi ? La vie des insectes en Corée du Nord telle qu'elle est décrite dans l'*Usage* ?

Elle s'est retournée vers moi, et son visage s'est ouvert, épanoui, il est redevenu joyeux, sans que, cette fois, elle se laisse distraire.

— Oh, ils ont fait mieux que ça, a-t-elle dit, et elle a fourré la main dans la poche de son manteau pour en ressortir l'enveloppe kraft, que je n'avais pas osé mentionner. Ils m'ont donné le film. Ils m'ont apporté un DVD de *De l'usage judicieux des insectes*.

On s'est installés devant le DVD dès notre retour à la maison. Mon dîner était constitué de café et de cigarettes, une chose que Tina n'aurait normalement jamais autorisée, mais moi et mon métabolisme délabré n'existions pour l'instant plus pour elle. Elle mettait régulièrement le film sur pause pour prendre des notes sur son *bloc de journaliste** à spirales, sa concentration intense, son regard transcendant. Notre version de l'*Usage* comprenait des sous-titres en français et en anglais et provenait manifestement du festival de Cannes, où une copie en avait sans doute été montrée à des distributeurs potentiels. Célestine avait découvert, au-dessus d'une agence de voyages coréenne, rue de Rivoli, le minuscule bureau parisien de la Société entomologique de Corée – une antenne au but mystérieux, pouvait-on imaginer, car quelle pouvait bien être sa fonction ?

Mais, apparemment, la fraternité des entomologistes et des amateurs d'insectes de tous bords était bien établie et semblait plutôt préservée des tracasseries politiques habituelles. Comme je l'ai déjà dit, elle s'y était rendue pour vérifier les faits de la vie villageoise relatifs à la consommation d'insectes décrite dans l'*Usage*. Elle s'était imaginé qu'elle devrait apprendre à ses nouveaux amis entomologistes l'existence même du film mais, à sa grande surprise, ils en avaient des exemplaires et tiraient une grande fierté du rapport qu'ils entretenaient avec lui : la société était même créditée comme organe consultatif dans le générique de fin. Les deux hommes qu'elle avait rencontrés au bureau lui avaient proposé, après avoir souligné cette présence au générique, de dîner avec eux à l'Éternel Président, ils lui avaient promis de parler en détail de leur implication dans le film, puis, à sa grande surprise, lui avaient fait le don suprême de ce film rare. Ils avaient aussi promis de lui envoyer un exemplaire d'une édition récemment revue des *Noms d'insectes coréens*, quand elle serait disponible, et de l'abonner à leur revue, *Recherche entomologique*, qu'elle a déclaré préférer recevoir en coréen plutôt qu'en anglais, avant de leur assurer qu'elle avait déjà commencé à prendre des cours de coréen. À leur tour, ils lui ont assuré que bénéficier des lumières d'une authentique philosophe sur la vie des insectes coréens suscitait chez eux une excitation inconcevable, et sans doute aussi chez leurs collègues. Ils attendraient avec impatience son article sur l'*Usage* pour *Sartre* et en envisageraient fermement la publication dans leur journal officiel, aussi déstabilisant un tel article soit-il, niché entre « Évaluation du potentiel larvicide de certains extraits de champignons pathogènes parasitant les insectes vis-à-vis de *Anopheles stephensi* et de *Culex quinquefasciatus* » et « Électroantennogramme et effets sur l'orientation de vol de *Cotesia plutellae* exposé à l'extrait d'hexane d'une plante hôte crucifère et aux larves de *Plutella xylostella* ».

Célestine estimait qu'ils faisaient juste preuve d'une politesse délicate, mais elle le leur soumettrait néanmoins. Cette attirance irrépressible pour la science dure n'est pas rare parmi les philosophes de profession, qui se retrouvent souvent perdus dans l'abstraction et la politique et rêvent de ce qui semble, vu de loin, glorieusement terre à terre et par conséquent substantiel et indiscutable. J'avais à présent l'impression qu'elle jouait les entomologistes devant notre triste télé Lowe démodée, à tube cathodique (à une époque, la *crème de la crème**), dont l'image floue était pour elle une source constante de frustration, si bien qu'elle se laissait parfois tomber à genoux pour se placer face à elle, les yeux plissés devant l'écran, à la recherche de détails, scrutant l'univers du film comme s'il s'agissait d'une forêt tropicale de la Papouasie-Nouvelle-Guinée. Je m'attendais à une monographie de huit cents pages intitulée *De la consommation judicieuse des insectes coréens*, peut-être en coréen, peut-être dans quinze ans. Elle avait ce regard qui était le sien quand elle travaillait, ce regard au loin, dans l'avenir, un regard féroce qui m'avait toujours terrifié et transporté.

Regarder le film avec Célestine aux manettes, qui faisait des avances et des retours, des arrêts sur des images d'un intérêt douteux et offrait un commentaire décousu, improvisé, c'était être le témoin de la création d'un nouveau film qui n'avait qu'un vague rapport avec celui sur lequel le jury de Cannes avait rendu son avis quelques semaines plus tôt. Dans le nouveau film, celui coréalisé par Célestine dans notre salon humide, exigu, les vieux sages du village nord-coréen fictif de Joseon (une référence ironique à l'antique Royaume Ermite éponyme, ce qui conférait immédiatement au village une connotation primitive, isolationniste, atemporelle), ont décrété que toutes sortes d'insectes doivent être élevées et prélevées pour devenir la principale source de nutrition, et que les récoltes traditionnelles de riz, de maïs, et de chou doivent être exclusivement utilisées pour l'alimentation de ces insectes. Dans cette version, on retrouvait le dogme nutritionnel du régime Atkins, étrangement déformé – et bien sûr anachronique – qui préconisait que les protéines vitales des insectes remplacent les hydrates de carbone céréalières terriblement déficientes et nocives pour la santé qui favorisent la dépendance envers l'Ouest et ses laquais.

Les bébés sont, bien entendu, dispensés de ce nouveau régime à base d'insectes, si bien que les seins paysans des villageoises étaient exhibés à foison, toujours présentés en rapport avec l'allaitement des nourrissons et jamais avec le sexe, ou en tout cas le sexe non refoulé. Certains membres du jury ont jugé les séquences d'allaitement extrêmement érotiques, d'autres pas. Bien que nous ayons reçu l'assurance que la version visionnée était la version officielle approuvée par le Parti des travailleurs de Corée, et que cette version serait montrée partout dans le pays sans coupes, notre scepticisme était grand puisque nous craignions qu'il puisse s'agir d'une contrefaçon précisément adaptée à nos goûts occidentaux décadents. Verrait-on réellement des seins nus et des mamelons engorgés sur les écrans de la puritaine Pyongyang, sans parler de Kaesong ou de Chongjin ? Sans aucun doute, ces questions avaient porté préjudice au film lors de notre vote, mais elles n'étaient bien entendu pas pertinentes aux yeux de Célestine, pour qui l'*Usage* était une lettre d'amour signée de Romme Vertegaal.

Et la clé occulte (au sens médical du terme) du message du réalisateur enlevé semblait résider dans les séquences au cours desquelles le village, désormais heureux, radieux, aux apports nutritionnels enrichis, est attaqué par une tribu féroce de prêtres guerriers qui assujettissent violemment les hommes et arrachent des bébés innocents à leurs mères qui les allaitaient béatement, et, de manière non fortuite, exposent les mamelons engorgés susmentionnés. Les prêtres guerriers vouent un culte aux insectes, considérés comme des êtres sacrés, ils considèrent que l'ingestion d'insectes anoblit l'homme et l'empêche de tomber dans la bestialité ; par conséquent même les nourrissons doivent se nourrir exclusivement de la bouillie d'insectes redoutable et noire qui constitue le régime des prêtres. Après la conquête de Joseon, on assiste à d'occasionnelles arrestations de mères courageuses, clandestinement enfuies vers les forêts de montagne pour allaiter, suivies de leur exécution par strangulation.

Célestine était horrifiée et paralysée par l'horreur de ces scènes, même si, dans un sens, c'était elle qui les créait ; elle étreignait son sein gauche en les observant (son sein le plus gros, et mon préféré, même si sa forme était moins parfaite que celle du droit ; ce n'était pas tant la taille, c'était le mamelon, l'aréole, la douceur élastique, la tache de naissance pareille à celle qui figurait sur la joue d'Elizabeth Taylor). Pour elle, le message de Romme, le message de la lettre d'amour était le suivant : Coupe-toi le sein gauche, ce sac où bruissent les insectes, car si tu n'en fais rien, ils répandront leur religion dans tout ton corps, y compris, et surtout, dans ton cerveau. Et alors tu seras finie comme philosophe, et tu ne seras plus d'aucune utilité à Romme Vertegaal.

Je n'ai pas tardé à considérer qu'il s'agissait là de la version de Célestine de ce que nous appelions l'apo, pour apotemnophilie, même si j'avais conscience que cette version ne semblait pas vraiment conforme à l'archétype du syndrome. L'archétype impliquait le désir d'amputation d'un ou de plusieurs membres comme correction apportée à un corps dont la structure demeurait imparfaite. Ma jambe droite ne m'appartient pas, c'est un appendice qui m'est étranger. Je dois m'en séparer ; je ne pourrais être entier, je ne pourrais me réaliser tant que je ne m'en serais pas séparé. J'ai insisté pour que Célestine et moi étudiions l'apo avec assiduité, car je ne pouvais accepter sa certitude d'avoir reçu le diagnostic d'un vieil amant par le truchement d'un film évoquant tout à la fois un pronostic et un traitement drastiques, qui lui paraissaient tous deux exacts et acceptables.

Célestine a cédé à mon désir de la convaincre qu'elle souffrait d'apotemnophilie, ce qui, quoiqu'un peu étrange, était au moins une construction psychique reconnue, étayée par un corpus de littérature médicale technique et de nombreux sites Web réalisés par des personnes atteintes de ce mal. La recherche était en cours. Des découvertes impliquant des expériences dans le domaine des réponses électrodermales suivies d'une magnétoencéphalographie ont semblé confirmer l'origine neurologique du syndrome ; l'on pouvait arguer qu'il ne relevait pas de son imagination névrosée mais était physique, un problème au niveau du cerveau, et par conséquent

« réel ». Mais la version célestinienne de l'apo était peut-être un peu trop étrange même pour cette configuration. Elle m'a fait doucement remarquer, d'une manière décontractée, gentiment conversationnelle (technique irrésistible qu'elle employait avec ses étudiants pour s'en faire aimer), qu'elle n'avait pas de seins pendant son enfance et que par conséquent, enfant, elle n'avait pas souhaité leur amputation ; qu'un désir de réduction mammaire voire de mastectomie n'était pas reconnu comme participant du syndrome de l'apo, mais plutôt lié à des problématiques de confusion de genre et autres états psychiques, et qu'elle n'avait pas tant l'impression que son sein gauche ne faisait pas partie de son corps mais plutôt qu'il était plein d'insectes qui représentaient un danger pour elle, tel le carcinome canalaire in situ ou le cancer du sein à part entière, si bien que l'ablation de ce sein était calmement, rationnellement préconisée.

Et l'élément religieux était également loin de figurer parmi les préoccupations apos classiques. Le livre de Célestine, *Le mamelon et la bouche*, au sujet de la religion universelle du sein nourrissant, était évidemment le texte clé, ici. Il esquissait la manière dont un athéisme pur et rigoureux exigeait le rejet de certaines religions qui n'étaient pas reconnues comme telles mais fonctionnaient comme religions et nécessitaient par conséquent d'être dénoncées et démantelées – comme la religion des insectes de l'*Usage* telle qu'elle avait été transmise à Célestine par son ancien amant français d'origine hollandaise, Romme, à présent transmué, par l'alchimie de l'enlèvement, en réalisateur nord-coréen. Tu vois, donc, ce que je me coltinais après m'être réveillé, à la suite d'un rêve, le rêve qu'avait été notre vie commune jusqu'à cet instant matutinal dans la villa sur les hauteurs de Cannes. Et ma lutte tacite avec Célestine devait être menée sur deux fronts : son désir d'amputer son sein gauche, et son désir de renouer avec le fantasme de Romme Vertegaal, alias Jo Woon Gyu.

Avait-elle en fait subi une attaque, un accident vasculaire cérébral, tandis que nous regardions l'*Usage* sur le banc des jurés à Cannes ? L'attaque avait-elle assombri son cerveau d'un présage cosmique tandis que les images de paysans, de prêtres guerriers et de cultures d'insectes nous assaillaient ? (Je songeai au roman religieux de Philip K. Dick, après son attaque, *L'invasion divine*.) Le temps qu'on rentre à Paris, elle plaisantait déjà au sujet de notre expérience pendant le festival et suggérait que son petit « philosospasme » avait été causé par l'atmosphère publique surchauffée et trop critique du festival. Et avait-elle subi une autre attaque pendant la nuit, qui avait ranimé l'emprise du film restée latente plusieurs mois ? Une attaque pouvait-elle raviver les effets d'une attaque antérieure, lesquels s'étaient manifestés avant de s'estomper puis de disparaître ? Je lui ai enjoint de passer une scintigraphie du cerveau. J'ai moi-même examiné son visage, à la recherche d'une faiblesse révélatrice, une bouche affaissée, un œil tombant. Je n'ai rien trouvé ; elle ne ressentait rien, et ne voulait voir aucune espèce de médecin. Ce n'était qu'une succession d'épiphanies, a-t-elle dit, de celles que nous subissions souvent ensemble – *subissions* car elles nous frappaient comme des révélations qui exigeaient des actions, qui chamboulaient tout confort, le renversaient et le jetaient sur le parquet vernis. Elle parlait de ses prises de conscience philosophiques et sociales, des percées de cognition inextricablement mêlées à de puissants mandats émotionnels. On faisait souvent naître ces moments par la force, en voyageant alors qu'on était épuisés, ou en écrivant sous une contrainte politique extrême. Je ne pouvais nier la réalité de ces événements intangibles et cryptogénétiques ; on en avait partagé tellement. Intellectuellement, pendant une nanoseconde, tout cela paraissait raisonnable ; puis tout cela paraissait, à l'évidence, ridicule et fou : amputer un sein en parfaite santé parce que, contre toute plausibilité, sa propriétaire le reniait et craignait son contenu ?

J'ai insisté pour que Célestine me laisse étudier les résultats de sa dernière mammographie. Elle n'a pas résisté. L'affirmation de sa normalité (avec les réserves d'usage de la part des techniciens, relatives à la densité inhabituelle du tissu fibroglandulaire, étudié bilatéralement, qui amenuisait la sensibilité de la mammographie et compromettait peut-être ainsi la justesse du diagnostic) n'a pas décontenancé Célestine. La mammographie remontait à trois ans, elle portait donc en germe sa propre insuffisance ; elle représentait une vision du monde médical défectueuse et circonspecte qui n'abordait pas et ne pouvait aborder le niveau de l'existence où la vie humaine est menée. Il y avait eu des ultrasons, des clichés de l'intérieur de ses seins. On les feuilletait nonchalamment, comme de vieilles photos de famille. On n'y voyait aucune trace d'insectes. Bien sûr que non, a-t-elle dit. L'attaque des insectes est soudaine, barbare, et absolue. Il s'agit d'une colonisation, comme pour le village dans l'*Usage*, une étape liminaire, suivie d'une métastase complète et de la subjugation conséquente. Comment étaient-ils arrivés là-dedans, dans ce dôme liquide magnifiquement clos ?

— Ils creusent des terriers. Ils percent des galeries. Ils injectent leurs œufs. Je vais faire une réunion avec mes amis coréens entomologistes à ce sujet, a-t-elle dit. On a déjà pris rendez-vous pour discuter des stratégies universelles des insectes.

— J'aimerais bien y assister. J'aimerais bien pouvoir consigner cette… aventure.

— C'est possible, bien sûr c'est possible. Et tu peux faire plus que cela. Tu peux aller voir ton audiologiste et lui demander si elle peut te dire où Romme vit aujourd'hui. Je suis sûre qu'elle a été en contact avec lui. Ils avaient une relation particulière, très complexe et subtile, et son audition – et donc aussi sa carrière de cinéaste – dépendait d'elle, d'une certaine façon. Il ne risque pas de l'avoir abandonnée, même avec la distance entre Pyongyang et Paris. Je crois même qu'aujourd'hui on peut reprogrammer les prothèses auditives par Internet. Après tout, ce ne sont que de minuscules ordinateurs équipés de Bluetooth et de wi-fi. Il me semble même que tu l'as fait, n'est-ce pas ?

Je ne l'avais pas fait, mais je ne doutais pas qu'une telle chose était possible. Et je ne doutais pas que si quiconque programmait les prothèses auditives du cinéaste préféré du Cher Leader Respecté, sur Internet, depuis un bureau parisien, c'était Elke Jungebluth.

10

Mon voyage jusqu'à la clinique d'audiologie Jungebluth représentait plus qu'un petit trajet dans une Smart électrique, même si, au niveau pratique, c'était ce que je m'imaginais qu'il serait. Nous nous autorisions réciproquement à connaître un certain nombre de « philosospasmes » par an ; il s'agissait d'épisodes de comportement obsessionnel/compulsif, impliquant souvent des histoires de fesses avec des étudiants, ou des périodes de désespoir profond, complexe, ou d'occasionnelles et intenses aventures politiques qui nous rendaient vulnérables aux médias et au public et provoquaient en nous un grand malaise. Mais notre pacte était de nous soutenir pendant ces spasmes, et de traiter cette réalité momentanée comme si c'était la seule vraie réalité, ce que, bien entendu, par ce traitement, elle devenait. J'ai donc avancé sur le périphérique, à la recherche de la bretelle de sortie vers la rue de Vaugirard, porte de Vanves, qui me conduirait à la clinique Jungebluth, et je me suis bientôt retrouvé dans la salle d'attente design et technichrome, pendant que mon dossier audiologique était épluché par un étudiant de Sciences-Po très sérieux qui travaillait au cabinet à temps partiel et faisait semblant d'ignorer qui j'étais.

Ma première incursion dans le monde des instruments auditifs m'a projeté dans une succession lugubre de bureaux paraissant inciter au suicide, situés dans des maisons de retraite ou des ateliers clandestins improvisés dans des appartements en sous-sol aux allures de magasins de meubles discount à monter soi-même. Même si la technologie était souvent sophistiquée, la vente au détail était louche et ne paraissait pas professionnelle. Et chaque fois qu'on revenait se brancher les oreilles dans l'ordinateur de l'audiologiste, on se retrouvait face à une nouvelle audiologiste et souvent face à un nouveau programme informatique. D'après mon expérience, les audiologistes étaient toutes des femmes, ou plutôt, dans la plupart des cas, des filles, et des filles pas très à l'aise avec les vieux messieurs impétueux et exigeants comme moi. Elles avaient envie de se montrer condescendantes, de vous aider à insérer les écouteurs dans le conduit avec vos doigts tordus, tremblants, gourds ; elles désiraient simplifier la technologie des appareils (créés par d'énormes industries électroniques, aux ordinateurs d'une puissance six mille fois supérieure à celle qui avait permis le lancement du vaisseau lunaire Apollo 11) et vous cacher les six programmes distincts que vous pourriez moduler de manière infiniment variable, ne vous autorisant que le simple usage d'un bouton pour allumer et éteindre les machins. Elles ne voulaient pas vous jeter dans la perplexité.

C'est seulement après avoir rencontré Elke, à cause de l'insistance de Romme Vertegaal, que j'ai eu l'impression que l'univers du son pouvait s'épanouir pour moi d'une manière sérieuse, excitante, après des années de non-interactions assourdies, étouffées, inconscientes. Et nous nous trouvions alors à nouveau à Vanves, en consultation, ce qui représentait pour elle un engagement qui liait de manière inextricable deux vies dans un projet créatif d'une ampleur substantielle.

Elke était la fille au physique ingrat de deux psychanalystes allemands de Cologne, son père adepte de la psychanalyse freudienne, sa mère jungienne, qui portaient tous deux des prothèses auditives. Son frère aîné, un musicologue spécialisé dans la danse élisabéthaine, avait déménagé à Boston pour enseigner au New England Conservatory of Music ; il portait lui aussi des prothèses auditives. Nous voyons donc ici ce que Freud aurait qualifié de cathexis nette ayant fini par générer le phénomène Jungebluth. En tant que seule personne de la famille dotée d'une audition normale, et que plus jeune membre, Elke avait pris la responsabilité de tout le paysage sonore familial ; façonner et améliorer leur univers auriculaire, puis celui de toutes les personnes de son entourage ne tarda pas à devenir l'objectif de sa vie. Bien qu'il soit évident qu'un psychanalyste doive pouvoir entendre pour exercer correctement son métier, tout comme un musicologue, Elke dut faire face au problème habituel du déni de handicap, pour reprendre ses termes, son frère allant jusqu'à lui faire écouter des enregistrements qu'il parvenait lui-même à peine à entendre, la poussant à combler les lacunes de ses descriptions. Parfois, ses parents enregistraient en douce des séances d'analyse avec leurs patients et les faisaient écouter à Elke, avant de lui demander de transcrire ce qui était dit et de commenter les nuances des modes d'expression des patients. Ainsi une énorme pression s'exerçait-elle sur Elke, qui en avait conçu un grand sens du devoir et des responsabilités, un mélange puissant et assez fréquent. Et j'en ai été le bénéficiaire.

Comme toujours, on se trouvait dans le cabinet de consultation aux lignes épurées d'Elke. J'ai dit qu'elle avait un physique ingrat, et c'était le cas : un visage incroyablement osseux et long ; des yeux mornes, opaques, d'un marron boueux et de tailles nettement différentes ; des cheveux maladifs, raides et ternes, qui grisonnaient de manière prématurée par plaques disgracieuses ; des oreilles protubérantes qui paraissaient comiquement sur le qui-vive ; un corps rondelet, aux formes hésitantes, qui semblait lui causer une détresse constante, d'un genre indéterminé. Mais ce physique ingrat mettait en valeur son intellect, ce par quoi je veux dire que sa présence physique nécessitait que vous en fassiez peu de cas pour vous concentrer plutôt sur son intelligence pénétrante et holistique, sur la *gestalt* immédiate et naturelle qu'elle créait et qui vous enveloppait, vous nourrissait, et vous rendait même euphorique. La conversation roulait sur Romme Vertegaal.

— Pouvez-vous me parler de lui ? ai-je dit. C'est lui qui m'a conseillé de vous voir. L'audiologie est-elle soumise au secret médical ? Je sais que les audiologistes ne sont pas des médecins…

— Écoutez les grillons[1], a-t-elle dit en hochant sagement la tête tandis qu'elle me parlait, car elle comprenait tout.

— Écouter quoi ? Les grillons ? Vous voulez dire les insectes ?

J'ai immédiatement songé à Buddy Holly and the Crickets (groupe qui s'était même appelé, une fois, The Chirping Crickets[2]) et à la musique merveilleusement naïve de ma jeunesse – « That'll Be the Day », « Oh, Boy ! », « Not Fade Away », « Maybe Baby » – qui paraissait alors se fondre sans heurts dans mon étude d'Hegel, d'Heidegger, de Kant, de Schopenhauer, les influençant et leur insufflant une sexualité contemporaine et une pertinence émotionnelle. Ma tête a commencé à s'emplir de cette musique, un emballage si puissant pour les émotions de ma jeunesse et la vague conséquente du passage du temps, de la mortalité, que j'avais éprouvé un besoin pitoyable et juvénile de m'assurer qu'elle ne parlait pas du groupe, alors que je savais tout du long que cela ne pouvait être le cas.

Imagine alors ma perplexité lorsque Elke s'est extirpée avec une souffrance joyeusement endurée de son siège de bureau Aeron – les contorsions de son corps transmises en détail par le tissu austère de sa blouse « clinique Jungebluth », à la coupe serrée – pour traverser la pièce et s'accroupir devant un meuble de rangement bas en acier inoxydable,

1. En anglais, grillon se dit *cricket*.
2. Les grillons stridulants.

en faire glisser la porte vitrée afin de l'ouvrir, et revenir vers moi avec, dans la main, l'album en question, le vinyle au format classique. Avait-elle bien fait référence aux Crickets, et était-ce là une interprétation obscure d'un de leurs albums originaux ? Le titre *Listen to the Crickets* est apparu sur la pochette cartonnée dans une police déliée, artisanale et écrite à la main, en lettres blanches sur un arrière-plan bleu foncé. Sous le titre se trouvait un portrait noir et blanc hautement contrasté d'un homme d'âge moyen, à lunettes, qui n'était pas Buddy Holly mais Romme Vertegaal. Sous le portrait, des caractères alphabétiques s'entassaient dans des blocs syllabiques que je parvins à identifier comme du hangul, l'alphabet coréen. S'agissait-il simplement du titre de l'album, traduit en coréen ? Tu peux imaginer le choc que j'ai eu en voyant l'image de Romme jouxtée d'une quelconque manière avec des mots coréens, sans parler des insectes. Mon projet avoué – au fond incontestablement condescendant, mais produit de quarante ans d'amour et de liaison intellectuelle étroite avec Célestine –, qui consistait à faire pénétrer de force la réalité dans l'absurde fantasme coréen de Célestine autour de l'*Usage* et de l'enlèvement de Romme Vertegaal, était désormais réduit à néant, rendu caduc par cette confirmation – en tout cas partielle – inattendue de ce que n'importe qui aurait estimé être une chimère pathologique.

— C'est Romme.

C'est tout ce que je suis parvenu à dire.

— Oui, a dit Elke. N'est-ce pas stupéfiant ?

— Je n'en sais rien. Ce sont des lettres coréennes ?

Elke s'est lourdement râssise sur son siège de bureau, elle tenait soigneusement l'album sur ses genoux, qu'elle inclinait vers moi avec prévenance afin que je puisse me délecter de sa splendeur. Il capturait désormais la lumière du plafonnier d'une manière qui révélait son traitement métallique adroit des ombres subtiles de l'image artistique sur la pochette, que je n'avais d'abord pas remarquée. Ce que j'avais pris pour un bloc bleu foncé devenait un champ d'herbes bleu-vert : nous nous retrouvions au niveau de l'herbe, parmi les grillons.

— Romme a eu des relations d'affaires avec la République populaire démocratique de Corée pendant quelque temps, et cet album vinyle est le fruit d'une partie de ce travail. Pas seulement des affaires, bien sûr. La technologie lourde de la Corée du Nord devient manifeste, ici. Les lettres coréennes signifient « l'usage sagace » – ou peut-être « perspicace » – « des insectes dans la technologie auditive ». Les partenaires nord-coréens de Romme ne sont pas aussi fantasques ou poètes que lui. (Elle a enfilé une paire de gants blancs délicats, trouvés dans sa poche, et a sorti lentement, théâtralement le trente-trois tours couleur réglisse de sa pochette.) C'est la toute première version de *Listen to the Crickets* en Europe. Il se peut bien que ce soit l'unique, pour l'instant. D'autres suivront, inéluctablement.

— Mais de quoi s'agit-il ? Est-ce un inventaire de bruits d'insectes ? Ça a un rapport avec la Société entomologique de Corée ?

— Non, a répondu Elke. C'est un outil créé pour

programmer les instruments auditifs d'une manière que leurs concepteurs n'avaient pas imaginée.

Un enregistrement vinyle complètement rétro qui faisait l'interface avec des prothèses auditives sophistiquées, numériques, et leurs supports numériques brevetés – je n'arrivais pas non plus à imaginer une telle chose. Mais bon, je n'ai pas eu à le faire, puisque cinq minutes plus tard je me suis retrouvé connecté au projet nord-coréen de Romme Vertegaal pendant que mes… réglages étaient mis au point.

— Il existe aujourd'hui des platines laser qui ont complètement liquidé les bras de lecture, les aiguilles, les diamants et les cartouches, a dit Elke, en passant le cordon de la télécommande sans fil Connexx autour de mon cou. L'usage de ce genre d'appareil nous simplifierait certainement la vie, à nous autres humbles audiologistes qui souhaitons simplement utiliser la méthode de réglage Vertegaal. Mais Romme s'y oppose. On a tous été obligés d'investir dans l'une de ces monstruosités exotiques. Elles sont atrocement chères et d'entretien difficile, et c'est pour cela que peu d'entre nous font ce que je m'apprête à faire pour vous. Celle-ci a plus de vingt ans. Elles ont toutes été créées par une Israélienne, Judith Spotheim-Koreneef, qui les a mises au point à Eindhoven, en Hollande. Romme a optimisé *Crickets* pour les paramètres audio de ces machines en se servant de l'unique échantillon qu'il y avait alors en Asie. Il y en a un peu plus là-bas, aujourd'hui.

Nous étions cloîtrés dans la cabine audio 4, une sorte de studio d'enregistrement qui flottait sur de la mousse, conçu pour avoir une sonorité neutre.

Les paroles prononcées dans la cabine 4 paraissaient anormalement assourdies, tels des objets inanimés. Les parois de la cabine, le sol, le plafond, rien de tout cela ne conférait ni énergie, ni forme par réflectance ou par géométrie aux bruits émis par nos bouches, et cela produisait un effet mystérieux sur le sens et l'impact des mots en soi, difficile à évaluer. J'ai alors compris que la neutralité totale, dans la communication humaine, est déstabilisante ; il faut écrire un article là-dessus.

En face de moi se trouvait un appareil énorme et complexe qu'on pourrait appeler, tout simplement, un tourne-disque, mais dont la présence évoquait davantage un spécimen incroyablement gigantesque de zooplancton. L'acrylique translucide de son énorme plateau et ses divers blocs et cylindres, l'acier inoxydable des poids enchâssés autour de la périphérie du plateau, le titane de son bras délicat aux divers contrepoids et les courroies motrices filiformes menaient à une structure scintillante et prédatrice qui semblait particulièrement adaptée à une vie sous-marine frénétique. Quand Elke a allumé la télécommande posée sur mon sternum, je me suis apparemment retrouvé connecté sans fil à cette chose, et Elke et moi étions connectés à son ordinateur de bureau et à Connex, l'interface de programmation pour aides auditives Siemens. Elle nettoyait à présent le disque avec un kit spécial pour vinyles – une boîte en plastique jaune munie de rouleaux et de brosses, pleine d'eau distillée et d'un bouchon de produit nettoyant – tournant avec amour le disque sur les rouleaux de ses doigts gantés, trois fois dans le sens des aiguilles d'une montre, trois fois dans l'autre, avant de l'en enlever et de le faire sécher en lui donnant des coups légers à l'aide d'un tissu non pelucheux en coton, d'un blanc virginal, trouvé dans un tiroir scellé par des joints en caoutchouc pour le protéger de la poussière. Fixer le disque sur le plateau avec le palet en acrylique, remonter l'interrupteur à bascule dans un boîtier en acier, baisser doucement la minuscule cartouche pareille à un cercueil sur la rainure du vinyle, et… rien. Je n'ai rien entendu.

— Je n'entends rien, ai-je dit, mais à personne, car Elke avait quitté la cabine, elle avait fermé la double porte dans un souffle d'air – l'atmosphère expulsée – et m'avait laissé dans le vide. Je parvenais à peine à la voir par l'un des hublots à triple vitrage du mur, elle avait commencé à manipuler le programme Connexx avant de s'être bien installée dans l'Aeron. Je m'étais rendu à la clinique Jungebluth (elle était associée avec des audiologistes que je n'ai jamais eu l'occasion de rencontrer) pour faire avorter ma complicité dans les délires de Célestine à propos de Romme, des insectes dans son sein, de Pyongyang, partant du principe que mes demandes de renseignements apporteraient une espèce de preuve que Romme vivait à Paris ou à Rome, qu'il n'avait pas été enlevé par un quelconque Kim, qu'il n'était pas le réalisateur de l'*Usage*. Naturellement, cela aurait permis de tirer Célestine en douceur de son fascinant récit corporel, peut-être à l'aide d'un traitement de choc, une rencontre avec Romme, chez nous, quand je l'aurais contacté. Cela susciterait-il chez elle une réaction de type syndrome de

Capgras, une dénégation selon laquelle le Romme que je lui présentais n'était pas le vrai Romme ? Affirmerait-elle qu'il s'agissait d'un imposteur, créé par les Kim grâce à la chirurgie pour tromper le monde et, en particulier, la tromper elle ? Mais ce n'étaient là que mes propres fantasmes, qui ont été grossièrement pulvérisés par la preuve apportée par Elke que Romme avait passé du temps à Pyongyang comme consultant technique, qu'« un genre de film avait été réalisé », et qu'il avait été « enlevé » – Elke a utilisé ce mot en toute innocence, sans que je le lui souffle – « par la profondeur et la passion de la culture là-bas, hypnotisé et ravi au point de vouloir y vivre pour une durée indéterminée ».

C'était moi qui délirais, pas Célestine ; ou en tout cas je me montrais dédaigneux, et de manière injustifiable, vis-à-vis de ses instincts et de sa sensibilité à certaines réalités aberrantes que ni elle ni moi n'avions été capables de révéler auparavant. Son sein gauche était-il devenu un sac plein d'insectes dangereux ? Cela était-il moins concevable que l'invasion du tissu mammaire par les cellules épithéliales qui se déchaînent dans les canaux galactophores ? Oui, évidemment, mais si les « insectes » étaient la métaphore de Célestine pour une chose plus plausible sur le plan médical ? Mais si c'était son seul moyen d'exprimer la conscience tout à fait réelle qu'elle avait d'une pathologie unique ?

Le plateau en acrylique de l'appareil Spotheim-Koreneef tournait de manière hypnotique, sa couronne de poids scintillants, tel un tas de pièces, chatoyait avec une avidité nano-crustacée. Et à présent, par mes hublots, je voyais le programme Connexx réduit à une fenêtre sur l'écran d'Elke ; l'affichage indiquait qu'il transférait ses données de réglages et de paramètres – tout ce qui contrôlait mes instruments auditifs Siemens Pure Micon avec écouteur dans le conduit – dans une autre fenêtre, plus grande, qui affichait un mélange de blocs syllabiques coréens et de mots anglais. C'était le programme de réglage concocté par Romme et ses camarades nord-coréens anonymes, adeptes de la doctrine du Juche, conçu pour être utilisé conjointement à l'album *Crickets* et au néo-tourne-disque, et auquel j'avais consenti de soumettre toute mon existence auditive pour de nouveaux ajustements. Selon l'horloge présente dans ma cabine et semblable à celles que l'on trouvait dans les gares des chemins de fer fédéraux suisses, la procédure a pris une heure et dix-sept minutes, au cours desquelles j'ai été projeté dans un paysage sonore plutôt effroyable et menaçant de bourdonnements, de gazouillis, de cliquetis bégayants, et de respirations rauques, non humaines (par les valves des stigmates d'insectes ?), et d'une variété de clapotis frémissants, fluides, qui suggéraient le mouvement du sang non humain dans d'infimes cœurs tubulaires aux multiples cavités. Mon interprétation de cet univers auditif était manifestement en grande partie façonnée par mon expérience de l'*Usage*, l'inventive pathologie de Célestine, et la pochette de l'album, et cette interprétation aurait tout à fait pu être enregistrée et analysée quelque part dans l'éther d'Internet, puisque, apparemment, la réaction de mes tympans et la machinerie organique associée à l'intérieur de ma tête à ce paysage sonore, dont les données étaient renvoyées au programme nord-coréen (intitulé, de manière inoffensive, « Accordé à la nature », ainsi que je l'appris plus tard), équivalaient à une lecture de l'activité électrique de mon cerveau, bien plus profonde et bien plus significative qu'une électroencéphalographie normale. Je me suis demandé, désinvolte, si la pression croissante sur ma vessie rabougrie pouvait affecter les résultats et perturber ma programmation ; j'avais vraiment besoin de faire pipi. On était tombés d'accord sur le fait que la plupart des changements interviendraient dans le Programme 5, mon ancien programme « musique » (qui avait vocation à équilibrer tous les sons des instruments de musique et des voix comme s'ils étaient perçus par une ouïe normale), et que le Programme 1, « universel », demeurerait complètement vierge pour servir de référence. L'interrupteur à bascule sur mon instrument gauche me permettait de me promener dans les six programmes, qui incluaient « TV » (Programme 2), « environnement bruyant » (Programme 3), « extérieur /sports » (Programme 4), et « téléphone » (Programme 6). J'ai demandé à Elke de baptiser le Programme 5 « Vertegaal », et c'est sous ce nom qu'il est apparu sur l'affichage LCD de ma télécommande Tek à connectivité sans fil.

Je suis ressorti de la clinique Jungebluth avec les oreilles réglées sur mon Programme 1, sûr et inchangé, et effrayé, sans vraiment savoir pourquoi, à l'idée d'arpenter les rues de Vanves en étant branché sur le Programme 5 – que pouvait-il se passer ? J'avais oublié où était garée la Smart Fortwo, ce qui m'arrivait de plus en plus souvent. Par bonheur, mon iPhone, qui venait désormais à la rescousse de mon cerveau défaillant, en avait conservé les coordonnées GPS, et son système de guidage Plans, avec le mode « conduite », me fit passer par trois rues pour rejoindre le petit véhicule, à l'allure si sémillante avec ses éléments de carrosserie d'une couleur anthracite mate et échangeables. J'avais conscience de tirer un plaisir démesuré de petits événements et d'objets technologiques, et c'était probablement une tactique à demi consciente pour éviter d'affronter certains faits atroces de la vie, sans doute insolubles et voués à causer une douleur et une détresse incessantes ; pourtant le plaisir était réel et j'en jouissais avec gourmandise. Une fois dans la voiture, j'ai songé que j'allais passer au Programme 5, le Vertegaal, et permettre aux nouveaux réglages de faire affluer dans mon cerveau des sons qu'il n'avait encore jamais perçus ; mais je n'en ai rien fait. Je me suis justifié en me disant que la voiture électrique était trop silencieuse, trop bien isolée – contre les changements de température, pour économiser la batterie, mais elle étouffait également les sons – pour livrer quoi que ce soit de spectaculaire, et alors je serais déçu, et alors je serais déprimé. Telle était ma justification. Mais tout l'exercice n'avait-il pas trait à une seule chose : le sein gauche de Célestine ? Pourquoi faire mumuse avec des jouets ?

Quand je suis rentré chez nous, ma tête bourdonnait comme si c'était elle, le vaisseau plein d'insectes agressifs ; peut-être était-ce ma tête qu'on devait couper. Célestine n'était pas là. J'étais incapable de lire. J'ai allumé la télé et j'ai commencé à regarder le MotoGP, le championnat du monde de motocyclisme, à Aragon, en retransmission différée. Je ne connaissais rien au MotoGP, mais j'ai sur-le-champ été enchanté par les machines, les étranges combinaisons de moto en cuir, rembourrées, à bosse, avec des palets en céramique glissants attachés à l'aide de velcro à leurs genoux, les casques futuristes, la férocité de la course. Les commentateurs parlaient de la sophistication croissante des commandes électroniques même sur ces machines élémentaires, un sujet d'inquiétude, disaient-ils, parce qu'elles exerçaient un tel contrôle du pavillon des gaz, de la traction, des freins, du tangage, et même de l'angle d'inclinaison que l'on se demandait si les pilotes n'allaient pas devenir obsolètes. Il va sans dire que les questions technologiques soulevées par la course m'ont stimulé et m'ont heureusement distrait, surtout dans la mesure où les technologies du MotoGP et des instruments auditifs Siemens s'imbriquaient si bien que je n'ai pas tardé à sentir le système d'antipatinage, d'antiblocage des roues, le capteur de force, les éléments d'unités de contrôle électronique qui se mettaient en route dans mes oreilles. Je me suis rendu compte que les enceintes de notre pauvre vieille Loewe, une simple stéréo banale, pas 5.1 ni 6.1 ni au-delà, marchaient toujours très bien, et j'ai été tenté de me brancher sur le Programme 5, juste pour voir ce que cela produirait sur le son surnaturel de ces motos multicylindres. Cela créerait-il une forme d'ouïe géniale, potentialisée par les motos du Grand Prix ? Mon index planait effectivement sur l'interrupteur du contour d'oreille gauche lorsque j'ai entendu le tintement des clés de Célestine qui s'approchait du palier étroit devant notre porte. En règle générale, une légère claustrophobie l'empêchait de prendre l'ascenseur, et on l'entendait, malgré la distance, dans l'escalier en colimaçon. J'ai éteint la télé alors que deux pilotes espagnols entamaient le dernier tour en tête, au plus grand ravissement de la foule aragonaise, mais la demi-vie de l'écho, cet arrière-goût où se mêlaient MotoGP et technologie des instruments auditifs, a perduré un long moment.

On avait coutume de mener nos conversations les plus intenses, les plus abstraites et intellectuelles au lit, en général tout habillés, mais pas toujours. Même si la discussion avait commencé comme une chose banale, purement fonctionnelle, dans la cuisine ou devant la Loewe, lorsqu'elle dérivait dans ce territoire que nous reconnaissions de manière subliminale, nous nous laissions nous-mêmes dériver, comme au hasard, dans notre petite chambre à coucher, et on s'allongeait ensemble sans avoir manqué un battement de la mesure de notre conversation (de temps à autre, les oreillers provoquaient un larsen qui faisait couiner mes Pure avec humeur), et la discussion s'achevait parfois sur une sieste profonde, ou un rapport sexuel profond, la sieste et le rapport sexuel étant tous deux insufflés par les thèmes de notre entretien. Il y avait des stylos et des bouts de crayons éparpillés partout dans la chambre, traces de notre habitude de griffonner des notes pour d'ultérieures publications, articles, lettres à des éditeurs, à n'importe quel moment du jour ou de la nuit, pendant ou après nos sessions sur le lit. On faisait des incursions sporadiques dans le monde de la reconnaissance vocale et de la dictée de notes avec l'iPad ou l'iPhone, mais on retournait toujours aux mots écrits à la main. On avait tous les deux une écriture épouvantable, qui restait illisible même pour son auteur, mais son déchiffrage même était réconfortant, car les contorsions des gribouillis véhiculaient des émotions et des nuances qu'aucun pixel parfait n'aurait pu renfermer. Prononcer les mots, c'était comme les lâcher dans un vide d'où ils pouvaient s'évaporer subitement ; les écrire semblait les enfermer dans la sécurité de nos crânes, où ils pouvaient mûrir à loisir.

Célestine s'est d'abord dirigée vers la chambre, après avoir jeté ses clés dans le bol chinois posé sur la table demi-lune près de la porte, se séparant de ses chaussures d'un coup de pied avant de se jeter sur le lit dans un long et lent soupir. Comme d'habitude, je l'ai suivie, à moitié assis plutôt qu'entièrement étendu, mes chaussures déjà enlevées.

Il nous était évident à tous les deux qu'on allait parler de Romme Vertegaal, sans préliminaires, sans badiner sur les difficultés pour se garer ni sur ce qu'il manquait dans le frigo. Plus tôt dans la journée, elle s'était à nouveau rendue à la Société entomologique, dans l'espoir que ses contacts là-bas aient des nouvelles sur l'endroit où se trouvait Romme ou sur ses derniers projets. Elle s'était tournée vers eux en dernier recours, après que nos collègues du festival de Cannes s'étaient révélés incapables de lui apporter le moindre éclaircissement. L'*Usage* avait été exclusivement promu par une agence média et cinéma nord-coréenne, gouvernementale, et ils n'avaient jamais eu le moindre échange personnel avec le réalisateur du film. Il avait été sous-entendu qu'il s'était, d'une manière ou d'une autre, couvert de honte à Pyongyang et qu'il pouvait s'estimer heureux de ne pas s'être retrouvé derrière les barreaux. Il n'avait jamais eu la moindre chance de pouvoir accompagner son film à Cannes comme la plupart des cinéastes ; le festival avait dû accepter cette exigence pénible dans l'espoir que cela puisse au moins ouvrir la porte à davantage d'échanges avec les artistes nord-coréens. Les cadres du festival refusaient l'assertion de Célestine selon laquelle Jo Woon Gyu n'était pas coréen, pas du tout asiatique, mais un citoyen français né en Hollande. L'incrédulité et le dédain avaient vite viré à l'agacement, et les supplications de Célestine – coups de fil, e-mails, interventions dans la rue devant les bureaux parisiens du festival – n'ont pas tardé à devenir, pour tout le monde, des moments de gêne qu'il valait mieux oublier. On avait tous les deux l'habitude, en militant pour des causes politiques et sociales en tout genre, de devenir des sources d'embarras – c'était à nos yeux une distinction honorifique ; il était exclu de se préoccuper de dignité ou de réputation lorsqu'il s'agissait de sujets brûlants – ce n'était donc pas, en soi, difficile à encaisser, mais les enjeux émotionnels, dans le cas présent, étaient considérables, et Célestine, sur le lit à côté de moi, paraissait affaiblie, abattue.

— Regarde-moi ça, lui ai-je dit, en lui tendant mon iPhone.

Elle s'est couvert les yeux avec le bras, et fléchissait les doigts de telle façon que les muscles de son avant-bras se bandaient de manière rythmique ; elle respirait l'angoisse et la contrariété.

— Là, je ne suis pas en mesure de regarder tes petites images pleines de raillerie. Je t'en prie.

J'avais coutume de rapporter des photos prises avec mon portable de choses rencontrées pendant ma journée, exactement comme un chien avec un bâton rigolo dans la gueule. Je croyais être mû par la stupéfaction innocente éprouvée devant la richesse triviale de la réalité, lorsque je prenais ces photos, mais Célestine, au contraire, y détectait un dégoût et un désarroi existentiels qui boudaient sous chaque cliché. Je ne la contredisais plus sur ce point.

Je suis descendu en glissant sur le lit jusqu'à ce qu'on se retrouve côte à côte.

— Cette image est empreinte d'une raillerie très particulière que tu gagneras à connaître. Je te le promets.

Elle s'est retournée pour m'attraper par les cheveux avec ses deux mains, poussant mes Pure à se plaindre amèrement. En général, à des moments pareils, je les sortais de mes oreilles et les jetais sur la table de nuit, redoutant une interruption de l'intimité, mais on s'était tellement habitués à leur compagnie que je n'en ai alors pas eu l'idée.

— Ce genre de promesse est dangereux, a-t-elle dit. Je suis dans un état d'esprit fragile, glissant. Une de tes images toutes bêtes de pancarte de parking pourrait me faire craquer. Et je ne m'en remettrais jamais. (Elle m'a embrassé sur la bouche, avec la langue, puis s'est écartée comme si elle était choquée par ce qu'elle venait de faire, son propre petit geste railleur.) Bon, voyons voir. Je ne vais pas me laisser impressionner facilement.

J'ai récupéré mon iPhone dans sa cachette parmi les plis de la couette, et j'ai à nouveau fait apparaître la photo que j'avais prise de l'album *Listen to the Crickets*. J'ai brandi l'iPhone pour le passer à Célestine.

Il est difficile de trouver du Crisco [1] à Paris, mais pas impossible. De plus, les amis qui venaient nous voir d'Amérique avaient pris l'habitude de nous en apporter – pas en bombe, plutôt dans les boîtes en carton qui avaient notre préférence et qui contenaient le bloc blanc de matière grasse végétale de quatre cent cinquante grammes. Quand on a découvert que le Crisco pouvait servir de lubrifiant sexuel et d'antidote à l'atrophie vaginale, je n'ai plus jamais pu voir son logo (les lettres rouges sur une ellipse blanche avec une goutte d'huile dorée en guise de point sur la lettre I) sans avoir une érection nostalgique. À soixante-deux ans, Célestine était toujours voluptueuse et sensuelle, mais évidemment avancée dans sa vie postménopausée. Il était typique de sa part de chercher une métaphore, ou peut-être une analogie, pour l'aider à absorber un changement aussi fondamental que la transformation apportée par sa ménopause, en particulier pour

1. Matière grasse blanche utilisée en pâtisserie, aux États-Unis, comme substitut du beurre.

ce qui avait trait au sexe. Elle l'a trouvée alors qu'on participait à une table ronde, à l'occasion du Festival Lumière à Lyon, dont le sujet était « Le sexe et les handicapés au cinéma ». Notre sexualité postménopausée avait tout de suite été illuminée par le témoignage des autres participants à la table ronde, qui n'étaient pas des spécialistes, mais simplement six fanas de cinéma qui incarnaient un spectre de handicap humain qui allait du relativement mineur (un bras droit défaillant à la suite d'une attaque pendant l'enfance) au majeur (sclérose latérale amyotrophique au stade avancé de Stephen Hawking). Un sens poussé de l'invention, agrémenté par un sens encore plus poussé de l'humour, et la suppression de la gêne devant la gymnastique grotesque parfois requise, semblait être la clé, pimentée par l'euphorie d'être obligé de comprendre et, plus encore, de parler crûment de ce qu'était précisément le but du sexe – un aspect de la sexualité terriblement ignoré de la plupart des valides.

En secret, je désirais Célestine comme je l'avais toujours désirée – en secret, car il n'était plus permis que je puisse en quelque sorte esquiver notre vieillissement synchronisé en la désirant ainsi que je l'avais toujours désirée. Il était permis que j'exprime mon désir pour elle, mais il était nécessaire qu'elle s'en moque, incrédule, ce n'étaient là que les délires d'un vieil homme, peut-être les premiers signes de sénilité, voire de démence, qu'elle voyait chez son *senex* à elle. Comme si mon désir constant et juvénile était, par sa simple existence, un reproche que j'adressais à son propre désir brutalement tronqué, à présent faiblement soutenu par les stratagèmes que je viens de décrire. Je ne pouvais lui dire comment, pour moi, notre vie sexuelle passée se mêlait harmonieusement à notre vie sexuelle actuelle, comment son corps passé modifiait la réalité de son corps actuel. Même si la sodomie n'était désormais plus possible pour elle, les souvenirs des anciennes sodomies demeuraient vivaces et présents pour moi, et surgissaient de manière plutôt concomitante au sexe vaginal. Et, bien entendu, mon corps aussi changeait, comme tu as dû le deviner même sans te référer aux photos et aux vidéos sur Internet, et j'avais l'impression que sa ménopause était aussi la mienne. La transformation de nos corps s'inscrivait dans une synchronie rigoureuse, et transcendait peut-être la synchronie : nous étions trop proches par bien trop de façons pour ne pas avoir eu un effet causal l'un sur l'autre. Tandis que son corps changeait (et ce changement, bien sûr, est graduel, invisible, tant que n'advient pas l'un de ces saisissants moments de révélation, quand la lumière oblique provenant d'une lucarne étrangement placée balaye cruellement la peau, les veines, les ongles des orteils, et change à jamais votre perception de ce qu'est votre amante), j'ai d'abord ardemment souhaité que mon sens esthétique de la beauté féminine change, afin de m'adapter à sa transformation, pour qu'elle demeure aussi belle et désirable qu'auparavant, même si elle était différente. Et la différence elle-même est devenue provocatrice et excitante, comme si le sexe avec elle était du sexe avec une nouvelle personne exotique, qui exigeait de nouveaux protocoles sexuels et de nouvelles perversités, jusqu'à ce que je n'aie plus besoin de souhaiter ardemment ce changement car cette esthétique s'était transformée de manière permanente ; je n'étais plus attiré par les mêmes femmes, c'était une bénédiction et un soulagement, et une chose étrange. Un corollaire inattendu était la redéfinition de l'esthétique de mon propre corps, qui pouvait désormais assimiler la musculature filandreuse, la peau marbrée, les pommettes hagardes, les rides reptiliennes pour les faire entrer dans ses critères de beauté masculine acceptable. Oui, nous étions encore tous deux merveilleux.

Après avoir décrit mon aventure à Vanves à Célestine avec un sens obsessionnel du détail, afin de lui expliquer la pochette de l'album, on a fait l'amour de manière désespérée, triomphante, glorificatrice, qui a englobé, inévitablement, le thème de Romme Vertegaal et son odyssée telle qu'on l'imaginait. À l'occasion d'un voyage au Mexique, dont le but était une exploration des politiques de gauche et de la philosophie *à la mexicaine**, on avait découvert que notre façon de faire l'amour avait mené, en toute autonomie, à une méditation sur Frida et Diego, avec un parfum de Trotski (Célestine était toujours Frida, mais de temps à autre j'étais Trotski dans ce pays délirant de l'auto-annihilation sexuelle ; plus tard, alors qu'on revisitait ce thème, j'étais parfois Frida, Célestine parfois Diego), et avait distinctement des accents d'art populaire surréaliste mexicain. À partir de là, on a commencé à choisir, souvent de manière consciente, les thèmes de nos sessions sexuelles comme si nous collaborions à un collage ou à un projet de sculpture, et on discutait ensuite de leur texture et de leurs effets sensoriels. On a écrit à ce sujet un article à quatre mains pour la section « Annales de la sexualité » du *New Yorker*, qui a suscité une légère controverse. À présent, juste après Vanves, une nouvelle couche émergeait dans notre structure sexuelle constamment mutante, composite (ce qui me rappelait toujours l'usage des couches dans Photoshop) : le désir désespéré de Célestine pour Romme. Dans notre fantasme, je pouvais être Romme – je le connaissais certainement mieux que je ne connaissais Diego Rivera –, mais la jalousie était là, même si on s'autorisait des amants lacunaires, et la jalousie dissolvait les couches et produisait un chaos peu harmonieux. Existe-t-il quelqu'un qui n'ait jamais éprouvé de jalousie vis-à-vis des anciens amants de son amant, jalousie d'autant plus cinglante qu'elle est injustifiée, qu'elle est protégée par le passé, abritée, de façon narquoise, par le caveau du souvenir ? Donc oui, triomphante, glorificatrice, mais pleine de souffrance dans sa complexité émotionnelle, en tout cas pour moi, et rendue encore plus atrocement émouvante par l'apparente sérénité de Célestine, sa tranquillité même vis-à-vis de la douleur à présent inévitable qui accompagnait la pénétration. J'avais horreur d'autoriser Célestine à baiser avec Romme en se servant de moi comme d'un substitut.

À la fin, nous étions tous les deux apaisés, Célestine me tenait la main sur son sein gauche et la serrait avec une cruauté distraite. Mais soudain, elle me surprit par une exhalation soudaine, gémissante, suivie d'un halètement terrorisé. Une décharge d'adrénaline, projetée vers mon cerveau, m'emplit d'une colère familière, libérée de toute amarre. Quand j'avais mis pour la première fois mes prothèses auditives, initialement réglées pour augmenter les fréquences les plus hautes qui sont, en général, les premières à disparaître avec l'âge, il est vrai que le monde était instantanément devenu plus bruyant et plus dur ; il était difficile pour quelqu'un dont le paysage sonore s'était peu à peu assourdi et étouffé de croire qu'il s'agissait là du rapport que la plupart des gens avaient à l'ouïe, que cette dureté tenait simplement de la restauration des plus hautes fréquences sonores qui avaient été perdues. Mais l'aspect le plus désorientant de ce nouveau paysage sonore était que les sons véhiculaient désormais trop d'émotions, trop de signification, si bien qu'un simple éternuement devenait l'expression de la rage, la fermeture de la porte de la chambre devenait une séparation lourde de sous-entendus qui exigerait un apaisement, les coups portés au beau milieu de la nuit à un oreiller pour lui redonner forme devenaient une attaque explosive qui, par réflexe, me faisait battre le cœur de colère. Un réétalonnage de mes réactions à l'intensité des bruits s'imposait de toute urgence, mais ces décharges d'adrénaline inattendues et persistantes me plongeaient alors dans la perplexité. J'avais envie de bondir hors du lit, claquer la porte de la chambre et partir promener mon agacement dans les rues sombres et humides, marmonnant dans ma barbe des histoires d'injure conjugale et de trahison. Mais j'ai procédé au réétalonnage.

— Tina.

— Tu les sens, n'est-ce pas ? a-t-elle dit. Ils sont comme des fous, là-dedans. C'est impossible que tu ne les sentes pas.

— Les insectes.

Un « oui ! » pareil à la détonation d'une carabine de gros calibre.

— Est-ce que tu crois que c'est la *gestalt* de Romme Vertegaal qui les anime ? L'entomologie, la connexion nord-coréenne… ?

Elle s'est tournée pour me faire face. Son visage exprimait une joie frénétique, terrible.

— Programme 5, a-t-elle dit. Branche-toi dessus et tu les entendras. C'est fait pour ça, non ? C'est clair comme de l'eau de roche ! Romme savait que ce moment viendrait.

— Je ne sais même pas à quoi sert le Programme 5. Même Elke n'a pas su me dire précisément quel était son usage. Je l'ai laissée le créer à cause de toi, à cause de ton obsession nord-coréenne, et bien entendu parce que j'étais curieux, même pour mon ouïe, de savoir quel pouvait vraiment être son potentiel. On sait que Romme était brillant, laissons donc son intelligence supérieure m'ouvrir la tête, si une telle chose est possible. Voilà ce que je pensais. Mais en toute franchise, j'ai peur de le mettre, en partie parce que je crois que ça sera décevant, que ça ne sera que la fade expression de filtres anti-harmoniques, ou va savoir. Elke était très fière de son travail, de ce passage délicat de l'analogique au numérique, et j'ai répugné à la frustrer en étant aussi timoré, mais elle m'a fait promettre de lui donner un rapport détaillé lorsque j'aurais eu le courage d'essayer le Programme Vertegaal.

Je ne pouvais avouer à Célestine mon autre motivation pour laisser Elke Jungebluth me manipuler : j'étais terrorisé à l'idée que Célestine mette en œuvre sa promesse d'aller en Corée du Nord pour chercher Romme, renouer avec lui et lui soumettre son problème d'insectes, le tout dans le contexte risible du rapprochement avec la dictature nord-coréenne. D'un côté, son stratagème relevait de la pure folie, du fantasme, et d'un autre il confirmait – et je l'éprouvais avec une douleur cuisante – qu'elle l'aimait toujours, qu'elle l'aimait d'une manière dont elle ne m'aimait pas, et que j'étais pris au piège d'une misérable *telenovela* dont je ne parviendrais jamais à sortir.

Célestine a attrapé son sein gauche avec ses deux mains et me l'a présenté.

— Branche-le et écoute, a-t-elle dit, avec une intensité fébrile dont le désespoir absolu me troublait au plus haut point.

Quel époux n'a jamais joué, avec avidité, le rôle du voyeur dans sa propre maison, observant le reflet de sa femme dans une fenêtre tandis qu'elle s'examine le vagin ou l'anus avec son miroir de rasage chromé, une jambe soutenue par la chaise blanche métallique de la salle de bains, à la recherche d'une lésion réelle ou crainte, d'un polype, d'une sécrétion, ou d'une décoloration révélatrice ? Je surprenais souvent Célestine en train d'examiner son sein gauche de la moins conventionnelle des manières qui soit : à la recherche de son, plutôt que de vision. Elle le tirait vers son oreille gauche, la tête penchée ; le manipulait impitoyablement, comme s'il ne lui appartenait pas, mais n'était qu'un greffon ridiculement discordant ou une grosseur récente, pathologique ; lui assénait de petits coups pour pousser les insectes à réagir par une frénésie auditive assez forte pour être enregistrée par l'iPhone, posé contre une boîte de Kleenex, le VU-mètre de son application Dictaphone s'agitant à chaque bruissement. À présent, c'était mon tour.

J'ai hésité, paralysé. Ses cheveux étaient humides après nos efforts, des mèches luisantes noires et grises rayaient ses joues. Une mèche était prisonnière de la commissure de ses lèvres, et, victime d'une hallucination, j'ai cru que c'était la patte d'une énorme araignée noire et grise, exposée par inadvertance, qui attendait patiemment à l'intérieur de sa bouche que les insectes en émergent. Je me suis forcé à tirer doucement sur la patte entre ses lèvres, qui se sont légèrement entrouvertes pour m'aider, et l'ai fait passer derrière son oreille.

— Tu sais, tu as toujours entendu des choses que je ne parvenais pas à entendre, même avec mes appareils bioniques les plus sophistiqués, ai-je dit. Et tu n'as jamais réussi à enregistrer le bruit de tes insectes. Tu l'as reconnu.

— Mais c'est de Romme qu'il s'agit. C'est un cadeau que Romme nous fait à tous les deux. Il a été créé par son intelligence supérieure et par sa compréhension. C'est une nouveauté.

Elle rayonnait en prononçant ces paroles, et ce rayonnement me tourmentait. Elle a tendu une main, l'autre à présent occupée à palper sa poitrine, pour toucher l'instrument Pure derrière mon oreille. (Je l'avais pris argenté foncé, car j'étais encore suffisamment futile pour souhaiter qu'il disparaisse dans ma tignasse argentée, décrite par l'un de mes étudiants comme « une chevelure philosophique de la confrontation, pas aussi intimidante que celle de

Schopenhauer ».) J'ai écarté la main de Célestine de mon oreille, et elle a continué à planer dans les airs, hésitante, puis j'ai saisi l'interrupteur et j'ai appuyé dessus, méthodiquement, faisant défiler les programmes de 1 à 5. Chaque cycle s'accompagnait d'une séquence unique de bips musicaux ingénieusement conçus pour indiquer dans quel programme l'on arrivait, et comme Célestine pouvait entendre ces bips, lorsque je suis arrivé à Vertegaal, elle a immédiatement haussé les sourcils, avec une espérance de jeune fille.

— Le ventilateur du four tourne encore. Je l'entends, là, ai-je remarqué.

Célestine, dans un rire, a attiré ma tête contre son sein avec une nonchalance exagérée. Puis je les ai entendus. Les insectes. Ils étaient à l'intérieur de son sein, et je les entendais.

Apparemment, il y a des biomarqueurs présents dans un souffle d'air expulsé qui, analysés par un spectromètre de masse, deviennent des indicateurs de nombreuses sortes de cancers et autres maladies. Pourrait-il y avoir un équivalent dans des sons exhalés ou émis d'une autre manière ? Romme Vertegaal et ses collègues nord-coréens pourraient-ils appartenir à une avant-garde occupée à définir une nouvelle méthode médicale révolutionnaire en matière de diagnostic ? Mes prothèses auditives Pure, innocentes, pragmatiques, avaient-elles pu être transformées par le programme *Listen to the Crickets* en un équivalent audio du spectromètre de masse ? À la lumière du jour, rien de tout cela ne résisterait à un examen rigoureux. Mais là, au lit avec Célestine, au cœur de la nuit, j'entendais les insectes dans son sein gauche, et ils paraissaient vivants, présents, réels. J'avais toujours soupçonné que les insectes avaient une personnalité que je qualifie de « personnalité d'espèce » ; à savoir, pas de personnalité en tant qu'individu, mais en tant qu'espèce individuelle, si bien que certains papillons de la famille des Nymphalidae – le Vulcain, le Robert-le-Diable, le Polygone virgule, la Grande Tortue – ont tous pour coutume de se poser sur votre tête quand vous essayez de les attraper, et si vous bougez soudain, ils s'envolent, mais se bornent à décrire un cercle avant de retourner se poser sur votre tête – comportement que l'on ne verrait jamais chez un Monarque ou un Papillon glauque. Dans le sein surpeuplé de Célestine, à présent couvert du lustre liquide de l'excitation, se trouvaient huit espèces d'insectes que je pouvais discerner, toutes par rapport aux sons qu'elles émettaient, sons qui généraient dans mon esprit une image des organes produisant ces sons – les stridulations des pattes ou des ailes, les vibrations des timbales. Un corollaire de mon esprit philosophique entreprenant, au cours de ma vie, avait été – naturellement, me semblait-il – d'être attiré par les études entomologiques, car je ne voyais pas comment un philosophe pouvait éviter de s'intéresser à l'existence et à la signification de formes de vie aussi vigoureuses et pourtant complètement non humaines. Je concevais toujours un certain amusement à voir la soif tristement désespérée qui s'exprimait dans la culture populaire pour les formes de vie présentes sur d'autres planètes, alors que sous les pieds mêmes de ces chercheurs d'extraterrestres, et superbement ignorées par eux, se trouvaient les formes de vie les plus exotiques, les plus grotesques, les plus fabuleuses imaginables. Mais en tant qu'étudiant de la vie des insectes, je ne pouvais qu'être un dilettante, tellement le sujet est infiniment profond. La conférence que j'ai faite au club Immédiat, intitulée « L'entomologie est un humanisme » – en une référence taquine, quoique lourde de sous-entendus, à la célèbre conférence de Sartre, « L'existentialisme est un humanisme » –, incorporait la substantifique moelle de mes connaissances entomologiques, offerte à la vue de tous dans toute sa superficialité. J'étais incapable, en d'autres termes, de nommer correctement les espèces de chaque insecte représenté dans le sein de Célestine. Et combien devait-il y en avoir ? N'y avait-il qu'un spécimen de chaque espèce, si bien que la réponse pouvait être huit ? Ou, suivant le paradigme de l'arche de Noé, y avait-il un mâle et une femelle de chaque animal ? Une cigale, à coup sûr. Une guêpe maçonne. Une mouche à toison. Une punaise assassine. Plusieurs espèces de fourmis. Mon esprit se gonflait d'images étranges, comiquement déroutantes, qui semblaient apporter leur propre piste sonore : le grouillement brutal de la *Marabunta*, l'armée de milliards de fourmis soldats dans le film de 1954, avec Charlton Heston, *Quand la Marabunta gronde* ; une émission, sur Discovery Channel, consacrée aux parasites des insectes qui transformaient leurs hôtes en zombies au service de leurs besoins, une parodie sur YouTube du *Frelon vert* dans laquelle le héros masqué est en fait un frelon qui reçoit un coup de tapette fatale de la part de son acolyte japonais, Kato, et dont la piste sonore était « Le vol du bourdon », avec les effets sonores idoines de bourdonnement de frelon produits par thérémine, comme dans l'ancienne émission de radio. (Je ne savais pas vraiment si j'avais réellement vu cette vidéo du *Frelon vert* ou si je l'avais hallucinée.)

Décontenancé, horrifié, je me suis brusquement écarté de Célestine, et elle a eu un petit rire de compassion avant de relâcher son sein, qui, l'espace d'un instant halluciné, a semblé parcouru d'ondulations causées par son agitation interne avant de retrouver sa position, inoffensive, de tranquillité gravitationnelle. C'était, comme je l'ai déjà dit, mon sein préféré, le plus gros, le plus accommodant (en général le sein gauche est plus gros, sans doute à cause de la manière dont le sang afflue dans le cœur), mais ce sein était désormais submergé par des vagues de signification et de symbolisme qui transcendaient les transports métaphoriques que ces organes d'une patience à toute épreuve ont l'habitude de supporter. Il a disparu, sous mes yeux, de manière quasi cinématographique, se transformant en une série d'objets qui tournoyaient rapidement – un sac, un nid, une yourte, une ruche – dont chacun a provoqué une réponse émotionnelle si vive de ma part que j'en suis ressorti tremblant, épuisé.

— Maintenant tu sais, hein ? Maintenant tu sais ? a-t-elle dit, scrutant le moindre de mes tremblements avec une curiosité avide.

Mais je ne savais pas. Pour des raisons évidentes, je n'en croyais pas mes oreilles – au sens propre. J'ai songé que les bruits d'insectes que je croyais entendre étaient en fait générés par mes instruments auditifs et non captés, de manière passive, par eux. Avaient-ils pu ne pas être programmés pour fabriquer de tels sons, et leur puissance de calcul créative ne pas avoir été mobilisée par ce qu'on leur demandait d'ordinaire de faire ? Romme, de mèche avec Elke, avait-il pu échafauder ce plan incongrûment tiré par les cheveux pour me rendre fou, ou, de manière encore plus perverse, pour exercer sur moi une séduction qui m'aurait poussé à collaborer avec Célestine au renforcement de sa propre folie ?

Le visage de Célestine était tellement affable – non, plus encore, tellement bienveillant, et même angélique –, elle arborait une expression si naturelle de compassion, de compréhension et de gentillesse que je n'ai pu me résoudre à ergoter sur ce qui était manifestement une cathexis quasi religieuse pour elle. Et, encore une fois, je continuais à les entendre, et j'avais l'impression qu'ils s'adressaient à moi, même si je ne comprenais pas ce qu'ils disaient.

En revanche, je comprenais ce que Célestine disait.

— Maintenant, tu vois pourquoi on doit couper ce machin. On doit le faire avant qu'ils ne se répandent partout. On n'a pas beaucoup de temps. (Elle prononça ces mots avec douceur, gentillesse, sans appréhension. J'étais troublé qu'elle dise « on », même si son désir d'obtenir mon approbation et mon soutien était une chose normale pour nous ; mais dans ce contexte, il s'en dégageait un arrière-goût angoissant qui a dû modifier mon expression.) Je veux que ce soit toi qui t'en charges. Pourquoi t'en remettrais-tu à quelqu'un d'autre ? C'est une chose dont on a parlé, et maintenant c'est le moment.

J'imagine qu'il est impossible à deux jeunes amoureux de s'imaginer parler – que ce soit en plaisantant, au désespoir, ou brutalement – des modalités par lesquelles ils s'entretueraient un jour ou se mutileraient réciproquement. Il n'est pas rare de trouver des articles au sujet de l'éthique de l'euthanasie et de débrancher son conjoint dans de difficiles circonstances médicales, ni d'accompagner son épouse à la clinique Dignitas, à Zurich, pour mettre un terme à sa vie, mais Célestine et moi nous retrouvions souvent à proposer des actes hypothétiques de violence qui n'avaient pas grand-chose à voir avec le vieillissement, la sénilité et le suicide assisté. Elle allait me châtrer ; je lui couperais les seins – deux opérations chirurgicales effectuées à l'aide de couteaux de cuisine à portée de main. Elle m'étranglerait avec la ceinture d'un vieux peignoir ; je la poignarderais avec la sculpture pointue, à deux cornes, en titane, qui m'avait été attribuée pour mon pamphlet « Le cinéma consumériste » ; nous ferions une overdose de barbituriques et nous allongerions côte à côte sur notre lit, en nous tenant la main, à la manière de l'auteur du *Monde d'hier*, Stefan Zweig, et de sa jeune épouse, dans la ville brésilienne de Petrópolis. Avec désinvolture, on imaginait de nombreux scénarios au cours de n'importe quel jour donné, une habitude contractée sous la forme d'un badinage acerbe entre deux intelligences hyper affûtées, dont la fonction semblait être d'absorber le venin des tensions ordinaires, triviales, angoisses, jalousies, ressentiments, nano-trahisons, et qui s'était transformée, au fil du temps, en une protection quotidienne contre la mort, une reconnaissance de notre éphémérité douloureuse, et une tentative d'ôter les ustensiles de cuisine de la mortalité des mains du hasard pour les remiser dans notre propre tiroir.

Tu dois donc commencer à comprendre l'accumulation de détails qui a créé notre *gestalt*. D'abord, je me suis plié à Célestine, ne sachant si elle commençait à souffrir de démence ou élaborait plutôt, de manière délibérée, un fantasme, une hallucination volontaire allant de pair avec une forme unique d'apotemnophilie, pour finir par entrer totalement dans cette psychose complexe. Il est vraiment regrettable que tu n'aies jamais eu l'occasion de passer du temps dans la même pièce que Célestine. Tu aurais pu sentir son pouvoir de séduction et d'envoûtement.

Le train de nuit pour Munich quittait la gare de l'Est, à Paris, à 20h05, et c'était la première étape de notre voyage jusqu'à Budapest. On avait opté pour un *Schlafwagen* Cassiopeia, dans la CityNightLine de la Deutsche Bahn, qui serait suivi d'un train à grande vitesse Railjet d'Austrian Railways qui nous mènerait jusqu'à la gare Keleti, à Budapest, afin de nous adapter à la peur que Célestine avait récemment contractée des avions, ou plutôt à sa peur des changements de pression atmosphérique dans la cabine, susceptibles d'exaspérer ses petits passagers à elle. On ne pouvait nier que le sentiment de vivre une grande occasion, induit par les longues heures de transport ferroviaire, participait également au stratagème de transit, censé valider le but de notre voyage et conférer à toute cette entreprise la crédibilité qui lui faisait défaut. Car la question devait se poser, et je suis sûr que tu te la poses, du degré de folie dont souffrait Célestine, et du degré d'irresponsabilité dont je faisais montre en me rendant complice de cette folie. Elle était tellement convaincante dans l'invention des détails de son mal et de la conspiration qui l'entourait qu'il revêtait une substantialité impérieuse, comme lorsqu'on se retrouve englouti dans la réalité d'un roman brillamment écrit ou d'un film charismatique : ce n'est pas que l'on croit en sa littéralité, mais il y a une vérité irrésistible dans sa vie organique, qui vous enveloppe et se fait absorber par vous, presque à un niveau physiologique. Je me rappelle avoir connu un petit tremblement de terre à Los Angeles – seulement 4,6 sur l'échelle de Richter, je crois –, lorsque j'avais été invité par l'académie des Oscars l'année où avait été créée une récompense dédiée à la philosophie dans le Cinéma. Un petit tremblement de terre, et pourtant la conscience forcée de la terre sous vos pieds était volatile, et non stable, elle était terrifiante, et pendant les jours qui ont suivi j'étais persuadé de sentir la terre trembler, menaçante. Je vis encore avec cette impression ; elle paraît prête à m'assaillir à tout instant, un vertige particulier qui fait désormais partie de ma physiologie.

Célestine était pareille à ce tremblement de terre. Célestine était aussi pareille à ce premier trip de LSD, celui que tu as peut-être pris dans un restau de Brooklyn, où les couleurs ont soudain toutes viré vers la zone verte du spectre et tes yeux sont devenus des objectifs *fisheye*, déformant la totalité de ton champ visuel, et les sons sont devenus plastiques, le temps infiniment varié, et où tu as compris que la réalité est neurologique, et aucunement absolue. Célestine était un hotspot à elle seule, elle émettait son propre signal wi-fi qui te connectait au réseau de Célestine, et exclusivement au réseau de Célestine. Évidemment, cela relevait en partie du soutien inconditionnel, de la solidarité de son conjoint dans les aventures de ce monde, peu importe où elles vous conduisaient. J'étais à présent au coude à coude avec Célestine sur les barricades, tout comme elle l'avait été avec moi durant ma très brève et folle carrière politique (qui avait failli nous conduire tous deux derrière les barreaux et nous avait donné cette bonne vieille leçon sur les princes philosophes).

On a pris un compartiment Comfortline de luxe à deux couchettes, avec toilettes et douche privatives, et tous les produits de beauté imaginables, dont on ne se servait jamais. Exceptionnellement, Célestine a demandé la couchette à l'étage, dont elle disait d'ordinaire qu'elle lui donnait l'impression d'être un bagage à main rangé dans le compartiment supérieur, mais qui lui donnait désormais l'impression de voler sur la canopée verte de la forêt tropicale humide d'une île des Caraïbes. Elle a gravi l'échelle métallique blanche accrochée à la couchette supérieure par l'hôtesse résolument joyeuse en charge de notre wagon-lit, telle une fillette de huit ans qui faisait son premier grand voyage. Je dois reconnaître que les systèmes de verrouillage à carte magnétique perforée en plastique et la serrure à pêne à l'intérieur du compartiment ont complètement éradiqué l'impression bonhomme et dépaysante de voyager dans le vieil Orient-Express au profit du sentiment de rouler dans un quartier de basse sécurité pour délinquants en col blanc en direction de Saint-Gilles, la prison aux ornementations grotesques à Bruxelles. (Va savoir pourquoi, j'ai eu dans un flash la certitude que le criminel/philosophe/artiste Jean Genet se trouvait lui aussi à bord de cette prison ferroviaire et s'y sentait tout à fait à son aise.)

Avant de monter, Célestine s'est assise sur mon lit et m'a embrassé avec autant de passion et de sensualité qu'il était possible en gardant la bouche close, comme elle avait pris l'habitude de le faire, par une crainte tue de voir migrer des insectes d'un corps à l'autre. Elle me manquait, cette bouche qui s'ouvrait en grand au premier contact de mes lèvres, qui s'ouvrait en grand après l'évaporation des codes sociaux et du moindre semblant de réserve ou de résistance, la bouche qui proposait, insoucieuse – ou plutôt implorait – l'invasion et la possession complètes. Je me demandais si cette bouche reviendrait un jour, peut-être juste après notre voyage à Budapest. Et après le baiser, l'examen désormais rituel, avec mes prothèses auditives transformées en stéthoscope, des seins et de la cavité abdominale, Célestine ouvrant en grand le haut de son pyjama en coton à rayures (on aurait dit la tenue des Yankees de New York, mais elle ne le portait jamais à la maison) et m'offrant ses seins, à moi qui n'étais plus son amant mais le médecin dont elle attendait un diagnostic. J'entendais vibrer les rails dans sa chair, et j'entendais aussi les insectes, qui revendiquaient bruyamment mon attention et créaient de petites capsules de bruit qui, dans le compartiment surchauffé, commençaient à me dire des choses rythmiques, absurdes, comme lorsque l'on entend des voix provenant du moteur du tapis de jogging sur lequel on court, ou dans le grignotement d'un taille-crayon électrique. Mais notre désir de sens est tellement fort, un désir inné, semble-t-il, que nous en construisons là où il n'y en a pas.

Alors, les voix des insectes s'adressaient aussi à moi depuis les profondeurs de Célestine, car lorsqu'elle a quitté mon lit pour rejoindre son propre habitacle, les choses absurdes, rythmiques, étaient devenues des choses sensées, séquentielles, gnomiques, pleines de sens. Je continuais à les entendre à travers la couchette du haut, à percevoir leurs variations de ton et de netteté tandis que Célestine bougeait, d'abord couchée sur le dos puis sur le flanc. Les insectes savaient pourquoi on allait à Budapest, et ils se sentaient persécutés. J'ai éteint mes Pure, et je les ai placées dans leur étui en forme de palet, équipé de niches séparées pour chaque appareil et de piles de rechange, mais, tandis que je plaçais leur étui sur la table dépliée coincée à côté de ma couchette et éteignais la lumière, les scories de voix d'insectes continuaient de résonner dans mes oreilles, pareilles aux glouglous et aux gazouillis d'une excroissance de cérumen.

Bercés par le train, nous avons donc traversé le paysage nocturne et onirique, en route pour Munich, puis nous nous sommes enveloppés dans le luxe moderniste, tapissé de cuir, du Railjet, qui a quitté

Munich à 9h27 pour arriver à Budapest à 16h49, après des arrêts à Salzbourg et à Vienne.

Tu connais Hervé Blomqvist, bien entendu. C'est lui qui t'a adressée à moi, ce qui est conforme à son rôle présumé d'entremetteur social et de provocateur politique, et il se fait fort de combiner les deux. Il a rencontré Zoltán Molnár, un célèbre chirurgien hongrois qui avait été recherché à l'époque par Interpol pour son implication dans un trafic international d'organes humains destinés à des greffes, et qui avait coutume d'apparaître comme par magie en tant que propriétaire de cliniques de transplantation soudain surgies de terre dans des pays comme le Kosovo et la Moldavie, quand Molnár avait été envoyé subrepticement à Paris pour y diriger des séminaires clandestins sur la politisation du corps humain et la réaction de l'establishment médical international à cette politisation. Selon Hervé, qui était, comme tu le sais, un membre intime de notre famille d'intellectuels même lorsqu'il était étudiant, le docteur Molnár faisait étalage de son intérêt à subvertir les régulations gouvernementales relatives au trafic d'organes, tout en faisant valoir ses arguments incendiaires en faveur des bénéfices humanistes de telles régulations. Laissons les gens déshérités, dans les pays les plus pauvres au monde, vendre leurs reins aux riches, disait-il. Il s'agit d'un capitalisme organique de la meilleure espèce, il est bon pour tout le monde, et devrait être monétisé et industrialisé au maximum.

Bien évidemment, on a fait un maximum de recherches sur Google sur ce bon docteur avant de prendre rendez-vous pour la mastectomie de Célestine, à la clinique Molnár, sur Rákóczi út, à Budapest. Nous avions boudé l'offre faite par son cabinet d'un séjour tout compris, avec vol sur Malév et chambre au Gellért ; on voulait mettre un peu de distance entre nous-mêmes et le très enthousiaste docteur, et le séjour tout compris, qui incluait des repas pris dans un restaurant appelé La Bretonne, nous avait semblé être une espèce de piège, une insistance à créer une intimité d'une telle intensité qu'elle frôlait l'obscénité. Et pourtant, ce qu'on recherchait était effectivement intime, voire perversement obscène, et on était conscients que notre manque d'assurance relevait d'un paradoxe émotionnel aisément démontable à l'aune d'un examen rationnel. Seul le docteur Molnár, nous a assuré Hervé, parmi tous ses contacts secrets au sein de l'univers médical noués lors de ses galipettes confidentielles, m'autoriserait à pratiquer cette mastectomie sur Célestine sous son contrôle. Seul le docteur Molnár, a dit Hervé, avec cette douceur désarmante de petit garçon qui masquait à peine une intelligence plutôt impitoyable, seul le bon docteur comprendrait que l'ablation du sein de Célestine, infesté d'insectes, relevait d'un impératif neurologique et non psychiatrique. Molnár appartenait à l'école qui estimait que l'apotemnophilie provenait d'un dysfonctionnement cérébral congénital et que ses symptômes ne pouvaient être soulagés qu'en obtempérant au désir d'amputation du patient. Il va sans dire que cette vue satisfaisait le goût de l'anarchie et de la subversion sociale à la fois chez Molnár et chez Hervé, et il n'a pas été difficile de convaincre Molnár d'absorber Célestine dans sa patientèle déjà avant-gardiste. Il n'avait procédé qu'à une autre intervention en matière d'apo : un jeune homme de 28 ans, gigolo à Cologne, qui avait souhaité se séparer de sa jambe gauche au-dessous du genou et qui, contrarié par les réticences de tous les médecins devant cette perspective d'amputation qu'aucun impératif physique ne venait justifier, avait essayé à plusieurs reprises de glisser sa jambe sous un tramway en marche, causant un certain émoi dans les bureaux du Stadtbahn de la ville, sans parler des rues elles-mêmes. Après sa visite à la clinique Molnár (selon la publicité pittoresque envoyée par e-mail depuis la Roumanie), la vie du patient avait été meilleure à tous les niveaux, y compris professionnel, car il avait découvert que sa nouvelle incarnation touchait une clientèle très développée, aux goûts particuliers, dont il avait jusqu'alors ignoré l'existence.

On a donc rencontré le flamboyant médecin dans son repaire, au beau milieu d'une banlieue industrielle compacte de Budapest qui abritait, parmi une foule d'autres sociétés internationales, les industries pharmaceutiques israéliennes Teva Ltd. Cette proximité d'entreprises médicales légitimes nous avait quelque peu réconfortés, même si la clinique en soi était indéniablement louche, et se trouvait en fait complètement enfouie dans les entrailles souterraines, en béton coulé, d'un énorme complexe qui tombait en ruine. On s'est retrouvés dans le cabinet de consultation sans fenêtres du directeur ; avachis dans des fauteuils AA rouges et jaunes qui avaient miraculeusement survécu aux années 1960, on attendait de recevoir les instructions préliminaires du *chef*[*] en personne. Sur les murs se trouvaient des affiches qui paraissaient chanter en plusieurs langues les louanges du tourisme médical dans plusieurs pays – la Jordanie, la Corée du Sud, le Mexique, l'Inde – dont aucun n'était la Hongrie.

— Mes chères sommités ! a-t-il chantonné. Je suis aux anges de vous voir ici. J'ai relu vos deux œuvres pour préparer notre glorieuse collaboration.

— Collaboration ?

— Je vous prie de pardonner mon enthousiasme et mon outrecuidance. Mais vous reconnaîtrez que ce qu'on s'apprête à faire ici, aujourd'hui, les uns avec les autres ne peut être glissé sous le tapis de la simple procédure médicale. Car le fait que je place le scalpel dans votre main, mon cher Monsieur Arosteguy, est au fond un crime, voyez-vous. Même si je perçois pleinement la notion de possession émotionnelle du sein par le mari et la femme. À la lumière de cette possession, le chirurgien étranger est un intrus, un violeur, un profanateur. Pourquoi s'arrogerait-il le droit de trancher le plus bel organe de ce corps adoré ? Pour qui se prend-il, bordel ? Non, seul l'époux devrait pouvoir procéder à cette coupure intime, aux résonances personnelles si riches. Et ainsi de suite. Mais, légalement, c'est un crime. Alors quelle est la solution, dans nos têtes ? Dans ma tête, la solution est que nous ne pratiquions pas d'opération, mais que nous créions un projet artistique/philosophique/criminel/chirurgical. Tous les trois. Un collectif. Le Projet Collectif Arosteguy. Êtes-vous d'accord ?

Célestine et moi nous sommes échangé un coup d'œil, et nous avons sur-le-champ été sur la même longueur d'onde. On était accablés, horrifiés, et aussi enchantés. Après tout, la terreur normale face à une opération qui allait changer le cours de sa vie n'existait pas pour Célestine. Comme ce pauvre garçon, à Cologne, elle était prête à jeter son sein sous les roues d'acier du tramway si l'opération n'avait pas lieu. Elle était tellement obnubilée par l'ablation de la poche d'insectes, ainsi qu'elle l'appelait (pour ma part, je trouvais cela répugnant, mais je ne pouvais rien dire), qu'elle avait perdu toute crainte d'une mésaventure clinique, de mourir sur la table d'opération. Dans ce contexte, les rhapsodies prétentieuses de notre bon docteur agrémentaient une affaire potentiellement sombre d'une dose de métaphysique enjouée, quoique suspecte, que nous jugions surprenante et bienvenue.

Plus surprenant encore, peut-être, était le sérieux avec lequel il s'est chargé de sa tutelle au cours des jours suivants. Il s'était arrangé pour que notre « réunion » empiète sur l'opération d'un collègue – une simple ablation de tumeur, malheureusement, mais toujours au niveau du sein, et cela demeurait bien sûr édifiant pour quiconque ne s'était jamais trouvé au bloc opératoire – et il a insisté pour qu'on fasse une « séance d'essai » et qu'on assiste tous deux à l'intervention. Je t'épargnerai les détails, mais pas ma réaction : c'était sensationnel et exaltant au point où j'ai commencé à craindre d'avoir perdu la raison, ou plus exactement à douter de ma santé mentale. Après la séance d'essai, je n'avais qu'une hâte, me munir du scalpel, que Molnár m'avait d'abord fait prendre d'une drôle de manière : il avait fait développer une application « Clinique Molnár » pour iPad et conçu un scalpel électronique qui permettait de réaliser plusieurs formes d'opérations mammaires virtuelles sur écran. Ça m'a fait penser aux débuts de l'Internet et aux premières dissections de grenouilles sur le Web, mais bien sûr c'était incommensurablement plus sophistiqué – et même angoissant, car on pouvait y incorporer (le mot parfait) des seins de différentes tailles, races, et configurations mamelon/aréole.

Célestine désirait ardemment tester l'application, et elle est devenue particulièrement adepte de la mastectomie radicale, où non seulement le tissu mammaire est enlevé, mais aussi des ganglions lymphatiques auxiliaires et les muscles pectoraux. Elle semblait attirée par le mannequin sein asiatique, et j'ai attribué cette attirance à sa relation complexe avec sa généraliste vietnamienne, le Dr Trinh. Célestine était amusée par cette idée mais mettait en cause sa validité. Quoi qu'il en soit, elle a eu de nombreuses et vives discussions avec Molnár au sujet de la nécessité, ou de l'absence de nécessité, de pratiquer sur elle une mastectomie radicale. En fin de compte, elle a eu l'impression que ce n'était pas indiqué, étant donné que ses insectes n'étaient pas analogues à un cancer avec métastases susceptible d'envahir ses ganglions lymphatiques ; une mastectomie simple suffirait. Nous sommes convenus que nous écririons tous les trois l'article sur la collaboration de la patiente avec sa maladie et la collaboration subséquente de la patiente avec le médecin sur la nature du traitement de la maladie.

Molnár a fait de son mieux pour préserver l'étiquette professionnelle tout au long de notre éducation clinique, mais il s'est saoulé dans ce qui paraissait être son propre restaurant, La Bretonne, et nous avons dû endurer ses sanglots et ses pleurs de bonheur tandis que nous trinquions avec un *pálinka* à l'abricot particulièrement médicinal.

— J'ai tant de respect et d'amour pour vous. Je lutte contre l'envie de tout consigner, il y a tant de respect en jeu. Mais je suis fier de jouer un rôle dans cette longue histoire d'amour. J'ai l'impression d'être votre amant à tous les deux, ainsi que je sais que vous avez pris certains de vos étudiants pour amants dans le passé. Et pourtant… et pourtant, dans cette entreprise, je suis votre professeur, et c'est vous qui êtes mes étudiants. C'est une chose si délicieuse et piquante qu'elle me fait monter les larmes aux yeux.

Personne n'aimerait voir son chirurgien dans cet état, et on était déconcertés. Cela nous a valu une nuit d'angoisse dans notre suite – on nous avait spontanément fait bénéficier d'une chambre de meilleur standing – au Corinthia Hotel. Mais le lendemain matin, notre médecin a présidé notre session chirurgicale sur iPad dans le plein respect des convenances, et avec sang-froid, réagissant peut-être à l'effet de distanciation qu'induisait en nous le travail sur un sein africain anonyme, retransmis par l'écran Retina HD de l'iPad. Molnár m'a assuré que lorsque je commencerais à entailler la chair de Célestine, la lumière froide des lampes chirurgicales et le masque posé sur le visage de ma femme provoqueraient le même effet, et que j'aurais le détachement d'un chirurgien hors pair.

— Vous voyez comme vos mains sont assurées ? Quelle beauté. La philosophie est une chirurgie ; la chirurgie une philosophie. Vous êtes fait pour ça. Vous vous êtes préparé à ça toute votre vie.

Ce ne serait qu'après l'opération, plus tard à l'hôtel, quand je pourrais, seul, enlever les agrafes chirurgicales étonnamment massives et grossières à l'aide d'une pince de Michel jetable avec poignée en plastique, tellement peu sophistiquée qu'elle paraissait avoir été achetée dans une boutique de fournitures de bureau, que l'émotion entrerait en action, que les immenses et profonds réservoirs de notre histoire intime commune déborderaient, et que nous serions submergés par ce que nous avions fait.

Mais ici, à ce tournant de nos deux vies, la mienne et celle de Célestine, et dans un sens aussi de la tienne, chère Naomi, je dois interrompre le récit qui m'a englouti, et refaire surface pour te retrouver.

11

« C'était méchant de votre part de me parler en français. Cruel. Vous êtes toujours aussi cruel ? Vous êtes quelqu'un de cruel ?

— Vous m'avez juste dit que vous aviez oublié tout votre français. Vous ne m'avez jamais dit que cette langue vous avait traumatisée.

— Je croyais que vous aviez compris.

— Moi aussi, je le croyais. »

Chase portait un jean, des bas noirs, des mocassins, et un T-shirt moulant en stretch noir dont les manches comprenaient des ouvertures pour les pouces. Ses pouces se trouvaient dans ces ouvertures, et par conséquent ses mains étaient à moitié couvertes. Nathan crut en reconnaître le style car Naomi avait acheté un vêtement similaire dans une boutique appelée COS, à l'aéroport Charles-de-Gaulle. En règle générale, il ne prêtait pas attention aux détails vestimentaires. C'était comme ne pas avoir d'oreille, songeait-il, une chose génétique, à laquelle on ne pouvait rien faire ; seul l'effet général faisait une impression, jamais les détails. Quand Naomi demandait : « Comment était-elle habillée ? », il cherchait une réponse intelligible, et c'était devenu un classique de leur vaste répertoire de blagues pour initiés. Mais dans le cas de Chase, le style était une évasion, littéralement une couverture, et il s'efforçait donc de dresser mentalement la liste des détails et de les consigner ; et parfois, comme dans le cas présent, tandis qu'ils gravissaient l'escalier moquetté jusqu'au deuxième étage de la maison de Roiphe, il avait recours à une technologie subreptice sous la forme de son iPhone muet, la filmant par-derrière quand elle ne pouvait pas le voir.

Chase avait confirmé le bannissement de son père de son domaine à l'étage – « des problèmes paternels », avait-elle dit, impassible – et avait esquissé un règlement obligatoire pour Nathan : là-haut, pas de photos, pas de prise de notes ni d'enregistrement vocal, pas de comptes rendus auprès de papa. Toutes ces choses viendraient peut-être plus tard si la présence de Nathan, lors d'une première visite, ne la mettait pas mal à l'aise. En haut de l'escalier se trouvait un petit palier qui surplombait l'atrium formé par l'escalier en colimaçon. Il était vaporeusement éclairé par la lumière du jour, diffuse, provenant de la verrière Art nouveau, très sophistiquée, au-dessus, et reliait quatre portes, toutes fermées et, songea-t-il, sans doute à clé.

« Quelle porte voudriez-vous que j'ouvre, Nathan ? »

Il avait vu ce qui se trouvait derrière l'une des portes – la chambre de Chase – quand Roiphe l'avait entraîné dans son expédition nocturne pour assister au goûter, mais il n'avait évidemment pas l'intention de le mentionner ; de toute façon, il ne savait plus de quelle porte il s'agissait, tant cette nuit avait été déconcertante.

« C'est peut-être à vous d'en décider, dit-il, je ne pourrais que faire des hypothèses.

— Oui, c'est sans doute à moi de donner forme au récit pour vous. (Elle se tourna vers la porte la plus éloignée, sur la gauche, sortit un jeu de clés sur un anneau tressé, et l'ouvrit.) J'ai un code couleur secret pour ces clés, afin de m'y retrouver. Vous voyez ces petits autocollants ? Bon. Entrez. »

Nathan la suivit dans une petite pièce au plafond très mansardé équipée d'une lucarne à pignon dont la vitre donnait sur les feuilles hérissées et dentelées d'un grand marronnier, qui exhibaient les taches brunes d'une maladie fongique, et dont les bords secs s'enroulaient, tel l'équivalent végétal de la contracture de Dupuytren. Chase alluma des lumières halogènes au-dessus de leurs têtes et fit un geste vers un appareil posé sur le sol, de l'autre côté de la pièce. On aurait dit un étendoir européen, mais très high-tech, avec un châssis en acier laqué époxy et un éclairage d'ambiance à LED.

« Alors, qu'en pensez-vous ?

— De votre imprimante 3D ?

— La FabrikantBot2. Il s'agit là d'un très rare modèle sur trépied. Elle a une énorme chambre de fabrication. La plupart sont des imprimantes de bureau.

— Elle m'a l'air très bien. Que fabriquez-vous avec ? »

Sur une table de nuit, à côté de la FabrikantBot2, se trouvait un iMac 27 pouces que Chase tirait désormais de sa douillette somnolence électronique.

Après qu'elle eut entré son mot de passe, une fenêtre apparut, dévoilant un agréable paysage de verdure avec des montagnes ombragées, des nuages, et le ciel bleu en arrière-plan, dans le lointain ; diverses icônes de commande dodues s'égaillaient à la périphérie du paysage. Au premier plan, sur une sorte de pelouse, se trouvait une infographie, un maillage tridimensionnel sur lequel était perché un grand-duc stylisé. Chase s'agenouilla devant l'ordinateur et se mit à tripoter le Magic Trackpad à côté de son clavier. Le grand-duc réagit en pivotant dans toutes les directions dans une tridimensionnalité impeccable.

« C'est un fichier que j'ai téléchargé sur thingiverse.com. Il s'agit d'un site Web communautaire où l'on peut trouver des milliers de modèles de réalisations en 3D proposés par la communauté, le tout gratuitement – des vélos, des modèles de moteurs, n'importe quoi. Ce sont tous des fichiers STL – je crois que ça veut dire stéréo lithographie, ou quelque chose dans le genre – et tous les programmes de modélisation numériques comprennent ces fichiers. Si j'appuyais sur le bouton Fabrik, ici, sur l'écran, l'imprimante commencerait à me faire ce petit rapace.

— Ce serait génial, dit Nathan. J'adorerais la voir en action. »

Chase donna un petit coup à son curseur vers l'icône Dropbox et ouvrit le dossier.

« Bon, d'accord. J'ai un nouveau modèle qui m'attend juste ici. C'est un truc que m'a envoyé mon ami de Paris. Je ne sais pas ce que c'est. Voyons voir. C'est un fichier STL, alors je le fais glisser sur l'espace de construction virtuel du programme FabrikWare, de manière à pouvoir le mettre sur une grande ou une petite échelle, et jouer avec sa modélisation. Oh, zut alors. Je suis affreusement gênée. »

Zut alors. Le rapace avait disparu, et sur l'écran se trouvait un pénis en érection, excentrique et impénitent, présenté dans le même rose, fade et joyeux, que le grand-duc. Chase se tourna vers Nathan, ses yeux gris-vert animés, brillants.

« Ça ne vous pose pas de problème, Nathan ? Le pénis d'un autre homme ? »

Il s'était débrouillé pour ne pas voir la puissance radieuse de ses yeux jusqu'à présent ; sans doute, songea-t-il, parce qu'il l'avait trop regardée par un objectif.

« Pas tellement, tant que je ne dois pas jouer avec. (Elle rit d'un rire de comploteuse.) Et qui est cet autre homme ? Je veux dire, est-ce seulement un fantasme de conception/fabrication assistée par ordinateur ou quoi ? Je veux dire, ce que je vois n'est pas normal.

— Oh, non. Hervé ne ferait jamais une chose pareille. Il adhère à la philosophie du *cinéma vérité** des réalisateurs des années 1960. »

Nathan remarqua qu'elle prononçait les mots français avec un accent américain ridicule, à couper au couteau.

« Ils voulaient rendre compte de la réalité d'une manière authentique, non ? Même quand ils réalisaient des œuvres de fiction. Mais en quoi cela peut-il être mis sur le même pied, ici ?

— Hervé utilise un scanner laser portable pour les objets réels du monde réel – sa version de la caméra Éclair NPR utilisée par les gars du *cinéma vérité**. C'est incroyablement cher, mais il a reçu une subvention du ministère de la Culture et il a des espèces de mécènes louches. Il ne s'occupe jamais de modélisation. Il lui arrive de faire des combinaisons, et compagnie, mais la base de son travail repose sur des scans du monde réel.

— Il a donc scanné le pénis de quelqu'un avec un scanner laser ?

— Ce n'est pas dangereux quand on sait ce qu'on fait. On le fait tout le temps pour le cinéma – les visages des acteurs sont transférés sur les visages des cascadeurs pour que l'on ait l'impression qu'ils font des choses vraiment dangereuses.

— Je ne suis pas certain que quiconque souhaite voir ce pénis transféré sur le sien. »

Chase rougit.

« C'est le pénis d'Hervé, évidemment. Il n'est pas complexé par sa situation, croyez-moi. Il s'est débrouillé pour en faire une attraction touristique populaire. Il ne serait pas autant courbé s'il n'était pas en érection. Je suis sûre qu'il a bénéficié d'une aide amicale à cet effet. Peut-être de la part d'un de ses mécènes.

— Donc, à présent qu'il se trouve sur votre ordinateur, qu'allez-vous en faire ? »

Chase retourna à son trackpad.

« Vous avez donc glissé votre dossier sur cet espace de construction virtuelle, puis l'interface vous donne les outils pour le faire pivoter, comme cela, pour le retourner, pour en augmenter ou en réduire l'échelle. À mon avis, je vais l'agrandir, juste pour le plaisir. Le logiciel vous prévient quand vous excédez le volume de construction physique de la machine, si bien que vous ne pouvez pas faire cette erreur. Et puis le logiciel de tranchage se prépare à couper en julienne votre objet virtuel avant que la machine ne crée l'objet physique, couche après couche. Avant, on appelait ça le "prototypage rapide" – un terme très charmant.

— Vous connaissez la taille réelle ? Du pénis de votre ami ?

— Oh, je l'ai vu plusieurs fois. Maintenant, regardez. »

Elle appuya sur le bouton Fabrik et l'imprimante vint à la vie, la tête d'impression se mit à faire des va-et-vient houleux avec une énergie implacable sur ses rails d'acier.

« Vous voyez le rouleau de filaments roses, là derrière, sur la bobine rattachée au châssis, qui ressemble un peu à un gros moulinet de pêche ? Il pourrait être de n'importe quelle couleur, mais il se trouve que j'ai ce rose vif. Il est en PLA, en acide polyactique, un bioplastique renouvelable. Donc, la tête d'impression déroule le filament sur la bobine, à l'arrière, par le tube transparent ici, vous voyez ? La buse d'extrusion charge le fil, le fait chauffer puis passer par un trou dans la plate-forme de construction, qui, comme cela se voit à peine, descend lentement tandis que le modèle est imprimé couche après couche. Vous trouverez des tonnes de vidéos sur YouTube qui montrent des machins en train de se faire imprimer en accéléré. C'est fascinant. Vraiment très rigolo. La plate-forme descend comme un ascenseur et l'objet, en quelque sorte, pousse dessus comme un champignon. Il va sans doute falloir deux heures pour imprimer ce machin, il est tellement détaillé. »

La tête d'impression avait déjà déposé un disque rose – plutôt petit et misérable sur la plate-forme de construction massive et translucide – qui représentait une rondelle de la base du pénis d'Hervé Blomqvist. Fascinant, certes, mais Nathan était surtout fasciné par Chase, dont l'image était enfin nette depuis qu'elle s'adressait à lui par le truchement de la FabrikantBot2. Elle faisait désormais montre d'une passion inattendue de geek, encore plus profonde que celle de Naomi, et pour Nathan c'était d'un érotisme pur, dangereux.

« Et quelle est, au juste, la maladie de votre ami… Hervé… ?

— Oui, Hervé Blomqvist. On allait à la fac ensemble, à Paris.

— Et il s'attend à ce que vous fassiez quelque chose de ça ? De ce qu'il vous a envoyé ?

— Oh, il sait que je le ferai, et il a sans doute une idée assez juste de ce que ça sera. »

Nathan n'imaginait qu'une fonction à l'engin qui émergeait, celle d'un gigantesque godemiché, et il eut immédiatement une érection qui fusionna de manière fort désagréable avec l'image sur l'ordinateur.

« Quelle est la maladie qui fait se courber ainsi son pénis ?

— Trois médecins français, dit-elle.

— Quoi ?

— Hervé dit qu'il a été tourmenté par trois médecins français : le docteur La Peyronie – son pénis a la maladie de La Peyronie – ; le docteur Dupuytren, contracture des tendons et alors les doigts de votre main font ça (Chase forma une serre avec sa main gauche), et ça va souvent de pair avec la maladie de La Peyronie ; et le docteur Raynaud – ses pieds deviennent violets du fait de problèmes de circulation chaque fois qu'il fait un tout petit peu froid. Trois médecins français. On croirait une comptine, non ?

— Vous semblez connaître ce gars de façon plutôt intime.

— On était un groupe très soudé, là-bas, à la Sorbonne. C'était excitant. »

Sorbonne avait été prononcé à la manière d'un habitant du Midwest qui n'aurait jamais entendu parler de la langue française, avec l'accent sur la première syllabe : *sorbn*. Nathan se demanda si elle allait petit à petit élaborer un métalangage sophistiqué qui supprimerait toute trace de français dans son discours et dans sa pensée, un peu comme *le schizo** Wolfson avait transformé l'anglais en une combinaison d'hébreu, de français, d'allemand, et de russe. C'était, d'une certaine manière, l'exact opposé de Samuel Beckett qui écrivit certains de ses livres en français afin de s'éloigner de sa langue maternelle et par là même de se forcer à écrire, disait-il, avec davantage de clarté et d'économie.

L'imprimante faisait des va-et-vient, déposait ses strates de PLA sur la plate-forme de construction, qui descendait progressivement d'un cran, de plus en plus bas, tandis que l'objet, le pénis en bioplastique renouvelable, s'érigeait comme une stalagmite dans une caverne. La machine officiait avec un enthousiasme mesuré, sérieux, heureuse de créer par extrusion un pénis tordu en érection, heureuse de créer tout court, d'être créative, et cela débordait sur l'appréhension de Nathan au sujet de son projet Roiphe, le livre fantôme intitulé *Consumés*, que, espérait-il, la FabrikantBot pourrait peut-être imprimer. Pourquoi pas ? Des livres en plastique organique renouvelable par milliers.

« J'adorerais faire les veines en bleu ou en violet, et seulement le gland en rose ou en rouge, mais cette version de la FabrikantBot ne fait qu'une couleur à la fois, et on ne peut pas les mélanger dans un seul objet. Je fais beaucoup de peinture, mais ce serait génial de ne pas en avoir besoin. J'essaye de faire en sorte que mon père saute sur la prochaine version, mais il résiste. La RepliKator 3 a une double tête et bénéficie d'une plate-forme de construction chauffante, et je crois qu'on peut utiliser du plastique ABS, mais c'est plus cher. Ce n'est pas qu'une question d'argent. Il veut que je lui montre ce que je fais, mais je m'y refuse.

— Eh bien, il n'aurait sans doute pas très envie de voir le pénis d'Hervé, même si l'on sait qu'il en a vu quantité d'autres. Mais peut-être pas dans ce contexte.

— Oh, mais Hervé ne m'envoie pas que des pénis. »

Ils quittèrent la FabrikantBot qui continuait à œuvrer bruyamment, satisfaite, et s'avancèrent sur le palier. Chase referma la porte, puis elle se tourna vers la porte adjacente.

« Là, c'est ma chambre à coucher, à côté c'est ma salle de bains, et là – elle se tourna vers la porte qui leur faisait face – se trouve la salle à laquelle nous allons jeter un coup d'œil, mon atelier. »

Chase alluma la lumière dans une pièce qui était

la copie conforme de celle de l'imprimante, même si dans celle-ci la lucarne était munie de volets clos. S'y trouvaient deux grossières tables à tréteaux en bois : l'une d'elles, très longue, faisait la taille d'une table de pique-nique, l'autre, plus petite et carrée, couverte de boîtes et de tubes de peinture, de pinceaux, de bandes de tissu, de palettes en plastique rectangulaires avec couvercles, de spatules, de bocaux d'eau.

« Vous voyez, là, je vous ai parlé de la peinture. On peut peindre directement à l'acrylique sur le PLA. On peut d'abord le sabler, aussi, si on souhaite créer des textures différentes. Ce serait parfait si j'avais un évier là-dedans, on a parfois besoin d'eau, mais la salle de bains est à côté. Elle est plutôt en bazar pour l'instant. »

Chase se détourna du coin peinture pour s'avancer vers la grande table, où étaient posés de gros objets bosselés couverts d'une toile de la taille d'un lit. Postée devant elle, elle s'arrêta et inspira profondément – avec une étrange révérence, songea Nathan – puis se pencha en avant et entreprit de replier lentement le drap. Se trouvèrent petit à petit exposés des morceaux de corps reproduits thermoplastiquement, un corps féminin mutilé et démembré, étalés dans un ordre indistinct. Ils étaient peints de manière sommaire, mais assez réaliste pour provoquer le dégoût de Nathan, à qui ils rappelèrent une boucherie horrible sur laquelle il était tombé jadis dans une petite bourgade espagnole. Un seul sein, tranché, des morceaux de cuisse et de mollet, des doigts séparés d'une main, un buste coupé en quartiers, une tête étonnée, fendue en deux et béante, avec une langue gonflée, protubérante. Presque chaque centimètre carré de surface cutanée observable était criblé de trous, comme après une attaque sauvage par un banc de piranhas, et chaque trou était rendu dans ses moindres détails, avec amour, par une peinture acrylique rouge foncé et nécrotique.

« Hervé m'a envoyé ceci, morceau par morceau, dit-elle, en jetant le drap roulé en boule sous la table. Je les ai rangés et je les ai peaufinés avec la peinture. (Elle se tourna vers Nathan et se pencha en arrière, les mains posées sur le rebord de la table.) Vous savez, je voulais intituler cette œuvre *Consumés*, mais mon père m'a coupé l'herbe sous le pied. Sauf si vous réussissez à le convaincre de donner un autre titre à votre livre. »

Nathan reconnaissait les morceaux de corps martyrisés grâce aux photos envoyées par Naomi. Rassemblés, ils formaient Célestine Arosteguy.

« Tu l'as vraiment fait, alors. Tu as coupé le sein de ta femme avec son consentement. »

Naomi réfléchissait en termes journalistiques et légaux ; c'était l'approche sévère qui devait être la sienne pour qu'elle ne perde pas pied dans l'épaisse nuit liquide de la fin de l'été tokyoïte. Ils étaient assis dehors, dans le morne jardin désolé parce que la maison était devenue trop chaude, trop étouffante, trop intime et suffocante. Elle était assise sur la réplique de béton, couverte de lichen, d'un banc en pierre taillée à la main posé tout au fond, contre un mur. Les lumières faiblardes incrustées dans ce mur inondaient son visage d'une lueur médicale pareille à un désinfectant, et la sculptaient de leurs ombres profondes, empourprées. Arosteguy faisait les cent pas devant elle, dans le jardin, donnant de temps à autre un coup de pied dans des ordures domestiques cachées par les ondulations de la pénombre et ses contre-courants.

« Tu sais, une fois, avec un de mes collègues – je ne te dirai pas de qui il s'agissait car tu ferais des recherches sur lui – on s'est retrouvés à participer à un drôle de karaoké, à Paris, pas ici, et par la force des choses, j'ai été obligé de chanter la chanson "Je t'aime... moi non plus" à la manière de Serge Gainsbourg, avec le collègue qui reprenait la partie de Jane Birkin avec une voix de fausset. Si je me suis prêté au jeu, c'est uniquement en hommage à Salvador Dalí, qui a inspiré le titre de la chanson en se référant au communisme de Picasso. Gainsbourg avait demandé à Birkin de la chanter à la manière d'un petit garçon, et mon collègue s'y était lui aussi appliqué, sans effort apparent. Cela avait constitué une révélation à son endroit dont je me serais bien passé. Et après ce moment de communion kitsch, il m'a dit qu'il avait fait un rêve violent, et le rêve était que, dans un moment de passion, il tranchait le sein d'une femme. Il recherchait activement une femme qui l'autoriserait à faire une chose pareille contre de l'argent, et aussi un médecin qui le guiderait. C'était un homme très méticuleux, très scrupuleux. J'ignore s'il a jamais assouvi son désir.

— C'est l'impression que ça t'a fait ? C'était érotique ? C'était passionné ?

— J'ai réalisé l'opération. Et Célestine avait raison, comme toujours. Je voulais conserver le sein, le préserver d'une manière ou d'une autre, l'emporter à la boutique de taxidermie rue du Bac, en faire quelque chose, même si c'était grotesque. Je ne pouvais y renoncer. J'avais vraiment l'impression qu'elle était diminuée par cette perte, mais encore plus égoïstement, que nous étions diminués, dans notre vie commune, notre sexualité. Je ne pouvais imaginer les problèmes que cela aurait créés si nous avions eu des enfants qu'elle aurait nourris au sein. Et je lui ai dit toutes ces choses, mais elle refusait que je le conserve, et Molnár était de son côté – pour des raisons psychologiques, disait-il, mais aussi de santé, et légales. Imaginez que vous soyez arrêtés dans le train qui vous ramènera à Paris. Mais pour elle c'était simple : il fallait le détruire, avec tout ce qu'il y avait à l'intérieur, comme un nid de guêpes arraché à un avant-toit à l'aide d'un filet de pêche, et le fourrer dans un sac-poubelle. Le brûler, avec les adultes ailés, les larves blanches et les œufs. Le brûler. »

Naomi ne se faisait aucune illusion sur le fait qu'Arosteguy mentait comme il respirait (enfin, peut-être pas à propos de certains détails et coutumes de leur vie intime), que sa confession était un roman, un projet artistique, et qu'il en faisait sa collaboratrice dans sa mise en forme et sa dissémination. Mais cela ne la démoralisait pas, pas plus que cela ne présentait un défi à son sentiment d'intégrité journalistique, qui, à dire vrai, n'avait jamais été que théorique, une carte à jouer professionnelle, secondaire au divertissement et à la poursuite du travail, ou même tertiaire, vis-à-vis de son propre accomplissement créatif, dont elle ne parlait jamais, et qui occupait une étonnante première place. Si le mensonge était complexe et captivant – et il l'était, il l'était –, alors peut-être accoucherait-elle d'un livre, dont le moteur serait le désir omniprésent de fouiller, à la recherche d'une vérité chimérique, ce qui induirait le suspense, sans que jamais ne se fasse sentir le besoin d'attester cette vérité. Elle pourrait inciter ses lecteurs à se demander si les photos des morceaux de corps appartenant à Célestine révéleraient la présence de *deux* seins tranchés, et réfuter ainsi cette histoire de mastectomie. Elle pourrait faire pression sur le préfet de police, M. Vernier, pour lui soutirer cette information sans lui en expliquer l'importance. Elle pourrait tenter d'examiner le torse elle-même, le vrai buste – c'était une pensée excitante ; mais avait-il été conservé comme preuve ou bien avait-il déjà été enterré ou incinéré ? –, pour voir si le sein gauche avait subi une ablation chirurgicale, s'il avait reçu des points de suture, et cicatrisé, plutôt que d'être brutalement taillé à coups de hache. Les photos qu'elle avait vues ne révélaient que le flanc gauche du buste, et une ombre obscurcissait la blessure. Était-ce délibéré de la part de la police ? Y avait-il seulement des photos de police ? Était-ce Arosteguy qui les avait lui-même postées ?

« Mais ça ne t'a pas plu, cette ablation ? dit-elle. À un certain niveau ? Maintenant que je sais que tu…

— Tu aimerais habiter dans mon corps tandis que je m'approche de Célestine, allongée sur la table, m'habiter comme dans ces films de science-fiction où un guerrier grimpe dans un robot géant de neuf étages et actionne ses bras et ses jambes immenses depuis l'intérieur de sa tête en verre.

— Oui. Exactement comme ça. »

Bien évidemment, elle était en train d'enregistrer, et bien évidemment, il le savait. Posé sur les fausses pierres à côté d'elle, le Nagra clignotait joyeusement. Arosteguy ne pouvait plus se passer d'enregistrement, dorénavant, elle en était certaine, comme un poète qui, travaillant dans le respect de la tradition orale, aurait été contaminé par l'avènement de l'enregistreur, et aurait donc insisté pour que toutes les improvisations soient conservées pour la postérité.

« Bon, très bien. Je m'approche de son corps, et c'est bien son *corps*, parce que son visage est caché sous une tente en tissu stérile érigée autour de sa tête. Et ce n'est pas exactement Célestine, car quelque chose ne va pas avec sa couleur, elle est bleue et verte, et en un sens elle n'est pas en vie, pas sensible. Et son odeur n'est pas la bonne, une odeur corrosive de désinfectant. Et je te jure que son sein est dessiné et coupé en deux parties égales à l'aide de points violets tracés au marqueur – coupez ici ! – comme dans une espèce de bande dessinée terrible, cauchemardesque, une gigantesque forme dessinant une larme avec en son centre le mamelon.

« La présence de Molnár plane sur mon épaule droite, du côté de mon scalpel, il chuchote à mon intention, à moi son élève chouchou, il m'encourage, mais il sent aussi – et tu ne seras pas surprise de l'entendre – que j'ai une érection, et je suis soudain submergé par les émotions de mon collègue de karaoké, comme si ses paroles, ce soir-là, avaient grouillé dans mon cerveau pour devenir les miennes, mes pensées, et je m'apprête désormais à réaliser notre rêve à tous deux en coupant le sein de mon épouse.

« Je suis sur le point de procéder à la première incision. Molnár m'a mis en garde ; je ne dois pas penser en termes de perfection, pas chercher à réaliser une coupure parfaite, car cela conduit à la paralysie ; c'est impossible, de toute façon, avec la chair. "Regardez ces images de Picasso en train de dessiner : aucune hésitation", dit-il. En un sens, pas la moindre pensée, seulement l'instinct pur et le désir pour la réalité du trait tracé, quel que soit le résultat, la certitude que cela serait juste. Mais je tremble néanmoins lorsque je plonge pour la première fois dans son sein l'aiguille chaude de ce terrible scalpel électronique, avec sa lame jetable destinée à une chair jetable. »

Pendant qu'il parlait, Arosteguy n'avait cessé de faire les cent pas, et maintenant qu'il s'arrêtait soudain, la halte avait l'impact d'un coup de feu.

« C'est trop banal, dit-il.

— Comment ça ?

— La description en voix off. Cette interview de présentateur télé.

— Oh, non ! Que peut-on faire ?

— J'ai besoin que tu dénudes ton sein et alors je pourrai reconstituer la scène. On collabore. Ce sera formidable pour ton article ou même un livre. À quel point je suis dangereux. À quel point tu es courageuse. Comme tout cela est pervers et néanmoins adorable.

— Mais les gens ne peuvent pas nous voir, ici ?

— Nous sommes des *gaijin*. Ils se contrefichent

de ce que nous nous faisons l'un à l'autre, ou même de ce que des citoyens japonais nous font. Tu te rappelles Sagawa ? Et de nombreux autres crimes commis contre des *gaijin* ? Pas la moindre raison de s'inquiéter. Et les opérations de changement de sexe ? C'est le Japon, ici, ma chérie. (Arosteguy, qui fouillait dans les poches de son pantalon en velours, en tira un petit marqueur épais, japonais, à la pointe extrêmement fine, qu'il brandit comme un cigare.) On va jouer au docteur. Tu seras Célestine, la patiente consentante, excitée. Je vais diriger ton jeu d'actrice. Je jouerai deux rôles : celui du chirurgien plutôt blâmable, mais au charme coquin, le Dr Zoltán Molnár ; puis celui du *philosophe** français entièrement blâmable et massivement déplaisant, Aristide Arosteguy. Je dirigerai moi-même mon jeu d'acteur mais je considérerai toutes les suggestions proposées par ma partenaire dans le domaine de la technique de la scène. Et on couvrira tout le processus de l'ablation du sein, du moins ce dont je me souviens. »

L'effet de leur enivrement commun commençait à se faire sentir dans sa prononciation bafouillarde et le manque de coordination générale entre sa bouche et son corps. Naomi l'avait suivi verre après verre – du saké puis de la bière – en premier lieu pour que le rythme de son récit ne faiblisse pas, mais à présent elle le regrettait, certaine que sa propre coordination devait être perturbée même si elle ne pouvait pas le mesurer – un mauvais signe pour elle.

Alors qu'elle commençait à défaire la fermeture éclair de son sweat à capuche en laine polaire,

Naomi avait doublement l'impression d'être une pute : elle allait exhiber ses seins dans une arrière-cour tokyoïte ; et elle le faisait en sachant que c'était uniquement pour l'article, pour le livre, pour la perversité du récit et la valeur commerciale de son projet Arosteguy, tellement dévoyé qu'il en serait sans doute irrésistible pour n'importe quel éditeur, papier ou numérique. Ce sentiment ne la découragea pas ; elle en savourait la putasserie transgressive de la plus enfantine des manières. Un énorme dirigeable publicitaire flottait dans le ciel, il apparut dans leur champ de vision, ses flancs illuminés par un diaporama animé présentant une ligne d'équipements de fitness finnoise. Naomi, rêveuse, observa la présentation d'un tapis de jogging miniature et pliant, adapté aux petits appartements, et s'imagina Célestine et Ari en train de courir côte à côte à Paris. Comme encouragé par sa rêverie, Arosteguy fit deux pas résolus en direction de Naomi, se laissa tomber à genoux à ses pieds (dans un léger grognement alors que l'hygroma qui enflait le bout de son genou droit s'exprimait), posa le marqueur sur le banc, et prit les mains de Naomi dans les siennes avant qu'elle ne parvienne à défaire complètement sa fermeture éclair.

« Laisse-moi te déballer, dit-il.

— Me quoi ?

— Tu sais, ces vidéos où l'on voit des gens déballer des choses partout sur YouTube. C'est la quintessence du fétichisme consumériste. J'en raffole. On peut voir un adolescent vietnamien anonyme déballer avec amour la boîte qu'il vient de recevoir et qui contient… Ce genre de choses, sans doute.

(Arosteguy désigna le Nagra du doigt.) Il est en extase – nous pouvons établir ceci à partir de sa voix et de ses mains de garçon aux ongles nerveusement rongés, la caméra ne s'éloignant jamais de la boîte ni de son contenu – mais il est le maître de la gratification retardée, comme ses milliers de spectateurs. Il coupe le ruban adhésif qui ferme la boîte avec un couteau précisément étudié à cet effet. Il sort d'abord la minuscule boîte à l'intérieur, qui abrite le chargeur, le cordon d'alimentation, et les manuels d'instruction en plusieurs langues. Il ouvre fastidieusement les petits sachets en plastique thermoscellés contenant la batterie, les écouteurs, et les adaptateurs. Et enfin, dans un grand geste, il brandit cet objet de désir enveloppé de bulles, l'appareil électronique, pour déclarer, avec une nonchalance feinte, dans un anglais mâtiné d'un léger accent asiatique, qui est la langue du consumérisme : "Et, bon, d'accord, voici donc..." »

Voici donc : le sein gauche de Naomi, déballé dans un grand geste par Arosteguy, quoique pas sans difficulté, car le hasard lui avait fait revêtir son soutien-gorge de sport blanc à maintien renforcé – elle avait pensé trouver peut-être un peu de temps pour faire un jogging dans le quartier –, et ses agrafes métalliques fines, sur le devant, avec la malice inhérente à ces petites choses mécaniques, se grippèrent, forçant Naomi à l'ouvrir pour lui avant qu'il ne puisse poursuivre son déballage. Cette fois-ci, elle n'avait emporté dans son voyage que deux soutiens-gorge, et elle aurait préféré porter le soutien-gorge à armatures en dentelle noire Victoria's Secret, avec ses bretelles amovibles, mais toute cette procédure paraissait advenir sur un plan intellectuel, et il ne semblait pas rebuté par le caractère non érotique du soutien-gorge blanc.

Elle demeurait assise sans soutien-gorge, sans sweat à capuche, et mystérieusement à l'aise, les mains écartées et les paumes plaquées contre le banc tandis qu'Arosteguy faisait balancer le soutien-gorge à son doigt, le laissant tournoyer doucement dans la lumière provocante du jardin telle une fleur inattendue.

« Après, on a mis à Célestine un soutien-gorge spécial. Il y avait une poche sur le côté gauche pour une prothèse mammaire. Il était de la marque Amoena, je crois, un très beau nom classique. En fait, il y avait deux poches, comme s'ils s'attendaient à ce qu'elle perde son autre sein. Ce modèle Énergie Légère, taille 4, semblait correspondre parfaitement à son sein restant, même si celui qui manquait avait été plus gros. Tout n'était qu'une question d'équilibre et de symétrie, de poids et d'acceptation sociale. L'intérieur de la prothèse était doté d'une surface transparente, à bulles, semblable à du papier bulle, pour lui permettre de respirer, mais cela ne l'empêchait pas d'avoir chaud et de transpirer, malgré la promesse d'un matériau développé par la NASA capable de conserver une température mammaire normale. L'extérieur était couleur chair, un mamelon assez peu enthousiaste trônait au sommet, dont la consistance était remarquablement malléable et réaliste, quoique trop homogène au toucher pour appartenir à une vraie poitrine. Elle l'a portée deux fois, me semble-t-il, puis elle l'a remisée. Je l'ai souvent retrouvée perchée sur une bouteille de paracétamol liquide dans la buanderie, à côté de la machine à laver, comme une espèce de chapeau chinois conique. En fait, elle avait tout bonnement cessé de porter des soutiens-gorge, et son nouveau fétiche était de porter des pulls et des T-shirts moulants qui mettaient son amputation en valeur, elle disait qu'enfant elle avait eu un chat avec une seule oreille, et qu'à présent elle-même en était un.

— Je ne pense pas que je pourrais être aussi courageuse.

— Tu ne peux pas savoir comment tu réagirais, c'est pourquoi nous devons procéder à une reconstitution. Nous devons devenir des reconstituteurs, comme ces types qui rejouent la bataille de Waterloo avec leurs vieux mousquets, et leurs petits bouchons d'oreille anachroniques et bleus prudemment enfoncés. »

Arosteguy se mit à manipuler son sein gauche d'une manière froide, utilitaire, le soulevant avec trois doigts comme un boulanger jugerait une pâtisserie naissante, le pinçant doucement au-dessus et en dessous du mamelon, avant de le plier pour montrer où se trouverait la cicatrice. Son visage était tout près de Naomi, et elle sentait son souffle sur sa peau, chaud lorsqu'il sortait de sa bouche, un peu plus froid lorsqu'il provenait de son nez. Elle s'abandonna à la sensation qu'elle était le vecteur de Célestine, qu'une partie de son corps n'était pas à elle et qu'elle pouvait aisément s'en séparer ; elle en frissonnait de joie.

« Tina était complètement éveillée, alerte, assise, comme tu l'es à présent, lorsque Molnár a marqué son sein. Si je le pouvais, je m'adresserais à toi en hongrois, comme Molnár lorsqu'il parlait à son équipe par-dessus son épaule, afin de rendre l'authenticité et l'étrange magie clinique de cet instant. Il leur a demandé de me donner un Témesta, parce que j'avais commencé à m'effondrer, à m'évanouir comme une fillette ; je ne parvenais pas à contrer l'angoisse qui me submergeait. Le Témesta a été très subtil et très efficace ; je sentais absolument tout sauf l'angoisse. Célestine, par ailleurs, se montrait calme et pleine de sollicitude ; elle souriait, me caressait, me prenait en pitié tandis que le merveilleux docteur commençait à tracer une carte au trésor enfantine sur sa poitrine. Comme ceci. »

Le bout du stylo lui paraissait chaud – Naomi était certaine que c'était la pensée de l'aiguille d'électrocautérisation qui lui donnait cette impression – alors qu'Arosteguy traçait à grands traits confiants un contour en forme de grosse larme dont la pointe s'approchait de son aisselle et dont le corps, tourné vers son sternum, encerclait son mamelon. Puis il dessina un trait de part et d'autre du mamelon.

« C'est la ligne de la cicatrice.

— Le mamelon serait ôté ?

— Il y a eu des discussions sur la possibilité d'épargner le mamelon et une éventuelle reconstruction du sein. Molnár s'est lancé dans une méditation extrêmement pompeuse sur le sens social du sein et de la lactation, et sur l'innovation évolutionniste représentée par les mammifères. Tina s'est contentée de rire, elle a dit qu'elle était intriguée de devenir un demi-garçon, et que seul un mamelon de garçon l'intéresserait pour ce côté, et non un téton de femme. Le médecin lui a parlé de la difficulté posée par un déséquilibre. Elle a dit qu'il s'agirait d'une dualité, non d'un déséquilibre, et qu'elle n'en pouvait plus d'attendre. »

Arosteguy s'écarta, le marqueur dans la main, pour scruter son œuvre. Naomi baissa les yeux et elle souleva son sein de sa main gauche pour partager la scrutation.

« Ça me fait penser aux tatouages de larmes que les détenus ont sur les joues, dit-elle.

— J'ai eu un étudiant qui en avait. C'était une vision dérangeante. Il les recouvrait souvent de maquillage.

— En général, cela veut dire qu'on a tué quelqu'un. »

Arosteguy médita en silence ; elle avait l'impression qu'il n'avait pas compris l'importance des tatouages, et que, par conséquent, certaines significations et prises de conscience bougeaient constamment dans sa tête ; elle avait presque l'impression de voir les pièces se réorganiser, et elle songea à Tetris, son jeu vidéo préféré, quand elle était petite.

« Je suis sûre que tu pourrais trouver quelqu'un à Tokyo pour t'en faire un, ajouta-t-elle, songeuse. Je pourrais venir avec toi et photographier tout ça. »

Il redressa la tête, lui fit à nouveau face, et rit à gorge déployée.

« Il m'en faudra peut-être deux. Es-tu prête à ce que je te coupe ? »

Si seulement elle avait pu avoir confiance en Yukie. Naomi faisait défiler les photos prises par Arosteguy, où elle était allongée sur le banc en béton dans le jardin, les yeux fermés et la bouche ouverte en une parodie d'anesthésie, son sein marqué de pointillés paraissant agréablement plein, son mamelon dressé (celui de Célestine aurait-il été dressé juste avant d'être coupé, implorant à sa manière d'être épargné, ou se serait-il rétracté de peur, toute bravoure la quittant alors ?), ses bras plaqués contre ses flancs de manière qu'ils ne tombent pas du banc étroit, son sein droit sagement couvert par son sweat à capuche. Mais ces images à la mise au point défaillante, au cadre maladroit, lui rappelaient que la manipulation d'un appareil photo n'était pas une compétence humaine innée, et que même avec les contraintes de l'alcool et de l'étrangeté sexuelle, Yukie, rompue aux médias, aurait produit des photographies incisives et bien composées que Naomi aurait pu utiliser pour accompagner son long article ou un livre. Elles en auraient dit tellement long sur les dernières tendances du parajournalisme, qui s'articule autour de la collaboration artistique entre sujet et journaliste et qui, par définition, se limite à leurs très rares rencontres. Elle avait songé que l'expression consacrée de Tom Wolfe, qui parlait de « reportage par la saturation » était sans doute adaptée : le meurtre de la journaliste, copie conforme d'un autre meurtre, l'assassin qui terminait l'article et le transmettait à la rédaction, avec les photographies et les vidéos idoines. Elle se rappelait avoir étudié le concept du parajournalisme à l'université de Ryerson, à Toronto, un journalisme mêlant le factuel et l'invention sans citer ses sources ; mais dans son œuvre réalisée avec Ari, puisqu'elle commençait à y penser en ces termes, la fiction, l'invention créative, relevait entièrement de lui, et puisqu'il était le sujet de Naomi, la fiction d'Arosteguy était recevable.

Les photos de Yukie auraient été meilleures au plan technique, sans aucun doute, mais sa présence aurait complètement altéré la biochimie du projet. Et, en y regardant de plus près, elle voyait que les photos d'Ari trahissaient une chose enivrante et terrifiante : la fusion, dans l'esprit d'Ari, de Naomi avec Célestine. Évidemment, elle ne ressemblait en rien à sa Tina, mais Naomi percevait, dans l'intensité et le voyeurisme macrophage évidents dont il avait fait preuve en la photographiant, une tentative désespérée de recréer son épouse perdue. Il l'avait suppliée pour utiliser l'objectif macro et se rapprocher au maximum, objectif qu'elle avait emprunté à Nathan et qu'elle gardait par-devers elle – en tout cas pour le moment – et il consumait le corps de Naomi avec cet objectif (maladroitement nommé Micro-Nikkor 105mm f/2,8g IF-ED), devenu son aiguille d'électrocautérisation. Appliqué à prendre ses photos, il avait dit à Naomi qu'en la coupant il sentait l'odeur de la chair brûlée de Tina, et que Molnár – ouvrant son sein en deux à l'aide d'un écarteur à griffes en acier inoxydable pour offrir une cible claire – lui avait demandé d'éviter d'inhaler ce qu'il appelait de la fumée chirurgicale, car elle était toxique. Il n'avait consigné son escapade chirurgicale autrement que dans sa mémoire, mais gardait un souvenir vif du bistouri Bovie, auquel on avait donné le nom de son inventeur, William Bovie, tout en ne cessant de penser au couteau Bowie, l'énorme couteau pareil à un fendoir de Jim Bowie, du Fort Alamo. Le cautère aux lignes pures paraissait quant à lui inoffensif, avec son bout métallique plat, semblable à un petit tournevis, fixé dans un boîtier jaune, sa poignée joyeuse en plastique bleu, son bouton d'allumage jaune, son cordon électrique bleu. Il émettait de petits éclairs surprenants tandis qu'il découpait, tel un chalumeau miniature luisant, sous la tente de chair translucide créée par l'écarteur à griffes, les couches de tissu mammaire qui se vaporisaient en une fumée blanche dans un simple murmure.

« Son tissu mammaire ressemblait à de la crème anglaise jaune. Le simple fait de concevoir de telles pensées me donnait l'impression d'être Sagawa.

— Et quand tu l'as ouvert, as-tu découvert un sac d'insectes ?

— Bien sûr que non, avait répondu Arosteguy. Bien sûr que non. Mais après, pendant sa convalescence, Célestine était tellement heureuse, tellement satisfaite, que la question n'a jamais été posée, et la réponse jamais donnée. »

Après avoir pris des photos du corps morcelé de Naomi, Arosteguy parut s'enfoncer dans ses rêveries, ou peut-être dans un état proche du coma – certes, il avait plus bu qu'elle – et Naomi tenta de le tirer de sa torpeur en proposant de lui dessiner une ou deux larmes sur la joue, pour le faire parler sur la nécessité de remplir les larmes – indiquant ainsi le meurtre – ou d'en tracer uniquement le contour en les laissant vides – indiquant ainsi la tentative de meurtre. C'était une introduction absconse à la discussion franche qu'elle souhaitait avoir sur la manière dont Célestine était passée du statut d'apotemnophile euphorique, heureuse de son sein unique, à celui de cadavre mutilé, mais après avoir accepté deux larmes pleines – sans la moindre explication relative aux deux meurtres qu'ils étaient convenus qu'elles représentaient – qu'elle dessina sur sa joue droite, humide, au marqueur violet, il s'effondra telle une chiffe molle et sembla tomber en pâmoison, et elle le mit au lit comme un enfant (il insista pour aller dans le lit de Naomi), après l'avoir aidé, titubant et vacillant, à gravir l'escalier étroit, éprouvant tout son poids, sa chaleur, sa sueur.

Le lendemain matin, elle s'aperçut qu'elle avait dû s'endormir à côté de lui sur le lit. Son ordinateur portable était resté ouvert par terre, à l'endroit où elle s'était assise la nuit précédente, le dos contre le lit, les pieds plaqués au mur, pour faire défiler les photos prises par Arosteguy de Naomi qui jouait le rôle de Célestine sur la table d'opération. Elle avait rêvé qu'elle était Célestine, Tina qui se faisait découper, mais pas sur la table d'opération. Elle se trouvait dans le célèbre appartement parisien des Arosteguy, allongée de manière très inconfortable sur un petit bloc de marbre, elle se faisait découper et manger par un Ari photoréaliste, plein de sollicitude et de reconnaissance, qui savourait et commentait la moindre bouchée de sa personne tandis qu'elle-même lui prodiguait des encouragements dans les efforts qu'il fournissait pour la disloquer et, bien sûr, pour lui trancher les seins, et pour finir la tête, qui ne cessa jamais d'être consciente et d'afficher un sourire attendri, quand bien même il commença à lui manger les lèvres. Parce qu'elle roula sur le côté vers Arosteguy, endormie, la demi-vie du rêve lui parut même tellement vivace qu'elle craignit que sa tête tombe et entre en collision avec l'épaule d'Arosteguy, avant de choir par terre comme un ballon de football. Mais il n'était plus au lit. Comme elle se dirigeait vers la salle de bains, elle avait l'impression de flotter sur la houle violente de l'oubli qui s'était formée, grâce à son rêve, dans les eaux profondes de son inconscient et, par cette flottaison, qui lui offrait une sensation cathartique et libératrice, elle se sentait plus proche d'Arosteguy, qui devait être à l'origine de cette impression, tant le désir d'anéantissement de ce dernier paraissait irradier jusqu'aux instants les plus triviaux. Coincé derrière le robinet d'eau chaude se trouvait un mouchoir Cute, strié de traces violettes, diluées, et elle se dit qu'il avait dû effacer ses deux larmes. Les larmes avaient-elles représenté Célestine et, au sens figuré, Naomi, et s'était-il à présent disculpé de ces deux meurtres ?

Il n'était pas au rez-de-chaussée. La maison était vide. Trois jours plus tard, elle l'était encore.

Les coups frénétiques sur la porte d'entrée terrorisèrent Naomi, qui se tapit quelques minutes dans la chambre d'Arosteguy avant d'oser descendre l'escalier sur la pointe des pieds, tressaillant chaque fois que se répétait ce qui, d'après elle, était une attaque en règle de sa solitude. En proie à un étrange dédoublement de ses souvenirs, elle revivait sa propre arrivée devant cette porte, mais maintenant c'était elle qui tenait le rôle de la recluse, de la *philosophe** névrosée – elle se sentait hagarde, pas rasée, ses cheveux sales lui faisaient l'effet d'être gris comme ceux d'Arosteguy – et l'inconnu devant la porte tenait le rôle, sans le savoir, de Naomi fraîchement arrivée. Ses trois jours d'immersion dans la vie d'Ari telle qu'elle était incarnée par sa maison et tout ce qu'elle contenait étaient évidemment en partie responsables de ce changement d'identité, mais, de son côté, c'était aussi délibéré. Elle n'avait pas encore effacé les directives chirurgicales sur son sein, contrairement à Ari qui avait effacé les tatouages d'assassin qu'elle lui avait amoureusement dessinés sur la joue. (Elle y avait vu un manque de cœur, et même un rejet.) Elle n'avait pas changé de vêtements et portait toujours sa tenue chirurgicale de jardin ; elle n'avait pas quitté la maison pour chercher de la nourriture ; et, pathologiquement, elle n'avait pas surfé sur le Net, ni même ouvert son ordinateur portable ou allumé sa tablette. Elle n'avait absolument pas éprouvé le sentiment de violer l'intimité d'Ari lorsqu'elle avait fouillé dans le moindre tiroir, étagère, placard, et classeur de la maison, précisément parce qu'il s'était abandonné lui-même en partant sans laisser un mot et sans revenir, il avait abandonné Arosteguy-dans-sa-maison-tokyoïte tout comme un bernard-l'ermite abandonne sa coquille d'emprunt lorsqu'elle est devenue trop petite pour lui. Naomi, pleine de gratitude, s'était glissée dans cette coquille et en était devenue la nouvelle occupante, une Arosteguy femelle, qui était proche de Célestine, mais n'était pas Célestine.

Elle n'était pas descendue au rez-de-chaussée depuis que la nuit était tombée. Quand elle alluma les mêmes lumières blafardes, aqueuses, qui l'avaient accueillie lors de son arrivée à la maison, ce sentiment que Naomi se trouvait à la porte devint encore plus vif, au point que, lorsqu'elle ouvrit les portes coulissantes, elle s'attendit à se voir. Pour son plus grand trouble, elle reconnut effectivement la femme postée devant la porte, une femme dans un tailleur impeccable bleu marine, dont le col était ouvert, qui avait les larmes aux yeux et paraissait à l'évidence complètement bouleversée, mais Naomi ne parvenait pas à comprendre comment cela était possible. La femme, dont le poing qui s'apprêtait à cogner s'était arrêté dans les airs, dévisagea Naomi, bouche bée tant elle était déçue et choquée par ce qu'elle voyait – à savoir, Naomi.

« *Qui êtes-vous ?** dit-elle, faisant montre d'une indignation absurde, à peine contenue.

— Je suis Naomi. Et vous ? »

La femme, au ralenti, baissa son poing menaçant, sans être apparemment consciente de sa vie indépendante.

« Où est Ari ? Ari vit-il ici ? Vit-il ici avec vous ? »

L'anglais qu'elle avait adopté avec aisance pour répondre à Naomi était confiant, trop énergique, et mâtiné d'un accent hybride, franco-allemand.

« Vous êtes chez Aristide Arosteguy. Il n'est pas chez lui pour l'instant. Quel est votre nom, je vous prie ?

— Je suis une amie. Je l'attendais et il n'est pas venu me voir... »

Subitement, elle se mit à sangloter, et comme son visage osseux se froissait, et que, honteuse, elle se détournait de Naomi, exposant ainsi une oreille à la protubérance comique, Naomi comprit qu'il s'agissait de l'audiologiste d'Arosteguy – et de Romme Vertegaal –, Elke Jungebluth.

Une fois à l'intérieur, assise sur le pouf larvaire avec une tasse de thé chaud dans la main, Elke s'occupait, quelque peu crispée, des divers fluides versés – les larmes, la morve – et utilisait à cet effet les mouchoirs Cute que Naomi avait rapportés de la salle de bains.

« Il m'a fallu un peu de temps pour entrer en contact avec le professeur Matsuda, à Todai. C'était le contact qu'Ari m'avait donné. Il ne souhaitait pas que je connaisse directement son adresse. Pour me protéger, disait-il. J'ai la nationalité française, et son affaire est une affaire criminelle scandaleuse. Et ainsi de suite. Mais il était entendu que je viendrais à Tokyo pour rencontrer certains techniciens de la République populaire démocratique de Corée. Je suis audiologiste. Certains de nos appareils auditifs sont d'origine nord-coréenne. Peut-être Ari a-t-il mentionné le fait, devant vous, qu'il en portait ?

— Il m'a dit qu'ils étaient allemands. Des Siemens, me semble-t-il. »

Un sourire contrit de la part d'Elke.

« C'étaient ce qu'on appelle d'ordinaire des contrefaçons chinoises, à part qu'ils n'étaient pas chinois. Ils étaient nord-coréens, et pas juste des imitations, mais de conception spécifiquement nord-coréenne. Il est vrai qu'ils étaient estampillés de la marque Siemens, mais cela relevait davantage du camouflage que de la tromperie commerciale. Nous sommes épaulés par un fabricant électronique français, très désireux de pénétrer dans le marché de l'audiologie. Le nom de la marque sera probablement La Voix de l'Éternel Président. (Un sourire intérieur, secret.) J'ai des ambitions qui transcendent mon métier actuel, comme vous l'avez peut-être deviné. Et donc Ari a accepté de les essayer avant que l'on n'ose les exposer aux marchés occidentaux, et nous étions convenus qu'il viendrait me faire son rapport ici, à mon hôtel. (Sa voix se brisait.) Mais il n'est jamais venu. On a échangé des textos, il était en route, et il ne m'a jamais rejointe. J'ai emporté mon poste d'audiologie portable avec moi. On devait peaufiner le logiciel avant que mes contacts techniques ne rentrent à Pyongyang. C'est un gros problème pour moi, maintenant. Je ne suis pas prête à traiter avec les Nord-Coréens sans les retours d'Ari. Ils peuvent être très durs en cas de déconvenue. Êtes-vous la nouvelle petite amie d'Ari ? Vous semblez américaine.

— Je suis née au Canada. J'ai la double nationalité. »

Naomi n'était pas sûre de savoir pourquoi elle avait jugé que c'était une réponse convenable, mais il y avait quelque chose dans ces références à la France, à l'Allemagne, et à la Corée du Nord qui avait un goût de passeports. En passant, elle se demanda si le Canada avait des relations diplomatiques avec la Corée du Nord que la France ou les

États-Unis n'avaient pas. Elle ouvrirait peut-être son MacBook Air pour aller à nouveau se promener sur le Net, même si, pendant ces trois derniers jours, il avait été libérateur de prétendre qu'Internet n'existait pas.

« Je suis journaliste. Je couvre l'affaire des Arosteguy pour plusieurs magazines. Moi aussi, j'ai été surprise qu'il ne se montre pas. »

Cette dernière phrase était délibérément ambiguë. Elle savait que sa propre apparence débraillée démentait son objectivité vis-à-vis d'Ari ; avec Elke, toutes deux faisaient la paire.

« Elke, vos collègues nord-coréens sont-ils au courant pour Ari ? Qu'il faisait office de cobaye pour vous ?

— Bien sûr. C'était son standing au sein de la communauté internationale qui leur avait paru intéressant. Qu'il se tourne vers la Corée du Nord pour une technologie d'une nature aussi personnelle. L'émotion de l'ouïe, de la communication, du discours et du langage. Peut-être avez-vous eu entre les mains certains des livres de philosophie pour enfants d'Ari ? Ils sont tous merveilleusement illustrés par Célestine. Tellement charmants et mélancoliques. Il paraît que Kim Jong-un en a eu quelques-uns lorsqu'il avait dix ans et qu'il les a dévorés, et que c'est pour ça que les Arosteguy ont un tel statut en Corée du Nord. Ils sont considérés comme farouchement anticapitalistes et anticonsuméristes. Il est possible, évidemment, qu'ils aient été victimes d'un malentendu. (Il s'ensuivit un silence désabusé, durant lequel Naomi put se flageller à loisir de n'avoir lu que les trois premiers livres des Arosteguy trouvés à l'aéroport, si bien qu'elle était sans doute aussi avancée dans la philosophie politique arosteguienne que l'héritier de dix ans de la dynastie des Kim.) Et il y avait aussi dans tout ça un élément personnel.

— Romme Vertegaal », proposa Naomi.

Ce n'était pas que ses yeux étaient de taille différente, ainsi qu'Ari les avait décrits, mais ils n'étaient pas alignés correctement sur son visage, le gauche étant considérablement plus haut que le droit, ce qui lui conférait un air en permanence interrogateur ; et à présent qu'elle levait effectivement un sourcil, l'effet était vraiment comique, mais aussi, en quelque sorte, perturbant, tant il s'en dégageait de folie et de difformité.

« Je vois qu'Ari s'est beaucoup confié à vous, dit Elke, qui rejeta ses cheveux en arrière avec ses deux mains et les fit bouffer quelque peu.

— Il tenait à ce que j'aie suffisamment d'informations pour en parler… intelligemment.

— Eh bien, certaines de ces informations ne sont pas destinées au grand public.

— Comme le Programme Vertegaal ?

— Oui, par exemple. Il a des aspects dangereux – commercialement, politiquement, neurologiquement et, comme Ari l'a fait remarquer à plusieurs reprises, philosophiquement.

— Elke, est-ce que vos Nord-Coréens, est-ce que Romme lui-même, savaient que vous deviez rencontrer Ari à votre hôtel ? Savaient-ils quand ?

— Qu'est-ce que vous insinuez ?

— Ari avait-il l'intention de faire lui-même le voyage jusqu'à Pyongyang ? Peut-être avec vous ? »

Elke baissa les yeux et piqua un fard. À cet instant, il devint évident qu'à un moment donné Elke et Ari avaient été amants, malgré la description comique faite par Ari de la laideur d'Elke.

« Non, pas à l'origine. Mais en revanche, j'ai entendu dire par le professeur Matsuda que le gouvernement japonais envisageait de l'expulser, de le renvoyer en France – il y a apparemment une zone grise ou deux dans les traités qui lient la France et le Japon. Et bien sûr, Ari n'a pas la citoyenneté japonaise. J'imagine qu'il a pu se retrouver dans l'obligation d'envisager d'aller en Corée du Nord.

— Il vous en aurait parlé, non ? Il vous aurait emmenée.

— J'aurais adoré, bien sûr. Mais quelqu'un devait rester à Paris pour assurer la coordination. Et, sincèrement, on est assez nombreux en Corée du Nord.

— Assez ? Qui s'y trouve ?

— Romme, bien entendu. Et il y a aussi Célestine Arosteguy.

— À Pyongyang ? En ce moment ?

— Oui.

— Comment cela est-il possible ? Célestine est morte.

— Non, elle n'est pas morte. Elle est avec Romme à Pyongyang. Je lui ai parlé par Skype ce matin – elle a une connexion Internet spéciale dont ne bénéficient que certaines célébrités étrangères. Et qui est surveillée de près, bien sûr. Elle avait une coupe de cheveux dans le style « Coiffure Approuvée numéro 3 », très courte et serrée. (Elke fit des mouvements empathiques de la main comme pour couper ses cheveux au niveau de sa mâchoire, afin d'illustrer la coiffure, l'une des dix-huit coiffures destinées aux femmes et approuvées par le gouvernement de la Corée du Nord.) Ça la change beaucoup, mais elle reste adorable. Purement adorable. (Une interruption avec un sourire lointain tandis qu'elle visualisait le nouveau look nord-coréen de Célestine, et une légère secousse de la tête, émerveillée, devant les capacités d'adaptation infinies de cette femme superbe. Elke rendit son regard à Naomi, son sourire s'estompant rapidement.) Elle n'a pas mentionné le fait qu'elle s'attendait à ce qu'Ari la rejoigne.

— Mais il y a une enquête ouverte à Paris pour homicide volontaire au sujet de son meurtre, de son démembrement. Il y a des photos.

— Tout cela est orchestré par Romme pour Kim Jong-un. C'est un meurtre virtuel. Ne me demandez pas comment il a été commis, mais c'est une spécialité de Vertegaal. Il a sans doute obtenu une aide particulière, pour ne pas dire technique, de la part de Paris.

— Quel genre d'aide ?

— Il y avait un étudiant brillant des Arosteguy qui s'est follement épris de Romme. Et c'est un génie de l'informatique.

— Hervé Blomqvist. »

Elke rit d'un rire résigné.

« Hervé, oui. Les Français préfèrent donc songer que Célestine est morte plutôt que d'envisager qu'elle ait pu, dans un sens culturel, et non technique, s'enfuir en Corée du Nord. Il est absolument possible qu'ils connaissent la vérité et aient décidé d'accepter le complot qui leur est présenté : elle est simplement morte, assassinée par son mari, qui s'est révélé être un traître à la France – là encore, au sens culturel, ce qui représente pour les Français un crime pire que la trahison politique. Je ne serais pas surprise de lire qu'Ari a été enlevé par des agents nord-coréens et expédié à Pyongyang pour aider le jeune dictateur nord-coréen à parfaire sa politique philosophico-sociale si spéciale. Ce serait le genre de fiction subversive que pourraient produire les Français pour compenser le désir authentique de la part d'Ari de se départir de sa vieille vie, profondément française, au profit d'une nouvelle vie asiatique pleine de vitalité. Mais quelle espèce de ménage ils vont former là-bas, si c'est bien là qu'il se trouve. Tous les trois. »

Elke aurait manifestement préféré qu'ils soient quatre.

« Se peut-il que ce soit ce qui s'est produit ? Qu'Ari ait été enlevé ? Alors qu'il était en chemin pour venir vous voir. Et qu'il se soit agi d'un guet-apens ?

— Ils auraient sans doute pu le persuader rien que par la parole. Si Matsuma était au courant de l'expulsion éventuelle, eux aussi. Cela a peut-être suffi.

— Mais si Célestine est vivante, comme vous le dites, alors Ari n'a commis aucun crime. Il pourrait rentrer en France et être innocenté.

— Cette enquête ne se bornait pas au prétendu meurtre de Mme Arosteguy. De nombreuses cryptes ont été profanées. Il ne souhaitait pas rentrer.

— Les relations sexuelles avec des étudiants ? Est-ce ce dont vous parlez ?

— Un outil pédagogique approuvé pendant trois mille ans, à présent considéré comme une atrocité. »

Naomi avait découvert l'attirail électronique d'Arosteguy éparpillé dans toute la maison, y compris quelques clefs USB et des cartes SD qu'elle n'avait pas eu le courage d'ausculter, et cela laissait entendre qu'il avait eu l'intention de rentrer chez lui. Il y avait laissé également trois téléphones européens, dont un Nokia antique et un Sagem bicolore préhistorique, tous écaillés, cabossés, éraflés, rayés, et dans l'ensemble négligés, à l'image de l'esthétique personnelle de leur propriétaire ; en les regardant, on éprouvait leur chute de diverses poches sur diverses surfaces dures et humides, et cette pensée, ravivant la séparation, provoqua en elle un pincement de cœur. Il avait dû, conclut-elle, emporter son téléphone japonais rose à clapet, un LG DoCoMo, avec lui. Elle décida qu'elle ne pouvait s'en remettre à Elke pour avoir accès aux appareils électroniques d'Ari.

« Elke, auriez-vous, par hasard, enregistré cette conversation sur Skype avec Célestine ? Je suis étonnée qu'elle se soit rendue aussi vulnérable. Et ne se préoccupait-elle pas du fait que les gens pensaient qu'elle était morte ? En avait-elle seulement conscience ? Si jamais cela se retrouvait sur YouTube… »

Elke se leva.

« Vous avez été très aimable. Je vais réessayer d'entrer en contact avec mes agents techniques nord-coréens, qui semblent avoir disparu en même temps que M. Arosteguy. Si cela continue, je vais devoir rentrer à Paris pour panser mes différentes plaies. Vous le comprenez, j'en suis sûre. »

Elle contourna alors la table basse, se pencha, et embrassa Naomi sur les deux joues. Elle sentait l'anisette et une odeur aigre de fond de teint.

Une fois Elke partie, Naomi retourna à nouveau la maison de fond en comble, seulement cette fois ce n'était pas là l'expression du regret et de l'abandon, mais plutôt une recherche ciblée d'informations concrètes et vraisemblablement cachées. Elle rassembla sur la table du salon tous les appareils pouvant être considérés comme des entités porteuses d'informations, et y inclut son propre arsenal d'appareils électroniques au cas où elle aurait besoin de se rappeler de paroles cruciales prononcées par Arosteguy qui ne révéleraient que maintenant leur réelle importance. L'apparition en chair et en os d'Elke, absolument fidèle à la description qu'Ari en avait faite pendant sa longue « confession », que Naomi avait prise sans difficulté, et même avec bonheur, pour un tissu de mensonges, ou pour, dans le meilleur des cas, un délire roublard, avait remis les choses au point comme un appareil photo numérique reflex mono-objectif à détection de phase.

La programmation des prothèses auditives, les connexions avec la Corée du Nord, toutes les élucubrations les plus hallucinantes, les plus paranoïaques, étaient réelles, et les conséquences pour Naomi et l'article qu'elle avait proposé, qui devait désormais, de toute évidence, devenir un livre, étaient qu'elle se retrouvait encore plus loin de l'histoire, dans sa globalité, qu'elle n'aurait pu l'imaginer. Pouvait-elle se rendre personnellement à Pyongyang sans être réduite à une simple touriste fliquée par la Korea International Travel Company, bureau de tourisme nationalisé ? Elle savait que les journalistes, en particulier de type nord-américain, obtenaient rarement un visa. Romme Vertegaal accepterait-il de lui accorder une interview par Skype, ou, chose grandement préférable, de voyager pour la rejoindre quelque part ? Cela la mettrait-elle en danger ? Célestine était-elle vraiment en vie et dans la capitale du Royaume Ermite ? L'entretien d'Elke par Skype avec Célestine avait-il pu être truqué ? Il pouvait être facile de créer un monologue pour une Célestine virtuelle, et d'animer les nombreuses images et les enregistrements vocaux accumulés au fil du temps ; ou, étant donné les coupures et les petits pépins de son propres à Skype sur de pareilles distances, des opérateurs habiles pouvaient créer un semblant de conversation, de réponses précises à des commentaires ou des questions. Naomi lâcherait une bombe atomique si elle pouvait pister Célestine et confirmer son destin. À moins qu'Elke mente comme un arracheur de dents ? Peut-être Naomi pourrait-elle renouer ce lien nouvellement tissé avec Elke à son retour à Paris.

Puis elle finit par trouver la clé USB Verbatim 64 GB rouge en forme de cercueil enveloppée dans un film plastique et maladroitement noyée dans une crème grasse contenue dans un pot blanc portant l'inscription, en anglais, « Kanebo Moistage W-Cold » – apparemment une espèce de *cold cream* composée d'huile d'olive, même si la peau marbrée et graveleuse du visage d'Ari réfutait l'usage d'un tel baume – et alors l'amoncellement croissant d'appareils électroniques ne lui parut plus pertinent, sauf le MacBook Air, dont elle se servirait pour ausculter le contenu de la clé USB. Elle fit glisser le mécanisme coulissant de la clé pour faire sortir le connecteur USB et le glissa sur le côté gauche du Mac, où se trouvait le port USB. Il lui faudrait encore deux jours avant qu'elle ne se retrouve face aux images qui représentaient le démembrement et la dévoration cannibale de Célestine Arosteguy.

12

La peur donnait à Naomi l'impression d'être plus proche d'Ari, presque jusqu'à un point de fusion déstabilisant. Alors qu'allait croissant sa propre peur d'être enlevée par des agents nord-coréens (qui se présenteraient probablement comme entomologistes ou audiologistes), elle était certaine qu'Arosteguy lui-même lui communiquait cette sensation, et qu'elle la lui communiquait à son tour. Cette fusion, toutefois, se révéla plutôt utile. Après avoir trouvé la clef USB Verbatim et découvert qu'elle était cryptée, elle eut l'impression qu'elle devait *devenir* Arosteguy pour pouvoir dénicher son mot de passe. Elle passa les deux journées consécutives au départ d'Elke à farfouiller à une échelle nanoscopique dans le matériel électronique d'Arosteguy, et découvrit qu'aucune machine n'était munie ne serait-ce que du plus simple mot de passe de protection. Elle passa au peigne fin ses gestionnaires de contacts, son e-mail, son bureau couvert de miniatures disparates de photos (certaines en 3D, mais elle ne trouva jamais les lunettes 3D requises), de dossiers, de magazines, de PDF techniques, de notices d'utilisation. Elle s'en alla troller sur les sites Internet révélés par le menu « historique » de son navigateur Safari, dans une recherche désespérée du moindre indice qui lui permettrait de débloquer la clé USB. Elle alla fureter dans des arcanes de son vieux MacBook Pro qu'elle n'avait jamais remarquées auparavant : cryptage de l'utilitaire de disque, File Vault, récupérateur de clés d'activation, l'application Trousseau d'accès dans les utilitaires Mac. Elle plongea dans les tréfonds des forums consacrés à la sécurité sur le Net et en ressortit avec quelques mots de passe dont Arosteguy s'était servi pour des sites Web politiques et philosophiques qui les exigeaient ; mais à l'évidence, il s'était montré négligent, ou plus probablement dédaigneux, à l'idée de sécuriser quoi que ce soit, lançant une sorte d'invitation apocalyptique, se disait-elle, aux hordes mondiales de virus et d'arnaques pour qu'ils viennent l'envahir, s'emparent de ses machines et de sa vie passée, et le laissent dépouillé et ruisselant, ainsi qu'elle l'avait vu plus d'une fois.

Elle ne pouvait quitter la maison, bien entendu. Elle ne pouvait courir le risque d'être livrée à la République populaire démocratique de Corée, à l'un de ces goulags dont on ne savait rien, aux camps de concentration, à un appartement-prison, pour y pourrir tandis que le garçon-déité Kim Jong-un mûrirait et s'endurcirait jusqu'à atteindre un âge très avancé, servi par ses *philosophes** de cour Aristide et Célestine Arosteguy, qui ne sauraient même pas qu'elle était si proche. Elle savait que ce scénario était ridicule, pourtant il lui remuait douloureusement les tripes, telle une créature vivante et incontestable, et lorsqu'elle tomba par hasard sur la page

Web officielle, plutôt somptueuse, en anglais, de la « RPD de C », ainsi qu'ils l'appelaient (elle se trouvait dans l'historique du navigateur d'Ari, et découvrir qu'il s'y était rendu à de nombreuses reprises lui glaçait les sangs), dans un bond, elle s'écarta de l'écran de l'ordinateur portable d'Ari et le referma brusquement, d'un coup sec, terrifiée à l'idée que la page Web puisse la pister, transmettre directement ses coordonnées tokyoïtes aux funestes entomologistes, qui abattraient sa porte à coups de pied, la bousculeraient, de manière musclée, jusque dans une Audi à l'arrêt, lui passeraient un bandeau sur les yeux, la drogueraient, la supprimeraient. Elle mettait cette paranoïa inventive sur le compte d'un manque de protéines ; elle en avait été réduite à ne se nourrir que de simples nouilles *rāmen* instantanées, pendant trois jours sur les quatre qui s'étaient écoulés depuis la disparition d'Ari, car il n'y avait plus rien d'autre de comestible à part une petite bouteille de sauce soja qui n'avait duré qu'une journée.

Elle se trouvait dans la salle de bains lorsqu'elle se dit que la clé Verbatim avait peut-être été cryptée par quelqu'un d'autre qu'Ari, et cette pensée la déprima et la conduisit à envisager de prendre l'avion pour Paris pour demander l'aide d'Hervé Blomqvist, qu'Elke avait qualifié de génie de l'informatique et qui aurait des raisons de l'aider à éclaircir le mystère du sort de Célestine. Sauf si ? Tina était peut-être morte, en fait, et Hervé peut-être impliqué d'une manière ou d'une autre, soit dans le meurtre en soi, soit dans la dissimulation de certains détails. Un cap dangereux à suivre, donc. La déprime s'intensifia. Naomi ouvrit le pot de *cold cream* dans lequel la clé USB avait été cachée à la hâte (lui semblait-il) et entreprit de s'en barbouiller les joues qui, comme presque toute sa peau, étaient devenues chaudes, sèches, irritées. Lorsqu'elle tapa « kanebomoistagewcold » comme mot de passe, la Verbatim fut déverrouillée sans cérémonie avec un délicieux bruitage métallique de verrou Mac ; quand la clé apparut sur son bureau, elle était intitulée « *La mort de Célestine** ».

Le nom était assez provocateur. Ari était-il direct et Célestine était-elle morte, ou Ari faisait-il de l'ironie, puisque Célestine n'était pas morte, que sa mort était un simulacre ? Était-ce Ari en personne qui avait donné son nom à la clé, ou quelqu'un d'autre ? En ouvrant la clé, Naomi découvrit deux dossiers, « *Vidéo** » et « Photos ». Elle ouvrit le dossier vidéo qui contenait un gros fichier QuickTime intitulé « PRIVÉ ». Il n'était protégé par aucun mot de passe, si bien que lorsqu'elle tapota deux fois sur son trackpad, le QuickTime Player s'ouvrit sur une image mystérieuse qui, quand elle tapa sur le triangle « Play », se révéla un très gros plan de la cicatrice laissée par la mastectomie de Célestine, une espèce d'abstraction à la Rothko jusqu'à ce que la caméra s'éloigne pour exposer Célestine, calme et songeuse, offerte à la caméra d'une façon clinique, sans la moindre sensualité, comme pour une mammographie. La révélation de la cicatrice provoqua une montée d'adrénaline en Naomi : d'abord, parce que la mutilation de Célestine était choquante ; ensuite, parce que cela signifiait qu'au moins cette partie de la confession d'Ari était vraie, même si la cause pouvait toujours en être le cancer plutôt que les hallucinations d'une apotemnophile à propos d'une horde bourdonnante d'insectes nichés dans son sein. La caméra se déplaça vers le flanc droit de Tina, comme pour l'inciter à prendre le sein qui lui restait à deux mains et à l'offrir à l'objectif, le comprimant de manière analytique et faisant ressortir son mamelon gonflé. La caméra demeurait très proche d'elle, si bien qu'il était difficile de déterminer où elle était allongée, et même si elle était allongée ; la pesanteur exercée sur son sein, qui aurait au moins pu donner un indice quant à sa position assise ou allongée sur le dos, était contrecarrée par le fait qu'elle se tenait le sein, et la caméra fit un très gros plan, dans la durée, embrassant le visage de Tina puis son corps, traquant son ventre à peine protubérant jusqu'à arriver à la toison clairsemée de poils pubiens grisonnants, où elle s'attarda tandis que Tina roulait doucement les hanches vers l'objectif. Naomi estima, d'après le détail des poils pubiens, surtout alors que la caméra bougeait, que le *bitrate* de la vidéo était raisonnable, sans doute le format AVCHD standard de 24 mégabits par seconde. Les couleurs étaient très bonnes ; la pièce apparemment illuminée par la lumière du jour tamisée qui filtrait par une fenêtre quelque part sur la droite, la couleur de la peau froide et fidèle sans contamination jaune par des lumières incandescentes.

La caméra finit par se reculer, flottant langoureusement, si bien que Naomi put voir que Célestine était allongée, non sur un lit, mais sur une table de travail placée sur une mezzanine surplombée par d'énormes poutres en bois. Les poutres – en chêne criblé de petits trous et verni de blanc – étaient d'une taille et d'un aspect désormais disparus qui laissaient entendre qu'elles étaient médiévales, et que par conséquent, il était probable que l'appartement se trouve dans la partie juive du Marais, à Paris. Ce n'était donc pas celui des Arosteguy. Célestine, qui paraissait étrangement à l'aise ainsi exposée sur la surface brute, pareille à une table de boucher, continuait d'intimider Naomi, laquelle était certaine, si elle subissait un jour une mastectomie, de ne jamais se laisser photographier nue, et encore moins de révéler publiquement sa blessure.

Quand un jeune homme aux hanches fines pénétra soudain dans le cadre, Naomi sut tout de suite qu'il s'agissait d'Hervé, avant même qu'il contourne la table pour placer son pénis recourbé dans la bouche froidement accommodante de Célestine. Il transportait avec lui un objet métallique évoquant un pistolet à rayons sorti d'un film de science-fiction des années 1950, bleu clair et argenté, muni d'un câble noir. Les muscles de son avant-bras étaient bandés à cause du poids certain du mystérieux appareil. Elle ne reconnut toutefois pas tout de suite la jeune femme nue qui pénétra dans le champ par la droite, même après qu'elle se fut assise en bout de table pour baiser et lécher la cicatrice de mastectomie de Célestine, son bras gauche nerveux étiré de façon que ses doigts puissent s'enfouir dans la toison pubienne de Tina. Ce ne fut que lorsque la caméra fit un gros plan en contre-plongée que Naomi put identifier Chase Roiphe, la star du portfolio canadien de Nathan, et que certaines pièces du puzzle commencèrent à s'emboîter.

Mais pas toutes. Après moins d'une minute de rapport sexuel entre les trois protagonistes, qui évoquait davantage un rituel social qu'une partouze débridée, Hervé se recula d'un pas de Célestine et s'absorba dans la manipulation d'un déploiement complexe de boutons sur le boîtier du pistolet à rayons. Chase se détacha elle aussi de Célestine, qui sembla y voir un signal lui intimant de poser pour ce que Naomi imagina être un genre de capture en 3D. Tina rejeta en arrière sa longue chevelure grise et la tendit derrière elle, de sorte qu'elle pendait sur la table comme un rideau. Dans un rire, elle prit une pose grotesque, contorsionnée, que Chase l'aida à adopter en ajustant minutieusement les angles de ses jambes courbées de manière asymétrique, ses doigts écartés, ses bras tordus, son cou plié. Il sembla à Naomi qu'elle jouait le rôle d'un cadavre supplicié dans un film d'horreur Hammer Productions des années 1960.

Chase se recula pour observer Hervé qui, appuyant sur la gâchette de la crosse du pistolet à rayons, se mit à balayer de lumière laser le corps de Célestine ; une grille de réticules de visée rouges, émanant des embouts jumeaux de l'appareil, semblables à des vaisseaux spatiaux, ondulait telle une raie manta spectrale sur les contours de sa chair. Hervé effleurait Célestine délicatement, il peignait à la bombe le moindre centimètre de son corps tandis qu'elle luttait pour garder la position voulue, son ventre contracté par le rire alors que certaines paroles, non entendues, étaient prononcées et que les plaisanteries fusaient. La caméra flottait gracieusement autour du trio, elle s'avançait parfois pour suivre les mouvements circulaires des lasers puis se relevait pour capturer l'expression du visage de Chase, empreint d'amour, d'excitation, d'amusement, de sensualité. La caméra prit aussi un instant ou deux pour s'attarder sur les seins athlétiques de Chase, ses tétons érigés, et sa toison pubienne, qui était d'un blond foncé, luxuriante, pas du tout dans le style moderne, prépubère-rasé-porno que Naomi abhorrait ; si l'on observait uniquement leurs corps, les deux jeunes gens auraient pu être frère et sœur, Chase une version féminine du physique d'Hervé, affermi par le vélo. À présent, Chase fermait les yeux de Célestine, comme l'on aurait fermé les yeux d'un cadavre, pour qu'Hervé puisse passer le scanner sur son visage, mais, abruptement, la vidéo se termina. Naomi ne pouvait être certaine que la personne qui filmait était Arosteguy (le cadre et le mouvement étaient tellement assurés !), mais elle savait qu'il était là quelque part, à la regarder et à la guider.

En fin de compte, elle était déçue par la vidéo, elle se demandait si après le scanner, quel que soit son effet escompté, tous quatre avaient eu un rapport sexuel, et regrettait, en quelque sorte, de ne pas plutôt avoir vu cela. La confirmation que Chase Roiphe avait partagé l'intimité sexuelle des Arosteguy et d'Hervé était certes précieuse, et établissait la nécessité exquise d'une visite ciblée à Toronto, à Nathan et aux Roiphe. Naomi était désormais convaincue que l'étrange traumatisme de Chase était lié à la mort de Célestine Arosteguy ; l'aspect oral, la répugnance provoquée par le français, l'automutilation, l'absorption de sa propre chair étaient trop parfaits. Elle quitta QuickTime Player et tapa à deux reprises sur le dossier « Photos », qui s'ouvrit en révélant deux sous-dossiers : « *Célestine est morte** » et « *Des photos pour M. Vernier** ».

Il y avait cent quarante-sept photos au format JPEG dans le dossier « Célestine est morte », que Naomi décida d'importer sur-le-champ dans Lightroom pour pouvoir commencer à les cataloguer et à les organiser avec toutes les autres photos glanées au cours de ses recherches. Comme les miniatures des images se chargeaient sur la page d'importation, elle découvrit qu'elles étaient toutes en noir et blanc et qu'elles avaient toutes été dégradées en qualité pour prendre une patine vintage dans le style Hipstamatic – beaucoup de contraste, vignettage lourd, ajout de grain numérique afin d'imiter les films Kodak Professional Tri-X panchromatique en 35 mm, la vieille vitesse d'obturation, élevée et standard, pour les journaux et le journalisme documentaire. Elles étaient éclairées crûment par un flash éblouissant fixé à l'appareil photo, dans la tradition des Speed Graphic des années 1940 et leurs lampes-éclair, à la manière des photos de scènes de crime de Weegee, et l'idée lui vint que la liaison subtile entre ces images et des photos de crime historiques représentait une tentative d'authentification, car à présent que l'importation était terminée et que Naomi pouvait les examiner en plein écran grâce au module « bibliothèque » de Lightroom, elles lui apparaissaient très clairement posées, théâtrales et manipulatrices, caractéristiques qui la perturbaient encore plus que le contenu des images en soi.

Le décor n'était pas la salle de travail mansardée de la vidéo, mais l'espace désormais familier des Arosteguy, qui n'avait pas tellement changé par rapport à sa configuration dans les différentes interviews vues par Naomi. La séquence de photos racontait une petite histoire. Célestine est morte et a été démembrée, comme l'indiquaient les photos de la police, avec des parties de son corps éparpillées au hasard dans tout l'appartement et son buste sur le canapé. Hervé, Chase, et Arosteguy en personne révèlent petit à petit leur nudité totale, à mesure que la perspective des images s'élargit et qu'ils émergent de derrière plusieurs meubles, se relaient pour croquer de petits morceaux de ses cuisses, ses hanches, ses épaules, son ventre – mais ne se retrouvent jamais tous trois dans la même image, ce qui suggère que l'un d'eux se voit toujours attribuer la responsabilité de la caméra. Le sang dégouline de leur bouche et des plaies en forme de morsure qu'elles sont en train de créer, et leurs visages affichent une espèce d'émotion de zombie, absente, qui exprime, étrangement, à la fois un plaisir primordial et une efficacité tout en dents. La tête tranchée de Célestine, dont les cheveux sont rejetés en arrière comme sur la vidéo mais à présent séparés par une raie de façon à révéler un crâne grossièrement fendu et évidé, est posée sur une petite table à côté de la vieille télé Loewe, elle observe le trio morbide de ses yeux mi-clos (l'on finira par retrouver son cerveau dans l'égouttoir de la cuisine). Et le plus choquant – et d'une manière dont Naomi eut l'impression d'être la seule à pouvoir prendre la mesure – le buste de Célestine débute la session avec deux seins pleins, et quand toutes les bouches ont fait ripaille sur son sein gauche, le déchiquetant et le déchirant violemment, et paraissant le manger pour la caméra, il n'en reste qu'une blessure ensanglantée, circulaire, aux bords déchiquetés et non une habile cicatrice de mastectomie. Son sein droit, quoique aussi attaqué, demeure attaché au torse.

Le sein manquant. Naomi scrutait de façon obsessionnelle le visage et le corps d'Arosteguy, sur chaque photo où il apparaissait, à la recherche d'une trace de malice, d'ironie, de théâtre et d'histrionisme. Elle voulait qu'il lui adresse un message qui dirait : « J'ai projeté sur toi mes fantasmes de mastectomie, d'opération hongroise. Cela n'a jamais eu lieu. Ce que tu as à présent sous les yeux est la réalité. Nous sommes trois cannibales et nous avons mangé ce sein. » Mais elle ne découvrit qu'une solennité rituelle sur leurs trois visages. Et elle trouvait revigorant, à la manière de l'effet de distanciation, le *Verfremdungseffekt* brechtien, de voir le corps nu d'Ari dans ce contexte, depuis cette perspective, si familier dans sa plénitude puissante, sa monumentalité aux épaules voûtées qu'elle sentait son poids sur elle, sentait ses dents fichées dans la chair de son épaule, tout en éprouvant aussi à quel point elle était autre, à quel point il lui était vraiment étranger. Dans la vidéo, le corps de Célestine avait rappelé à Naomi la célèbre série de photographies nues de Simone de Beauvoir prise par le photographe américain Art Shay dans la salle de bains d'un appartement de Chicago. Elles avaient toutes deux la même croupe robuste, musclée, des jambes quelque peu lourdes plissées par le temps derrière les genoux, une taille fine, même si Célestine avait une poitrine plus plantureuse, et si Naomi n'avait jamais vu de photo de Beauvoir avec ses longs cheveux lâchés (même quand elle se pomponnait dans la salle de bains de Chicago, après la douche, chaussée de talons hauts, ses cheveux étaient relevés en un chignon serré). Mais peut-être Naomi forçait-elle un lien physique alors qu'au fond c'était leur séduction des étudiants qui les unissaient, un scandale même à cette époque antérieure au politiquement correct, et pour lequel Beauvoir et son éternel président, Jean-Paul Sartre, étaient tristement célèbres. Elle n'avait jamais déniché de photo de nu du minuscule Sartre, à l'allure de crapaud.

Le titre du troisième dossier, « *Des photos pour M. Vernier** », avait des implications sinistres avant même son ouverture : il laissait entendre qu'au moins Arosteguy, et sans doute aussi Hervé et Chase, avait collaboré avec le préfet de police, Auguste Vernier, en lui envoyant des photos de leur crime, et c'était bien le cas. Sur les neuf JPEG présents dans le dossier (des photos en couleur et non malicieusement traitées avec Hipstamatic), l'appartement, déserté par le trio, avait été abandonné au pauvre corps découpé en morceaux de Célestine. Quand Naomi revérifia ses fichiers vidéo et photo du crime, elle s'aperçut que ces photos étaient précisément tout ce qui avait été présenté par la police et par la presse comme preuves du meurtre de

Célestine Arosteguy ; aucune photo n'avait été produite par la police elle-même, et cela conduisit bien sûr Naomi à se demander si la police avait bien en sa possession les morceaux de corps, ou seulement leurs photos, présentées par l'auteur ou les auteurs du meurtre, encore inconnus. Ces seules photos et la disparition de Célestine avaient-elles provoqué l'enquête de la police, ou possédait-elle également des preuves physiques de son meurtre ? Disposait-elle aussi de la série de photos « Célestine est morte » ? L'intitulé du dossier de Vernier laissait entendre que tel n'était pas le cas. Si elle les avait eues, elle aurait indubitablement interpellé Hervé pour l'interroger et aurait peut-être également essayé d'extrader Chase Roiphe. Quel était donc, alors, l'objet de cette série ? L'objectif de cette rétention était-il le chantage ? Qui serait le maître-chanteur ?

Alors qu'elle réfléchissait à la meilleure façon d'aborder un entretien en face-à-face avec M. Vernier, et comment cela pourrait se combiner avec un voyage à Toronto où elle pourrait mener, en douce, son propre interrogatoire de Chase Roiphe, son ordinateur portable vibra, émettant l'effrayante sonnerie de Skype évocatrice d'un poisson venu de l'espace. Elle tressaillit de surprise, sans s'en rendre compte, de conserve avec cette vibration, tant elle était devenue désincarnée. Elle n'avait pas fermé Skype au cas où Ari tenterait de la contacter, mais cet appel provenait de Nathan. Elle fit glisser le curseur sur le bouton vert Répondre, tapota le trackpad du MacBook Air, et se retrouva immédiatement à observer le visage très inquiet de Nathan, dans la chambre de son sous-sol à Toronto.

« Je n'arrive pas à te voir », fit-il.

Son Skype n'était pas paramétré sur vidéo. Naomi fit glisser le curseur sur l'icône de la caméra vidéo, barrée par un trait rouge, mais elle ne put se résoudre à appuyer.

« Je n'ai pas envie que tu me voies, là », dit-elle, et ses mots paraissaient écharpés, comme s'ils se déchiquetaient contre ses dents.

Elle n'avait pas parlé depuis des jours. Nathan semblait stressé, il avait les traits tirés, mais c'était peut-être la connexion qui n'était pas bonne, et sa voix mal synchronisée ne fit qu'exacerber le pincement au cœur que suscitèrent immédiatement en elle, quand elle le vit, la séparation et la solitude. Elle était terrorisée à l'idée d'activer ce petit cadre en bas à droite de la fenêtre Skype, qui la ferait se dévoiler non seulement à Nathan mais aussi à elle-même. Elle était persuadée qu'elle y découvrirait un clone féminin d'Arosteguy à son summum de débraillement et de confusion, tant ils avaient fusionné dans son esprit. Bien qu'elle n'éprouve aucune culpabilité pour sa liaison avec Ari, du fait de l'aventure hongroise de Nathan, elle percevait encore l'odeur sexuelle de ses derniers jours – ils l'avaient réconfortée, ces effluves qui émanaient d'elle comme un nuage de parfum – et elle avait l'impression que Nathan lui aussi les sentirait s'il la voyait. Elle ne voulait pas lui infliger une telle chose, en tout cas pas tout de suite.

« Pourquoi ? Omi ? Pourquoi je ne peux pas te voir ? »

Bien que l'image de Nathan soit plissée et glissante, elle voyait qu'il tenait son inquiétude en bride, et cela la peina.

« M'autoriserais-tu à venir à Toronto ? Pour échanger des idées ? »

Elle avait une toute petite voix, enfantine, et sa soumission inédite perturba Nathan au plus haut point.

« Comment ça, je t'"autoriserais" ? Ça ne te ressemble pas du tout de parler comme ça. Que se passe-t-il ? Tu as des ennuis ? Tu veux que je te rejoigne là-bas ? Je peux le faire, tu sais. Dis-le-moi simplement et j'arrive.

— Je ne voudrais pas te marcher sur les pieds ou quoi que ce soit. Tu fais tes trucs avec les Roiphe. Tu n'as pas besoin que je vienne semer la zizanie.

— J'adorerais te voir ici. Ce ne serait pas un problème. Mais "pour échanger des idées" ? Tu parles du lien entre Chase Roiphe et tes philosophes français ?

— Ouais. C'est ce que je veux dire. Elle sait peut-être certains trucs. Je suis dans une espèce d'impasse. Je ne sais pas. Peut-être.

— Tu as l'air très abattue. Tu as des problèmes ? Physiquement ? Laisse-moi te voir. »

Nathan devait penser qu'Arosteguy avait tabassé Naomi, ou qu'elle avait eu des rapports sexuels tordus de type dominant/soumise avec lui, et que sa voix de petite fille en était l'expression. Il ferma les yeux quelques secondes, s'imagina que quand il les rouvrirait, il verrait le visage de Naomi qui flotterait dans sa fenêtre Skype, martyrisé, couvert de bleus et cassé comme sur les photos des vedettes victimes de maltraitance du site TMZ. La fenêtre demeura noire.

« Je suis juste fatiguée, au bout du rouleau. Ça ne sert à rien que tu me voies dans cet état. C'est pas grand-chose.

— Ouais. D'accord. (Nathan savait qu'il était inutile d'insister.) Alors ? Tu viens à Toronto ? Je suis certain que je peux mettre quelque chose au point avec les Roiphe. Si c'est intéressant, on peut peut-être collaborer à un gros livre. Va savoir ? »

Nathan savait qu'il prenait un risque en faisant cette proposition ; une stricte séparation de l'Église et de l'État comptait beaucoup aux yeux de Naomi ; unir ses forces avec quiconque mettait toujours à rude épreuve son sentiment fondamental d'insécurité, sa peur de la fusion qui mènerait inexorablement à l'annihilation, et elle laissait rarement une telle chose se produire. Mais il cherchait désespérément un moyen de l'attirer à lui, de les rapprocher, et il n'avait pas d'autre idée pour y parvenir, malgré le risque que cela se retourne violemment contre lui. Mais elle ne bronchait pas, et Nathan comprit que c'était mauvais signe.

« Je vais peut-être devoir passer par Paris d'abord, mais, ouais. Je viens à Toronto. »

Elle parvint à cliquer sur Muet avant d'éclater en sanglots et de répandre de grosses larmes sur son clavier et son trackpad. Quand elle eut essuyé toute cette humidité avec la manche de son sweat à capuche, elle déconnecta Nathan.

Le professeur Matsuda avait exprimé de la peur, ce qui avait à son tour effrayé Yukie Oshima. Il refusait de la retrouver dans un *noodle shop*, ou un autre restaurant, ou quoi que ce soit en lien avec la nourriture, même s'il ne le formulait pas tout à fait ainsi. Quoi qu'il en soit, Yukie comprit le message et ils tombèrent donc d'accord pour se rencontrer comme par accident dans un magasin moderne et impeccable de Shibuya dont l'enseigne affichait, en anglais, dans une police Comic Sans blanche sur une bannière rouge, « Comic Speciality Store and Cafe ». Ce n'était pas le genre de lieu où il serait entré tout seul de son plein gré – sur les sites de voyages, Shibuya était qualifié de « fontaine de branchitude adolescente » –, pas plus que n'importe lequel de ses collègues. Ce lieu de rendez-vous n'avait rien de remarquable.

Comme dans le souvenir de Yukie, il était chic, convenable, maître de lui, et elle devait être, à coup sûr, aussi cinglée et dangereuse que dans son souvenir à lui. Pendant l'insurrection estudiantine à Todai, l'université avait clandestinement demandé conseil à Yukie sur la manière de plaider sa cause conservatrice devant la jeunesse japonaise – il n'aurait pas été convenable pour une institution académique d'engager pour son compte des conseillers en communication et autres professionnels en relations publiques, même si c'était ce qu'elle faisait dans les faits – et Matsuda avait accepté le rôle de porte-parole pour Todai dans cette intention, quoique à contrecœur ; la timidité, la bienséance, l'humilité, et la discrétion de cet homme, autant d'attributs qui seyaient parfaitement à la fonction, lui rendaient également cette tâche insupportable. Il se retrouvait dorénavant côte à côte avec son improbable collaboratrice (il avait sincèrement espéré ne jamais revoir Yukie, bien qu'il n'ait bien entendu jamais exprimé une telle chose) face à un rayon de bibliothèque devant lequel étaient placés des bacs pleins de romans graphiques et la version japonaise de bandes dessinées, plus proches du livre de poche que des bandes dessinées classiques de l'Amérique vintage. Il ne parvenait pas à se résoudre à feuilleter la moindre de ces propositions colorées, comme Yukie était en train de le faire lorsqu'il arriva, tout particulièrement parce qu'elle s'était postée devant une collection de livres BBC – un acronyme pour Be-Boys Comics, qui affichaient comme logo le symbole de Mars désignant le sexe masculin, noir contre un carré jaune – et parcourait une édition dont la couverture représentait deux hommes aux cheveux longs balayés par le vent, aux traits extrêmement féminins et occidentaux, qui parvenaient à s'embrasser sur la bouche tout en chevauchant une moto. Typique de cette femme, songea Matsuda. Elle devait savoir qu'il trouvait cela répugnant.

Comme il s'approchait, Yukie se tourna pour lui faire face et fit la révérence, les yeux baissés, les mains jointes devant elle, son manga toujours dans la main mais désormais bien fermé.

« Professeur Matsuda-san. Je vous remercie d'être venu à ma rencontre. »

Matsuda hocha à son tour la tête.

« Vous m'avez demandé l'adresse du professeur français. J'ai tenté d'entrer en contact avec lui pour lui demander sa permission, mais il n'a pas répondu. Il a également raté plusieurs cours et rendez-vous, ce qui a suscité quelque inquiétude. J'ai accepté de vous rencontrer car j'ai peur qu'une chose tragique lui soit arrivée et je me suis dit que vous auriez peut-être des informations susceptibles de me rassurer.

— Mon amie canadienne a séjourné chez lui. Elle m'a envoyé un e-mail dans lequel elle expliquait que le professeur avait quitté la maison et n'y était pas retourné depuis des jours, mais maintenant elle ne répond plus à mes e-mails, mes textos, mes appels, et donc je suis aussi inquiète pour elle. J'essaye de ne pas imaginer les choses que je suis capable d'imaginer. Il faut que j'aille dans cette maison pour voir la réalité que cela recouvre. »

Matsuda s'empara d'un livre et le soupesa nerveusement dans sa main sans même y jeter un regard.

« Vous ne verrez aucune réalité dans cette maison, répondit-il. (Il se tourna vers Yukie avec un sourire inquiet, pincé.) Bizarrement, cette maison appartient au Collectif japonais d'entomologie médicale. Pourquoi ont-ils besoin d'une telle maison, je n'en ai pas la moindre idée, mais elle a été gracieusement mise à la disposition du professeur, si j'ai bien compris, par le collectif lui-même, ainsi qu'il a été convenu avec le département de philosophie de Todai. »

Il fit mine de partir, oubliant momentanément qu'il avait un livre dans la main, puis se retourna. Comme il replaçait le livre, il murmura :

« Évidemment, le professeur avait des raisons de s'intéresser à l'usage de la guerre entomologique en

Chine pendant la Seconde Guerre mondiale. (Il secoua la tête d'un air consterné.) Des avions pulvérisant des puces et des mouches porteuses de la peste sur des populations sans méfiance. Il a mentionné devant moi le fait que les Nord-Coréens continuent à prétendre que pendant leur guerre avec le Sud, les Américains et leurs nouveaux alliés, les Japonais, se sont ligués pour apporter la guerre entomologique à la péninsule coréenne. Une étrange coïncidence. »

Yukie était époustouflée par tous ces rebondissements, elle sentait que c'était là une histoire merveilleuse, de portée internationale, mais elle n'était pas du tout sûre d'être en mesure de faire les rapprochements nécessaires.

« Professeur-san, êtes-vous en train d'insinuer qu'il y a un lien entre la location de la maison et l'absence soudaine de nos collègues ? Quel pourrait-il bien être ? »

Matsuda ne souriait pas.

« Et vous allez transformer cette affaire aussi en cirque publicitaire ? »

Cela ne ressemblait pas à Matsuda d'être aussi brutal, pour ne pas dire revanchard, et Yukie se dit que c'était le signe que la disparition d'Arosteguy avait quelque chose de complexe et d'inquiétant, qui dépassait le scandale français d'un meurtre conjugal. Elle songea immédiatement que Naomi était morte et qu'Arosteguy l'avait tuée, mais pour des raisons qui n'avaient rien à voir avec la passion sexuelle ou la déviance. Elle ne comprenait pas quelles pouvaient être ces raisons.

« Je voudrais juste revoir mon amie Naomi », dit-elle.

Et Yukie se retrouva donc devant le portail ouvert de la maison d'Arosteguy, à prendre des photos, comme une touriste, songea-t-elle, devant la maison de Bates dans *Psychose*, sur le plateau en extérieur d'Universal Studios, à Hollywood (où elle était vraiment allée lors de l'escapade de Naomi à Santa Monica) –, une association d'idées très fâcheuse. Malgré la renommée des capacités de son nouvel appareil Sony RXI en faible luminosité et son désir de les exploiter, elle avait attendu le matin qui avait suivi sa rencontre « accidentelle » avec Matsuda pour se rendre chez Arosteguy, car elle préférait s'y présenter en plein jour. Toutefois, après avoir pris des photographies du jardin de devant, jonché d'ordures, et poussé la porte d'entrée, qui était ouverte, elle avait découvert que l'obscurité régnait à l'intérieur de la maison, et elle ne tarda pas à prendre des photos avec l'ouverture maximale et une profondeur de champ de f/2.0, en mode Auto ISO, montant parfois jusqu'à 6 400, à la vitesse d'obturation de 1/80e de seconde, celle qui avait la préférence de l'appareil photo. L'ouverture maximale, la plus grande possible, la plus acceptante, celle qui procurait la profondeur de champ la plus étroite, la plus exigeante. Avec Naomi, elle faisait des plaisanteries sur le caractère sexuel de l'ouverture de l'appareil photo, sur le fait qu'elles devraient écrire une monographie féminine sur le symbolisme et la pertinence culturelle des mécanismes de la fabrication d'images en rapport avec le sexe de sorte que, par exemple, le réglage du diaphragme de l'objectif 35 mm à focale fixe – élégamment équipé de neuf lamelles – à f/16 soit l'équivalent d'un exercice de Kegel destiné à travailler les muscles du plancher pelvien. Mais outre cela, son amie lui avait appris tant de choses sur la photographie, et la voilà qui se retrouvait ici, mettant ces connaissances à profit pour prendre en photo cette maison, laquelle emplissait son appareil d'une accablante atmosphère de désespoir urbain, japonais, qui reflétait celui de Naomi ; l'appareil photo inspirait cette atmosphère par l'ouverture de l'objectif, et l'expirerait dans l'appartement de Yukie, par son écran d'ordinateur, lorsqu'elle rentrerait chez elle.

Un objectif 35 mm n'offrait pas une perspective très large – ce n'était certainement pas un objectif adapté à l'architecture – et donc Yukie, désireuse de photographier chaque mètre cube sans rien déranger, se mit à combiner des photos prises en mode panorama afin de rendre quelque chose de l'échelle exiguë, étriquée du lieu, à des images réalisées avec le magnifique objectif Carl Zeiss, en faisant tourner la bague du milieu pour qu'il passe en mode macro, si bien qu'elle pouvait être tout près des détails qui, espérait-elle, scrutés lorsqu'elle serait de retour chez elle, divulgueraient quelques indices sur les circonstances qui avaient poussé les deux mystérieux *gaijin* à déserter la maison. Il n'y avait pas de preuve flagrante que la maison ait été retournée ou fouillée par des professionnels, même si elle était dans un désordre certain ; des tiroirs avaient été ouverts au hasard et demeuraient béants, des tubes et des pots ne portaient plus leur couvercle, des livres et des papiers étaient éparpillés partout, parmi des sachets vides de nouilles *rāmen* et de chips. Par contre, il n'y avait pas la moindre trace d'équipement électronique, outre la télévision modeste, sa télécommande et son boîtier électronique. Pas d'ordinateurs, d'iPads, de téléphones portables, de disques durs, d'ordinateurs portables, de chargeurs, de câbles ou de périphériques destinés à ce genre d'appareils, et cette absence prenait des proportions anormales ; on pouvait certes emporter avec soi quelques appareils lorsque l'on quittait la maison, mais pas son ordinateur de bureau, pas son fax (toujours en vigueur au Japon, contrairement à l'Occident), pas son imprimante.

Tandis qu'elle gravissait l'escalier étroit, elle ne put complètement tenir en bride sa paranoïa. Naomi allait-elle surgir en hurlant d'une porte au premier étage, dévalerait-elle l'escalier en se précipitant vers Yukie, armée d'un couteau à découper, alors que les violons, de leurs becs prédateurs, prodigueraient des coups de poignard, ou serait-ce Arosteguy en personne, engoncé dans l'une des robes de Naomi, une perruque de vieille dame follement de guingois sur la tête ? Cela aurait presque été préférable à ce qu'il y avait réellement : rien ni personne. Une fois arrivée à l'étage, saine et sauve, Yukie fut assaillie par l'odeur de Naomi, omniprésente, et il y avait des traces d'elle – sous-vêtements, maquillage – dans chaque coin, comme elle en avait laissé dans l'appartement de Yukie, des mues qui ne pouvaient être accidentelles, qui étaient des revendications de son existence, des affirmations de possession territoriale. Elle reviendrait un jour, disaient-elles. Ne m'oublie pas.

Yukie ne connaissait pas bien le quartier autour de la maison d'Arosteguy, mais la porte ouverte n'indiquait peut-être pas quoi que ce soit d'inhabituel ; d'un autre côté, étant donné la paranoïa croissante de Naomi, qu'elle avait exprimée dans les e-mails, il était étrange que la porte ne soit pas fermée.

Comme Yukie s'éloignait de la maison, elle se retourna une dernière fois pour la photographier d'un peu plus loin dans la rue, laquelle, comme la maison, exhibait toutes sortes de traces provocantes de présence humaine – des vélos munis de paniers métalliques fixés au guidon, penchés sur leurs béquilles, des planches en bois de taille étrange rassemblées et appuyées contre une porte, des plantes posées de manière aléatoire sur le trottoir étroit de la rue –, mais pas le moindre être humain.

Peut-être l'histoire était-elle l'histoire de la maison, une maison possédée par des scientifiques entomologistes japonais et louée à un philosophe français en fuite. Peut-être était-ce là l'histoire.

«Je voulais te demander : où se trouve le sein gauche de Célestine ? Omi. »

Le texte flottait dans une bulle de dialogue vert clair parmi la chaînette de bulles grises de plus en plus frénétiques formées par les messages de Nathan, qui demandait où elle se trouvait exactement, et à qui appartenait l'étrange numéro japonais dont elle se servait. C'était un numéro de portable, qu'il avait pu reconnaître grâce aux appels antérieurs de Naomi, qui avait emprunté le téléphone d'Arosteguy (81 pour le Japon, 090 pour un portable), et il soupçonnait donc qu'il s'agisse là aussi d'un téléphone d'Arosteguy, ou peut-être d'un téléphone appartenant à l'amie de Naomi, Yukie, mais tant qu'il n'aurait pas reçu d'information précise de la part de la personne qui lui envoyait des textos, il ne pourrait être certain de l'authenticité du SMS. Qu'est-ce que cela signifiait ? Il avait étudié toutes les photos de la scène du crime disponibles sur le Net et, effectivement, le sein gauche de Célestine avait été amputé, d'une manière ou d'une autre, et n'apparaissait sur aucune d'entre elles, mais au vu des grotesques éléments cannibalesques de l'*affaire Arosteguy** et de la disette de photos, ce n'était pas une question évidente à poser. Et en particulier pour Naomi.

L'iPhone de Nathan était posé, récalcitrant, sur le revêtement en plastique imitation grain de bois de la table, à côté de l'assiette blanche toute simple comprenant deux côtelettes de porc trop cuites, un tas de maïs, trois tranches de tomates, et une tasse en papier plissé pleine de compote de pommes. Le petit couteau à viande était doté d'une poignée rongée aux rayures grises délavées par mille passages au lave-vaisselle. Un saladier en verre contenait sa salade verte. Il était retourné voir le Maître avec une intention symbolique inexprimée, même s'il n'était pas assis tout au fond de la pièce comme la première fois où il avait vu le docteur Roiphe. Il préféra s'installer plus près des multiples fenêtres en devanture du restaurant, derrière lesquelles il pouvait regarder les scènes banales de Spadina Road. Depuis ce poste d'observation, le Village donnait vraiment l'impression d'être un village, telle la grand-rue peuplée de maisons à un étage d'une petite bourgade de l'Indiana. De l'autre côté de la rue : un Edo-ko (une chaîne de restaurants japonaise) ; un What A Bagel ! ; un restaurant italien de milieu de gamme baptisé Primi ; un One Hour MotoPhoto qui survivait à grand-peine à la disparition totale de la technologie argentique. Nathan voyait bien qu'il n'était pas vraiment là, malgré la netteté des détails du restaurant, de la nourriture, et de la rue. Sa réalité avait été chamboulée par celle de Naomi – pas une surprise, vraiment, et pas pour la première fois. Ou peut-être était-ce simplement que son histoire était plus passionnante que la sienne, et ainsi Chase faisait-elle désormais partie de l'aventure de Naomi, et non de celle de Nathan. Il savait qu'il avait précipité cet état de fait en informant Naomi sur le passé de Chase à Paris. Mais comment aurait-il pu agir autrement ? Elle en aurait fait de même avec lui. Il ne comprenait pas la signification qu'avait la disparition du sein gauche de Célestine Arosteguy, mais si le texto se révélait authentique, il était certain qu'il ne tarderait pas à interroger Chase, en douceur, pour le compte de Naomi. Un sentiment de tristesse s'abattit sur lui alors qu'il s'attaquait aux côtelettes. Mais qu'est-ce qu'il fabriquait ici ?

Il avait à peine placé la première fourchettée dans sa bouche, ce contact produisant de nouvelles pensées relatives à sa première rencontre avec Roiphe, que le docteur apparut soudain, comme s'il avait été convoqué par la seule puissance de l'imagination. Marchant dans une hâte voûtée, il ajusta son étrange chapeau de paille – pas le Tilley, cette fois – qui paraissait avoir besoin d'être tourné un peu pour tomber bien, les yeux braqués sur les pavés jusqu'à son arrivée devant la porte du restaurant, puis il se redressa dans un sursaut, pivota de manière théâtrale, et y entra. Nathan continua à manger, suivant la progression de Roiphe avec un intérêt distrait ; il fut bientôt manifeste que le docteur le recherchait. Il tourna à droite, une fois à l'intérieur, fit quelques pas vers son box préféré au fond du restaurant, les yeux plissés pour se protéger de la lumière cireuse émise par les fausses lanternes de fiacre, en verre, fichées au mur, puis il se retourna et fouilla la pièce avec méthode, derrière ses gros verres déformants, jusqu'à ce qu'il repère sa cible. Nathan occupait un siège près de la fenêtre et il n'y en avait pas d'autre à côté de lui – le siège arborait, comme tous les autres, un gros motif floral rose, vert, et noir –, ce qui força Roiphe à s'asseoir de biais sur la banquette près de la fenêtre puis à pivoter pour faire face à Nathan. Persuadé que Roiphe songerait à leur première rencontre, Nathan s'attendait à une remarque amusée et caustique sur ce qu'il était en train de manger, et peut-être à une méditation sur la consommation de porc par les juifs, mais le docteur était sérieux comme un pape.

« Chase est très, très contrariée, dit-il. Vous devez être au courant. »

Nathan dut finir de mâcher avant de pouvoir répondre. Il se rappela avoir observé Roiphe qui mâchait lui-même ses côtelettes de porc, et les difficultés qu'il semblait avoir eues, sans doute à cause d'un dentier follement épris de liberté. Il avait du mal à parler.

« Chase ? Au courant ? Non. Au courant de quoi ? »

Roiphe ôta son chapeau et se mit à en tripoter le

bord. Il était rétro-éclairé par la fenêtre, ses cheveux clairsemés semblaient particulièrement vulnérables et fins.

« Ce professeur français qu'elle avait. Arosteguy. Vous n'êtes pas au courant ? On ne parle que de ça sur Internet. Trop tôt pour que ça soit dans les journaux.

— Et… qu'est-ce qui lui est arrivé ? »

Nathan eut immédiatement la nausée. Il ne voulait pas entendre la réponse, certain que, quelle qu'elle soit, elle apporterait de mauvaises nouvelles de Naomi, si mystérieusement silencieuse, même si Roiphe ignorait ce qui avait trait à Naomi. Nathan avait pris soin de ne rien dire au médecin de ce qui se tramait à Tokyo ; il aurait été tellement intéressé par le projet Arosteguy de Naomi que cela en aurait été gênant.

Roiphe secoua la tête devant tant d'incompréhensible étrangeté.

« On a fini par le retrouver. On a retrouvé son corps. »

Nathan posa son couteau et sa fourchette.

« Son corps ? Qu'est-ce que ça veut dire ? »

La climatisation du restaurant était en panne, et Roiphe commença à éventer son visage à l'aide de son chapeau ; le rétroéclairage venu des fenêtres envoyait ses lumières stroboscopiques à travers la paille et provoquait chez Nathan un début de migraine.

« Eh bien, qu'il est mort. Voilà ce que ça veut dire. Son corps. Apparemment, il s'est effondré au milieu d'un énorme carrefour, à Tokyo. Selon certains témoins, du sang s'est mis à lui dégouliner des deux oreilles. D'après moi, ça ressemble à une hémorragie cérébrale même si, bon, on ne sait jamais.

— Vous avez dit quelque chose. On a *retrouvé* son corps ? Il a fallu le retrouver ?

— Apparemment, une ambulance est venue le chercher, et après ils ont égaré son corps. Ou bien la police l'a emporté pour faire une autopsie et n'en a pas informé les médias pendant trois ou quatre jours. Ce genre de truc. Tout ça est auréolé d'un certain mystère. Cette affaire de témoins a été tue pendant un moment. Il était en fuite. Les Français voulaient qu'il rentre à Paris. C'était peut-être ça. Situation délicate.

— Mon Dieu. Merde.

— Quoi ? Vous le connaissiez ?

— Non. C'est *vous* qui le connaissiez.

— Eh bien, je ne l'ai rencontré qu'une ou deux fois. Il avait de la consistance. Il avait de la substance. Je n'avais aucune confiance en lui vis-à-vis de Chase, en bon vieux papa paranoïaque que je suis. Et d'ailleurs, à ce propos, Chase demande à vous voir. Elle dit qu'elle a besoin que vous la consoliez, quoi que cela puisse vouloir dire. Évidemment, ça a un lien avec son professeur. J'ose même pas y penser. J'ose pas. Je ne l'ai jamais vue aussi déprimée. C'est perturbant, pour un parent. (Roiphe utilisa son chapeau pour faire un geste vers les côtelettes de porc de Nathan.) Mais vous devriez d'abord finir tranquillement. Je suis sûr qu'elle va tenir le coup. »

Nathan poussa son assiette sur la table.

« Bon, je vais y aller. Où est-elle ?

— En haut, dans la salle de travail. Hé, sérieusement, vous n'allez pas finir vos côtelettes ? On m'interdit de monter là-haut, je suis *persona non grata*, alors il vaut peut-être mieux que je reste ici. »

Nathan glissa pour sortir de son siège et se leva.

« Je vous en prie. »

Roiphe souleva l'assiette et la fit flotter, vacillante, sur la table devant lui, ce qui étira la longueur des fenêtres.

« J'attends un rapport complet, naturellement. Pour le livre. Enfin. Et pouvez-vous, sur le chemin, leur demander de m'apporter un couteau et une fourchette ? »

Quand Nathan arriva sur le trottoir, Roiphe s'affairait déjà à nettoyer joyeusement les bordures des côtelettes, là où Nathan avait commencé à couper et les avait donc, de toute évidence, contaminées, puis il les posa fastidieusement avec son couteau et sa fourchette propres sur le beurrier, où elles furent isolées, à l'abri. Nathan attendit d'avoir parcouru la moitié du pâté de maisons, de ne plus être à portée de vue du médecin, pour s'arrêter devant le Marché du Village, car tel était son titre ronflant – « Épicerie / Papeterie » – dans l'intention d'ouvrir Safari, le navigateur Web de son téléphone. Il avait juste besoin de savoir dans quoi il mettait les pieds. Comme des écolières déboulaient en gloussant de la porte verte et antique de la boutique et le bousculaient, agrippées à leurs bandes dessinées *Archie* et à leurs minis Kit Kat, il se retrouva à observer des photos floues sur Twitter représentant Arosteguy gisant face contre terre sur les pavés carrés d'une rue piétonne étroite et bondée à Akihabara, la Mecque des jeux vidéo et des appareils électroniques, près de la gare de Tokyo. Le beau visage carré, les grands yeux écarquillés, la longue chevelure grise et folle collée par le sang qui coulait de ses oreilles pour s'insinuer dans les interstices du granit. Pris de nuit, sous les nombreuses variétés de lumière artificielle illuminant la rue, les clichés dévoilaient des couleurs surréalistes et une mise au point vague, mais Nathan crut voir des morceaux de matière organique – cerveau ? oreille interne ? – qui éclaboussaient l'épaule de la veste d'Arosteguy et flottaient dans la mare de sang. L'absence de lumière correcte et la bousculade de la foule transformaient l'unique vidéo pertinente qu'il avait pu trouver sur YouTube en un barbouillis encore plus surréaliste. C'était une vidéo prise avec un smartphone, derrière Arosteguy, avec deux ou trois badauds dans le champ ; le cadrage semblait destiné à mettre en valeur le tourbillon de néons surplombant la foule. On voyait en bas du cadre, floue, une chose qui évoquait de la fumée ou un liquide pulvérisé, pareil à un éternuement salissant et rétro-éclairé, jaillissant des oreilles d'Arosteguy, puis sa tête se secouant vers l'arrière et sortant du champ ; la personne qui tenait le téléphone paraissait alors trébucher, puis l'image basculait vers le ciel et disparaissait. Cela aurait paru risible à Nathan s'il n'avait pas d'abord vu les photos sur Twitter, celles où Arosteguy avait l'air parfaitement, horriblement mort.

Les inévitables variations mutantes apparaissaient partout sur le Net, mais en gros : le philosophe français cannibale, en fuite, avait été retrouvé mort dans une rue de Tokyo. Comme Roiphe l'avait sous-entendu, une sorte de mystère avait régné sur le laps de temps entre le chargement du corps dans une petite ambulance spécifiquement étudiée pour se frayer un chemin dans les ruelles, et la publication par le Département de la police métropolitaine de Tokyo d'un communiqué relatif à l'effondrement du célèbre *gaijin*, imputable à l'évidence à un catastrophique accident cérébral. Le président français se borna à dire que la mort de M. Arosteguy constituait une nouvelle et cruelle tragédie nationale et que son corps devait bien évidemment être rapatrié en France pour être enterré au cimetière du Montparnasse, où était sa place, aux côtés de Sartre et Baudrillard. Le désir de la police tokyoïte d'effectuer une autopsie en toute indépendance avait été jugé déplacé par les autorités françaises.

Chase, munie du pénis en forme de L d'Hervé, en plongeait la base dans un bocal en verre contenant de la colle blanche. Il avait été peint de façon à ressembler à une espèce de larve – dans un jaune translucide évoquant la chair, avec des striations pareilles à celles provoquées par le tabac qui délimitaient ses segments corporels, et deux ovales dessinés en pointillé sur les zones supérieures des testicules pour représenter les organes chimiosensoriels présents dans la tête des larves.

« J'ai inventé une infestation parasitoïde de mon cru pour elle, pour Célestine. Je me suis dit qu'elle méritait d'avoir une espèce qui lui serait propre, qui pondrait avec amour ses œufs en elle – on ne voit jamais à quoi ça ressemble, sous forme adulte – puis les asticots écloraient et commenceraient à la manger de l'intérieur. Ils passent la majeure partie de leur vie dans les galeries creusées dans le corps de leurs hôtes, les grignotant doucement, si bien qu'ils n'ont pas vraiment besoin d'yeux. Et c'est vraiment une chose magique, qui fait froid dans le dos, quand ils finissent enfin par émerger, par percer la chair, et par grouiller ensemble, synchronisés comme ces étranges équipes de natation féminine aux Jeux Olympiques. »

Elle se détourna de la table où étaient posées les peintures pour faire un demi-pas vers la table jonchée de morceaux de corps, où environ deux dizaines de compagnons péniens d'Hervé faisaient saillie des parties du corps de Célestine imprimées en 3D, telles d'immenses larves de syrphes parasites. Après un moment de réflexion, Chase, une main toujours posée sous le pénis/larve du moment pour rattraper toute éventuelle goutte de colle, planta délicatement la créature dans un trou ensanglanté, déchiqueté, juste en dessous du genou de la jambe gauche, lui appliquant un mouvement de torsion pour le ficher à l'intérieur comme une ampoule dans une douille. Certains des éléments pénis/larves avaient été réduits, de manière à offrir des variations de longueur, et présentaient donc un diorama plus varié d'émergence parasitaire, même si Nathan estimait que leur signature monotone, sous la forme d'une courbe à quatre-vingt-dix degrés, nuisait à cette illusion de masse grouillante d'asticots à la recherche de lumière. Il trouvait aussi que la pièce dans son ensemble produirait un effet plus spectaculaire si les morceaux de corps étaient disposés de façon à reconstituer un corps entier plutôt que comme des morceaux de choix sur l'étal d'un boucher – le symbolisme de la tête entre les jambes, par exemple, lui paraissait trop évident, trop désespérément provocateur –, mais il avait des réticences à critiquer son travail pour diverses raisons, la moindre n'étant pas la peur qu'elle lui demande de faire don d'un scanner de son sexe en érection pour conférer une diversité larvaire à son œuvre. Une atmosphère de collaboration avec Nathan se dégageait du foyer des Roiphe, mais Nathan lui-même demeurait prudent.

La lumière inondait Chase, comme une touche de clarté provenant, en biais, du puits de lumière. Elle portait un uniforme d'écolière – une vareuse blanche à manches courtes, avec un col bordé de rayures, déboutonné ; une cravate grise et bordeaux au nœud lâche ; une courte jupe grise, à plis creux – dont il reconnut qu'elle figurait dans l'uniforme de la Bishop Cornwall School juste en bas de la rue. Mais elle ne portait pas la veste bordeaux requise, les chaussettes grises jusqu'aux genoux, ni les chaussures richelieu noires ; elle était pieds nus, ses jambes et ses bras aussi étaient nus, et, parcourues par la lumière surplombante, les centaines de cicatrices du goûter apparaissaient en relief, de sorte que des colonies de fourmis, couleur sang séché, semblaient lui grouiller dessus. Cela créait une étrange alliance entre Chase et Célestine, dévorée par les vers, ce qui était manifestement l'effet escompté. Elle savait qu'il l'observait avec attention.

« Je suis trop timide pour faire ça sur scène, en direct, pour assembler ma Célestine, mais vous pourriez peut-être faire une vidéo de moi, qu'on pourrait montrer. Je pourrais la désassembler, puis la réassembler. Il me semble que votre super appareil photo fait aussi de la vidéo, non ?

— Oui, bien sûr, mentit Nathan. Ils le font tous, aujourd'hui. »

Nathan n'avait aucune difficulté à concevoir qu'une vidéo à laquelle son nom était rattaché puisse être présentée devant un tribunal français ; par contre, il parvenait à peine à se représenter la confusion que cela causerait. Certes, un tel objet offrirait un point d'observation unique pour l'auteur de l'article, et son papier ferait autorité sur cette affaire qui, maladroitement montée en spirale, devenait l'affaire Arosteguy/Roiphe/Blomqvist.

« L'uniforme apporte une touche délicate. Vous avez été élève à Bishop Cornwall ?

— Oui, brièvement. Ma mère a gardé l'uniforme. Je n'en suis pas revenue quand j'ai découvert que je rentrais encore dedans. Je l'ai retrouvé dans la cave, par hasard – mais bon, sans doute pas par hasard. Il était dans un carton moisi qui portait le logo de l'école. Le genre de mitre d'évêque affriolante. On sent encore l'odeur de moisi. (Un arrêt.) J'ai eu un prof de dessin merveilleux, là-bas. »

L'énonciation voluptueuse du mot *merveilleux*, précédée d'un petit coup de langue éloquent sur la lèvre inférieure, était grandement suggestive de rapports sexuels délicieux et interdits entre prof et élève, impliquant sans doute ce même uniforme. « À étudier », nota Nathan dans sa tête.

« Et donc, l'uniforme fait partie de la performance ?

— Les Asiatiques adorent les écolières en uniforme. Il paraît que les Japonais peuvent acheter des culottes sales d'écolière dans des distributeurs automatiques. Et dans des boutiques cachées dans des appartements. Des boutiques *burusera*, ça s'appelle. L'odeur est très importante, elle ajoute de la valeur au produit de base. Je me demande ce que Marx aurait fait de tout cela ? Je ne parle pas de l'odeur de moisi. *Sailor Moon*. Vous avez déjà regardé ça ? C'était un manga qui est devenu un *anime*. »

Elle chanta les premières mesures de la chanson du générique de *Sailor Moon* d'une voix rauque et douce, à peine un peu fausse :

Sailor Moon, Sailor Moon
Une fille pas comme les autres
Sailor Moon, Sailor Moon
Vers l'aventure elle nous emporte

Nathan l'avait déjà entendue. Une jeune cousine de Newark, appelée Leslie, avait été obsédée par histoire de cette écolière destinée à devenir une guerrière dotée de pouvoirs magiques et qui se battait pour sauver la galaxie, perpétuellement vêtue de son uniforme d'écolière-marin – plutôt stylisé, il faut bien le reconnaître.

« L'élément asiatique me surprend. Par rapport à la performance, je veux dire. Est-ce que ça vient de Tokyo ?

— Il y a de nombreuses raisons pour lesquelles le professeur Arosteguy s'est rendu à Tokyo. Cela n'avait rien à voir avec les traités d'extradition. Il a toujours été fasciné par la version asiatique du consumérisme, en particulier la japonaise, si complexe. On s'envoie tout le temps des textos. Une espèce de compulsion. »

Des textos ? Maintenant ? Depuis la morgue de Tokyo ? Nathan ajouta, après coup :

« Peut-être devriez-vous habiller le cadavre de Célestine Arosteguy comme Sailor Moon. Histoire de tout bien lier. »

Chase le gratifia d'un rapide coup d'œil par-dessus son épaule, puis retourna à sa table de peinture, où il n'y avait plus que deux autres larves, déjà peintes, attendant l'installation.

« Vous savez, c'est vraiment une bonne idée, cette histoire de Sailor Moon. C'est une guerrière magique, Tina.

— Et vos nombreuses morsures d'insectes ? C'est bien, aussi, pour la performance ? »

À présent que ses mini-mutilations avaient été dévoilées sans plus de cérémonie, il avait l'impression d'avoir été invité à les remarquer, là aussi sans cérémonie. Il n'avait aucune difficulté à se la représenter sur scène, qui prélèverait à l'aide de son coupe-ongles des morceaux de chair et les mangerait, tandis que le cadavre de Célestine, les yeux écarquillés, l'observerait avec une approbation affectueuse.

« Waouh. Je n'y pensais pas en ces termes. Vous ne vous rendez sans doute pas compte à quel point ce concept est parfait.

— J'aimerais m'en rendre compte.

— Il faudrait que je vous débauche complètement, que je vous arrache à mon père pour mon propre projet. Vous êtes toujours porteur de la maladie de Roiphe ? »

Cette question fut prononcée de manière si désinvolte, si banale, que, l'espace d'un instant, Nathan crut avoir mentionné son mal à Chase, puis il comprit que cela ne pouvait venir que de son père. Était-ce une trahison ? Cela indiquait-il une relation plus ouverte entre père et fille que ce que le médecin avait laissé entendre ? Quel avait bien pu être le contexte de cette discussion ? Nathan songea qu'il ne comprenait vraiment rien aux Roiphe.

« Je ne sais pas. Les symptômes sont persistants. J'ai encore trois semaines de traitement. Pourquoi ? »

Un sourire malicieux.

« Je me rappelle avoir lu un truc sur la fille de Calvin Klein. Chaque fois qu'elle retirait son pantalon à un amant, elle se retrouvait face au nom de son père sur l'élastique de ses sous-vêtements. Un vrai tue-l'amour. Je me demande ce que cela me ferait d'être infectée par la maladie éponyme de mon père.

— Il est plus agréable de l'attraper que de vivre avec. Mais… ça pourrait faire partie de la performance.

— Ça pourrait.

— Et pourrait-on dire, dans ce cas, quelle est réellement la signification de la performance ?

— On n'a pas à se soucier de signification. Ari nous a suggéré que la signification est un bien de consommation. Certaines personnes la fabriquent par la religion, la philosophie, le sentiment d'appartenance nationale, la politique, et certaines personnes l'achètent. Mais un artiste n'est pas un fabricant.

— Et allez-vous demander au reste de votre ami français, Hervé, d'assurer la performance avec vous ? »

Chase éclata d'un rire étonnamment franc. Elle brandit l'avant-dernière réplique du pénis d'Hervé dans les airs et la fit tourbillonner alentour plusieurs fois, comme un fanion de football, puis elle se retourna vers le bazar célestinien, cherchant le bon trou dans lequel la ficher.

« Peut-être pas. C'est son meilleur morceau.

— Et, puisqu'on parle de morceaux…

— Oui. Vous m'avez posé une étrange question alors qu'on montait l'escalier : où se trouve le sein gauche de Célestine ? »

Chase opta pour une blessure dans la joue de Célestine, mais après avoir immobilisé le pénis/larve, elle sembla le juger trop long, trop dominant. Devant la table de peinture, elle commença à le retailler, depuis la base, à l'aide d'un cutter X-Acto.

« C'était bien la question. (Au vu des propos tenus par Roiphe, Nathan avait craint de retrouver une Chase éplorée, anéantie, qui l'aurait attendu dans une salle de travail plongée dans le noir. Au lieu de quoi, elle était aussi lumineuse que la pièce, et d'humeur absolument badine.) Vous avez la réponse ? »

Chase posa le cutter, se tourna, les bras croisés, tapotant ses lèvres avec les testicules du pénis en bioplastique. La peinture à asticots, sèche depuis longtemps, ne laissa pas de traces.

« Ce n'est pas vraiment *votre* question à vous, non ?

— C'est la question posée par une journaliste de Tokyo qui travaillait sur l'affaire Arosteguy. Sur le meurtre de Célestine. »

Une journaliste. Sans même y réfléchir, Nathan avait pris ses distances vis-à-vis de Naomi, mais il se sentit tout de suite coupable de n'avoir jamais mentionné sa relation avec Naomi à Chase. Mais bon, encore une fois, ce n'était pas très facile d'en exposer brièvement les grandes lignes. Il choisit de ne pas réveiller le chat qui dormait.

« Une journaliste avec qui vous êtes constamment en contact ? Pour partager des anecdotes ?

— Les journalistes sont trop paranoïaques pour partager des anecdotes. Parfois, ils s'entraident sur des points de détail. »

Dans un spasme qui parut presque douloureux, Chase se détacha de la table et marcha d'un pas tranquille vers Nathan, les bras toujours pliés, le pénis abrégé à présent baissé et posé sur son biceps gauche ; ses senseurs ovales paraissaient lever les yeux vers Nathan.

« Et donc, si vous obtenez une réponse à la question, si vous fournissez la réponse, vous allez vous contenter de l'envoyer à votre amie journaliste par e-mail ? Vous me citerez ? Et puis ce que je dirai sera retenu comme témoignage dans une affaire de meurtre ? Un truc dans le genre ?

— Je vous protégerais. Je préserverais le secret des sources. »

Chase se tenait désormais devant Nathan, belliqueusement près. Il n'était pas du tout certain de pouvoir la protéger. Cela relèverait-il du droit français ? Du droit international ? Du droit canadien ? Il n'en avait pas la moindre idée. Mais, maintenant qu'il voyait ce qui baignait les yeux de Chase, il désirait plus que tout avoir une réponse à sa question.

« Ce serait tellement gentil à vous. De faire cela. De me protéger, dit-elle. Vous en penseriez quoi, si je vous disais qu'il n'y a pas la moindre affaire de meurtre ?

— Vous voulez dire que les policiers français n'ont pas de quoi inculper votre ancien professeur ?

— Non, je veux dire si ce n'était pas une affaire de meurtre ?

— *Madame Arosteguy**… Elle est morte accidentellement ? »

Et en effet, Chase avait tressailli en entendant le mot « Madame » ! C'était exactement le genre de réaction que *le schizo**, Louis Wolfson, aurait eue si sa mère borgne ou son beau-père lui avait dit un seul mot en anglais, et Nathan en éprouva une incroyable excitation, il était dans tous ses états. Cela soulignait à quel point l'histoire de Chase était entremêlée à Paris, à la Sorbonne, au langage, aux Arosteguy – en d'autres termes, à cette histoire française. Peut-être n'y avait-il aucun autre moyen de rendre justice à cet article qu'en collaborant avec Naomi, ainsi qu'elle l'avait proposé. Mais où était Naomi ? L'inquiétude lui forait les tripes comme ce cutter X-Acto. Peut-être devrait-il la rejoindre à Paris sans attendre sa visite à Toronto.

« Mme Arosteguy n'est pas du tout morte. Mme Arosteguy est toujours en vie. Voilà ce que je suggère.

— Dans ce cas, qu'est-il arrivé au sein gauche de Célestine ?

— Vous êtes plus près de lui que vous ne pourriez l'imaginer. »

Nathan se déroba au regard de Chase et marcha jusqu'à la table jonchée de morceaux de corps. De près, on aurait dit une table d'autopsie improvisée, couverte des détritus décomposés d'un homicide particulièrement perturbant. Il se retourna vers Chase.

« Est-ce que je chauffe, là ?

— Non. Vous refroidissez. Beaucoup. Vous chauffiez plus quand vous vous trouviez devant moi. »

Nathan retourna vers elle.

« Bon. Je ne comprends pas. »

Chase lui attrapa la main, qu'elle plaqua sur son sein gauche. Elle ne portait pas de soutien gorge ; le coton de la vareuse était étonnamment rêche.

« Vous le sentez ? (Nathan ne put que hausser les épaules. Il était hors jeu, il ne comprenait rien.) Je l'ai mangé, Nathan. J'ai mangé son sein, en tout cas la majeure partie. Ce que je suis parvenue à manger. Je ne pense pas qu'un autre animal soit capable de manger une telle chose, en tout cas pas les glandes lactéales. C'était horrible. On a laissé le reste dans l'appartement pour que les flics aient un peu de chair pour faire leurs tests ADN. C'est pour ça qu'ils croient qu'il s'agissait d'un meurtre. »

Il laissa sa main glisser sur la poitrine de Chase,

et elle retomba sur son bras. Le contact des petites cicatrices évoquait une vilaine éruption sudorale. Dans une torsion, elle se dégagea, se dirigea sans se presser vers la table, se pencha sur les morceaux de corps. Utilisant le pénis comme un viseur comique, elle se mit à faire des bruits d'obturateur d'appareil photo en aspirant par ses dents serrées. Clic, une jambe, clic, une main, clic, un pied. Elle pivota pour se retourner vers Nathan.

« Ça, et les photos géniales à effets spéciaux.

— C'était le sien, en fait ? Le sein ? Elle était… vivante quand vous l'avez mangé ?

— Elle avait toujours voulu se le faire amputer. Elle était véhémente à ce sujet. Elle souffrait d'une forme extrême de dysmorphophobie. Il me semble qu'Ari l'a emmenée quelque part où il a été aidé pour pouvoir procéder lui-même à l'ablation. Une collaboration. Le sein a été congelé et rapporté dans l'appartement. Laissé au frigo pour que les flics le trouvent. Il y avait encore un bout de mamelon, beaucoup de peau, du tissu adipeux, pas beaucoup de glandes.

— Si elle est encore en vie, où se trouve-t-elle ?

— On ne sait pas. Cette femme est une énigme. »

Nathan s'essuya le revers de la main sur les lèvres avec nervosité. Il savait que son geste en disait long, mais il était obligé de préparer sa bouche aux prochaines paroles.

« En revanche, vous savez qu'Aristide Arosteguy n'est plus vivant. »

Le visage de Chase fut illuminé par le plus radieux des sourires.

« J'ai regardé tout ce que j'ai pu trouver sur le Net.

Enfin, pas les communiqués français, évidemment. Et j'ai d'abord été incroyablement blessée, choquée, attristée. J'ai eu une envie de vomir à m'en faire dégurgiter le cœur. Il m'est si cher. Le professeur. Mon philosophe. Mais alors j'ai compris. »

Nathan avait l'impression que le visage de Chase se détachait de son crâne pour s'en aller flotter de joie dans la pièce.

« Et alors vous avez compris ?

— Il est non-vivant, tout comme Célestine est non-vivante. Ils sont ensemble quelque part, et je les reverrai. Je ne parle pas de ces conneries de vie après la mort. Ils m'appelleront quand ils seront prêts, quand leur nouvelle vie sera prête à être vécue. Et j'irai les rejoindre, où qu'ils soient. »

Comme si elle s'apprêtait à entreprendre un tel voyage, Chase se retourna une nouvelle fois vers la table de peinture, où elle planta la hampe larvaire dans le pot de colle, puis transporta la chose jusqu'à la blessure dans la joue de Célestine, juste au-dessous de la pommette. Après un instant de réflexion, elle la glissa avec douceur dans la cavité en attente, lui imprima le mouvement de torsion cérémoniel, puis recula d'un pas pour avoir une bonne perspective. La nouvelle larve, plus courte, volait désormais la vedette à la langue enflée et couverte d'ecchymoses qui surgissait de la tête. Chase fit un petit « ha » de satisfaction.

Apparemment, Samuel Beckett souffrait d'une contracture de Dupuytren au niveau de la main droite, qui faisait se recroqueviller vers l'intérieur l'index et l'auriculaire, et rendait les poignées de main difficiles et gênantes. Cela ravissait Hervé Blomqvist qui, au cours de ses recherches sur des gens célèbres atteints de la maladie de La Peyronie, principalement centrées sur les cyclistes, avait découvert que de nombreux malades atteints de La Peyronie souffraient également de la maladie du baron Dupuytren, ce qui suggérait davantage une pathogénie du système immunitaire qu'un problème lié à la pratique du vélo. Hervé pouvait désormais s'inclure dans ce club sélect, puisqu'il avait remarqué un nouveau gonflement, vilain et en forme de chevron, de la gaine du tendon de sa main gauche (il avait songé à des branchies de requin), qui mènerait sans nul doute, en fin de compte, à une contracture de son annulaire et de son majeur – une affection appelée « doigt à ressaut » – jusqu'à ce qu'il ne puisse plus tendre ces doigts-là. Il était prêt à parier que Beckett lui aussi souffrait de la maladie de La Peyronie – il semblait avoir mené la vie sexuelle contractée correspondante –, mais il doutait fort que ce fait soit un jour confirmé. Il souleva le scanner 3D portable Creaform dont il venait de se servir pour scanner son pénis, encore en partie en érection, et s'imagina scanner le pénis de Samuel Beckett, de même que celui d'une foison de malades célèbres souffrant de la maladie de La Peyronie. Le scan sur lequel il travaillait à présent était plus détaillé que celui qu'il avait envoyé plus tôt dans la journée à Chase Roiphe, mais elle n'en avait sans doute pas besoin. Non, celui-ci, il allait l'envoyer à Romme Vertegaal, dans un endroit de la Corée du Nord qui n'était pas Pyongyang.

Au rez-de-chaussée, la FabrikantBot 2 soufflait, occupée à imprimer les derniers morceaux du Vélo Pliant Universel du Peuple de la Doctrine du Juche, destiné à remplacer les composants défaillants de l'axe de pédalier qui avait causé tant d'ennuis à Hervé alors qu'il chevauchait le prototype assemblé dans le quartier autour de son appartement de la rue Beaubourg, dans le IIIe arrondissement. Les virages serrés, acrobatiques qui étaient requis avaient bloqué le pédalier, et les pédales ne tourneraient pas tant qu'elles n'auraient pas été complètement désassemblées et réassemblées, ainsi que leur manivelle. Un envoi par Skype des photos et des vidéos détaillées destinées à illustrer le problème obtint une réponse rapide de la part de Romme, qui était en quelque sorte devenu le chef de projet du Vélo Universel. C'étaient là des éléments si positifs et utiles, vraiment, que le don, en retour, d'un scan à imprimer paraissait amplement mérité.

Bien sûr, Romme avait une connaissance intime de l'organe sexuel d'Hervé, ayant participé à son introduction dans divers orifices à la folle époque des *séminaires** des Arosteguy, ce qui provoquait invariablement des jeux de mots faciles avec *séminal** et *semence**, et tout ce qui avait trait au sperme et à l'éjaculation. Hervé imaginait que les Nord-Coréens devaient être très prudes, comme on l'était toujours dans ce genre de régimes répressifs, et il espérait que Romme se trouverait tout seul dans le studio miteux qu'on avait dû lui allouer lorsque l'offrande pénienne d'Hervé commencerait à s'imprimer, même s'il éprouvait un frisson pervers de plaisir à la pensée que Romme serait peut-être surpris par un surveillant sévère, un cadre du parti, en train de brandir la réplique en ABS de son membre tordu, atteint de la maladie de La Peyronie, dans sa main, ce qui aurait peut-être pour conséquence de l'envoyer dans les oubliettes d'un camp de rééducation comme celui de Jongori, le camp numéro 12, situé à des années-lumière de la capitale et de l'humanité.

Mais peut-être Romme appliquerait-il au scan de La Peyronie le maquillage à effets spéciaux nécessaire pour transformer une réplique pénienne en ABS ou en bioplastique – fade et terne dans un gris uniforme ou en bleu pastel – en une chose vivante, animée, pleine de couleurs, de pores, et de texture. Il doutait que Romme ait de telles aptitudes artistiques, de celles dont Chase avait fait montre sous la tutelle de l'équipe spécialisée en effets spéciaux qui leur avait été attribuée : Arthropoda Souterrain Effets Spéciaux, une firme franco-coréenne spécialisée dans les arthropodes gargantuesques pour les écoles et les présentations scientifiques. C'était un choix étrange, c'est le moins qu'on puisse dire, étant donné que les arthropodes ne sont pas à sang rouge, qu'ils n'ont pas de peau, mais Romme avait fait preuve de constance en faisant appel à eux puisqu'on pouvait compter sur leur relative discrétion ; et, pour lui rendre justice, ils participaient avec beaucoup de zèle à la création de choses charnues, qu'aucun homard ni grillon n'aurait pu inspirer – tendons déchirés, vaisseaux sanguins rompus, glandes endocrines apparentes, muscles ébrasés – faisant revenir à la vie les morceaux de corps mutilés de Célestine, dont les photos avaient convaincu le *préfet** qu'un meurtre avait bel et bien été commis.

En fin de compte, c'était Chase qui avait fait office de chien de garde, car il avait fallu tenir à distance les garçons du Souterrain afin qu'ils ne soient pas tentés de tirer la sonnette d'alarme pour dénoncer Hervé lorsque les photos de la scène du crime avaient envahi Internet. Seule Chase avait pu se charger de la construction d'une prothèse mammaire gauche comestible et de la réalisation, grâce à des effets spéciaux, d'un faux sein porté par Célestine pour couvrir sa cicatrice de mastectomie dans la série de photos cannibales. Et l'original de ce sein avait constitué l'argument décisif, le seul morceau de corps réellement découvert dans l'appartement des Arosteguy : un pitoyable saladier contenant la chair mutilée et portant des marques de dents, et un demi-mamelon trouvé au frigo, dont l'analyse de l'ADN avait facilement certifié qu'il appartenait à Célestine Arosteguy (sa sœur, au désespoir, gestionnaire d'un groupe de chalets à Chamonix, s'était mise en quatre pour leur procurer des échantillons). Il se demanda si le *préfet** avait eu la présence d'esprit de faire procéder à un dépistage de cancer dans le sein, mais le mouvement général du public paraissait exiger un meurtre cannibale. Il était plus excitant que le sein ait été arraché à coups de dents et mangé plutôt qu'enlevé lors d'une opération. Les complications n'étaient pas encore bienvenues ; elles finiraient par l'être.

La preuve du sein-dans-un-saladier n'avait pas été mentionnée officiellement à la presse (le saladier

Astier de Villatte, en terre cuite délicate et fait à la main, avait été choisi précisément à cet effet par Célestine, et n'était pas un luxe coutumier), mais quand Hervé avait été interrogé par un jeune flic plutôt cool, vêtu d'un costume extrêmement ajusté, avec une veste croisée à six boutons à rayures noires et grises, un sweat noir fermé à l'aide d'une fermeture éclair, et sans cravate (Hervé n'avait pu s'empêcher de songer que le costume avait été loué pour l'occasion afin qu'il se sente à l'aise avec ce type), et puis, plus tard, par le *préfet** en personne, qui portait des vêtements sobres, bleu marine et traditionnels, probablement signés Gucci, selon Hervé, il devint évident que, pour reprendre les termes d'Aristide, « le fromage dans la souricière » avait été emporté, et que la police était sûre et certaine de tenir une énorme affaire d'homicide, malgré l'absence de corps entier.

Les photos cannibales seraient diffusées dans le monde entier au moment que Romme qualifiait d'« opportun sur le plan politique ». (Romme avait promis d'apporter des modifications numériques aux visages d'Hervé et de Chase, mais Hervé songeait à présent qu'il aimerait bien se trouver dans l'œil du cyclone qui allait s'ensuivre, quelles qu'en soient les conséquences.) Quant au sens que tout cela avait, Hervé ne pouvait que l'imaginer. Il voyait bien que le couronnement d'Aristide en tant que réfugié à Pyongyang serait un soufflet administré au visage du gouvernement français, qui demandait actuellement des comptes à la Corée du Nord au sujet des essais nucléaires ; ce serait encore mieux que le geste de l'acteur Gérard Depardieu, qui avait rendu son passeport français tant son taux d'imposition l'écœurait, troqué contre un passeport russe bricolé à la hâte et remis par le président Poutine en personne. Mais les photos cannibales ? La mise en scène proprement dite de la mort de Célestine ? Étaient-ce des illustrations façon BD des horreurs du capitalisme, de la philosophie consumériste occidentale, insatiable, dévorante ? La déclaration attendue de la part d'Aristide, une fois qu'il serait arrivé sain et sauf dans la capitale, clarifierait tout, sans nul doute.

Hervé tapota le trackpad de son MacBook Pro pour faire glisser dans la version coréenne de Dropbox le fichier STL encodant son pénis. L'envoi d'un tel fichier, quel que soit son contenu réel, était le signal dont lui et Romme étaient convenus pour indiquer qu'une session Skype était désirée. Malgré l'affection apparente du régime pour M. Vertegaal, ce dernier était constamment surveillé par une équipe charmante de cinq ou six jeunes cadres des deux sexes, et s'était fait officiellement sommer de vivre dans un rayon de trente-cinq kilomètres autour du centre de Pyongyang, même si Romme disait qu'il avait réussi à aller, en vélo, au-delà du premier périmètre militaire, où les soldats adolescents avaient paru choqués et perplexes à la vision d'un Occidental, demeurant tout de même très polis. Plus tard, cependant, Romme avait été escorté dans une voiture d'élite « 2.16 » (Kim Jong-il était né un 16 février, et les berlines de luxe dont les plaques d'immatriculation blanches commençaient par ces nombres n'étaient pas obligées de s'arrêter aux barrages routiers ni aux postes de contrôle) vers un centre de recherche quelconque, loin de la capitale, tellement secret qu'il refusait même d'en parler à Hervé, qui avait l'habitude de faire office pour Romme de soupape de sécurité ; dans ce cas précis, la soupape de sécurité avait été bien fermée. Hervé sentait parfois la présence d'une charmante équipe de surveillance, et il parvenait même, de temps en temps, à les voir rôder nerveusement dans l'arrière-plan de la fenêtre Skype de Romme, auquel cas Hervé et Romme se mettaient à parler de manière laconique, souvent en anglais, sachant que l'équipe était plus douée en français. Leur excuse, acceptée à contrecœur, était que l'anglais était la langue adéquate pour parler technologie. Hervé avait parfois peur que Romme ait été effectivement exilé de la capitale, une forme de punition moins horrible que d'être envoyé dans un camp de rééducation, mais qui demeurait plutôt effroyable.

Hervé avait attendu un message codé par e-mail pour fixer un rendez-vous Skype après l'envoi de son fichier STL, mais, presque immédiatement, il entendit résonner la sonnerie poissonneuse de Skype dans un bouillonnement, et en un instant, il se retrouva face au visage de Romme Vertegaal, dans toute sa gloire ombrageuse. Romme paraissait en forme, il était splendide avec ses nombreux insignes à l'effigie des membres de la dynastie Kim. Hervé cliqua sur l'icône de la caméra et une petite fenêtre, où apparut son propre visage, s'ouvrit en bas à droite de la barre d'outils inférieure. Il aimait son apparence, et trouvait qu'ils étaient canon tous les deux, d'une manière subversive et dangereuse, et qu'ils offriraient certainement de la matière à un grand film, un jour ou l'autre.

« *Salut**, Romme. Tu es à Pyongyang ?

— Hervé. Merci pour ton dossier rigolo. Ce sont des souvenirs amusants. En fin de compte, je dois te parler de l'opération avec les machines FabrikantBot. Mes collègues redoutent des sanctions américaines, comme d'habitude, et ont à cœur de cacher l'origine nord-coréenne des machines FabrikantBot. Serait-il possible d'implanter une usine française quelque part, plutôt qu'une usine allemande ? Un peu comme nous sommes actuellement à la manœuvre pour les instruments auditifs de la Voix de l'Éternel Président avec la société FrancoPhonics. Ça, entre autres considérations.

« Mais maintenant, il faut qu'on parle des géo-coordonnées d'Aristide Arosteguy. On l'a perdu. On ne sait pas où il se trouve. Tu as lu les communiqués à propos de sa mort ; tu as vu les photos sur Twitter. Nous ne sommes pas convaincus. Le détail relatif à l'explosion des instruments auditifs nous a mis sur nos gardes. On a l'impression qu'il s'agit d'un message qui nous est adressé. Mme A. est extrêmement bouleversée et perturbe la tranquillité de l'Amicale coréenne. Elle travaillait sur mon nouveau scénario avec le Groupe d'Études Filmiques de la Doctrine du Juche, et ils attendaient avec impatience la participation de M. Arosteguy. Comme tu le sais, ils sont tous deux encore grandement vénérés pour leur soutien à *De l'usage judicieux des insectes*, au festival de Cannes.

— Je n'en reviens pas d'entendre ça, dit Hervé. J'ai reçu de gentils e-mails désespérés la part de la

Canadienne, qui disaient que le *philosophe** avait disparu après avoir quitté la maison, à Tokyo, pour des raisons inconnues. On sait qu'il allait rencontrer nos agents sous couvert d'un rendez-vous pour ses prothèses auditives, négocié par Elke Jungebluth. Bien sûr, il aurait été opportun qu'il disparaisse *après* ce rendez-vous. Je pensais qu'il serait avec toi, que je le verrais peut-être même apparaître dans cette fenêtre auprès de toi et que j'échangerais quelques mots avec lui.

— On l'a perdu. Il n'est jamais arrivé à l'hôtel de l'audiologiste, à Tokyo. Nos agents étaient avec elle, comme il avait été convenu avec Arosteguy en personne.

— Y a-t-il pu y avoir, à un moment ou à un autre, une intervention électronique ? Aurait-on pu toucher aux instruments auditifs, ou peut-être procéder à une substitution, dans l'intention de donner la mort ? On sait que Séoul ne souhaitait pas qu'Arosteguy se rende à Pyongyang.

— On ne peut pas exclure cette hypothèse. Les Soviétiques ont bien eu recours à des écouteurs explosifs dans les années 1960 en Bulgarie pour tuer le chef d'orchestre Solovyov qui voulait passer à l'Ouest.

— Et la Canadienne ? Naomi Seberg ?

— Elle se trouve bien avec nous, grâce à toi. Elle est en transit. Un contretemps qui a occasionné un léger changement de programme impliquant un long voyage en train. On pense qu'elle nous aura rejoints d'ici une semaine. Madame A. est curieuse de la rencontrer.

— Dans quel état mental se trouve-t-elle ? La fille ? »

Hervé avait besoin de détails concrets ; il les avait mérités. Il se sentait un peu étourdi, éprouvait un certain remords à avoir mis Naomi dans les griffes de Romme et des Nord-Coréens, mais il était certain qu'elle serait excitée par le drame, et qu'elle le remercierait plus tard, comme on dit. Et, perversement, il était lui-même excité par le drame, par l'influence quasi-criminelle qu'il avait exercée sur des événements internationaux. C'était lui qui avait mis Romme en garde sur le danger que Naomi représentait vis-à-vis de leur exploit, malgré son rôle déterminant dans la mise en relation de Naomi avec Arosteguy. Ses mobiles étaient, comme toujours, assez opaques, même à ses propres yeux, mais il était jouissif de mélanger ces éléments volatils et explosifs puis de prendre du recul pour mieux observer le cataclysme.

« Elle est maîtrisée. Notre équipe s'est montrée douce avec elle, mais bien sûr les événements ont été éprouvants. On lui a dit qu'elle allait retrouver les Arosteguy, et cela a paru l'apaiser, mais bon, bien entendu, ce n'est pas tout à fait exact. Ce sera intéressant de voir comment elle réagit. Je lui demanderai de t'appeler par Skype dès que possible. »

Hervé observait Romme avec un peu de tristesse, car il avait le sentiment de ne pas avoir vu le vrai Romme, l'homme charmant, doté d'un sens de l'humour féroce, à l'intelligence irrésistible, même dans les sessions Skype depuis la Corée du Nord. Ce Romme-là lui manquait, et il se demanda s'il en restait quoi que ce soit ; il était sous surveillance depuis si longtemps, là-bas, où il s'attachait à s'adapter aux exigences et aux caprices du régime, que cette nouvelle adaptation était peut-être irréversible. À un moment, songea Hervé, il devrait certainement se rendre personnellement à Pyongyang, même comme humble touriste, pour voir si son baiser de prince pouvait redonner vie à la princesse Romme.

« Mais où sont-ils allés la chercher ? À l'aéroport ?

— Bizarrement, ils l'ont trouvée dans la maison louée par nos agents pour Arosteguy, à Tokyo. Elle vivait avec lui. Elle était assise sur le perron, ses bagages étaient prêts, elle semblait sur le point d'aller quelque part mais ne savait pas vraiment où. Je suis en train de lire le communiqué, là. »

Et en effet, le regard de Romme ne ressemblait pas à ceux ordinairement vus sur Skype. Peu de gens regardent vraiment la caméra, ou savent même où elle se trouve sur un Mac, tant elle est minuscule et cachée, en haut sur le cadre autour de l'écran. Romme regardait à l'extrême gauche de la fenêtre Skype, les yeux plissés à cause de l'effort qui lui était demandé pour lire et traduire le dialecte très particulier du Nord.

« Notre peuple a estimé qu'il était important qu'elle ait emballé non seulement ses effets personnels mais aussi tous ceux d'Arosteguy, y compris son matériel électronique. Notre équipe n'a même pas eu besoin de passer le lieu au peigne fin.

— Une nouvelle victoire du Kimunisme », dit Hervé, conscient de s'aventurer sur un terrain miné. L'ironie et la satire n'étaient pas des modes de discours convenables dans la République populaire démocratique de Corée, mais cela les rendait paradoxalement très utiles pour les conversations sur écoute, car, par manque de pratique, elles n'étaient pas du tout comprises.

C'était Ari qui avait proposé le terme *Kimunisme* pour qualifier l'étrange sorte de nationalisme xénophobe à l'œuvre sous la dynastie de la famille Kim ; ce n'était pas vraiment du socialisme, ni du communisme même sous sa forme maoïste, malgré la lourdeur du culte de la personnalité. Ari avait eu l'impression que c'était la sévérité et la plasticité chimérique du système, tellement provocantes, qui avaient exercé une si grande séduction sur les intellectuels français, et il se mettait dans le même sac.

« Il reste une autre question en suspens, ajouta Romme. J'espère que tu continues de nourrir ta correspondance avec ta petite amie Chase Roiphe.

— Oh oui, je lui ai envoyé le même fichier STL qu'à toi. Il y a à peine quelques heures. »

Il y eut un changement brutal dans les traits de Romme, un engourdissement subtil de l'expression, accompagné d'une intensité autour des yeux, qui eut pour effet de corrompre l'allure habituelle de Romme sur Skype, laquelle trahissait un entrain joyeux, enthousiaste, inconditionnel, de ceux dont faisaient montre les présentateurs de journaux télé nord-coréens. Hervé espérait que les geôliers de Romme ne pourraient pas le décrypter ; c'était un avertissement lancé à Hervé.

« J'apprécie cet aspect ludique, mais ce n'était peut-être pas la chose la plus sage à faire. »

Hervé n'avait pas l'habitude de se faire réprimander par Romme ; la règle du jeu, c'était qu'ils étaient égaux, deux jeunes technocrates français avec un avenir sur la scène internationale techno-politique, où le *cyberkampf* était le nom du drame qui se jouait. Mais lorsqu'il s'agissait de leur étrange liaison avec la Corée du Nord et son jeune président, Kim Jong-un, ils n'étaient pas égaux. C'était Romme qui s'était rendu le premier au Royaume Ermite, avec un visa technologique, et c'était Romme qui s'était engagé dans les marchés technologiques en plein essor mais encore souterrains, à peine légaux, d'abord en tant qu'élément subversif étranger, puis comme leader reconnu, de terrain, dans le secteur technologique de la doctrine du Juche. Romme était un étudiant des Arosteguy plus âgé que les autres, et il avait enrôlé Hervé sans difficulté dans son projet de création d'un petit empire au sein de l'empire nord-coréen. Avec la complicité d'Hervé, le couple de philosophes avait lui aussi été recruté, tant leurs réflexions sur le consumérisme et la politique concordaient magnifiquement avec le radicalisme rétro du Royaume Ermite.

Et Hervé réalisait maintenant qu'il avait en effet commis une erreur, à vrai dire plus qu'une seule erreur. Il était au supplice de se rendre compte qu'il avait peur de parler à Romme de son projet artistique avec Chase, de lui dire qu'il lui avait envoyé les fichiers STL ayant permis l'impression en 3D des parties du corps prétendument mutilées de Célestine. Chase disposait, dans sa chambre mansardée de Toronto, des preuves que Célestine Arosteguy n'était pas morte, que les photos à charge de ces morceaux de corps n'étaient que des photos de répliques bioplastiques, décorées par une équipe spécialisée en effets spéciaux afin de suggérer un meurtre atroce et le massacre consécutif.

« Je voulais rester en lien avec elle, pour lui rappeler la légèreté de nos jeux sexuels avec les Arosteguy, expliqua-t-il. Je pensais qu'elle avait besoin d'un truc radical pour se tirer de l'état dépressif dans lequel elle avait sombré. Elle m'a dit que je n'aurais pas dû la forcer à manger des morceaux du sein amputé de Mme A., et qu'elle était persuadée qu'on finirait par retrouver son ADN à cause de ça. Elle n'a pas tort, malheureusement. Lorsqu'on a débattu de la façon dont nous devions disposer les restes de ce sein afin que la préfecture soit convaincue qu'un meurtre cannibale avait eu lieu, on n'a pas réfléchi au fait que la salive est une source d'ADN.

— À quel point est-elle détraquée, à ton avis ?

— La situation est très instable là-bas, chez les Roiphe, à Toronto. Le petit ami de la Canadienne, le journaliste, est là-bas, il vit chez eux, en reportage. À mon avis, il va vite trouver de la matière à un article dont il ignorait l'existence… Par exemple, dans son état de fugue dissociative, ainsi qu'elle le qualifie, elle pratique l'automutilation et mange de petits morceaux de sa propre chair. Elle dit avoir conscience de créer délibérément un drame plutôt kitsch mais qu'en même temps elle se sent obligée de le mettre en scène. Son père a autorisé ce petit ami, un Américain, à être le témoin du comportement de Chase. Il s'appelle Nathan Math. D'ordinaire, il fait des articles sur des sujets médicaux. »

Une interruption.

« À mon avis, il faut que tu ailles rendre visite à Chase Roiphe à Toronto. Tu dois évaluer la situation là-bas. Et puis, si tu as besoin d'aide, on a des agents là-bas, qui feront le nécessaire.

— Ah, dit Hervé. Cela devrait nous offrir une catharsis correcte. Donc, on finance ce voyage avec la source habituelle ? »

Un décaissement du fonds de développement Vertegaal induisait un ensemble complexe d'interactions, à partir de l'émission de traites en tugrik, la monnaie mongole, par la Banque Golomt, à Oulan-Bator, qui, après une série de conversions et de transferts, débouchaient sur le dépôt d'euros ou de dollars, au gré des circonstances, sur un compte commercial au nom de la SARL d'Hervé, Trois Médecins Français, dans une banque sise quai du Président-Paul-Doumer appartenant à une branche du Crédit Agricole (ancien sponsor d'une équipe cycliste ayant gagné le Tour de France), le tout pour masquer qu'à l'origine, il s'agissait de wons coréens.

Dans la fenêtre Skype, l'effigie de Romme ouvrit la bouche pour parler mais se figea alors de manière inexpliquée, puis se mit à bégayer telle une image de synthèse troublante, avant de se désintégrer dans une pluie de pixels scintillants. Après une pause lourde de sens, la fenêtre Skype elle-même disparut, laissant derrière elle un carré noir éphémère au centre de l'image cosmique tourbillonnante, sur le bureau, de la galaxie d'Andromède, le fond d'écran par défaut sur Mac OS X (version Mountain Lion). (Depuis peu, il évitait d'utiliser les fonds d'écran personnalisés pour des raisons de sécurité ; dans le passé, il aurait fait figurer des images Colnago.) Les yeux perdus dans ce nouveau et funeste trou dans l'univers, son cordon ombilical brutalement coupé, Hervé s'imagina, l'espace d'un instant, qu'il n'avait peut-être pas communiqué avec le vrai Romme Vertegaal.

DU MÊME AUTEUR

Aux Éditions Gallimard

CONSUMÉS, 2016 (Folio nº 6388).

Aux Éditions Bourgois

LE SCÉNARIO DU *FESTIN NU*, collection « Scénarios », 1992 ; collection « Titres », 2007.

Aux Éditions des Cahiers du cinéma

DAVID CRONENBERG : ENTRETIENS AVEC SERGE GRÜNBERG, collection « Albums », 2000.

COLLECTION FOLIO

Dernières parutions

6268. Voltaire	*Lettres choisies*
6269. Saint Augustin	*La Création du monde et le Temps*
6270. Machiavel	*Ceux qui désirent acquérir la grâce d'un prince...*
6271. Ovide	*Les remèdes à l'amour* suivi de *Les Produits de beauté pour le visage de la femme*
6272. Bossuet	*Sur la brièveté de la vie* et autres sermons
6273. Jessie Burton	*Miniaturiste*
6274. Albert Camus – René Char	*Correspondance 1946-1959*
6275. Erri De Luca	*Histoire d'Irène*
6276. Marc Dugain	*Ultime partie. Trilogie de L'emprise, III*
6277. Joël Egloff	*J'enquête*
6278. Nicolas Fargues	*Au pays du p'tit*
6279. László Krasznahorkai	*Tango de Satan*
6280. Tidiane N'Diaye	*Le génocide voilé*
6281. Boualem Sansal	*2084. La fin du monde*
6282. Philippe Sollers	*L'École du Mystère*
6283. Isabelle Sorente	*La faille*
6285. Jules Michelet	*Jeanne d'Arc*
6286. Collectif	*Les écrivains engagent le débat. De Mirabeau à Malraux, 12 discours d'hommes de lettres à l'Assemblée nationale*
6287. Alexandre Dumas	*Le Capitaine Paul*
6288. Khalil Gibran	*Le Prophète*
6289. François Beaune	*La lune dans le puits*

6290.	Yves Bichet	*L'été contraire*
6291.	Milena Busquets	*Ça aussi, ça passera*
6292.	Pascale Dewambrechies	*L'effacement*
6293.	Philippe Djian	*Dispersez-vous, ralliez-vous !*
6294.	Louisiane C. Dor	*Les méduses ont-elles sommeil ?*
6295.	Pascale Gautier	*La clef sous la porte*
6296.	Laïa Jufresa	*Umami*
6297.	Héléna Marienské	*Les ennemis de la vie ordinaire*
6298.	Carole Martinez	*La Terre qui penche*
6299.	Ian McEwan	*L'intérêt de l'enfant*
6300.	Edith Wharton	*La France en automobile*
6301.	Élodie Bernard	*Le vol du paon mène à Lhassa*
6302.	Jules Michelet	*Journal*
6303.	Sénèque	*De la providence*
6304.	Jean-Jacques Rousseau	*Le chemin de la perfection vous est ouvert...*
6305.	Henry David Thoreau	*De la simplicité !*
6306.	Érasme	*Complainte de la paix*
6307.	Vincent Delecroix/ Philippe Forest	*Le deuil. Entre le chagrin et le néant*
6308.	Olivier Bourdeaut	*En attendant Bojangles*
6309.	Astrid Éliard	*Danser*
6310.	Romain Gary	*Le Vin des morts*
6311.	Ernest Hemingway	*Les aventures de Nick Adams*
6312.	Ernest Hemingway	*Un chat sous la pluie*
6313.	Vénus Khoury-Ghata	*La femme qui ne savait pas garder les hommes*
6314.	Camille Laurens	*Celle que vous croyez*
6315.	Agnès Mathieu-Daudé	*Un marin chilien*
6316.	Alice McDermott	*Somenone*
6317.	Marisha Pessl	*Intérieur nuit*
6318.	Mario Vargas Llosa	*Le héros discret*
6319.	Emmanuel Bove	*Bécon-les-Bruyères* suivi du *Retour de l'enfant*
6320.	Dashiell Hammett	*Tulip*
6321.	Stendhal	*L'abbesse de Castro*

6322. Marie-Catherine Hecquet — *Histoire d'une jeune fille sauvage trouvée dans les bois à l'âge de dix ans*
6323. Gustave Flaubert — *Le Dictionnaire des idées reçues*
6324. F. Scott Fitzgerald — *Le réconciliateur* suivi de *Gretchen au bois dormant*
6325. Madame de Staël — *Delphine*
6326. John Green — *Qui es-tu Alaska ?*
6327. Pierre Assouline — *Golem*
6328. Alessandro Baricco — *La Jeune Épouse*
6329. Amélie de Bourbon Parme — *Le secret de l'empereur*
6330. Dave Eggers — *Le Cercle*
6331. Tristan Garcia — *7. romans*
6332. Mambou Aimée Gnali — *L'or des femmes*
6333. Marie Nimier — *La plage*
6334. Pajtim Statovci — *Mon chat Yugoslavia*
6335. Antonio Tabucchi — *Nocturne indien*
6336. Antonio Tabucchi — *Pour Isabel*
6337. Iouri Tynianov — *La mort du Vazir-Moukhtar*
6338. Raphaël Confiant — *Madame St-Clair. Reine de Harlem*
6339. Fabrice Loi — *Pirates*
6340. Anthony Trollope — *Les Tours de Barchester*
6341. Christian Bobin — *L'homme-joie*
6342. Emmanuel Carrère — *Il est avantageux d'avoir où aller*
6343. Laurence Cossé — *La Grande Arche*
6344. Jean-Paul Didierlaurent — *Le reste de leur vie*
6345. Timothée de Fombelle — *Vango, II. Un prince sans royaume*
6346. Karl Ove Knausgaard — *Jeune homme, Mon combat III*
6347. Martin Winckler — *Abraham et fils*

Composition IGS-CP à L'Isle-d'Espagnac (16)
Impression Maury Imprimeur
45330 Malesherbes
le 23 octobre 2017.
Dépôt légal : octobre 2017.
Numéro d'imprimeur : 221939.

ISBN 978-2-07-274163-0. / Imprimé en France.

321959